DIE ANDERE BIBLIOTHEK
Begründet von
Hans Magnus Enzensberger

DEBORAH DIXON

Der Mona Lisa Schwindel

Aus dem Nachlass ediert,
aus dem Amerikanischen übersetzt
und samt einem Nachwort
von Werner Fuld

Frankfurt am Main 2011

Vorwort

Diese Geschichte ist wahr. Ich wollte, sie wäre es nicht, und wahrscheinlich würden auch manche Leser es vorziehen, an eine erfundene Romanhandlung zu glauben. So viele zerstörte Illusionen, ein so unerbittlicher Hass und nicht zuletzt diese vergeudeten Millionen – es wäre wirklich besser, es handelte sich nur um einen Roman.

Aber als mir meine Freundin Laura zusammen mit ihren Tagebüchern diese Geschichte als ihr Erbe vermachte, übernahm ich auch die Verpflichtung, sie aufzuschreiben und jetzt, zehn Jahre nach ihrem Tod, der Öffentlichkeit zu übergeben. Die Arbeit hat mehr Zeit beansprucht, als ich ursprünglich dachte. Fast jedes Detail, das mir absurd oder unwahrscheinlich vorkam, habe ich überprüft, anfangs in dem Glauben und dann in der Hoffnung, meine Freundin hätte sich einen gigantischen Witz ausgedacht, aber jede noch so unglaubliche Aufzeichnung in ihren Papieren erwies sich als real. Heute bin ich davon überzeugt, dass Laura nichts erfunden hat.

Befreundet waren wir seit unserer Studienzeit, zwei lebenslustige Kunststudentinnen in New York, die sich mit Museumsführungen etwas Geld verdienten. Ich ahnte damals nicht, dass Laura einen Teil ihres Lebens vor mir verbarg. Auch wenn sich unsere Wege trennten, haben wir uns nie aus den Augen verloren. Die Leser werden entscheiden, ob ich Lauras Vertrauen verdient habe, als sie mir ihre Aufzeichnungen zur Bearbeitung und Veröffentlichung überließ. Für alle Fehler übernehme ich die volle Verantwortung. Die Freiheiten, die ich mir bei der Darstellung erlaubt habe, betreffen nur die Form, nicht jedoch den Inhalt dieser seltsamen Geschichte.

Deborah Dixon

Anmerkung des Herausgebers:
Deborah Dixon verstarb kurz nach Fertigstellung des Manuskripts im Alter von 85 Jahren. Die Veröffentlichung des Buches hat sie nicht mehr erlebt.

Erstes Kapitel

»**Marseille liegt zwar** nicht mehr am Arsch der Welt, seit es die Bahnlinie gibt, aber die Stadt wird immer voller«, sagte Valfierno statt einer Begrüßung, warf die Morgenzeitung auf einen Stuhl und trat auf den Balkon, um an diesem Maimorgen des Jahres 1909 die Frühjahrssonne zu genießen. »Vom Bahnhof bis zum Hotel habe ich gestern Abend eine halbe Stunde gebraucht. Meine Droschke wäre fast auf der Cannebière stecken geblieben.«

Sein Freund Chaudron wischte den Haarpinsel ab, stellte ihn in ein Terpentinglas und drehte sich von der Staffelei zu seinem Besucher: »Früher hat es von Paris bis hierher eine halbe Woche gedauert. Worüber beschwerst du dich? Dass jetzt hier die Musik spielt? Wenn Paris eine Straße wie die Cannebière hätte, wäre es wenigstens ein kleines Marseille.«

Yves Chaudron war hier geboren und hatte in den knapp vierzig Jahren seines Lebens die Stadt noch nie verlassen. Er hatte den raschen wirtschaftlichen Aufschwung miterlebt und die Verdoppelung der Einwohnerzahl. Die Pariser hielt er für ahnungslose Provinzler. Im Grunde bedauerte er jeden, der aus dem grauen Norden kam. Paris lag nicht am Meer – damit war für ihn eigentlich schon alles gesagt. Chaudron hatte auch nicht die Absicht, Marseille jemals zu verlassen. Er war es gewohnt, dass man zu ihm kam.

Valfierno trat vom Balkon zurück in den geräumigen Salon und schloss – »Du erlaubst?« – die verglaste Tür. »Der Lärm wird auch immer schlimmer, selbst hier.« Chaudron wohnte seit fast zehn Jahren in der Rue Colbert im alten Teil der Stadt, und der Verkehr von den neuen Bahnhöfen in Richtung Hafen hatte erheblich zugenommen. »Und der Gestank, mein Freund! In Paris haben wir jetzt immer mehr Automobile. Du hast keine Ahnung, wie die stinken. Das wird hier bald genauso sein.«

Chaudron sah ihn mit einem breiten Grinsen an: »Du weißt doch, dass ich nichts mehr rieche. Nach zwanzig Jahren Terpentin – was soll mich da noch stören?« Ihm war es egal, wenn es im Salon nach Farben und Lösungsmitteln roch. Er brauchte kein Atelier. Die riesige Wohnung mit den umlaufenden Balkonen und dem Blick über die Altstadt bis zum Hafen befriedigte nicht nur sein Bedürfnis nach Weite und Helligkeit, sondern war auch für seine Arbeit ideal. Er hatte von morgens an, sobald die Sonne über die Bergkämme kroch, das perfekte Licht; er konnte am Mittag die weißen Vorhänge zuziehen, die ihm ein schattenfreies Arbeiten erlaubten, und wenn die Sonne im Westen die prächtigen Ornamente am Giebel der neuen Börse erreicht hatte, wusste er, dass es Zeit war, die Pinsel beiseite zu legen.

Diese Wohnung im obersten Stock mit ihren diversen Zimmern und Nebenräumen war alles in einem: Refugium, Atelier, Büro, Lager und Laboratorium. Den nördlichen, zur St. Martins-Kirche gelegenen Flügel mit den Wirtschaftsräumen betrat er nur selten. Dort herrschte Marie, ein ehemaliges und eher schüchternes Aktmodell aus der École des Beaux Arts und die frühere Favoritin des Dekans Moutte, der solche lockeren Sitten offenbar aus Paris mitgebracht hatte. Selbst Chaudron konnte nicht behaupten, dass Alphonse Moutte ein schlechter Maler wäre, was ihn allerdings nicht daran gehindert hatte, die schöne Marie als halbnackte Sünderin und den Dekan als geilen, geschuppten Teufel auf einer Tafel im frühen Sieneser Stil zu porträtieren. Das heimlich in die Jahresausstellung geschmuggelte Bild hatte für einen heftigen Eklat gesorgt, und der Maler war samt seinem Modell sofort von der Akademie verwiesen worden. Das lag nun über zehn Jahre zurück, blieb aber in Marseille unvergessen. Der Dekan hatte damals das Bild zwar konfisziert, doch das Objekt seiner Entrüstung sämtlichen Freunden und Bekannten gezeigt, die von der feinen Malweise sehr angetan waren, was sie natürlich nicht laut sagten.

So kam es, dass nach und nach die angesehensten Honoratioren der Stadt bei Chaudron ähnliche Bilder in Auftrag gaben – die büßende Maria Magdalena mit halb entblößtem Busen war ein sehr beliebtes Motiv. Den Reedern, Ärzten und Notaren folgten die ansässigen italienischen Direktoren der Import/Export-Firmen und ihnen die Vizedirektoren und Prokuristen. Sie alle wollten in dieser mit den schönen Künsten nicht besonders gesegneten Stadt der Arbeit Bilder im klassischen Stil ihrer Heimat um sich haben. Chaudron zog mit Marie, die inzwischen nicht nur sein Modell, sondern auch seine Lebensgefährtin war, in die großzügige Wohnung und malte im Lauf der Jahre fast die gesamte Sieneser und Florentiner Schule. Er war ein Spezialist. Man könnte auch sagen: Yves Chaudron war der beste Fälscher der italienischen Renaissancemalerei. Und Eduardo Valfierno, der gebürtige Genueser, noch keine dreißig, war seit einigen Jahren sein Agent.

»Hier ist der Kaffee, meine Herren, Wünschen Sie noch etwas?« Marie balancierte das Tablett mit der Kanne, zwei Tassen, Wassergläsern und selbstgebackenen Croissants auf ein marokkanisches Tischchen, nahm wie gewohnt das Schweigen als Antwort und verschwand wieder. Man würde läuten.

Valfiernos Blicke hatten Marie beinahe ausgezogen, und Chaudron amüsierte sich insgeheim, weil sie immer noch mit einer plötzlichen Schamröte ihrer Ohren reagierte – und weil er wusste, dass die kaum verborgene Neugier seines Freundes dem Vergleich mit dem fast fertigen Bild auf der Staffelei galt: Einer »Versuchung des Hl. Antonius« in Gestalt eines nackten Mädchens von teuflischer Schönheit, das

deutlich Maries Züge trug. Jeder Kenner hätte geschworen, dass diese Tafel ein Werk von Giovanni Bellini war, so verzaubernd wirkte die junge Frau mit ihrer hohen Stirn, den mandelförmigen Augen und der römischen Nase, und so rätselhaft verführerisch leuchtete ihr Lächeln über das ganze Bild, dass es dem Betrachter das Glück eines neuen Lebens zu versprechen schien. So musste es Dante ergangen sein, als er zum ersten Mal seiner Beatrice begegnete. Ein Meisterwerk, ohne Zweifel, und besonders wertvoll, weil es sich offenbar um das bislang verschollen geglaubte Seitenteil des Altars in der Kirche des Hl. Antonius in Venedig handelte.
Valfierno hatte die Tafel für einen amerikanischen Sammler in Auftrag gegeben, doch der Anlass seines Besuches musste dringender sein, sonst wäre er nicht vier Wochen vor dem vereinbarten Übergabetermin bei seinem Freund aufgetaucht.
»Also«, fragte Chaudron, »was treibt dich aus dem grauen Paris hierher? Unser Frühling wird es wohl kaum sein.«
»Die Engländer bauen das luxuriöseste Passagierschiff aller Zeiten«, begann Valfierno leise. Er wusste, dass er sein Temperament zügeln musste, denn sein Freund lebte in einer anderen, langsameren Welt. Worüber seit März alle Zeitungen berichteten, war ihm bestimmt nicht bekannt.
»Ich habe nicht die Absicht, auf Reisen zu gehen.«
Man musste mit Chaudron sehr vorsichtig umgehen. In Valfiernos Augen war der Maler ohne Zweifel ein Genie, aber ein Genie aus dem 16. Jahrhundert. Manchmal wusste allerdings auch er nicht, ob ihn sein Freund nicht nur mit gespielter Naivität an der Nase herumführte. Wie gesagt, man musste vorsichtig sein.
»Du gewiss nicht. Aber die Amerikaner werden mit diesem schwimmenden Palast reisen. Und besonders die reichen Amerikaner, die Superreichen. Die Reederei hat die Jungfernfahrt für den 11. Dezember 1911 um 11 Uhr von Southampton nach New York angekündigt – dann sind alle mit ihren Einkäufen rechtzeitig zu Weihnachten wieder zu

Hause. Aber dieses Datum kann sich nur ein Verrückter ausgedacht haben.«

»Wahrscheinlich ein Zahlenmystiker«, murmelte Chaudron mehr für sich selbst: »Dreimal die doppelte Eins ergibt als Summe die Sechs; das sechste Tierkreiszeichen ist die Jungfrau; deshalb die Jungfernfahrt.«

»Woher weißt du das?«, staunte Valfierno, aber Chaudron antwortete ganz entspannt, während er kleine Schlucke von dem heißen Kaffee nahm: »Zahlensymbolik. War in der Renaissance ein beliebter Sport bei Gelehrten. Bei Künstlern auch. Manche Bilder sind völlig verschlüsselt. Man versteht sie nur, wenn man den Geheimcode kennt. Wie bei einem Safe. Kapiert?«

»Kein Wort.«

Valfierno war wenigstens ehrlich, also erklärte Chaudron: »Sechs Tage dauerte bekanntlich die Schöpfung der Welt. Das Schiff ist an diesem Datum mit der Summe sechs endgültig fertig. Am Tag sechs werden es die Passagiere zum ersten Mal sehen, so wie Moses Gott sah, der sich am Berg Sinai sechs Tage in einer Wolke versteckt hatte. Sechs Siegel werden vor der Offenbarung geöffnet und sechs Posaunen geblasen.«

Valfierno wehrte ab: »Du meinst doch nicht im Ernst, dass Amerikaner so was wissen?«

»Sie glauben an die Bibel«, entgegnete Chaudron. »Mehr als wir. Sie brauchen verlässliche Werte. Das wissen wir doch am besten.« Chaudron musste den Freund gar nicht an Details seiner Geschäfte erinnern. Aber er zögerte: »Ich finde diese Symbolik ziemlich kühn. Oder besser gesagt – überheblich. Ein neues Schiff ist nicht die Erschaffung der Welt. Und ehrlich gesagt – aber das weiß ja sowieso jeder ...«

Er biss in das noch warme Croissant.

Valfierno wollte es ihm gleichtun, hielt jedoch im letzten Moment inne und fragte ungeduldig mit dem Gebäck in der Hand:

»Was weiß sowieso jeder?«

»Köstlich. Noch warm mag ich sie am liebsten. Unbezahlbar. Iss doch!«
»Was weiß sowieso jeder???«
»Was in der Offenbarung nach der sechsten Posaune und dem Öffnen des sechsten Siegels folgt.«
»Was denn?«
»Der Untergang natürlich. Die Vernichtung. Etwas sorglos also, diese Symbolik.«
Chaudron nahm einen Schluck Wasser. »Und wie soll das Schiff heißen?«
»Titanic.«
»Auch etwas großspurig. Keine Ahnung von Mythologie.«
»Wieso?«
»Die Titanen wurden von Zeus in den Untergang getrieben. Und was blieb als Einziges übrig?«
»Sag's mir.«
»Okeanos, der Ozean.«
Valfierno zeigte sich nicht beeindruckt. Er wollte nun endlich sein Croissant genießen und zum Anfang des Gesprächs zurückkehren.
»Du kannst dir denken, wer da an Bord gehen wird.«
»Ich bestimmt nicht.«
»Du nicht, aber alle unsere Kunden. Der gesamte Geldadel Amerikas wird sich die Ehre geben. Die Passage ist schon jetzt so gut wie ausgebucht. Die Herren Millionäre werden in Paris und London europäische Kunst kaufen, und ich werde sie beraten.«
»Wie immer.«
»Eben nicht wie immer. Diesmal werden es nicht drei mittlere Tizian und zwei Bellini sein – hervorragende Arbeit übrigens –, sondern ich werde den Öl- und Stahlbaronen ein Geschäft offerieren, das so einmalig ist wie die Jungfernfahrt auf dieser Titanic.«
»Mein Lieber, jedes Bild ist einmalig. Vor allem meine Tizians und Bellinis.« Chaudron fand die Aufregung seines Freundes etwas übertrieben. »Natürlich ist jede Jungfern-

fahrt einmalig, aber hinterher war es nur eine Reise auf einem Schiff.«

Valfierno fühlte sich nicht ernstgenommen und redete einfach weiter: »Einmalig heißt nicht, dass das Bild nur einmal vorhanden ist, sondern einmalig heißt in diesem Fall, dass dieses Bild, das ich meine, im Bewusstsein aller Menschen einmalig ist und mit nichts verglichen werden kann.«

Chaudron war irritiert: »Du willst ein Bild verkaufen, das es schon gibt?«

»Ich werde das Bild eines Bildes verkaufen, das schon existiert. Genauer gesagt: Ich will es mehrfach verkaufen. Vier- oder fünfmal. Je nachdem, wie viel Zeit du dafür brauchst.«

»Und welches Bild soll das sein?«

»Leonardos Gioconda. Die Mona Lisa.«

Chaudron musste lauthals lachen; das Gelächter explodierte förmlich in seinem Gesicht und erfasste dann in ruckartigen Schüben seinen ganzen Körper. Fast hätte er den kleinen Tisch mit dem Kaffeetablett umgestoßen, als er sich mit beiden Händen auf die Schenkel klatschte. Er hielt seinen Freund für einen cleveren Geschäftsmann mit bewundernswerter krimineller Phantasie, aber jetzt schien er den Verstand verloren zu haben.

»Die Gioconda – tut mir leid –, die Gioconda hängt im Louvre«, lachte es aus ihm heraus.

Valfierno störte sich nicht daran. Er hatte mit solch einer Reaktion gerechnet. Niemand hätte anders reagiert. Wie ein Verschwörer beugte er sich zu Chaudron hinüber und sagte leise und eindringlich: »Ich weiß, es klingt verrückt. Aber ich habe einen Plan. Du musst mir vertrauen. Meine Pläne waren bisher immer gut. Du wirst früh genug erfahren, wie es funktioniert. Jetzt musst du dich nur auf die Gioconda konzentrieren. Sie hat Leonardo unsterblich gemacht, und sie wird auch dich unsterblich machen. Und uns beide so reich, wie wir es uns immer erträumt haben. Vertrau mir, ich verlasse mich auf dich. Viermal die Gioconda in zwei Jahren – abgemacht?«

Ein leichtes Zögern, ein Blick, dann: »Abgemacht«.
Sie gaben sich die Hand und beide lächelten. Chaudron zog die weißen Vorhänge zu und läutete nach Marie.
Der Tag war reif für Champagner.

Als er noch ein hungriger Kunststudent war, trieb sich Chaudron vor Sonnenuntergang oft auf den Docks herum, weil man dort mit ein bisschen Glück etwas zu essen fand, Bananen aus Afrika, ägyptische Eselswürste, einmal sogar einen halben Kamelschinken. Während er auf das Löschen der Ware wartete, hatte er einmal einen Lademeister gezeichnet, einen Italiener mit Ohrring und Zopf, der den kritzelnden jungen Mann jedoch für einen Versicherungsdetektiv oder etwas Ähnliches hielt. Da er gerade einige marokkanische Teppiche beiseite schaffen wollte, schickte er einen Arbeiter los, der dem vermeintlichen Detektiv die Faust in die Magengrube rammte und ihm den Block aus der Hand riss. Es dauerte keine drei Minuten, da stand der Lademeister mit dem Block vor dem am Boden um Atem ringenden Studenten und rang selbst nach Luft, weil ihm keine passende Entschuldigung einfiel. Als Italiener hatte er einen angeborenen Respekt vor Malern, aber im Hafen hatte er keinen vermutet und erst recht keinen, der ihn bei der Arbeit zeichnete. Er fühlte sich geehrt und hilflos.
»Das da«, stotterte er schließlich und deutete auf die Zeichnung, »das, Jesusmaria, das ist ... verdammt gut!«
Chaudron kniete am Boden, hielt sich den Bauch und sagte nichts. Es war der Beginn einer langen Freundschaft.
Zuerst durfte Chaudron die Geliebte des Lademeisters porträtieren, dann ihn selbst im schwarzen Sonntagsanzug, schließlich sogar die Gattin Elvira. Dafür bot ihm Strinello sozusagen lebenslanges Gastrecht, von dem Chaudron nach der Geburt von Zwillingen immer seltener Gebrauch machte.

Eines Tages überließ ihm Strinello einen Koffer mit alten Büchern, denn außer seinem Freund kannte er niemanden, der lesen konnte. Die Schlösser waren gewaltsam geöffnet worden, und Strinello erklärte achselzuckend, der Koffer sei vielversprechend schwer gewesen und der Inhalt nicht deklariert: »Aber dann waren es nur diese alten Schwarten«, antike Klassiker in Drucken des 16. Jahrhunderts, eine Ausgabe von Petrarcas Werken, außerdem botanische und medizinische Handbücher, alle aus einer toskanischen Klosterbibliothek. Mit den Bänden in Latein und Griechisch konnte Chaudron nichts anfangen. Er riss die unbedruckten Seiten heraus und verwendete sie für Zeichnungen. Einem Brief mit einer Bestandsliste, versteckt in einem Bändchen mit religiösen Unterweisungen, entnahm er, dass ein toskanischer Abt den Koffer an einen Pariser Händler adressiert hatte. Strinello hatte demnach einen Dieb bestohlen.
Nur ein einziges Buch fand sofort Chaudrons Interesse: *Il libro dell' arte* von einem Cennino Cennini, in Florenz ohne Jahreszahl gedruckt. Chaudron besaß inzwischen, vor allem dank Elvira, elementare Kenntnisse der italienischen Sprache, so dass er den Text verstand. Es war das umfassendste und gründlichste Lehrbuch der Malkunst, das es überhaupt geben konnte.
Dieses Buch wurde Chaudrons Bibel.
Jede Seite las er mit der Aufmerksamkeit eines Bettlers, der die Speisekarte eines Luxusrestaurants studiert. Ihn fesselte die unverblümte Direktheit, mit der dieser doch sicher berühmte Autor ihn, den namenlosen Studenten, sozusagen persönlich ansprach, ihm die nötigen Handgriffe zeigte, jeden Schritt erklärte und wenn etwas danebenging, auch gleich die rettende Lösung parat hatte: »Und weißt du wie?« Nein, Chaudron wusste es nicht, aber Cennini immer.
Das war ein anderer Unterricht, als er ihn von der École des Beaux Arts kannte. Dort saßen fünfzig Studenten im großen Saal und zeichneten Gipsabgüsse antiker Statuen ab. Miteinander zu sprechen war verboten, der Professor ging

schweigend durch die Reihen, und oft zischte ein scharfer Ton durch die Luft, wenn der Lehrer das Blatt eines Schülers zerriss. »Das ist kein Arm, sondern ein Wurm. Sehen Sie genauer hin!« Das waren die einzigen Erklärungen. Wenn ein getadelter Schüler den Mund aufmachte für ein Widerwort, setzte es Schläge mit dem Zeigestock, bevor das Wort ausgesprochen war.

In der höheren Malklasse von Alphonse Moutte saßen nur fünf Studenten und versuchten, mit modernen Ölfarben aus Tuben das Licht zu malen. Moutte hatte in Paris die impressionistische Theorie gelernt, dass wir von allem, was wir sehen, nur das Licht wahrnehmen, das von jedem Gegenstand reflektiert wird und sich ständig verändert. Konturen, Schatten und Farbe sollten also in einem Pinselstrich auf die Leinwand gelangen. Das war sehr kühn, eine Vereinfachung der alten Arbeitsweise, die zuerst die Vorzeichnung verlangte, dann die Verteilung von Hell und Dunkel auf der Untermalung und in den letzten Schritten die Farbkomposition. Mouttes Bilder wurden zwar schneller fertig, das stimmte, und der neue Kran im Hafen konnte auch die Schiffe schneller entladen, aber warum sollte sich die Kunst diesem Tempo des modernen Lebens anpassen?

Bewegung hieß das Zauberwort; alles musste immer in Bewegung sein. Das Jahrhundert tanzte seinem Ende entgegen, und jeder tat so, als müsste man noch so viel wie eben möglich erleben, weil danach nichts mehr käme. Niemand wollte sich noch mit langen Romanen quälen wie dem *Grafen von Monte Christo*, Chaudrons Lieblingslektüre. Um Erfolg zu haben, musste man kurze Geschichten wie Maupassant schreiben, keine historischen Stoffe, sondern Skizzen aus dem Alltagsleben, in denen nicht mehr Adlige, sondern die Frau des Apothekers von nebenan die Hauptrollen spielten. Was hatte Ingres für Porträts gemalt, dachte sich Chaudron manchmal, das waren noch vornehm blasse Damen in kostbaren Kleidern, sie konnten so tief dekolletiert sein, wie es nur ging, dennoch blieben sie Damen. Jetzt malte Renoir namenlose Mädchen mit rosigen Bauerngesichtern. Keine Positur mehr, kein Hintergrund, nur noch Momentaufnahmen, Bewusstseinsreflexe. Selbst die Seele war in Bewegung geraten und verlor ihre Konturen. »Unsere Empfindungen verändern sich ständig«, hatte Moutte gesagt, »wir sehen ein Bild nicht zweimal mit denselben Augen, auch nicht eine Landschaft, weil das Licht wechselt, und schon gar nicht eine Szene auf der Rennbahn, wo alles in Bewegung ist. Wir sind darüber hinaus, falsche Plastiken zu malen, jetzt malen wir das Leben!« Als ob die Polospieler, die Jockeys oder die Ruderer das Leben wären, jedenfalls nicht das von Chaudron. Alles war plötzlich flirrend farbig bei diesen Freiluftmalern, sogar die Schatten, als schiene im Leben immer die Sonne. Selbst auf den Tutus der kleinen Balletttänzerinnen mit ihren blutigen Zehen und den schäbigen Nächten strahlte ein Bleiweiß, wie es Chaudron noch nie gesehen hatte. Er wusste nur, wie sie aussahen, wenn sie aus dem Bühneneingang kamen, bleich und erschöpft sich einhängend in den Arm eines wahrscheinlich verheirateten Mannes, der den Abend in der Bar gegenüber verbracht hatte und auch danach roch. »Den Moment der höchsten Leuchtkraft müssen wir einfangen«, hatte Moutte doziert, »Licht und Bewegung, das ist die moderne Zeit.« Die Tradition galt nichts mehr. Moutte hatte ihn ausgelacht, als Chaudron einmal Cenninis Lehrmeinung über das langsame Auftragen der Farbschichten erwähnte: »Das war früher so, Chaudron. Leonardo hat ja auch geschrieben, man dürfe Frauen nur in sittsamer Haltung darstellen, die Beine eng zusammen, die Arme verschränkt und den Kopf zur Seite geneigt – welche Frau sieht denn heute noch so aus? Nein, das ist Vergangenheit, damit befassen wir uns nicht mehr.«

Chaudron konnte und wollte sich damit nicht abfinden. Sein Vater war im Mai 1871 mit dem Säbel in der Hand auf den Barrikaden des Pariser Aufstands gefallen. Er hatte für die Kommunalregierung Frankreichs gekämpft, für ein Mitspracherecht seiner Heimatstadt Marseille, deren wachsende

Wirtschaftskraft geschwächt wurde durch immer neue Steuern aus Paris. Demokratische Rechte hatte er verlangt, doch vom tausendfachen Tod der Kommunarden sprach niemand mehr. Das im Krieg gegen Preußen unterlegene Paris wirkte im Innern dominierender als je zuvor, weil es die an Preußen zu leistenden Reparationen aus den Provinzen herauspresste. Ihm schien es, als wäre mit der Geschichte der Pariser Kommune die Geschichte selbst, auch seine eigene, ausgelöscht und überblendet durch konturlose, ineinander verschwimmende Momentaufnahmen fröhlicher Menschen, die ihre nervöse Ziellosigkeit nur schlecht verbargen. Chaudron war kein fröhlicher Mensch. Er war ehrgeizig und verschlossen. Seine rasch verwitwete Mutter hatte ihn als Baby in die Familie ihrer kinderlosen Schwester gegeben, als sie sich ebenso rasch mit einem zwanzig Jahre älteren Mann erneut vermählte. Über so etwas spricht man nicht. Als Kind hatte er gern in einer Zimmerecke auf dem Fußboden gesessen und gezeichnet, am liebsten Pferde, wilde galoppierende Pferde.

Daran erinnerte er sich, wenn er mit Mouttes Meisterklasse quer durch die Stadt zur Rennbahn im Park Borely pilgerte, um die Jockeys auf ihren nervösen Hengsten zu aquarellieren. »Es geht um die Bewegung und das Spiel«, hörte er immer noch Mouttes Stimme, »der malerische Gehalt einer Szene ist umso größer, je geringer unser inhaltliches Interesse an ihr ist.«

Diesen Satz hatte Moutte wiederholt, als sie weiter unten am Strand die Netzflicker malen sollten; selbstverständlich nicht die Arbeit ihrer schrundigen Hände, sondern das Spiel der Sonne in den Maschen der ausgelegten Netze. Damals begann Chaudron zu lügen. Er malte das Meer weniger grau, nicht so bleiern unbewegt, wie es vor ihm lag, sondern er tupfte kleine Wellen mit hellen Gischtspitzen aufs Papier, je näher, desto heller, so dass der schmutzige Sand im Vordergrund ebenso zu leuchten begann wie die gestreiften Trikots der Netzflicker, die nur für das Spiel des Lichts ihre Rücken bogen. Chaudron schämte sich dieser Bilder, die ihm gute Noten brachten und schwieg.

Auch das Aktmodell Marie aus der Zeichenklasse war eine Schweigerin. Sie stammte aus Avignon, hatte es ihrer Mutter gleichgetan und den schon am Morgen saufenden und am Mittag prügelnden Vater verlassen für einen Rhoneschiffer, der sie nur alle drei Wochen verprügelte, weil er vorher nicht nach Hause kam. Darüber sprach sie nicht, denn es fragte sie niemand. Stundenlang hatte sie früher am Fenster gestanden und auf den Fluss geblickt; stundenlang stand sie nun stumm auf einem Podest im Zeichensaal, hob auf Befehl Mouttes einen Arm oder verlagerte ihre mageren Beine in einen Ausfallschritt. Von ihrer Vergangenheit erfuhr Chaudron erst durch seinen Freund Strinello, der sie nur als Kellnerin in einem Hafenbistro kannte und sich wunderte, als Chaudron ihm eines Tages Marie als »Kollegin« aus der Akademie vorstellte.

Als Moutte einmal von ihr verlangte, mit nach vorn gebeugtem Oberkörper und ausgebreiteten Armen zu posieren, als wäre sie Sarah Bernhardt, die sich zum Schlussapplaus verneigt, fiel sie nach zehn Minuten ganz langsam vornüber und schlug mit dem Gesicht auf dem Parkett auf. Sie hatte das Bewusstsein verloren, erwachte durch den harten Aufprall und sagte, während ihre Ohren rot anliefen, nur ein einziges Wort: »Scheiße«.

Das imponierte Chaudron. Die stumme Marionette Marie war offenbar doch ein menschliches Wesen. Heimlich folgte er ihr: Regelmäßig ging sie nach der Akademie zur Mole, starrte lange aufs Meer und erledigte dann in erstaunlichem Tempo ihre wenigen Einkäufe. Dass sie nachts als Kellnerin arbeitete, entging ihm, denn nachts saß Chaudron in seinem Zimmer und erprobte Cenninis Regeln und Rezepte. Allein dessen Anweisungen für das Grundieren einer Malunterlage umfassten fünf Kapitel.

Eines Tages wartete er vergeblich darauf, dass Marie durch das große Tor die Akademie verließ. Er zählte die Minuten, dann die Viertelstunden. An den Tagen darauf nur noch die Viertelstunden. Als Moutte im Aktkurs einmal zu ihr aus Versehen »bitte« sagte, ahnte er, warum sie über die Zeit ausblieb. Er wartete trotzdem. Geduld hatte er bei Cennini gelernt.

Es war, zwei Monate später, ein Abend im kältesten Februar aller Zeiten, als er Marie an der Mole des neuen Hafens beobachtete und mit Staunen sah, wie sie zuerst die Schuhe auszog und sich dann Stück für Stück ihrer Kleidung entledigte, bis sie im grauen Unterrock dastand, die Schuhe ordentlich auf das kleine Kleiderbündel stellte und eine Sekunde später im ununterscheidbaren Dunkel zwischen Himmel und Wasser verschwunden war. Chaudron rannte bereits, bevor er begriffen hatte, dass sie gesprungen war – nein, nicht gesprungen, sie hatte sich einfach in die Schwärze fallen lassen und schlug nach etlichen Metern auf einem Arbeitsgerüst auf, zum Glück für Chaudron, der nicht schwimmen konnte. Marie hatte beide Beine gebrochen. Er trug sie über der Schulter ins Hospital, hörte hinter sich nur das Kälteklappern ihrer Zähne und rannte dann noch einmal zurück, um ihr Bündel von der Mole zu holen. Er war ein gewissenhafter Mensch. Im Hospital sagte man ihm, sie habe eine Fehlgeburt erlitten. Später sprachen sie nicht über den Vorfall.

Als er nach dem Eklat an der Akademie mit Marie zusammenziehen wollte, inspizierte er den Schrankkoffer, den Strinello ihm geschenkt hatte: die alten Bücher. Was sollte er damit? Sicher bekam man Geld dafür. Dem Pariser Händler, an den der Koffer ursprünglich adressiert gewesen war, schrieb er, dass er zufällig in den Besitz eines havarierten Koffers gelangt sei, dessen Inhalt offenbar nicht gelitten habe und ob daran, siehe beiliegender Inventarliste, noch Interesse bestehe. Postwendend erhielt er eine Antwort, allerdings nicht vom Adressaten, sondern von dessen Nachfolger, einem Herrn Edouard Valfierno, der auf dem Briefbogen als Händler für »Kunst und Antiquitäten, Europa und

Übersee« firmierte und seinen baldigen Besuch ankündigte. Er wolle ohnehin in Marseille eine Ladung ägyptischer Töpferwaren in Empfang nehmen. Damals ahnte Chaudron nichts davon, dass es sich um billige Massenware handelte, die sich in Valfiernos Laden in bedeutende Funde aus einer königlichen Grabkammer verwandeln würde.

Als Valfierno die schäbige Hinterhofwohnung gefunden hatte, wurde er von Chaudron sofort in eine Art Abstellraum geführt, wo er eilig und ohne wirkliches Interesse die Bücher besah und im Kopf den künftigen Wert der Pergament- und Schweinslederbände überschlug, wenn man ein adliges Wappen darauf prägen würde. Bevor er ein Wort über die Wertlosigkeit dieses Ramsches und seine Großzügigkeit, das Zeug dennoch zu übernehmen, verlieren konnte, bat ihn Chaudron aus der muffigen Kammer in das Wohn- und Arbeitszimmer, und da stockte ihm der Atem. Er glaubte seinen Augen nicht zu trauen. An den Wänden hingen dicht gedrängt prachtvolle Gemälde alter italienischer Meister.

Valfierno war sprachlos

Bereits im schmalen, dunklen Flur hatte er aus den Augenwinkeln einen Tizian erkannt, aber natürlich einen Öldruck vermutet; jetzt irrten seine Blicke von Gemälde zu Gemälde, und fast alle erschienen ihm eigenartig vertraut und gleichzeitig fremd. Kannte er diesen Giorgione nicht aus dem Louvre? Aber wieso war es dort ein Konzert im Freien und hier ein Picknick mit zwei nackten Frauen? Und daneben die drei Botticellis im kleinen Format, waren sie herausgeschnitten aus dem »Frühling«?

Der Mann ist ein Dieb, schoss es ihm durch den Kopf. Schon die Geschichte mit dem havarierten Koffer war faul. Valfierno trat an das Porträt eines lesenden Mädchens heran, ohne Zweifel ein Sarto, aber hielt es nicht genau die Petrarca-Ausgabe in der Hand, die Chaudron ihm eben gezeigt hatte? Irgendetwas stimmte mit diesen Bildern nicht. Er schwankte ratlos zwischen dem demütigenden Gefühl, in eine Falle geraten zu sein, und der Bewunderung für die Ele-

ganz und die stille Autorität dieser Werke. Solche Schätze hier in Marseille? In einem winzigen Wohnzimmer, das mit zwei Kohlebecken geheizt wurde?
»Entschuldigen Sie die Wärme«, Chaudron hatte den Blick auf die Becken bemerkt, »aber bei unserer Meeresluft trocknen die Farben sehr langsam.« Idiotisch. Das hätte er sich auch selbst denken können, ein Kopist, natürlich, wie sie dutzendweise im Louvre sitzen; brotlose Dilettanten, die auf der Akademie gescheitert waren und nun für Touristen die großen Meister in reisetaugliche Formate verwandelten. Doch die meisten Kopisten, die er kannte, waren erbärmlich schlechte Maler; entweder fehlten ihnen die richtigen Farben oder Kenntnisse der Proportionen, häufig sogar beides, sie blieben immer Dilettanten. Aber dies hier – sein Blick blieb an einem Raffael hängen –, dies waren Kunstwerke von höchster Perfektion. Valfierno ging in die Knie, um das an die Wand gelehnte Doppelporträt genauer zu betrachten. Waren das nicht eigentlich zwei Tafeln? Chaudron öffnete einen Fensterladen, um noch etwas Abendlicht hereinzulassen, und plötzlich leuchtete die bestickte Stola der Maddalena Doni blau wie ein klarer Winterhimmel und über ihrem Haar wurde ein hauchfeiner Schleier sichtbar. Wo war das feiste, kuhäugige Gesicht geblieben, das er von dem Bild kannte? Das Licht zauberte das Antlitz einer schlanken Schönheit mit unverbrauchten Augen auf die Leinwand. Der kühn blickende Ehemann zu ihrer Linken durfte damit durchaus zufrieden sein. Es hatte Valfierno immer gestört, dass dieser Edelmann Agnolo, warum auch immer, ein solches Kalb geheiratet hatte, oder nicht wenigstens dem Maler ein paar Goldstücke mehr versprochen hatte, damit er ihm die Frau nicht gar so abschreckend malte. Das Bild sollte ja schließlich im Schlafzimmer hängen. Doch jetzt waren sogar ihre Wurstfinger geheilt zu zierlichen Händen. Und die liebliche Landschaft im Hintergrund lockte mit einem sehnsüchtigen, sich sanft auflösendem Blau. So reizvoll musste die Gioconda ausgesehen haben, wie Vasari sie beschrieben hatte.

Die Stille im Zimmer wurde inzwischen peinlich. Valfierno wusste, als er sich erhob, dass er etwas sagen musste.

»Sie sind Kopist?«, fragte er schließlich, obwohl ihm klar war, dass er die falsche Frage stellte. Aber Chaudron nahm es dem jungen Mann nicht übel.

»Nein, eigentlich nicht. Das sind keine Kopien. Keines dieser Bilder existiert irgendwo in einer Sammlung. Ich habe sie komponiert, nach Vorbildern natürlich, doch Kopien sind es nicht.«

»Aber dieser Correggio«, Valfierno deutete auf eine schlafende Venus – »Es gibt ihn nicht, jedenfalls nicht so, und außerdem hängt er, wie Sie sicherlich wissen, im Louvre.« Valfierno nickte. »Die Kopfhaltung stimmte nicht, so schläft keine Frau; den Kopf habe ich mir von Bronzino geliehen, und der Hintergrund war viel zu dunkel, jetzt stammt er von Raffael. Sehen Sie genau hin.«

Valfierno sagte nichts. Es dämmerte ihm, weshalb ihm die Bilder gleichzeitig bekannt und fremd erschienen.

»Es sind Pasticcios«, half ihm Chaudron, »ich male, was mir an verschiedenen Bildern gefällt, in ein Bild.«

»Und Sie verkaufen diese – Pasticcios?«

»Ich lebe davon.«

»Hier in Marseille? Ich meine, Sie verkaufen diese Bilder hier?«

»Ausschließlich. Sie sind, wie ich vermute, Monsieur«, Chaudron deutete eine Verbeugung an – »wie ich jedenfalls nach Ihrem Namen schließe, Italiener«, kurze Pause, Valfierno nickte, »und Sie werden vielleicht bemerkt haben, dass es in Marseille sehr viele Landsleute von Ihnen gibt, die ohne Kunst, ich meine die wirkliche Kunst, nicht leben können. Florenz ist weit, ich lebe hier. Ein Correggio oder ein Botticelli wäre für meine Kunden unerschwinglich, also liefere ich ihnen die Essenz ihrer Heimat in solchen Bildern.«

Chaudron hatte noch nie jemandem das Geheimnis seiner Kunst offenbart; er erschrak fast im Nachhinein, doch dann war er stolz auf sich.

Valfierno nickte, überblickte schweigend die Reihen der Gemälde und sagte leise: »Es ist wahr, Sie sind kein Kopist. Ich muss mich entschuldigen, Monsieur, Sie sind ein Künstler.«
Chaudron wechselte verlegen das Thema: »Was die Bücher betrifft...«
»Ich nehme sie.«
»Was die Bücher betrifft: Es fehlen Seiten, meistens die Vorsatzblätter. Ich habe sie gebraucht.«
Valfierno verstand nicht.
Chaudron ging zwei Schritte zur Kommode, holte aus der obersten Schublade ein Blatt und reichte es Valfierno. Es war eine lavierte Federzeichnung, weiß gehöht, auf rötlich getöntem Papier nach Cenninis Rezept, eine Jungfrau mit Kind.
»Eine Studie Raffaels«, sagte Chaudron.
Vor Ehrfurcht balancierte Valfierno das Blatt auf seinen Fingerspitzen.
»Nicht von ihm«, lächelte Chaudron, »sondern für mich. Ich übte damals noch seine Faltenwürfe. Wenn Sie die Bücher nehmen, schenke ich es Ihnen.«
Das muss der Augenblick gewesen sein, in dem Valfierno seine Reiseplanung über den Haufen warf. Er lud Chaudron zum Abendessen ein und blieb zwei Tage länger als geplant in Marseille, zwei Tage ausgefüllt mit intensiven Gesprächen.
Wenn sich die Beiden, wie jetzt an diesem herrlichen Tag im Mai 1909, an jenen Beginn ihrer Beziehung erinnerten, vergaßen sie nie, die Zufälle und Schicksalswege zu erwähnen, die ihre Begegnung erst möglich gemacht hatten. Und selbstverständlich gedachten sie auch des vielen Geldes, das sie schon gemeinsam verdient hatten, seitdem sich Eduardo de Valfierno, aus eigener Kraft geadelt, mit seinem ganzen Engagement dem Werk seines Freundes widmete.
Die Raffael-Zeichnung, die jene einträgliche Freundschaft besiegelt hatte, behielt Valfierno, solange er lebte. Erst Laura, seine Frau und Witwe, hat sie verkauft. Das Blatt ge-

hört heute, auf Empfehlung und mit einer Expertise Sir Anthony Blunts, der Königin von England.

☐

Dies waren die ersten Szenen eines Drehbuchs, an dem Erich Maria Remarque gemeinsam mit Orson Welles im Herbst 1942 in New York gearbeitet hat. Ich habe nur ein paar spätere Erklärungen hinzugefügt. Das Manuskript umfasst knapp sechzig Seiten; die ersten Blätter sind sauber mit der Maschine getippt, wahrscheinlich von Remarques Sekretärin; der größere Rest sind handschriftliche Szenenentwürfe und Vorschläge für Abläufe, teils von Remarque, meist jedoch von Orson Welles. Auf einem Blatt sind sogar schon Besetzungsideen notiert: Welles wollte den Valfierno spielen, Peter Lorre war für die Rolle Chaudrons vorgesehen, und hinter Lauras Namen steht in Remarques Schrift »Marlene Dietrich«, allerdings durchgestrichen – wer wie ich das Drama dieser Beziehung miterlebt hat, weiß warum.
Welles hatte immer ein höllisches Vergnügen an Fälschungen und Mystifikationen. Er hatte ja schon 1938 in einer Radiosendung die Invasion vom Mars so perfekt inszeniert, dass hinterher Frauen bei der Polizei angaben, sie wären von Außerirdischen vergewaltigt worden. Welles hat sich auch sehr für Leonardo da Vinci interessiert, wahrscheinlich, weil er genauso vielseitig war. Er hat sogar Anfang November 1942 zusammen mit Arthur Miller eine Radiosendung (»Ceiling Unlimited«, CBS) über Leonardo gemacht. Wahrscheinlich hat ihm Remarque die Geschichte Valfiernos erzählt, aus erster Hand sozusagen, denn der Schriftsteller war einer der prominenten Gäste auf der Party zu Valfiernos angeblichem fünfzigsten Geburtstag.
Leider ist aus dem Projekt nichts geworden, wie so oft bei Orson Welles, und Remarque schrieb nach dieser Unterbrechung an seinem Roman *Arc de Triomphe* weiter. Die Drehbuchentwürfe hat er Laura geschenkt mit der etwas melan-

cholischen Widmung »Wir haben keine Zeit für Erinnerungen – nur den Wind unserer Träume«. Vielleicht hat er geahnt, dass sie heimlich in ihn verliebt war, aber dieser Frauenheld hatte wirklich keine Ahnung von Frauen.

Zweites Kapitel

»**Lass uns ausgehen** und übers Geschäft reden«, hatte Valfierno nach der zweiten Flasche Roederer vorgeschlagen – eine gute Gelegenheit, die beiden Freunde eine Zeitlang allein zu lassen. Ich möchte nämlich auch über Geschäfte sprechen, über nicht ganz legale Geschäfte. Natürlich würde ich lieber von Chaudron und Valfierno weitererzählen, aber bevor ich damit fortfahre, muss ich Anna Gould erwähnen. Wer sie war, kann man unmöglich wissen, wenn man die Geschichte ihres Vermögens nicht kennt, ohne das Boni de Castellane sie nie geheiratet hätte; und ohne Boni wäre Valfiernos Geschichte schon zu Ende, bevor sie wirklich angefangen hat. Im Übrigen müssen Sie nicht befürchten, dass ich Chaudron und Valfierno aus den Augen verliere – wir kehren rechtzeitig zu ihnen zurück.
Mir war vieles unbekannt, was ich in Lauras Aufzeichnungen las. Ich hatte keine Ahnung, wer Anna Gould und Boni de Castellane waren. Beide gehören zu einem Kapitel amerikanischer und zu einem halben Kapitel europäischer Geschichte, an die sich niemand gerne erinnert. Wir sehen uns mit Vergnügen die prachtvollen Kunstwerke in den großen und großzügigen privaten Sammlungen an. Kein Kunstliebhaber wird nach New York kommen, ohne das Guggenheim Museum oder die Pierpont Morgan Library zu besuchen. Aber niemand fragt sich, woher das Geld kam, um solche Schätze in der Spanne eines Lebens anhäufen zu können.

Hinter jedem großen Vermögen verbirgt sich ein großes Verbrechen, schreibt Balzac. Aber manchmal genügt auch ein raffinierter Schachzug.

Annas Vater, Jay Gould, war als Finanzhai so berüchtigt und verhasst, dass meine Eltern ihn noch gekannt haben, aber heute weiß man von seinen gigantischen Betrügereien nichts mehr. Selbst mit dem »Schwarzen Freitag« verbindet man nur den Börsenkrach von 1929 und nicht den Unglückstag, für den dieser Ausdruck erfunden wurde, weil durch Goulds Schuld die Börse zusammenbrach und Tausende ins Elend riss. Mit Eisenbahnaktien hatte er schon zwanzig Millionen verdient, da machte er sich an das »Gold-Komplott«. In den Vereinigten Staaten waren 1869 fünfzehn Millionen Dollar in Gold im Umlauf, die Gould für seinen Plan brauchte. Die Regierung hatte fünfundzwanzig Millionen als Staatsschatz in Reserve, und nur, wenn diese Reserve nicht eingesetzt wird, kann Gould mit dem Goldpreis spekulieren.

Er besticht also den Schwiegersohn von Präsident Grant mit wöchentlich 25 000 Dollar, um an Informationen aus erster Hand zu kommen. Zur Sicherheit kauft er sich mit anderthalb Millionen auch noch den Schatzsekretär. Dann lässt er durch Bankiers wie Morgan alles in Umlauf befindliche Gold aufkaufen. Die Folge war, dass der Goldpreis an der Börse hochschnellte. Über Mittelsmänner verkaufte Gould dann heimlich Gold aus seinen Depots, während er gleichzeitig durch Meldungen seiner eigenen Nachrichten-Agentur die Leute animierte, noch weiter in Gold zu investieren. Also kauften alle sein Gold und stießen dafür ihre gesamten anderen Aktienpakete ab. Die Börse fallierte, unzählige Gesellschaften, Firmen und Privatleute waren ruiniert. Es gab Dutzende von Selbstmorden, und Gould war um zwölf Millionen reicher. Das geschah am 24. September 1869, dem Schwarzen Freitag. Seither war Gould der meistgehasste Mann Amerikas.

Aber das große Geld machte er mit der Union Pacific Railway, der ersten Bahn quer durch Amerika, die den Westen für die Wirtschaft erschloss. Nicht die Bahn hat ihn interessiert, sondern die drei Millionen Hektar Land, die der Staat den Investoren als Anreiz längs der Strecke schenkte. Bevor er die Aktienmehrheit kaufte, ließ Gould geologische Gutachten erstellen: Es war nicht etwa wertloses Brachland, sondern es waren die Kohlereviere von Oklahoma, Utah und Wyoming, die er nun als sein Privateigentum betrachtete. Er allein verfügte über den Abbau, den Transport und den Verkauf der Kohle, die vor allem zur Eisen- und Stahlerzeugung gebraucht wurde. Zu Höchstpreisen verkaufte er sie seinen eigenen Gesellschaften, sonst hätte es keine Schienen und Züge gegeben.

Mit fünfundvierzig Jahren besaß Gould mehr als hundert Millionen Dollar. Auf seinen eigenen Schienen reiste er standesgemäß in seinem eigenen Luxuszug, mit Gesellschaftsraum und Panoramablick, Salon, Speisesaal, einer Küche, mehreren Schlafräumen und Zimmern für die Dienstboten. In New York besaß er ein Stadthaus auf der Fifth Avenue und in Irvington ein Herrenhaus am Hudson auf hundert Hektar Land mit der schönsten Orangerie Amerikas.

Als der Farmersohn, der nie eine Schule besucht hatte, im Jahr 1892 starb, vererbte er seinen vier Söhnen und zwei Töchtern zu gleichen Teilen nominell nur siebenundsiebzig Millionen Dollar; der Rest ging an der Steuer vorbei. Leider hinterließ er ihnen auch seinen schlechten Ruf. Sie wurden von der Gesellschaft gemieden, denn praktisch jeden, der dazu gehörte, hatte ihr Vater irgendwann einmal betrogen. Sogar den mächtigen Konkurrenten Vanderbilt hatte er mit der illegalen Ausgabe von Aktien der Erie-Bahn übers Ohr gehauen.

Ich weiß, dass die Vanderbilts, Morgans, Guggenheims oder wie unser Geldadel auch immer heißt, es nicht anders gemacht haben. Vielleicht weniger offensichtlich, aber genauso rücksichtslos. Jeder tat es auf seine Weise. »Gott belohnt die Tüchtigen« hieß es, und daran glaubten sie. Irgendwann hatten diese Selfmademen alles, was es für Geld zu kaufen gab: die größten Häuser, die elegantesten Jachten, die schnellsten Pferde. Nur eines konnten sie nicht kaufen: Unsterblichkeit. Gott belohnte die Tüchtigen nämlich nur zu ihren Lebzeiten – und dann? Was würde dann sein? Jene Generation kaltblütiger Kapitalisten hatte von der Geschichte eine sehr einfache Vorstellung: Sie machten sie. Aber nach ihnen würden andere kommen, und was würde dann aus ihrem eigenen Andenken? Sie würden aus dem öffentlichen Gedächtnis verschwinden, als hätte es sie nie gegeben. Blieb ihnen wirklich nur der Wettkampf der Mausoleen, das eigene stets prächtiger und erkennbar teurer als das der Konkurrenten? Goulds Grabpalast hatte einhundertzehntausend Dollar gekostet, aber gestorben war er als verbitterter Mann, der wusste, dass seine Leistungen ihn nicht in die Ruhmeshalle bringen würden.

Gegen diese Angst vor dem Vergessenwerden gab es nur ein Heilmittel: die Verbindung mit einem Namen, der älter und bedeutender war als der eigene und dessen Glanz auch die eigene Person im goldenen Schimmer der Geschichte verklärte. Wozu hatte man Töchter? Vanderbilt – war das nicht einer dieser Eisenbahnkönige? Wie belanglos würde das klingen. Aber: Vanderbilt war der Schwiegervater des Herzogs von Marlborough – welche Würde offenbart sich in dieser Genealogie! Ein Mann, der es zu der Ehre bringt, mit dem Herzog in einem Atemzug genannt zu werden, wird von der Geschichte nicht vergessen, sondern ist für immer ein Teil von ihr.

Solche Unsterblichkeit ließ sich kaufen. Consuelo, die Tochter William K. Vanderbilts, heiratete 1895 den Herzog von Marlborough, dessen ruinöses Schloss Blenheim mit seinen zweihundert Dienstboten und einem jährlichen Etat von hunderttausend Dollar dringend einer Unterstützung bedurfte. Das Stadtschloss Sutherland in London hingegen wurde eigens für das Paar gebaut, für etwa zweieinhalb Millionen Dollar. Niemand hat gesagt, dass Unsterblichkeit billig wäre. Alles in allem soll der Titel einer Herzogin den

Schwiegervater zehn Millionen gekostet haben, nicht einmal zehn Prozent seines Vermögens. Dreizehn Jahre später entschied die Herzogin, dass es besser sei, den Titel zu behalten als den Mann. Ihre zwölf Millionen schwere Cousine vermählte sich mit einem ungarischen Adligen, dessen Namen allerdings niemand aussprechen konnte, weshalb es in diesem Fall mit der Unsterblichkeit nicht ganz klappte. Bis zum Jahr 1900 hatten fünfhundert Amerikanerinnen ausländische Adelige geheiratet und dadurch etwa zweihundertzwanzig Millionen Dollar nach Europa gebracht. Eine von ihnen war Anna Gould.

Anna heiratete drei Jahre nach dem Tod ihres Vaters, im März 1895, den französischen Grafen Boni de Castellane. Endlich. Sie hatte schon nicht mehr daran geglaubt, dem schlechten Ruf ihres Vaters entkommen zu können. Zu den Fleischmärkten, wie man die großen Bälle der New Yorker Saison respektlos, aber durchaus zutreffend nannte, war sie nie eingeladen worden. Es hätte auch nichts genutzt. Mit ihren zehn Millionen war sie zwar einigermaßen reich, aber das waren hier alle. Nein, Anna war nicht wie ihr Vater klein und unscheinbar, sondern sie war klein, unmöglich gekleidet und so hässlich, dass man in Paris darüber lästerte. Als Boni sie zum ersten Mal sah, trug die Achtzehnjährige ein Kleid aus dunkelgrauem Crêpe de Chine, das höchstens zu einer geschlechtslosen Gouvernante gepasst hätte. Apart, dachte er, der solch eine Kombination von ästhetischen Mängeln und finanziellen Vorzügen noch nie erlebt hatte, sehr apart. Er kannte bisher nur Affären mit gelangweilten Ehefrauen aus seinem Bekanntenkreis. Sie waren fünf Minuten lang dankbar und in der Oper grüßten sie nur andeutungsweise. Diese krude Amerikanerin müsste ihm in jeder Sekunde ihres Lebens dankbar sein und in der Oper – nun ja, die gemeinsame Loge ließe sich kaum vermeiden, aber ein gemeinsamer Parcour durch die abschätzigen Blicke – lieber nicht. Anna war keine Frau zum Vorzeigen, das wusste sie sicher selbst; ihre Vorzüge wirkten im Stillen, auf ihrer Bank. So einfach dürfte sich Boni das Leben mit Anna gedacht haben. Er hatte keine Ahnung, was ihn wirklich erwartete.

Sie galt für reicher, als sie war. Man sprach von Milliarden. Solche inneren Werte glichen vieles aus, was Boni an Äußerlichkeiten bemängeln konnte. Die Marquise d'Anglesey wollte ihn beim Tee aus ihren blauen Sèvres-Tassen warnen: »Dieses Mädchen wird niemals so dumm sein, einen Mann zu akzeptieren, der töricht genug wäre, sie zu heiraten.« Doch Boni besaß nur noch einige tausend Francs. Er machte Anna den Hof, schickte ihr jeden Morgen Blumen, vertraute auf seine galanten Umgangsformen und sein bewährtes blendendes Aussehen, seine strahlend blauen Augen und sein vor Brillantine glänzendes Haar, das, wie sein Freund Proust zu schwärmen pflegte, »so golden war, als hätte es alle Strahlen der Sonne aufgesogen«. Als er sah, dass sein Auftreten bei Anna nicht ohne Wirkung blieb, entzog er ihr seine Gesellschaft und fuhr nach New York, nachdem er diskret in Erfahrung gebracht hatte, wann sie wieder nach Hause zurückkehren würde. Er setzte auf die freudige Überraschung des Wiedersehens und er gewann. Ihren altmodischen schwarzen Samthut übersah er gnädig.

Anna wohnte seit dem Tod des Vaters im Haus ihres älteren Bruders George auf Long Island. Die Besuche in diesem streng puritanischen Haushalt stellten Bonis Bereitschaft zu Kompromissen auf eine harte Probe.

»Wenn Sie Wein zum Dinner möchten«, gab ihm Anna zu verstehen, »dann müssen Sie sich selbst eine Flasche mitbringen. Wir trinken hier Wasser.«

Taktvoll verzichtete Boni auf diesen offenbar gefährlichen Luxus. Schockiert hatte ihn bereits das Deckengemälde der zehn Meter hohen Eingangshalle: Es stellte in lebhaften Farben eine Stierkampfszene dar, ungefähr in der künstlerischen Qualität, die er von den Fächern kannte, welche vor der Arena von San Sebastian verkauft wurden. Ein Pferd wälzte sich mit aufgeschlitztem Bauch im Sand, der Stier wütete dem Todesstoß entgegen. Es war ein Gemälde, das jedem Besucher deutlich machte, wie hier die Gespräche über Bankgeschäfte abliefen. George sprach ausschließlich über Investitionen, Aktiengewinne und Trustbeteiligungen. Boni schien ihm keine erfolgversprechende Investition zu sein. Auch dessen nachdrückliche Erwähnung, dass sein Urgroßvater an der Seite von Lafayette gegen die Engländer für die Unabhängigkeit Amerikas gekämpft hatte, beeindruckte George überhaupt nicht.

Über dem monumentalen, von zwei Gipskaryatiden flankierten Kamin hing ein Porträt der früh verstorbenen Mutter, bei dessen Anblick Boni den Mut des unbekannten Malers zum Realismus bewunderte und Anna glaubwürdig versichern konnte, sie sei ihr wie aus dem Gesicht geschnitten, was ein irritierendes Lächeln über ihre vorstehenden Schneidezähne zauberte. In der linken Ecke der Eingangshalle stand ein vergoldetes Klavier, das als Meeresungeheuer verkleidet war. Der Schwanz in Form einer Lyra erhob sich zur Decke, die Zähne der Bestie dienten als Tasten. Anna deutete in seltenem Übermut eine Polonaise von Chopin an, die so klang, als hätte sie die Töne eben erfunden.

Serviert wurde im Zwischengeschoss, das man rechts über eine mit Bärenfellen ausgelegte Treppe erreichte. Neger in weißen Leinenuniformen servierten aus goldenen Schüsseln. Die Fenster gingen, wie George es nannte, auf den Park, der aus räudigen Tannen und drei Betonstatuen bestand, die den Hausherrn an seine Europareise erinnern sollten: Die Venus von Milo stand neben dem Apoll von Belvedere und stützte sich mit dem Armstumpf auf eine Büste Napoleons. Zu Ehren seines Gastes hatte George eine Parforcejagd organisiert. Man galoppierte auf schlecht gesattelten Pferden hinter ein paar Hunden, die der Spur eines in Benzin getränkten Lappens folgten. Der Geruch war penetrant. Nach dem Ritt ließ George vor den Nasen der Hunde einen gefangenen Fuchs los, der in seiner Not die Venus von Milo erklomm und sich um deren Hals legte. Die bleiche Göttin glich plötzlich einer stark dekolletierten Hure, die sich ohne Make up, aber mit einem Pelz präsentierte. Boni fand das Arrangement durchaus reizvoll, bis ein Schuss seinen Phantasien ein abruptes Ende setzte.

Am nächsten Morgen erklärte ihm Anna, dass sie im Fall einer Heirat nicht zum Katholizismus übertreten würde. Boni staunte, denn von Heirat war bislang noch nicht die Rede gewesen. Offenbar war sie verliebter, als er geahnt hatte.

»Und warum nicht?«, fragte er.

»Weil ich mich als Katholikin nicht scheiden lassen kann.«

Vielleicht war sie doch nicht so verliebt, wie er glaubte.

»Wir werden niemals geschieden werden«, nutzte Boni die Gunst der Stunde und hörte ein schwaches »Nein«.

Damit hatte Anna seinen Heiratsantrag angenommen. George präsentierte ihnen einen Ehevertrag, der Gütertrennung vorsah, aber als Mann von Ehre konnte Boni nun nicht mehr zurück. Sie wurden im väterlichen Haus an der Fifth Avenue durch den Bischof von New York getraut. Für die klatschsüchtige französische Presse war Boni der Held, der eine Dollarmilliardärin ins Land holte. Als das junge Paar an Bord der »Majestic« in Southampton eintraf, drängten sich die Reporter und dann in Paris die Juweliere.

Auf der Hochzeitsreise wohnten sie in Monte Carlo im Palais des Herzogs und der Herzogin von Rohan. Glücklicherweise dinierten sie nicht gemeinsam, denn während ihres Besuchs erlitten der Herzog und seine Gattin durch einen verdorbenen Fisch eine Magenverstimmung und mussten nachts zur gleichen Zeit auf die Toilette. Sie begegneten sich auf dem dunklen Korridor. Da sie sich seit einigen Jahren nicht mehr ohne Perücken und Gebisse gesehen hatten, erkannten sie sich nicht, erschraken voreinander, hielten sich gegenseitig für Einbrecher und schrien gellend um Hilfe.

Um ihren Teint frisch zu halten, legte sich die Herzogin nachts Tatar aus Kalbfleisch auf die Wangen. Boni überraschte sie eines Morgens, wie sie im Negligé, mit Gummistrümpfen über den Waden und den Resten des Tatars im Gesicht am Flügel die ersten Takte der berühmten Arie »È strano ... È strano!« aus der »Traviata« krächzte.

Man kann also nicht sagen, dass er keinen Anschauungsunterricht über die Ehe gehabt hätte. Als Romantiker jedoch träumte er vom Paradies auf Erden, das er nach seinen Plänen und mit Annas Geld verwirklichen würde. Immerhin konnte er sie davon abbringen, ihren Brautschleier als Bettüberwurf weiter zu verwenden. Langsam entwuchs sie der puritanischen Ödnis ihrer Erziehung und lernte, weiße Mousselinkleider mit rosa Gürtel zu tragen. Auf einem Empfang bei seinen Eltern führte Boni seine Eroberung der Pariser Gesellschaft vor. Anna trug ein Kleid von Doucet und eine mit Diamanten besetzte Blätterkrone. Die Reporter schienen allerdings etwas enttäuscht; ein lassoschwingendes Flintenweib wäre ihnen wohl lieber gewesen.

Valfierno verfolgte diese Gesellschaftsberichte im *Echo de Paris* und im *Petit Journal* mit größter Anteilnahme und dies nicht nur, weil es sich um einen Kunden handelte. Boni war gelegentlich in dem kleinen Antiquitätenladen aufgetaucht, in dem Valfierno angestellt war, und hatte mal ein Silberservice, mal ein Kästchen mit alten Münzen, in der letzten Zeit vor der Heirat auch einige goldene Ringe verkauft, stets mit der Attitüde, als erweise er dem Abnehmer eine besondere Gnade und stets mit der Bitte um Diskretion. Valfierno wusste also, wie es um Bonis Finanzen stand, und er sah in ihm das Spiegelbild seiner Existenz: arm, ehrgeizig und flexibel genug, um das Schicksal nötigenfalls zu korrigieren.

Was war Boni de Castellane vor seiner Heirat gewesen? Ein junger Schönling mit einem kleinen, alten Adelstitel, der keinen Sous wert war, ein Rumtreiber und Glücksspieler, der sich die Nächte im »Chat Noir« um die Ohren schlug. Und was war er selbst, Eduardo Valfierno? Ein ebenso junger Genueser, der nach einem dummen Unfall die Stadt fluchtartig verlassen musste und in Paris eine miserabel bezahlte

Stelle als Verkäufer und Austräger gefunden hatte. Auch er war arm, ehrgeizig und voller Bereitschaft zum Risiko. Bei so viel Übereinstimmung, dachte er, müsste es doch einen Anknüpfungspunkt geben. Er verfiel nicht der Illusion, eine reiche Erbin würde in den Laden kommen und ihn von der Theke weg heiraten. Aber wenn dieser Mensch so viel Glück gehabt hatte, müsste man ihm nur gefällig sein, vielleicht fiele etwas davon für ihn ab.

Fieberhaft hatte Valfierno überlegt, welchen Dienst er Boni erweisen könnte. Das gesamte Inventar des Ladens hatte er unter die Lupe genommen, ob irgendein Stück Bonis Aufmerksamkeit verdiente. Was könnte einen Mann erfreuen, der sich jetzt alles kaufen konnte? Schließlich hatte er eine Idee: Er würde zu dem Stammschloss der Familie fahren, den örtlichen Fotografen beauftragen, es abzulichten und anhand der Fotos ein Gemälde anfertigen lassen. In einem der alten Prunkrahmen, die im Keller des Ladens lagerten, wäre solch ein Bild das ideale Geschenk zur Einweihung des neuen Palais, das Boni gerade bauen ließ. Und der Dank, dessen war er sicher, würde nicht auf sich warten lassen! Eine wunderbare Idee, sentimental und naiv. Valfierno musste selbst lachen, als er seinem neuen Bekannten Chaudron in Marseille die ganze Geschichte dieses Abenteuers erzählte.

Den Plan, am nächsten Tag zurück nach Paris zu reisen, hatte Valfierno fallen gelassen. Die Tizians und Botticellis, diese Pasticcios, wie der Maler sie nannte, hatten ihn aus der Fassung gebracht. Damit ließen sich Geschäfte machen wie noch nie, wenn er es nur klug genug anstellte. Warum in Marseille, warum nicht in Paris, wo man mindestens das Zehnfache verlangen könnte? Er durfte jetzt nichts überstürzen. Durch die Aufträge Bonis, ihm dieses oder jenes Stück zu beschaffen, hatte er nebenbei einiges Geld verdient und den kleinen Laden übernommen. Es ging ihm nicht schlecht, aber hier witterte er das große Geld. Man musste es nur richtig anpacken. Chaudron, das fühlte er, war keiner, der sich wie der ahnungslose Boni übertölpeln ließ. Also bot er ihm für die Bücher nicht zehn, sondern hundert Francs; das war ein guter, sogar ein tollkühner Preis, denn es gab damals in Frankreich keinen Markt für solche alten Bücher. Seine Frau Laura bekam später von der Morgan Library allein für den Petrarca zehntausend Dollar.

Einen Scherz, den sich Chaudron gemacht hatte, bemerkte er überhaupt nicht: In einem Band mit Briefen Ciceros (Bologna 1477) hatte er eine handschriftliche Notiz angefügt, derzufolge Leonardo 1503 an dem Porträt einer Lise del Giocondo gearbeitet habe – ein geradezu prophetischer Scherz, wenn man den späteren gemeinsamen Coup bedenkt.

Er werde die Bücher abholen lassen, sagte Valfierno und bat Chaudron um die Ehre, ihn zum Essen einladen zu dürfen. Noch während der Zwiebel-Knoblauch-Suppe erzählte er von seiner Reise nach Castellane.

»Zuerst hierher, dritter Klasse, dann am nächsten Tag nach Aix, aber dort lachte man mich aus, denn bis Castellane fuhr nicht einmal eine Postkutsche. Ich kam bis Saint-Auban und machte den Rest zu Fuß, dreißig Kilometer bergauf. Ich dachte mir schon, dass da etwas nicht stimmt, aber jetzt war ich hier, und so leicht gebe ich nicht auf, Monsieur. Am Abend war ich oben. Keine Stadt, kein Schloss, nur ein hingeschissener – entschuldigen Sie, Monsieur, aber so ist es –, ein auf den Berg geschissener Haufen kleiner Häuser. Kein Mensch, kein Vieh, gar nichts. Ich ging zum Brunnen, um meine verdreckten Schuhe zu säubern und setzte mich an den Rand. Von irgendwo hörte ich ein dünnes Angelus-Läuten. Ich machte mir Gedanken, wo ich schlafen sollte. Da kam ein Mann und fragte: ›Was wollen Sie?‹ Kein Gruß, nichts.«

Chaudron musste lächeln, weil er den abweisenden Ton der Bergbauern kannte und füllte die Weingläser nach.

»›Ich komme aus Paris‹, habe ich geantwortet, ›und ich suche das Schloss der Castellanes.‹ ›Da können Sie wieder verschwinden. Es gibt hier kein Schloss, und Leute aus Paris brauchen wir nicht‹ – das war seine Antwort, aber ich blieb immer noch höflich. ›Die Castellanes stammen doch von hier‹, doch der Kerl unterbrach mich: ›Von denen haben wir die Nase voll, gestrichen voll‹, und er machte die entsprechende Handbewegung. Was soll ich Ihnen sagen, Monsieur Chaudron, der Mann war der Bürgermeister, und ich sollte nach dem Angelus in sein Haus kommen. Und da erfuhr ich dann die ganze Wahrheit. Die Castellanes sind nicht in der Revolution vertrieben worden, wie Boni es immer erzählt, sie hatten schon Jahre vorher ihr Dorf einfach im Stich gelassen. Als Herr hat man Rechte und Pflichten, aber die Castellanes hielten nichts von Pflichten. Wenn es gebrannt hatte, beispielsweise, haben sie die Häuser nicht wieder aufgebaut; sie haben sich überhaupt nicht um ihre Leute gekümmert. Ihre Zitadelle haben sie so verfallen lassen, dass der Urgroßvater praktisch bei Nacht und Nebel seine Ruine auf Nimmerwiedersehen verlassen hat. Also, was Boni vom Schloss seiner Vorfahren erzählt – alles gelogen. Ich langweile Sie hoffentlich nicht, Monsieur? Denn der Clou kommt noch.«

Die Suppenteller waren abgetragen und für Valfierno servierte der Kellner einen Reis à la Genoise, mit Muscheln und Parmesan. Chaudron begnügte sich mit einer Dorade in Gelee und bestellte noch einen Krug Wein.

»Ich fragte also den Bürgermeister, ob es denn außer dem Namen überhaupt noch etwas gäbe, was an die Castellanes erinnert. Ich hatte ja immer noch die Idee von einem Geschenk im Kopf. Er sieht mich an und sagt bitter ›leider ja‹ und ich hätte es sehen müssen, als ich am Brunnen war. Eine Steintafel. Man hätte sie längst zerschießen sollen, aber für einen Castellane wären selbst die Kugeln zu schade, stellen Sie sich das vor, Monsieur. Jetzt war es zu dunkel, aber am Morgen könnte ich sie sehen. Der Kerl bot mir kein Bett an, sondern das Stroh im Stall. Am Morgen sehe ich, dass er selbst auf Strohmatten schläft. Diese Leute sind arm, Monsieur Chaudron, sie haben keinen Wein, keine Felder, nur ein paar Apfelbäume, sie verkaufen getrocknete Apfelringe in Saint-Auban.«

Chaudron hörte noch immer geduldig zu. Er kannte die Armut in der Provinz. Insgeheim freute es ihn, dass jemand aus der Hauptstadt einmal die Realität des Südens kennenlernte. Als hätte er Chaudrons Gedanken gelesen, fuhr Valfierno fort:

»Paris hat den Süden nicht vergessen, aber es investiert kein Geld, es nimmt nur Geld. Die neuen Herren sind gieriger als die alten jemals waren. Glauben Sie mir, Monsieur, dort oben habe ich mich gefühlt wie im Mittelalter. Verlassen und hilflos. Ich habe zum Bürgermeister gesagt, hier oben ist es so, als ob Paris überhaupt nicht existiere, und er wiederholte in einem höhnischen Ton ›Paris‹ und knallte das Steuerformular auf den Tisch. ›Da existiert Ihr Paris!‹ Ich wusste nicht, was ich sagen sollte, und er geht hinaus, zeigt mir am Brunnen eine Steintafel. So groß wie eines Ihrer Bilder. Mühsam zu lesen, jedenfalls zweimal der Name Castellane und die Jahreszahlen von 1650 bis 1760. Der Mann spuckte darauf. Ich sehe ihn an, er dreht sich weg und sagt, ich solle den Dreck mitnehmen, wenn ich könnte. Ich dachte, ich höre nicht richtig. Das war eine Steintafel, die mit Eisenbolzen in der Mauer befestigt war. Ja, und dann kam er mit Werkzeug, und ich stand da mit der Tafel. Ohne Fuhrwerk. Um es kurz zu machen, Monsieur, ich habe sie auf dem Rücken den Berg hinuntergeschleppt, nach Paris befördert und sie Boni zur Einweihung seines Palais' geschenkt.«

Der zweite Krug war geleert, der Hunger zunächst gestillt, nun konnte man sich zurücklehnen. Chaudron hatte für sich als Hauptgericht nur ein Boeuf Miroton und Valfierno ein Murmeltierragout bestellt, wie er es noch von der Küche seiner Tante kannte. Mit dem von einem Italiener geführten Lokal war er vollkommen zufrieden und kam mit einem entspannten Lächeln zum Ende seiner Geschichte.

»Das hätten Sie erleben sollen, Monsieur. Auf meine Nachricht kommt Boni in den Laden, ich präsentiere ihm die Tafel. Er wird vollkommen bleich, noch blasser als sonst und flüstert: ›Wo haben Sie das her?‹ ›Aus Castellane‹, sage ich. Er schweigt. Er wusste, dass ich wusste. Er nahm das Geschenk an; ›ich erwarte Ihre Diskretion‹, sagte er wie üblich, und zwei Wochen später bekam ich die Einladung zu seinem Fest. Da war die Tafel schon eingepasst in einen roten Marmorrahmen über der Eingangstür. Seinen Gästen erklärte er, dies sei das Einzige, was sein Großvater vor den Revolutionären gerettet hätte. Damit war klar, dass ich ihn in der Tasche hatte. Aber ich bin ein Mann von Ehre, Monsieur Chaudron, auf meine Diskretion kann man sich absolut verlassen. Wenn ich morgen zum Herrn Grafen gehe und ihm einen Tizian anbiete, dann fragt er nicht, sondern bezahlt. Sie verstehen, was ich meine?«

Chaudron verstand sehr gut. Er war vom Elan Valfiernos amüsiert und zugleich beeindruckt. Dieser junge Mann würde seinen Weg machen. Er hatte gute Manieren, eine schnelle Auffassungsgabe und schätzte die alten Meister. Dieses kaum verhüllte Angebot sollte er sich durch den Kopf gehen lassen. Aber nicht heute Abend.

»Sie sind morgen noch in Marseille, Monsieur Valfierno?«

»Selbstverständlich. Wenn es Ihre Zeit erlaubt, würde ich Sie gerne über meine weiteren Pläne unterrichten.«

»Ich stehe zu Ihrer Verfügung.«

Es war ein harmonischer Abend, der in einer kleinen Hafenkneipe bei geschmuggeltem spanischen Brandy endete.

Am nächsten Mittag erklärte Valfierno, was er vorhatte. Gewiss sei der sammelwütige Boni ein exzellenter Kunde, Chaudron möge aber bitte vor allem das gesellschaftliche Umfeld bedenken: die amerikanischen Freunde der Dollarprinzessin, die bei ihr verkehrten und ebenfalls solche alten Meisterwerke besitzen möchten.

»Sie haben Millionen, aber keine Vergangenheit. Sie sind süchtig nach Tradition und Sie, Monsieur Chaudron, können ihnen diese Tradition liefern.«
Die Idee gefiel ihm. Allein schon aus Rache. Wenn eine so alte Kulturnation wie Frankreich sich von der Tradition abwendet und die Maler hierher kommen, um im Licht des Südens ihre Impressionen zu pinseln, dann wäre es doch nur gerecht, wenn man einer so jungen Nation wie den Vereinigten Staaten hilft, die wahre Kunst zu erkennen. Gewiss, noch werden sie Donatello für eine Gebäcksorte halten, aber der Anblick der Bilder in ihren Salons würde ihr ästhetisches Urteil schärfen und ihren Geschmack verfeinern.
»Entschuldigen Sie meine Direktheit, Monsieur Chaudron, aber darf ich fragen, was ein Bild von Ihnen kostet?«
Die Frage kam nicht unerwartet. Chaudron antwortete wahrheitsgemäß: »In der Regel fünfhundert Francs.« Davon konnte man ein halbes Jahr leben, jedenfalls in Marseille. Valfierno rechnete gewohnheitsgemäß in Dollar um. Er hatte sich verschätzt. Nicht das Zehnfache, sondern das Zwanzigfache würde er für diese Bilder erzielen können.
Chaudron war schockiert. Zweitausend Dollar, zehntausend Francs für ein einziges Bild? Andererseits, diese Leute waren Millionäre, manche sogar Milliardäre geworden in wenigen Jahren, da waren zweitausend Dollar vielleicht nur ein Stundenlohn. Aber diese Leute arbeiteten ja nicht. Sie ließen ihr Geld arbeiten. Ein schöner Gedanke: Das Geld arbeitet, um Bilder zu kaufen.
»Ich biete Ihnen siebzig Prozent bei jedem Verkauf. Dafür haben Sie keinerlei Kosten. Ich übernehme die gesamte Abwicklung. Sie malen, ich verkaufe. Ich garantiere Ihnen fünf Bilder im Jahr. Das wären für Sie« – Valfierno tat so, als ob er rechnete, in Wahrheit war er gut vorbereitet – »das wären fünfunddreißigtausend Francs pro Jahr.«
Schweigen.
»Und das wäre nur der Anfang.«
»Der Anfang?«

»Nun ja, es muss ja nicht bei diesen Preisen bleiben. Bonis Frau hat viele Freunde, die bis jetzt nur billiges Zeug kaufen, Kopien, die ich ihnen aus dem Louvre und den Uffizien besorge. Wenn ich einem ihrer Freunde einen Tizian liefere, werden alle einen Tizian haben wollen, und der kostet dann nicht mehr nur zweitausend Dollar. Wenn die Konkurrenz groß ist, bestimmt die Nachfrage den Preis. Die Kunden zahlen, was ihnen das Bild wert ist. Und Ihre Bilder, Monsieur Chaudron, sind sehr viel wert, besonders Ihre noch nicht gemalten Tizians. Und es muss ja nicht immer Tizian sein.«

Valfiernos Angebot war verlockend. Mehr als das: Es war eine Herausforderung. Es bedeutete den Schritt von der dekorativen Malerei der Pasticci für seine Marseiller Kundschaft zum materialgetreuen Bildaufbau eines Correggio oder Luini, wie er es aus Cenninis Anleitungen gelernt hatte. Endlich könnte er die Absichten der alten Meister verwirklichen und Bilder schaffen, deren Farben von innen leuchteten.

Es war unmöglich, dieses Angebot abzulehnen. Chaudron neigte den Kopf und reichte Valfierno die Hand. Es war ein Vertrag.

So hatte ihre Zusammenarbeit begonnen. Alles Weitere ist Geschichte.

Boni war ein Verschwender. Der Palast aus rotem Marmor, den er für sich und Anna in Sichtweite des Arc de Triomphe, an der Ecke Avenue de Malakoff/Avenue du Bois (heute Ave. Foch), errichten ließ, verfügte über ein eigenes Theater mit sechshundert Plätzen, einen smaragdgrünen Teich am Ende des Speisesaals und einen von Lüstern erhellten Weinkeller im Stil eines toskanischen Refektoriums. In dem Glauben, er hätte unbegrenzten Zugriff auf Annas Vermögen, kaufte Boni alles, was ihm als gut und teuer angeboten wurde. Er war Kunde bei Sedelmeyer und Samary, bei Guiraud im Faubourg Saint-Honoré und bei Edouard Valfierno, der bald eine Galerie in der teuren Rue Jacob eröffnen konnte, in gleicher Nähe zum Café des Deux Magots wie zur École des Beaux Arts. Er hatte sich, welche Überraschung, auf die italienische Malerei der Renaissance spezialisiert.

Ich finde es sonderbar, wie lange die französischen Händler uns amerikanische Frauen unterschätzt haben. In ihrer patriarchalischen Tradition dachten sie, nur die Männer dürften das Geld ausgeben. Also richteten sie sich in ihrem Angebot nach den von zwielichtigen Geschäften geprägten, eher düsteren männlichen Vorlieben. Sie ahnten nichts von der Macht der Töchter, von ihrer Kauflust und ihrer Freude an heiteren Bildern. Tatsächlich ist unsere amerikanische Kultur seit Beginn des 20. Jahrhunderts mehr von den Töchtern inspiriert worden als von den Vätern. Keine amerikanische Frau hätte eines dieser dunklen Bilder von Rembrandt gekauft; sie wollten das Leuchten und die Farbenfreude der italienischen Kunst. Die Rembrandts passten gut zu den dunklen Möbeln und der Eichentäfelung der amerikanischen Herrenzimmer mit ihren schweren Portieren, Vorhängen und Gardinen, hinter denen die düsteren Geheimnisse der Bewohner verborgen schienen. Sie waren sozusagen dafür gemacht. Mit ihren biblischen Themen und der ehrwürdigen Patina sollten sie die Tradition alten Bürgertums vorzeigen. Doch wenn man an der Patina ein wenig kratzte, kam die jüngste Vergangenheit zum Vorschein, die wie bei ihren neuen Besitzern nicht ganz so ehrwürdig war. In Sedelmeyers Galerie in der Rue de la Rochefoucauld gab es solche Rembrandts dutzendweise. Sedelmeyer hatte auch einen Gesamtkatalog der Werke Rembrandts in acht Bänden veröffentlicht, herausgegeben von dem preußischen Museumsdirektor Wilhelm von Bode, mit Abbildungen und ausführlichen Beschreibungen aller Bilder. Seltsamerweise standen die meisten davon in Sedelmeyers Lager. Boni hatte einen düsteren »Mann mit Pelzmütze« günstig bekommen und an den mindestens ebenso düsteren Pierpont Morgan teuer weiterverkauft.

Die neue Generation machte es besser. Die reichen Töchter befreiten sich in Europa aus dem Gefängnis ihrer puritanischen Herkunft und gönnten sich den Luxus der Freude. Manchen gelang es sogar bei der Rückkehr, die in ihren Geschäften vereinsamten Väter von der göttlichen Gelassenheit der mitgebrachten Tizians und Raffaels zu überzeugen. Zu Recht schrieb Valfierno in einem Brief an meine Freundin Belle da Costa, er habe wesentlich zur Entwicklung des Kunstsinns reicher Amerikaner beigetragen.

Boni hingegen ging es mit seiner Frau schlecht und schlechter. Er hätte gewarnt sein sollen durch den Hochmut, mit dem sie schon vor dem ersten Fest seinen Hinweisen widersprochen hatte: »Sie verlangen von mir, dass ich mich vor einer Prinzessin verbeugen soll? Aber ich stehe doch über ihr, weil ich eine freie Amerikanerin bin!«

Boni revanchierte sich: Wenn ein Gast die Pracht des neuen Hauses rühmte, stellte er seine Frau vor mit den Worten: »Und das ist die Kehrseite der Medaille.« Als er mit seinem exquisiten Geschmack die Hälfte ihrer Erbschaft verbraucht hatte, ließ Anna 1905 ihren Bruder George kommen. Er hielt die Antiquitäten für Plunder und empfahl die sofortige Scheidung. Boni war mit einem Schlag wieder bettelarm, und Anna heiratete sich mit dem restlichen Vermögen nach oben. Sie hatte seit längerem ein Verhältnis mit Bonis Vetter und avancierte durch diese zweite Ehe zur Herzogin von Tayllerand. Auch Valfierno hatte sich inzwischen ein schmückendes »de« vor dem Namen zugelegt, was seine Attraktivität besonders in den Augen seiner amerikanischen Kundinnen noch beträchtlich steigerte.

Die Damen kauften gern bei diesem gutaussehenden und charmanten Herrn. Er wartete nicht darauf, dass sie in seine Galerie kamen, sondern er traf sie wie zufällig im Ritz, war ihnen behilflich mit Terminen in den großen Modeateliers, konnte ihnen auch bei ausverkauftem Haus Logen in der Oper besorgen und ließ nur gelegentlich mit schmerzlichem Lächeln eine Bemerkung fallen wie: »Zu schade, gnädige Frau, der Raffael hätte so gut zu Ihnen gepasst, aber ich fürchte, den Namen darf ich hier nicht nennen, ich fürchte, er ist gerade gestern verkauft worden, leider an die Falsche ...« So etwas reizt nicht nur die Neugier jeder Frau, sondern auch ihren Raubtierinstinkt, weil sie die Chance wittert, einer Rivalin etwas wegschnappen zu können. Und selbstverständlich blieb sie bei dem angeblich schon verkauften Bild die Siegerin. Es war wirklich ein Vergnügen, mit Edouard de Valfierno Geschäfte zu machen.

Drittes Kapitel

»**Lass uns ausgehen**«, hatte Valfierno an jenem sonnigen Mittag im Mai 1909 seinem Freund vorgeschlagen. »Das Neueste aus Paris habe ich dir noch nicht erzählt und außerdem müssen wir noch übers Geschäft reden.« Valfierno liebte es, über seine Geschäfte zu sprechen, aber nie im Haus des Malers, das verbot ihm sein Respekt vor der Kunst. Auf der Rennbahn zum Beispiel konnte man ungeniert über Geld reden; ein Botticelli von Chaudron hatte hier den Wert einer glücklichen Siegwette. Im Atelier schien er unbezahlbar, ein Museumsstück.

Als sie auf die Straße traten, trieb ein böiger Südwind den dumpfen Salzgeruch des Meeres durch die Häuserreihen. Ein paar Möwen nutzten die Brise für waghalsige Manöver. Valfierno fühlte sich an seine Heimat Genua erinnert, atmete tief durch und verdrängte die Erinnerung sofort wieder. Selbst wenn die Polizei nicht mehr nach ihm fahndete, würde ihn die Familie des Toten nie vergessen.

Die Freunde überquerten die Cannebière mit ihren Grandhotels, Juwelieren und den großen Modeateliers. Am Platz vor der Börse nahmen sie eine Droschke und ließen sich zum Velodrom fahren. Radrennen waren die große Mode. Kurz nach Eröffnung der Bahn war Chaudron von Strinello zu einem Rennen eingeladen worden, weil zwei seiner italienischen Arbeiter an den Start gingen. Der Sport versprach eine Karriere aus dem Nichts. Jede Vergangenheit schien wie ausgelöscht. Es galt nur die Konzentration auf den Augenblick. Die Herkunft der Fahrer interessierte niemanden, hier zählten nur Kraft, blitzschnelle Reaktion und Geschwindigkeit. Chaudron war schwindlig geworden beim Beobachten der Fahrer auf der Piste, und das Dröhnen der Gummireifen auf dem hölzernen Untergrund hatte bei ihm Angstgefühle ausgelöst. Also ging er jetzt in die Brasserie, bestellte sich einen Anisette und wartete, bis Valfierno seine Wetten platziert hatte.

Die Idee seines Freundes, die Mona Lisa an amerikanische Kunden verkaufen zu wollen, war ohne Zweifel verrückt. Genauso gut könnte man den Eiffelturm verkaufen. Da hätten vor zwanzig Jahren die Pariser noch begeistert zugestimmt. Aber jetzt war er das Wahrzeichen der Stadt, ebenso wie die Mona Lisa, die mit ihrem rätselhaften Lächeln romantische Touristen anlockte. Jeder kannte dieses Gemälde; jeder wusste, wo es hängt – es war eine absurde Idee, dieses Bild verkaufen zu können. Andererseits hatte ihn Valfierno noch nie getäuscht mit Seifenblasen, die schillernde Gewinne versprachen und platzten, wenn man ihnen zu nahe kam. Valfierno war ein zuverlässiger Freund und Partner; er hatte sich stets auf ihn verlassen können. Vertrau mir, hatte er gesagt, und es gab keinen Grund, es nicht zu tun.

Viermal die Mona Lisa in zwei Jahren. Der Auftrag war vielleicht absurd, aber er kam ihm nicht ungelegen. Die Italiener in Marseille kauften keine Bilder mehr, seit es wegen des Erdbebens von Messina Ende Dezember letzten Jahres über hunderttausend Tote zu beklagen gab. Die Städte Messina und Reggio di Calabria lagen völlig in Trümmern. Allein in der Hafenstadt Messina hatte man bisher mehr als achtzigtausend Leichen, zwei Drittel der Bevölkerung, aus den Ruinen geborgen, und noch immer waren die Helfer mit bloßen Händen bei der Arbeit. Viele Familien der italienischen Kolonie in Marseille trauerten über Angehörige unter den Opfern; oft waren es Söhne und Enkel, die zum Neujahrsfest in die alte Heimat gereist waren, bepackt mit Geschenken für die Eltern. Sizilien war das Armenhaus Italiens. Wer sein Leben nicht als Leibeigener der wenigen adligen Grundbesitzer fristen wollte, hatte dem Süden bereits den Rücken gekehrt. Nur die Alten und Blöden waren geblieben.

Schon einmal, 1783, waren Messina und Reggio di Calabria durch ein Erdbeben völlig zerstört und neu wieder aufgebaut worden. Jetzt sprach man davon, nach dieser furchtbaren Katastrophe würden ganze Stadtviertel verschwinden, denn für die wenigen Überlebenden lohne sich der Wiederaufbau nicht mehr. Überall wurde Geld gesammelt, nicht für den Aufbau der Städte, sondern für eine Passage nach Amerika. Wer von den jüngeren Männern überlebt hatte, wollte fort in die Neue Welt, wo sie sich dann in New York mit den irischen Hungerleidern um die Arbeit als Tagelöhner prügelten.

Niemand wollte jetzt Kunst kaufen. Im Gegenteil: Viele versuchten, ihre Bilder zu verkaufen, um mit dem Erlös die Opfer unterstützen zu können. So kam eine »Madonna mit Kind«, die sehr jener kleinen Faltenwurf-Übung Chaudrons ähnelte, als frühe Arbeit Raffaels in den Besitz des Florentiner Händlers Volpi, der sie gerade an diesem Tag, an dem Chaudron in der Brasserie des Velodroms saß, für zweihunderttausend Dollar an Pierpont Morgan verkaufte. Erst Jahre später erkannte man, dass die Madonna nicht von Raffael stammte; 1944 wurde das Bild aus Morgans Sammlung für zweitausendfünfhundert Dollar versteigert.

Quälende Stunden und Tage der Ungewissheit hatten Chaudron und Marie mit dem Freund Strinello verbracht, bis schließlich die vernichtende Nachricht kam: Strinello hatte Elvira und die Zwillinge verloren. Zusammen mit Elviras Eltern waren sie zwei Wochen nach dem Beben unter dem Schutt gefunden worden. Niemals würde Chaudron diesen Augenblick vergessen, als der Hüne Strinello, gestützt auf die zierliche Marie, das Atelier betrat, in der Hand das Telegramm mit der Schreckensmeldung, und aus tiefstem Herzen heulte: »Das ist die Strafe, wenn man die Mutter verlässt« – wobei Chaudron nicht wusste, ob er die leibliche Mutter oder die Heimat meinte – »das ist die Strafe. Sie finden dich. Wenn nicht Gott, dann der Teufel. Sie finden jeden.« Danach war Strinello tagelang verschwunden, kam nicht zur Arbeit, nicht in die Wohnung. Marie entdeckte ihn betrunken in der Rue Bouteril vor einem billigen Bordell, aber die Frauen erklärten, ihn nie zuvor gesehen zu haben. Sie brachte ihn in Chaudrons Wohnung, aus der er nach zwei bewusstlosen Tagen ohne eine Erklärung verschwand. Aber noch Monate später schlug mitten in der Nacht die Glocke, und wenn Chaudron zum Fenster hinausblickte, sah er einen schwankenden Schatten auf der Straße, der ein zwischen Verzweiflung und Drohung angesiedeltes »sie finden jeden« hinaufrief und wieder in der Dunkelheit verschwand.

Chaudron ahnte nichts Gutes, als Valfierno an seinen Tisch trat, den Wettschein zerknüllte und übers Geländer warf. Sein auf Sieg gesetzter Italiener war gestürzt. Doch er war ein routinierter Spieler, der eine verlorene Wette nicht gleich als persönliche Beleidigung auffasste. Chaudron konnte also das Gespräch mit einer heiklen Frage beginnen: Zu ihm waren in den letzten zwei Monaten mehrere Kunden gekommen und hatten ihn gebeten, die bei ihm gekauften Bilder wieder zurückzunehmen, weil sie das Geld dringend für die Unterstützung ihrer obdachlos gewordenen Angehörigen brauchten. Chaudron hatte ihnen jedes Mal den Kaufpreis erstattet, und sie küssten ihm mit Tränen in den Augen die Hände. Ob Valfierno vielleicht …?

Zu seiner Erleichterung erklärte sich sein Freund sofort bereit, alle Bilder zu übernehmen, sogar zu einem Mehrfachen des ursprünglichen Preises. Der Anlass sei zwar schrecklich, aber der Zeitpunkt könnte kaum günstiger sein, denn der Markt für italienische Meister expandiere ständig. Valfierno sagte einen regelrechten Run bei den amerikanischen Sammlern voraus, und er behielt recht. Noch konnte er nicht wissen, dass der berühmte Morgan die für einen Raffael eher untypische, weil zu jugendlich strahlende Madonna gekauft hatte, doch diese Entscheidung war ein Signal für andere Sammler. Die Ära der dunklen Niederländer ging zu Ende. Symbolisierten die leuchtenden Farben nicht schon seit Piero della Francescas »Auferstehung« Hoffnung und Verheißung? Die Italiener boomten.

»Und deswegen ist jetzt auch der beste Zeitpunkt für den großen Coup«, erklärte Valfierno selbstsicher. »Sie werden uns die Mona Lisa aus den Händen reißen. Die Amerikaner wissen, so eine Gelegenheit kommt nie wieder. Und für uns übrigens auch nicht.«

Valfierno sagte das so leise und eindringlich, dass Chaudron irritiert war, aber er wollte es sich nicht anmerken lassen. Sein Leben verlief in erfreulich ruhigen Bahnen. Nichts war ihm mehr zuwider als Unordnung und Improvisation. Vor der Staffelei war jeder Pinselstrich im Voraus festgelegt, eine logische Abfolge handwerklicher Prozesse, die sich aus den Eigenschaften der Materialien ergaben. Wenn das Material gleich bleibt, kann sich die Art seiner Verarbeitung nicht ändern. Kunst ist und bleibt zeitlos, dachte er.

Valfierno unterbrach diese Gedanken: »Hast du gelesen, was die Futuristen planen?«

Chaudron wusste nicht, wovon er sprach. Valfierno zog eine gefaltete Zeitung aus dem Jackett: »*Figaro.*«

»Den *Figaro* lese ich nicht.«

»Deswegen habe ich ihn mitgebracht. Vorletzte Woche auf der ersten Seite – das Manifest des Futurismus.«

»Nie davon gehört.«

Valfierno schob die Zeitung über den Tisch und tippte auf den Namen des Autors: »Erinnerst du dich an Marinetti?«

Chaudron versuchte es: »Meinst du den Italiener, der letztes Jahr hier auf Tournee war mit französischen Gedichten?«

Der Abend im Grand Theatre war ein Riesenerfolg gewesen, der Saal voller Italiener, die begeistert applaudierten, als Marinetti pathetisch verkündete, er wolle Italien Ehre machen, indem er der Palette der großen französischen Stilisten die drei Farben der italienischen Fahne durch seine eigenen Gedichte hinzufüge. Und dann hatte er eine »Ode auf ein Auto« vorgetragen. Strinello war dort gewesen; ziemlich modern, hatte er gesagt, vielleicht machen sie als nächstes Gedichte über das Telefon.

Valfierno kannte Marinetti nur vom Hörensagen – Gedichte gehörten nicht zu seiner bevorzugten Lektüre. Aber was man von ihm erzählte, weckte auch nicht unbedingt Sympathien: ein reiches Vatersöhnchen, das mit seiner ägyptischen Geburt und den drallen Brüsten seiner sudanesischen Amme prahlte; ein Schönling, der mit einer wohltönenden Suada jede Frau in sein Bett reden konnte; ein Phantast, der seine Bücher auf eigene Kosten drucken ließ und literarische Zeitschriften gründete, die niemand lesen wollte, außer den Freunden, die darin schrieben; ein Aufschneider also, wie Valfierno sie hasste, und dieses pathetische Wortgeklingel im *Figaro* war typisch für die Sorte Schwätzer, die im Cafe von Revolutionen schwadronieren und zu Hause mit Pantoffeln rumlaufen – aber genau diese Titelseite des *Figaro* vom 20. Februar 1909 hatte Valfierno auf die Idee seines Lebens gebracht.

Der große Coup.

Er könnte selbstverständlich immer so weiter machen wie bisher, die amerikanische Kundschaft mit italienischen Meistern kleineren und mittleren Formats beliefern und kleines und mittleres Geld verdienen, das war ja in den Jahren zuvor sehr gut gelaufen. Er könnte aber auch mit einem großen Coup das große Geld machen – dank Marinetti.

Chaudron hatte die Zeitungsseite überflogen und meinte nur: »Ihr in Paris seid alle komplett verrückt geworden. Wie kann man so etwas drucken?«

»Nicht wir sind verrückt, sondern die Zeit ist es. Es wird alles gedruckt. Und morgen ist es vergessen.«

»Der Kerl ist ein Wahnsinniger, ein Terrorist. Er schreibt, dass er die Museen zerstören will; man muss ihn einsperren.«

»Das geht nicht. Er hat nichts getan.«
»Aber er will es tun.«
»Er ist ein Schriftsteller. Er schreibt nur und tut nichts. Aber bei unserem Geschäft ist er die beste Hilfe, die es geben kann.«
Chaudron verlangte nach einer Erklärung, Valfierno verweigerte sie ihm. Details wollte er wissen, aber der Freund gab nichts preis. Nein, er arbeite nicht mit Marinetti zusammen, er kenne ihn gar nicht. Nein, er habe nichts mit diesem sogenannten »Manifest« zu tun, aber es sei der unverzichtbare Dreh- und Angelpunkt des ganzen Coups.
Chaudrons Einwand, man könne eine so riskante Sache nicht an den Worten eines Verrückten aufhängen, lächelte Valfierno hinweg: »Keine Sorge, es wird funktionieren.«

Ich habe nicht herausgefunden, wie Marinettis Manifest der Futuristen auf die Titelseite des *Figaro* gelangen konnte. Gewiss, der Autor verfügte über beste Beziehungen zu Journalisten verschiedener Pariser Blätter, aber der *Figaro* war eine angesehene Zeitung mit einem deutlich konservativen Publikum. Für einen literarischen Beitrag hätte man vielleicht die dritte Seite reserviert, und normalerweise wäre ein solcher Aufruf zum Umsturz im Papierkorb des Redakteurs gelandet. Marinetti hatte wahrscheinlich sehr viel Geld gezahlt, um Zeilen wie diese drucken lassen zu können: »Von Italien aus werfen wir unser Manifest mit feuriger Wut in die Welt, denn wir wollen dieses Land vom Krebsgeschwür der Professoren, Archäologen, Fremdenführer und Antiquare befreien! Wir wollen es von den unzähligen Museen befreien, die wie Friedhöfe über dem Land liegen. Museen sind Friedhöfe! Ich dulde nicht, dass unser erbärmliches Leben, unser zaghafter Mut und unsere nervöse Unruhe tagtäglich durch diese Museen geführt werden. Warum soll man sich mit Leichengift infizieren? Es gibt auf den alten Bildern nichts zu sehen außer den mühseligen Anstrengungen der Künstler, einen Traum zu verwirklichen. Wenn wir ein altes Bild bewundern, dann sperren wir unsere Sensibilität in eine Urne. Wir sollten sie aber leuchten lassen, stark und weit, in Ideen und Taten! Deshalb erkläre ich, dass der Besuch von Museen, Bibliotheken und Akademien schädlich ist! Sollen die fröhlichen Brandstifter kommen! Legt Feuer an die Regale der Bibliotheken! Leitet die Flüsse um, damit sie die Museen überschwemmen! Welche Freude, in den Fluten die berühmten alten Bilder zu sehen, zerfetzt und entfärbt ...«

Wenn ein solcher Aufruf in einer Studentenzeitung gedruckt worden wäre, hätte man ihn zu meiner Zeit für einen der üblichen Scherze gehalten; aber damals, 1909, in der angesehensten Pariser Zeitung? War es ein Signal, eine der bedrohlich wirkenden Blasen, die aus undurchdringlichen Tiefen aufstiegen und an der Oberfläche einer scheinbar ruhigen See zerplatzten? Überall gärte es. Der Frieden lag wie eine klebrige Firnis über Europa, doch immer wieder gab es Risse und Blasen auf dem allzu schönen Bild, das sich die sorglos feiernde Gesellschaft der Vorkriegsjahre von sich selbst machte. Über die kleinen Erschütterungen tanzte man hinweg. Man wollte nicht aus dem Takt gebracht werden.

Marinettis zerstörerischer Traum wäre übrigens fast in Erfüllung gegangen. Kaum ein Jahr nach der Veröffentlichung des Manifests, im Januar 1910, trat nach wochenlangen, sintflutartigen Regenfällen die Seine in Paris über die Ufer. Die Stadtteile links und rechts des Flusses wurden meterhoch überschwemmt, die Brücken waren nicht mehr passierbar. Von den Häusern ragten nur noch die oberen Stockwerke aus den Fluten. Auch der Louvre, direkt an der Seine gelegen, stand unter Wasser, aber die Schäden hielten sich in Grenzen, weil sich im Erdgeschoss nur die Skulpturen und die Büros befanden und die Wassermassen vor den Gemäldesammlungen im ersten Stock zum Stillstand kamen. Der Dichter Apollinaire musste sich mit seiner Katze von einem

Boot der Feuerwehr aus seiner Wohnung retten lassen – ausgerechnet er hatte Marinettis Manifest in Paris mit Vorträgen in Literatencafés unterstützt. Wiederum ein Jahr später wird er mitten in den Wirbel um die verschwundene Mona Lisa hineingerissen und droht in dem Strudel unterzugehen. Für die gefährlichen Reize des Augenblicks, die sie eben noch lautstark gepriesen hatten, fehlten den Modernen plötzlich die Worte. Zur Sintflut fiel ihnen nichts ein. Keine Zeile widmeten sie dem Drama der letzten Orléans-Bahn, die sich südöstlich von Paris durch die Fluten kämpfte und die Reisenden noch ans Ziel brachte, bevor der Bahnhof einstürzte. Kein Bild hält die gespenstische Stille fest, als der Eiffelturm sein düsteres Spiegelbild auf das überflutete Marsfeld legte.

An jenem 26. Januar 1910 hatte Valfierno, knietief im stinkenden Wasser stehend, gerade die Eisenrollos vor seiner Galerie in der Rue Jacob 20 überprüft, als er dieser ungeheuer blonden Amerikanerin begegnete, die das Gartenhaus im hinteren Teil des Hofes gemietet hatte. Es war ein einstöckiges, von zwei dürren Pappeln flankiertes Gebäude aus dem 18. Jahrhundert, das seinen fragwürdigen Zustand hinter einer dichten Efeuwand verbarg. Für Natalie Barney war es samt seinem verwahrlosten Gärtchen der Inbegriff der Romantik. Aber wollte sie wirklich ausgerechnet jetzt mit ihren Möbeln hier einziehen? Das Wasser stand im ganzen Hof und hatte bereits die dritte und letzte Stufe der Vortreppe ihres Häuschens erreicht, was sie allerdings nicht zu kümmern schien. In fast akzentfreiem Französisch gab sie zwei Packern Anweisungen, wie sie die Möbel ohne Schaden vom Lastwagen ins Haus balancieren sollten. Zwei stilechte Recamieren, ein Büfett und eine Truhe schaukelten auf diese Weise durch den Hof. Als ein großer schwarzer Marmortisch den Packern zu entgleiten drohte, entschloss sich Valfierno zur Mithilfe und kam so mit Natalie ins Gespräch. Sie war die Erbin des legendären Barney-Vermögens, das ihre Eltern zusammengeheiratet hatten. Der Vater war vor kurzem verstorben, die Mutter lebte ebenfalls in Paris und hielt sich für eine begabte Malerin.

Valfierno deutete auf das nie restaurierte Parkett und meinte im Hinblick auf den Marmortisch, dass die Fußböden wohl nicht sehr widerstandsfähig seien. Sie habe auch nicht vor, hier zu tanzen, antwortete Natalie kühl, sondern sie wolle literarische Gesellschaften geben. Dann, entgegnete Valfierno geschickt, dürfe sie aber keine schweren Themen diskutieren. Natalie fand die Antwort entzückend. Sie schätzte Männer nur, wenn sie annähernd so geistreich waren wie sie selbst, ansonsten bevorzugte sie anschmiegsame Frauen. Das Eis war also gebrochen, und Valfierno bot ihr an, bei der Einrichtung behilflich zu sein, was sie dankend ablehnte, da sich ihre Mutter bereits darum kümmern wollte. Das Resultat war ein entsetzliches Sammelsurium wahllos auf Auktionen zusammengekaufter Möbel und ein Eisbärenfell auf dem Fußboden, das immerhin die Schäden des Parketts verbarg. Ihr Freund Robert de Montesquiou schenkte ihr zum Einzug einen persischen Wandteppich, und Valfierno brachte den dreiteiligen Spiegel, der dann jahrzehntelang das Entree schmückte. Den Grafen Montesquiou kannte er bereits als den seltsamsten Kunden, den er je gehabt hatte. Mit bewundernswerter Großzügigkeit förderte er junge Talente und geriet dabei nicht selten in finanzielle Schwierigkeiten. Dann verkaufte er zweifelhafte Kostbarkeiten wie Zigarettenstummel von George Sand oder die Pistolenkugel, die Puschkin getötet hatte. Valfierno bot er einmal eine Badewanne aus rosa Marmor an, die Madame de Montespan, der Mätresse Ludwig XIV. gehört haben sollte. Der Graf habe sie in einem Kloster entdeckt, in dem sie als Waschtrog diente und sie bei den Nonnen für ein Paar Pantoffeln eingetauscht, die der Papst getragen habe. Valfierno fand diese Geschichte so schön, dass er die Wanne übernahm und sie Edna Woolworth-Hutton verkaufte, deren Tochter Barbara Hutton die ehrwürdige Wanne hoch in Ehren hielt und die Geschichte ihrer Herkunft jedem erzählte, der mit ihr darin baden durfte. Ich habe sie in Hollywood von Cary Grant gehört, der diese Antiquität verabscheute, aber dies nur nebenbei.

◻

Als Valfierno hörte, die Futuristen um Marinetti planten als nächste Großtat einen Skandal in Paris, wusste er, dass es Zeit war, den ersten Stein ins Wasser zu werfen. Er bat den Bankier und Kunstsammler John Pierpont Morgan um ein vertrauliches Gespräch.

Morgan war nicht einfach nur ein Milliardär. Er war einer jener Handvoll Männer, denen die USA gehörten. Vor ihm gab es den Kapitalismus, wie ihn Anna Goulds Vater praktiziert hatte, sozusagen nach Art des Wilden Westens, wo jeder der Konkurrent des anderen war und man sich uneinsichtig bis zum Ruin bekämpfte. Neben einer schon bestehenden Bahnlinie wurde kaltschnäuzig eine zweite gebaut, die mit billigeren Tarifen fuhr, um so die Konkurrenz in die Knie zu zwingen. Am Ende waren beide ruiniert. Mit Morgan begann die Ära der Trusts: Er kaufte die vor dem Konkurs stehenden Unternehmen auf, indem er die Aktienmehrheiten erwarb und vereinigte sie zu Konzernen. So machte er es mit den Eisenbahnen, der Stahlindustrie, den Kohlegruben und den Banken, und mit jedem neuen Konzern vermehrte sich sein Reichtum auf märchenhafte Weise. Er agierte autoritär und nicht etwa am Rande, sondern außerhalb jeder Legalität – eben weil es die Gesetze, die ihn hätten behindern können, noch nicht gab, und weil er mit seinem Einfluss dafür sorgen konnte, dass geltende Gesetze zu seinen Gunsten geändert wurden. Zweimal, zuletzt im Panikjahr 1907, hatte seine Bank die Vereinigten Staaten vor dem Staatsbankrott gerettet. Seither wurde er als wahrer Patriot gefeiert und es waren nicht nur die eigenen Zeitungen, die solche Lobeshymnen druckten.

Im Sommer 1859, er war gerade zweiundzwanzig Jahre alt, hatte er sich in Paris in die achtzehnjährige Amelia Sturges aus New York verliebt. Er heiratete sie, obwohl er wusste, dass Amelia an Lungentuberkulose im fortgeschrittenen Stadium litt. In ganz Europa suchte er nach einem Sanatorium, in dem sie Heilung finden könnte, doch es war zu spät. Sie starb nur vier Monate nach der Hochzeit. Er kehrte nach New York zurück und entwickelte von nun an eine heimliche Leidenschaft für Gemälde von schönen jungen Frauen. Sein erstes Bild kaufte er bei einer Versteigerung zugunsten der Sanitary Commission; es war das Porträt einer zarten Schönheit und kostete eintausendfünfhundert Dollar. Zwei Jahre lang hing es über dem Kamin und erinnerte ihn an die so schmerzlich verlorene Liebe. Im Lauf der Jahre und Jahrzehnte erweiterte sich seine Sammlung um weitaus schönere und kunsthistorisch bedeutendere Damenbildnisse, doch das wichtigste konnte er nicht kaufen.

Jedes Jahr, wenn er in Paris war, eilte er zum Louvre, nahm den zweiten Eingang im Pavillon Sully, gab dem Kriegsblinden von 1870, der den Aufzug bediente, großzügig zwanzig statt der erforderlichen fünfzehn Centimes, durchquerte rasch die Salle La Caze, vorbei an Géricaults grausigem Riesengemälde »Das Floß der Medusa«, das er keines Blickes würdigte, vorbei am etruskischen Schatz von Boscoreale im Salle des Bijoux Antiques, vorbei am Aufseher, der vor sich hin schlummernd die Kronjuwelen in der Galerie d'Apollon bewachen sollte, bis er endlich in den Salon Carré kam und ungezählte Minuten vor dem Bildnis der Mona Lisa verweilte. Ihr Lächeln enthielt für ihn ein Versprechen, das er nicht zu deuten vermochte. Vor ihrem Porträt ahnte er, dass sein Sammlung wertlos war. So wertlos wie das Diadem einer Braut, dem der Stirndiamant fehlt. Nur dieses fehlende Teil hätte die Vollkommenheit und Reinheit seiner Liebe zu Amelie ausdrücken können. Die Sehnsucht danach wuchs mit jedem Stück, das er erwarb.

Die Erbschaft seines 1890 gestorbenen Vaters in Höhe von dreizehn Millionen Dollar verwendete Morgan fast ausschließlich für seine Sammlungen. Er kaufte chinesische

Bronzen und altes Porzellan, antike Rollsiegel aus dem Nahen Osten, koptische Urkunden, die man in den Ruinen einer Klosterbibliothek gefunden hatte, ägyptische Statuetten aus Pharaonengräbern und vor allem Gemälde, Zeichnungen und Handschriften berühmter Dichter. Anhand der Originalmanuskripte konnte er dem Künstler sozusagen bei der Arbeit zusehen, ihn beobachten, wie er einzelne Worte probierte und mit einem Federstrich verwarf, ganze Absätze einfügte und Sätze von einer Stelle zur anderen rückte. Nichts davon vermittelte das gedruckte Buch. Morgan besaß die Originalmanuskripte von Charles Dickens' *Weihnachtsgeschichte* und Zolas *Nana*, von Miltons *Das verlorene Paradies*, von drei Dramen des Lord Byron und sechs Romanen von Walter Scott. Außerdem Henry David Thoreaus Tagebücher, Gedichte von Edgar Allan Poe und Briefe von George Washington – um nur die bekanntesten Namen zu nennen. Seine Leidenschaft für die Arbeit der Autoren am Manuskript, die dem normalen Publikum verborgen bleibt, spiegelte einen Charakterzug von ihm: Nichts von seinen Geschäften war ihm im gesellschaftlichen Umgang anzumerken. Ganz gleich, ob der Arbeitstag ärgerlich oder erfolgreich verlaufen war – stets machte Morgan den Eindruck eines bescheidenen und höflichen Mannes. Er war nie auffällig gekleidet und drängte sich im Gespräch nicht vor. Niemand wusste, dass die dunklen Zigarren, die er ständig rauchte und großzügig anbot, von seinen eigenen Tabakplantagen auf Cuba stammten.

Er war ein Mann, der wenig Worte machte, aber wenn er etwas sagte, klang es durch die knappe und sachliche Art oft so, als wollte er sein Gegenüber beleidigen. Meine spätere Freundin Belle, die seine Handschriftensammlung katalogisierte, hat mir einige Anekdoten über solche Gespräche erzählt: Einen Arzt, der ein Entbindungsheim für ledige Mütter gründen wollte, fragte Morgan abrupt: »Warum?« Während der Doktor die soziale Not erklärte, wurde er schon wieder unterbrochen: »Bringen Sie mir einen Kostenvoranschlag.« Er hatte schon alles durchgerechnet, fühlte sich jetzt aber abgefertigt, stand auf und sagte im Gehen: »Es würde im Ganzen eine Million kosten.« »Einen Moment noch«, meinte Morgan, griff zum Federhalter, notierte etwas und händigte das Papier dem Arzt aus: »Da, nehmen Sie das. Wenn Sie wieder einmal hier vorbeikommen, erzählen Sie mir von den Fortschritten.« Der Arzt ging mit einem Scheck über die genannte Summe.

Das war Morgans persönlicher Stil. So ging er mit jedem um, mit seiner zweiten Frau, den amerikanischen Präsidenten und den Kunsthändlern in London oder Paris. Außer seinem Bankhaus besaß er in London ein Anwesen in Prince's Gate, ein Haus in Putney und eines am Grosvenor Square. Als das vierstöckige Haus in Prince's Gate, nahe am Albert Memorial, zu klein wurde für seine Kunstsammlung, kaufte er das Nachbarhaus und ließ es in ein privates Museum mit fast zehn Meter hohen Räumen umbauen. Hier fanden nicht nur die Bücher und Manuskripte, sondern auch die Gemälde und die riesigen Gobelins ihren Platz.

In Amerika las man in den Zeitungen, welches Stück er gerade wieder gekauft hatte. Viele fanden es nicht richtig, dass er seine Schätze in England behielt. Unser Finanzsekretär Leslie Shaw fragte ihn einmal rundheraus, warum er seine Sammlungen nicht nach Amerika brächte. Morgan knurrte: »Das kann ich mir nicht leisten.« Shaw hielt die Antwort für einen Scherz und wollte darauf eingehen: »Ich wusste natürlich, dass Sie ein armer Mann sind, aber ich ahnte wirklich nicht, dass Sie *so* arm sind.« Morgan machte selten Scherze, schon gar nicht, wenn es um Geld ging. »Mr. Shaw«, entgegnete er, »was denken Sie, wie viel Zoll ich zahlen müsste, wenn ich alles nach New York brächte?« Shaw schätzte: »Na, vielleicht zweihunderttausend?« Morgan sah ihn halb mitleidig, halb verächtlich an: »Mindestens sechs Millionen!« Als Folge dieses Gesprächs wurden im Jahr 1909 die amerikanischen Einfuhrzölle für Kunstobjekte vollständig abgeschafft, und Morgan verlagerte danach tatsächlich den

größten Teil der Sammlungen in seine neu gebaute prachtvolle »Bibliothek« an der 36. Straße. Bei guten Zinsen war er Patriot, ansonsten Pragmatiker. Die Zollbehörde sah er als unnötigen Konkurrenten; Zoll zu zahlen wäre ein überflüssiger Reibungsverlust, also Verschwendung gewesen. Darüber gab es keine Diskussion.
Valfierno kannte Morgans knappen und entschiedenen Stil. Erst vor wenigen Monaten hatte er ihm das Manuskript von Emile Zolas Sensationsroman *Nana* verkauft. Ein Zufall: Der Sohn des damaligen Verlegers Lafitte hatte ihm von dem Zerwürfnis Zolas mit seinem Vater erzählt und dass die Handschrift des Romans noch immer bei ihm im Büro liege, weil der Vater sie damals nicht an Zola zurückgeben wollte, Zola jedoch sie als sein Eigentum ansah und sich weigerte, sie für die geforderten siebenhundert Francs zurückzukaufen. Eine unangenehme Geschichte. Inzwischen war Zola seit sieben Jahren tot. Valfierno bot dem jungen Lafitte die siebenhundert Francs und konnte die eng beschriebenen Seiten mit Zolas Korrekturen und den Druckermarken in breitem Rotstift an Morgan für zwölftausendfünfhundert Francs weiterverkaufen. Wie gesagt, ein Zufall.
Valfierno hatte sich mit John Pierpont Morgan um elf Uhr morgens im Hotel Ritz an der Place Vendome verabredet. Er kam eine halbe Stunde früher, setzte sich in die Lounge und bestellte bei dem sofort herbeigeeilten Pagen einen gespritzten Chablis und den *Matin*. Die Zeitungen berichteten immer noch genüsslich über die schmutzige Scheidung der Colette, die nicht nur höchst erfolgreich schlüpfrige Romane schrieb, als deren Autor sich früher ihr Mann ausgegeben hatte, sondern die jetzt auch auf der Bühne zu sehen war. Seit der *Matin* einen neuen Besitzer hatte, dem auch das Theater gehörte, erschienen in dem Blatt regelmäßig Lobeshymnen auf ihre Leistungen: Sie sei eine der bedeutendsten Schriftstellerinnen dieser Zeit, auf einer Stufe mit den größten Meistern der französischen Sprache, und wenn sie nun Schauspielerin sein möchte, dann sei dies

die schönste Huldigung, die man diesem Beruf jemals dargebracht habe.
Valfierno musste lachen, als er diese Schmeicheleien las. Es ist wahr, dachte er, halb Paris spricht darüber, dass die Colette Theater spielt, und zwar nackt bis auf eine Perlenkette. So hatte sie sich vorher nur auf den Gartenfesten von Natalie Barney gezeigt, jetzt gehörte sie zu den drei bestbezahlten Künstlern in Paris.

Er war gerade bei der Journalistenpoesie über die vollen Brüste der Colette angelangt, als er über den Rand der Zeitung hinweg Morgan aus dem Lift treten sah, auf die Minute pünktlich. Trotz der drückenden Schwüle, die manche Gäste veranlasst hatte, einen leichten Anzug in der Modefarbe Perlgrau zu wählen, trug der Bankier wie immer einen schwarzen Anzug mit hochgeschlossener Weste, über der ein Zwicker hing. Er wirkte massig, bewegte sich aber rasch; sein Gesicht war trotz der dreiundsiebzig Jahre noch fast faltenfrei, der Walrossschnauzer nach englischer Mode gestutzt, nur die Nase war eine Tragödie. Nicht nur, dass sie, zurückhaltend gesagt, dem Schöpfer etwas zu groß und fleischig geraten war – leider hatte sich auch, unmittelbar nach dem frühen Tod von Morgans erster Frau, eine Akne Rosacea dieser Nase bemächtigt und sie zu einem weithin sichtbaren roten Erkennungsmerkmal, ihren Träger jedoch jahrelang zu einem eher scheuen Menschen gemacht, der seine Geschäfte nur im kleinen Kollegenkreis tätigte und der Öffentlichkeit fern blieb. Es gab nur eines, das für John Pierpont Morgan noch unangenehmer war als der Blick eines Fremden auf seine Nase: die Frage, ob er vielleicht mit James Pierpont verwandt sei, der das Weihnachtslied »Jingle Bells« geschrieben hatte. Das war sein Onkel, und er hasste dieses Lied, weil er den Schnee und den Winter hasste. Immer häufiger verbrachte er die Wintermonate in Italien. Die verschiedenen Rötungsphasen der Nase ließen übrigens für Eingeweihte auf die Gemütsverfassung ihres

Trägers schließen. An diesem Morgen war die Nase eher blass.

Morgan gab seinen Spazierstock einem Kellner, winkte die Frage ab, ob er etwas wünsche, und begann umstandslos das Gespräch.

»Was haben Sie heute anzubieten?«

Valfierno hatte sich seine Strategie sehr genau überlegt, also antwortete er: »Ich bin nicht hier, um Ihnen, verehrter Mr. Morgan, etwas anzubieten. Ich bin hier, um Sie um Ihre Hilfe zu bitten. Es ist eine sehr delikate Angelegenheit.«

»Dann reden Sie.«

Und Valfierno redete kurz und knapp, wie Morgan es liebte. Er sprach von der jüngsten Überschwemmung, und dass die Direktion des Louvre nichts unternommen habe, um die Bilder in Sicherheit zu bringen. Er erwähnte die Bombenattentate der Anarchisten in den letzten Jahren und betonte die Unfähigkeit der Pariser Polizei. Dann zog er den *Figaro* vom 20. Februar aus der Tasche: Es gebe eine Gruppe von Terroristen, die im Namen des Fortschritts die alten berühmten Bilder zerstören wolle. Sie planten in nächster Zeit einen Anschlag auf die völlig ungeschützte Mona Lisa, das habe er insgeheim aus Turin, der Zentrale der Verschwörer, erfahren.

Morgan hatte noch nie von der Gruppe der Futuristen gehört, sah jedoch das vor ihm auf dem Tisch liegende Manifest, verstand auch mit seinem bruchstückhaften Französisch die wichtigsten Passagen, die Valfierno vorsorglich markiert hatte. Er war schockiert, was er sich aber nicht anmerken ließ. Nur auf seiner Nase bildeten sich rosa Flecken.

»Was könnte ich dagegen tun? Das ist die Sache des französischen Staats.«

»Ein Staat, der seine Kulturgüter nicht schützt, hat kein Recht auf ihren Besitz.«

Das war die Sprache, wie Morgan sie pflegte. So hatte er selbst argumentiert, als drei herrliche Gobelins aus der Zeit Karls VII. bei Guiraud zum Verkauf standen und er sie

für das Metropolitan Museum erwerben wollte, doch zur gleichen Zeit bat der Louvre um das Vorkaufsrecht. Morgan hatte eine Monatsfrist eingeräumt, da es nicht den Gewohnheiten des Metropolitan entspräche, den Louvre daran zu hindern, Kunstschätze des eigenen Landes zu erwerben. Die Frist verstrich, und Morgan kaufte die Gobelins. Eine Woche später bat der Minister darum, die Stücke zurückkaufen zu dürfen, allerdings zu einem niedrigeren Preis. Morgan lehnte mit den deutlichen Worten ab, erstens sei es zu spät, und zweitens habe er kein Verständnis für einen Staat, der um seine Kulturgüter feilscht. Aber hier schien die Lage doch eindeutig anders zu sein, schließlich stand die Mona Lisa nicht zum Verkauf. Deshalb sagte er: »Selbst wenn ich wollte – ich kann die Mona Lisa nicht schützen. Sie gehört dem Louvre.«
»Zufällig. Wäre Leonardo in Italien gestorben, würde sie in den Uffizien hängen. Aber wie kann sie jemandem gehören, der sich nicht um sie kümmert und sie nicht schützt? Deshalb bitte ich Sie, verehrter Mr. Morgan, nicht im Namen Frankreichs, sondern im Namen meines geliebten Heimatlandes Italien: Verhindern Sie die Zerstörung dieses Meisterwerks! Nehmen Sie sich der Mona Lisa an! Sie sind ein Patriot wie ich, Sie lieben Italien und seine Meister!«
John Pierpont Morgan war beeindruckt von diesem Appell des jungen Mannes, der sich offenbar völlig uneigennützig, nur aus Sorge um die Kunst, an ihn gewandt hatte. Während sein Nervensystem die rosa Inseln auf seiner Nase zu einem allzu gut durchbluteten Kontinent zusammenwachsen ließ, hatte sein scharfer Intellekt noch keine Lösung für das Problem gefunden.
»Ich soll mich der Mona Lisa annehmen? Wie stellen Sie sich das vor?«
Valfierno atmete tief aus. Die Hälfte des Weges war geschafft. Morgan hatte die Unterredung nicht abgebrochen, hatte nicht auf die Uhr geblickt oder nach einem Kellner gerufen. Valfierno hatte den Sammler in der Falle. Er hatte ihn

um Hilfe gebeten, jetzt fragte das Opfer ihn um Rat. Besser konnte es nicht gehen. Valfierno neigte den Kopf, blickte demonstrativ um sich und sagte leise: »Ich vertraue auf Ihre Diskretion.« Boni war kein schlechter Lehrmeister gewesen.
»Selbstverständlich.«
»Gut. Ich sage Ihnen, die einzige Sicherheit, die es geben kann, ist diese: Ich werde Ihnen dieses unersetzliche Kunstwerk übergeben. Bei Ihnen, in Ihrer Sammlung, ist es in den richtigen Händen.«
Morgan begriff sofort und zögerte doch vor dem letzten Wort:
»Sie wollen das Bild aus dem Louvre ...«
»Retten«, vollendete Valfierno rasch.
»Diese ... Rettung – was wird sie kosten?«
»Sechshunderttausend Dollar.«
Das war der Preis, für den gute Rembrandts verkauft wurden.
Nichts Ungewöhnliches.
»Ich will keine Geschäfte machen«, ergänzte Valfierno und wagte einen Blick auf die jetzt purpurrote Nase, »ich ermögliche damit nur das Überleben der Mona Lisa in Ihrem Besitz. Sie gehört dann Ihnen.«
»Wann?«
»Etwa in einem Jahr. Diese Zeit brauche ich für die Organisation.«
»Ich zahle, wenn Sie mir das Bild tatsächlich übergeben.«
»Selbstverständlich.«
Damit war der Handel perfekt und das Gespräch beendet. Morgan empfahl sich; er hatte vor dem Essen noch einen Termin bei seinem Schneider, der ihm zu einem grauen Tagesanzug riet, was der Bankier strikt ablehnte.

Viertes Kapitel

Valfierno durfte sich entspannt zurücklehnen. Das Gespräch war exakt so verlaufen, wie er es sich erhofft hatte. Beiden Seiten war es gelungen, das hässliche Wort »Diebstahl« zu vermeiden. Bei seinem nächsten Klienten würde es noch einfacher werden, da war er sicher. Er wusste nur noch nicht, wo er ihn ohne die lästige Gattin Florette treffen könnte. Mit ihr zusammen kam Benjamin Guggenheim jedes Jahr im Juli nach Paris. Sie verbrachte die meiste Zeit in den Modeateliers und er bei seiner Geliebten, einer Gräfin Taverny.
Obwohl Guggenheim Kunst sammelte, gehörte er bisher nicht zu Valfiernos Kunden. Er kaufte von Boni oder, noch dubioser, bei Willy Gretor, der an Bode jüngst eine angeblich von Leonardos Hand stammende Mädchenbüste vermittelt hatte. Die Zeitungen in London und Paris überboten sich in Schadenfreude über den leichtgläubigen Preußen. Immerhin war Bode der Direktor der Berliner Museen.
Valfierno konnte sich über Bode nicht beklagen. Der Mann zahlte zwar nur die Hälfte des Preises, den seine amerikanischen Kunden akzeptiert hätten, aber als Ausgleich lieferte er Valfierno erstklassige Expertisen für Bilder, von denen man ihm nur Fotografien zu schicken brauchte – natürlich niemals an das Museum, sondern stets diskret an seine Privatadresse. Manchmal gab Valfierno diese Gutachten, die bisher wertlose Gemälde plötzlich zu Zurbaráns oder Carraccis adelten, an Boni weiter, der sich dafür mit der Ver-

mittlung neuer Kunden revanchierte. Aber auch Bode zeigte sich für Geschenke erkenntlich, denn als Berater konnte er viele Bilder an andere deutsche Museen und Privatsammler weiterleiten. Wenn Valfierno ein Bild direkt an Bode für das Berliner Museum verkaufte, tauchte sein Name nicht in den Akten auf. Immer wurde ein offizieller Kunsthändler wie Sedelmeyer dazwischen geschaltet. Zur Täuschung verlangte Sedelmeyer einen dreifach höheren Preis, als mit Valfierno vereinbart war. Nach harten Scheinverhandlungen zahlte Bode am Ende offiziell nur die Hälfte. Solches Verhandlungsgeschick sicherte ihm das Vertrauen des Kaisers und seine Stellung in Berlin. An Raffinesse konnte Bodes System mit den Methoden amerikanischer Geschäftsleute durchaus konkurrieren. Es war zwar anfechtbar, aber sein kleiner Ankaufsetat ließ keinen Spielraum für moralische Bedenken. Er verfügte nur über hunderttausend Reichsmark, unser Metropolitan Museum über zweihunderttausend Dollar.
Die Geschäfte liefen also wie geschmiert. Allein Valfierno beschäftigte neben dem Meister Chaudron noch ein halbes Dutzend italienischer Kopisten; Boni ließ in Russland und England nach verwertbarem Material suchen. Mancher unbekannte russische Landschaftsmaler kam als Holländer zu Namen und Ruhm. Im imperialistischen Wettstreit wollte jede Nation die beste Museumsabteilung mit alten Niederländern oder Italienern vorweisen können. Außerdem waren die öffentlichen Sammlungen internationale Attraktionen für Touristen. Auch die Privathäuser der Sammler wurden in den Zeitschriften präsentiert. Es ist durchaus reizvoll zu lesen, was Bode über die alten Meister in amerikanischem Privatbesitz publiziert hat: Mit größtem Respekt preist er die Chaudrons, pardon – die Botticellis, Tizians und Bellinis, die er selbst in die Hände der Wideners und Morgans vermittelt hatte (siehe: *Die Woche*, 13. Jg., Nr. 50 v. 16. Dez. 1911).
Auch Guggenheims New Yorker Stadtpalais war berühmt für seinen aus Europa importierten Luxus. Auf seiner ame-

rikanischen Brautfahrt war Boni dort zu Gast gewesen und erzählte Valfierno davon mit überschwänglicher Begeisterung. Sein eigener roter Marmorpalast war letztlich nichts anderes als der tragische Versuch, dieses Vorbild zu übertrumpfen. Guggenheim, dessen Vater noch ein Schweizer Hausierer aus Lengnau gewesen war, gehörten achtzig Prozent aller Silber-, Kupfer- und Bleivorkommen in den USA, einschließlich der verarbeitenden Betriebe. Seine Nachbarn in der 69. Straße waren die Rockefellers, gegenüber wohnte die Witwe von Präsident Grant. Das Haus ließ er sich nach seinen eigenen Ideen umbauen und einrichten. Durch das Vestibül gelangte man in eine marmorne Eingangshalle mit einem runden Brunnen. Über der Mitte des Hauses ließ eine Glaskuppel das Tageslicht herein; nachts übernahm ein Kristalllüster die Beleuchtung. Rechts und links schwangen sich in eleganten Bögen zwei breite Treppen bis in den dritten Stock. In der ersten Etage bildete der Empfangssaal das Zentrum. Hier hing ein riesiger Wandteppich, der Alexanders triumphalen Einzug in Rom zeigte. Davor stand ein ausziehbarer Teetisch für vierzig Personen mit einem monströsen Silberservice. Hier pflegte die Gattin Florette ihre wöchentlichen Teapartys für die Damen der jüdischen Oberschicht zu geben. Rechts schloss sich ein dunkel getäfelter Speisesaal mit sechs Gobelins an, der in einen Wintergarten mit Palmen und Orchideen überging. Links lag der Salon im Stil von Louis XVI. mit alten Spiegeln, nicht ganz so alten Meistern und einem Flügel, vor dem ein Bärenfell lag. Nicht selten stolperte einer der Gäste über den Kopf des angeblich eigenhändig vom Hausherrn erlegten Bären; dann mussten die locker sitzenden Zähne wieder aufwändig restauriert werden.
Die eigentlichen Wohnräume lagen im zweiten Stockwerk, desgleichen die Bibliothek mit roter Samttapete und wiederum nicht durchweg echten Meisterwerken der europäischen Kunst, die nach jeder Überseereise gegen noch teurere, aber ähnlich fragwürdige Exemplare ausgetauscht wur-

den. Die überzähligen Bilder wanderten dann in den dritten Stock, den die drei Kinder – Benita, Peggy und Hazel – für sich alleine hatten. Im Dachgeschoss hausten wie üblich die Dienstboten, ohne Bilder. Benjamin Guggenheim legte großen Wert auf die ästhetische Erziehung seiner Töchter. Nur zur Bildung ihres Geschmacks, so hatte er seinem Gast Boni erklärt, kaufe er die kostbaren Kunstwerke. Leider ließ sich damit nicht die Natur überlisten. so dass schon früh absehbar war, dass die Töchter nicht zu Schönheiten heranwachsen würden. Der Vater reiste eigens nach München, um sie vom damals bekanntesten Porträtisten Franz von Lenbach, dessen Bild Bismarcks als Ikone des Preußentums galt, malen zu lassen. Der Künstler gab sich Mühe, aber es half wenig. Immerhin gelang es der berüchtigten Peggy später mühelos, ihre Liebhaber davon zu überzeugen, dass die Erwartungen an ihr Scheckbuch sich eher erfüllten als die Versprechungen der Kosmetikindustrie.

Valfierno entschied sich nach kurzer Überlegung für einen Rohrpostbrief, adressiert an Mr. Benjamin Guggenheim, Grand Hotel, mit der Bitte um eine persönliche Unterredung, den Verkauf eines Bildes betreffend. Postwendend bekam er einen Termin für den nächsten Abend. Guggenheim war ein unkomplizierter Mensch.

In bester Laune verließ Valfierno nach dem erfolgreichen Gespräch mit Morgan das Ritz und schlenderte über die Place Vendôme in Richtung Champs-Élysées. Wenn er noch zu seinem Friseur wollte, musste er sich beeilen. Er überlegte kurz, ob er einTaxi nehmen sollte, doch der Straßenverkehr hatte zur Mittagszeit so zugenommen, dass er lieber bis zur Rue Washington mit der Metro fuhr. Fast ein hal-

bes Jahr nach der großen Überschwemmung roch es in dem Tunnelsystem immer noch etwas modrig, und die Bahnen schoben einen fauligen Atem vor sich her. Valfierno war erleichtert, als er nach den drei Stationen wieder ans Tageslicht kam. Vor dem Astoria-Hotel auf der anderen Straßenseite stand ein cremefarbenes Delauney-Belleville-Automobil. Selbst für die autoverrückten Pariser war dieser teure Wagen ein seltener Anblick. Er war zwar mit allem Luxus ausgestattet, aber eigentlich schon etwas aus der Mode, weil er noch einen Chauffeur benötigte, der auf dem offenen Kutschbock thronte, während die Passagiere im geschlossenen Fond saßen. Die modernen Autofahrer lenkten lieber selbst, und die meisten Hersteller boten jetzt schon kleinere Modelle an, deren Karosserie keine Ähnlichkeit mehr mit einer Kutsche hatte. Mit dem Delauney-Belleville feierte die alte, herrschaftliche Eleganz einen letzten Triumph. Er wurde auf Bestellung, nach den individuellen Wünschen des Kunden angefertigt, und Valfierno kannte nur einen Juwelier aus der Avenue du Bois de Boulogne, der solch einen Wagen besaß, allerdings in weniger auffälliger schwarz-grüner Lackierung.
Der Chauffeur in Uniform mit Schirmmütze polierte mit einem Staublappen die ohnehin blanken Scheiben, als würden sie durch die neugierigen Blicke der Passanten beschmutzt. Da Valfierno ein berufsbedingtes Interesse an den teuren Spielzeugen und Statussymbolen der Happy Few hatte, wollte auch er einen näheren Blick auf das Gefährt werfen und hatte die Straße fast schon überquert, als er ein ungewöhnliches Paar aus dem Hotel kommen sah: Am Arm eines blassen Mannes von etwa fünfzig Jahren mit gelichtetem Haar, aber umso größerem Schnauzbart hüpfte ein strahlend blondes Mädchen, das Valfierno aus der Entfernung auf noch nicht achtzehn Jahre schätzte, die Marmorstufen hinunter. Beide waren nicht für die Stadt, sondern für einen Ausflug aufs Land gekleidet, nach Barbizon im Wald von Fontainebleau oder bei diesem schwülen

Wetter vielleicht eher an die Seine, nach Chatou, wo man die Fähre auf die Île de Croissy nimmt, um dort ein Ruderboot zu mieten oder zu baden. Der Mann trug eine helle Leinenhose, ein kragenloses weißes Hemd und darüber nur eine Weste, das Mädchen ein weißes Mousselinkleid. Hinter ihnen erschien ein Hotelpage, der mit beiden Händen vorsichtig einen Weidenkoffer trug – also sollte die Fahrt zu einem Picknick aufs Land gehen. Der Wagenmeister wies den Pagen zurecht, der auf der untersten Stufe gestolpert war, weil er kaum über den Rand des großen Picknickkoffers blicken konnte, der Chauffeur öffnete den Fond, ließ die Herrschaften einsteigen und startete mit seiner Drehkurbel den Wagen. So galant, wie der Mann beim Einsteigen dem Mädchen einen Kuss auf die behandschuhte Hand gedrückt hatte, konnte es sich kaum um die eigene Tochter handeln. Mit einem lauten teuf-teuf der Signalhupe reihte sich die Motorkutsche in den lebhaften Verkehr ein.

Monsieur Richard, der Wagenmeister des Astoria, mit dem Valfierno schon manches Glas geleert und manches intime Geheimnis eines Gastes geteilt hatte, tippte an den Rand seines Zylinders, als er seinen alten Bekannten auf sich zukommen sah und strahlte über das ganze Gesicht: »Haben Sie sie gesehen, Monsieur Edouard? Ich sage Ihnen, auch in unserer Zeit gibt es noch wahre Wunder! Und im Vertrauen gesagt, hat Monsieur Astor lange genug auf solch ein Wunder warten müssen!«

Schlagartig fiel Valfierno bei der Nennung des Namens ein, dass er dieses Gesicht vor Wochen schon in der Zeitung gesehen hatte, anlässlich der kostspieligen Scheidung des amerikanischen Hotelkönigs. »Eine blonde Frau ist immer ein Wunder«, gab er leichthin zurück, »aber diese hier scheint noch etwas jung zu sein.« »Noch nicht volljährig«, meinte Monsieur Richard vergnügt, »und Vollwaise.« Offensichtlich drängte es ihn, die ganze Geschichte zu erzählen, denn jetzt war sein Redefluss nicht mehr zu bremsen: »Vor drei Wochen ist Miss Madeleine angekommen, als Gesellschafterin unserer jährlichen Mrs. Stern aus Chicago, vor zwei Wochen kam Monsieur Astor, und seit einer Woche sind sie ein Paar, inoffiziell natürlich. Sie ist ein einfaches Mädchen ohne Familie, hat mir Mrs. Stern erzählt. Eines Nachmittags saß sie in unserer Bibliothek, las *Die Reise in andere Welten*, weil Mrs. Stern noch ruhte, und da kam Monsieur Astor herein und freute sich, dass ein so schönes Mädchen seinen Roman liest. Sie hat natürlich nicht gewusst, dass er unser Direktor ist, er hat sich nur als der Autor vorgestellt, Mr. John Jacob aus New York, und dann hat bei beiden der Blitz eingeschlagen. Ein Wunder, dass die Bibliothek nicht in Flammen aufgegangen ist. Er hat für Miss Madeleine die Suite neben seiner eigenen räumen lassen, und die gute Mrs. Stern hat nur ›Mazzeltov‹ gesagt und geweint; wir haben ihr natürlich sofort ein anderes Mädchen engagiert auf unsere Kosten, und Miss Madeleine hat immer noch nichts gewusst, bis der Wagen mit den Rosen kam und Monsieur Astor ihr den Ring an den Finger steckte. So hat er es mir selbst erzählt. Nächsten Sommer wird sie achtzehn, dann wird hier bei uns geheiratet. Was sagen Sie nun, Monsieur Edouard, gibt es noch Wunder?«

Valfierno sagte gar nichts. Er war beeindruckt. Monsieur Richard musste sich um einen ankommenden Panhard kümmern, rief seinem Freund ein kurzes »Auf bald!« zu, und Valfierno vergaß den Friseur. Er hatte eine Idee.

Am nächsten Nachmittag, Punkt sechs Uhr, erwartete ihn Benjamin Guggenheim im Lesesalon des Grand-Hotel. Er hatte Auskünfte über diesen Edouard de Valfierno einholen lassen, die ihn befriedigten. Es schien sich um einen bekannten, seriösen Kunstagenten zu handeln, und er war neugierig, welches Geschäft ihn erwartete.

»Sie wollen mir ein Bild verkaufen?«, begann er ohne Umschweife das Gespräch.

»Erlauben Sie eine kleine Korrektur«, antwortete Valfierno, »ich möchte mit Ihrer Hilfe den Verkauf eines Bildes verhindern.«

Guggenheim reagierte wie erwartet. Sein Gehirn registrierte, dass hier niemand sein Geld wollte, sondern seine Hilfe gefragt war. Er entspannte sich. Nun war das Eis für Valfierno gebrochen.

»Wie Sie wissen«, begann er ernst, »ist es für Frankreich eine unerträgliche Situation, Elsass-Lothringen in den Händen der Preußen zu sehen. Dreitausend unserer jüdischen Brüder sind bereits hierher ausgewandert, um nicht unter der deutschen Herrschaft leiden zu müssen. Sie wissen, der Judenhass ...«

Guggenheim wusste davon aus den Zeitungen. Schlechte Ernten, schlechte Aktienkurse, immer waren die Juden schuld. Er kannte die Aufrufe, dass man die Juden gewaltsam aus dem Deutschen Reich vertreiben sollte.

»Die Lage hat sich in den letzten Wochen zugespitzt«, fuhr Valfierno fort, »weil die Preußen Elsass-Lothringen jetzt nicht mehr nur kommissarisch verwalten, sondern sich ganz einverleiben wollen. Sie wissen, Mister Guggenheim, was das bedeutet.«

»Das bedeutet«, Guggenheim sah sein Gegenüber lange und traurig an, »was ich schon lange befürchtet und vorhergesagt habe. Das bedeutet Krieg.«

»Unvermeidlich«, bestärkte ihn Valfierno. »Und absolut gerechtfertigt. Es gibt nur ein Problem, und deswegen bin ich hier« – er machte eine Pause, um die Wirkung der nächsten Sätze zu erhöhen. »Es gibt bereits geheime Verhandlungen zur Vorbereitung und Finanzierung des Krieges. Ich bitte bei dem, was ich jetzt sage, um absolute Vertraulichkeit.«

»Sie haben mein Wort.«

Valfierno blickte um sich und senkte die Stimme: »In diesen Geheimverhandlungen ist vereinbart worden, dass zur Finanzierung des Krieges die kostbarsten Stücke aus dem

Louvre verkauft werden. Und zwar kommen die meisten Antiken, die Nike, die Aphrodite und die anderen Statuen nach London in das Britische Museum, um Frankreich die Unterstützung Englands zu sichern.«
»Aber es gibt doch einen Vertrag zwischen beiden Ländern«, unterbrach Guggenheim.
»Ja, es gibt die Entente cordiale. Doch es gibt leider auch die Blutsverwandtschaft des englischen mit dem deutschen Hof. König Edward war unser Freund, aber er ist jetzt tot. Ob sich Frankreich auf Georg verlassen kann, wissen wir noch nicht. Manchmal ist Blut dicker als die Tinte unter den Verträgen. Deshalb muss sich Frankreich absichern.«
»Das ist wirklich eine großzügige Versicherung«, meinte Guggenheim, »aber Englands Flotte könnte tatsächlich den Krieg entscheiden. Insofern eine vernünftige Investition. Die Nike kann ich mir auch in London ansehen.«
»Ja, aber darum geht es mir gar nicht. Ich bitte, wie ich Ihnen sagte, um Ihre Hilfe bei einem Gemälde. Genauer gesagt, handelt es sich um die Gioconda.«
»Leonardos Mona Lisa?«
»Das Bild muss, wie viele andere auch, verkauft werden. Der Krieg ...«
»Aber haben Sie nicht gesagt«, unterbrach ihn Guggenheim, »Sie wollten den Verkauf verhindern?«
»Das habe ich gesagt. Weil ich aus zuverlässiger Quelle weiß, wer in diesen Geheimverhandlungen den Zuschlag für die Mona Lisa bekommen wird. Ein guter Bekannter von Ihnen.«
»Morgan«. Guggenheim stieß den Namen heraus, als würde ein Mordopfer mit seinem letzten Atem den Namen des Täters preisgeben. Die Geschäfte der Guggenheims waren zwar auf verschlungenen Wegen mit den Konzernen Morgans verbunden, doch insgeheim waren sie immer Konkurrenten in einem ungleichen Kampf geblieben, und die unterlegenen Guggenheims war stets dabei, wenn es darum ging, dem Erzrivalen etwas abzujagen.

Valfierno nickte langsam: »Ja, John Pierpont Morgan, leider. Er hat, wie ich vertraulich hörte, schon eine Option auf das Bild abgegeben. Sie wissen ja, wie stur er sein kann. Erinnern Sie sich noch an die Sache mit den Gobelins? Das war typisch für ihn. Er wird die Mona Lisa in seinem Schlafzimmer aufhängen. Ehrlich gesagt, falls die Boches den Krieg gewinnen, dann ist sie in London auch nicht sicher. Aber als mir der Baron Castellane von Ihrem Haus und Ihrer Sammlung erzählte ...«
Guggenheim hörte schon nicht mehr zu. »Ein Option in welcher Höhe?«
»Eine halbe Million Dollar.«
»Und wenn ich hunderttausend mehr biete?«
»Dann würde ich den Verkauf an Morgan verhindern können.«
»Garantiert?«
»So wahr ich hier sitze.«
»Und das Bild?«
»Die Verhandlungen werden sicher bis zur Sommerpause im nächsten Jahr dauern. Es geht schließlich um hunderte, wenn nicht tausende Einzelstücke, und unsere Bürokratie ist nicht so schnell wie die in Ihrem Land.«
»In Amerika bin ich meine eigene Bürokratie.«
»Ich gebe zu, das hat Vorteile.« Plötzlich war die Spannung des Gesprächs einer fast heiteren Gelassenheit gewichen. Valfierno konnte den nötigen Rest mit der linken Hand abwickeln. »Sie müssten die Sechshunderttausend auf ein Konto einzahlen oder in Aktien deponieren, wie es Ihnen beliebt ...«
»In Aktien.«
»... und ich überbringe Ihnen das Bild persönlich, wenn Sie in Paris sind oder ich hinterlege es auf Ihren Namen in einer Bank.«
»Ich bleibe in Paris. Sie können mich hier im Hotel jederzeit erreichen.«
»Umso besser. Dann bleibt mir nur, Ihnen zu danken.«

»Junger Mann, es war eine vorzügliche Idee von Ihnen, mich um Rat zu fragen. Und grüßen Sie Boni von mir.«
Valfierno erschrak: »Kein Wort über unser Gespräch zum Grafen ...«
Guggenheim lachte: »Wir haben nur über das Wetter gesprochen, ist das etwa verboten?«
Sie lachten beide. Dennoch hatte Valfierno einen Fehler gemacht, einen großen Fehler. Er hatte Aktien akzeptiert, die nach dem Schwarzen Freitag nichts mehr wert waren.

Der aus Deutschland stammende Johann Jakob Astor war der Erste, der mit den nordamerikanischen Indianern in großem Stil Handel trieb. Er tauschte Nägel und Messer gegen Pelze, die bei den Damen der feineren New Yorker Gesellschaft sehr begehrt waren. Den Gewinn investierte er in Grundbesitz. Als er 1848 starb, gehörten ihm riesige Ländereien in Oregon, vor allem jedoch halb Long Island und fast ganz Manhattan. Durch das rasche Wachstum New Yorks kletterten die Bodenpreise unaufhaltsam in die Höhe und deshalb wuchsen auch die Bürotürme in den Himmel. Sein Urenkel John Jacob Astor IV. 1864 geboren und von seinen Freunden JayJay genannt, verfügte immer noch über die besten Bauplätze und über ein Vermögen von hundert Millionen Dollar. Er studierte Naturwissenschaften in Harvard, heiratete standesgemäß und führte eine unglückliche Ehe. Nach lautstarken Beleidigungen in der Öffentlichkeit nahm die noch feiner gewordene New Yorker Gesellschaft Partei für die Frau, die sein Geld ausgab, während er sich mit so lächerlichen Beschäftigungen wie der Erfindung einer Fahrradbremse, der Entwicklung einer Turbine oder gar dem Verfassen eines Zukunftsromans abgab. Auch sein Hotel in der 34. Straße rechnete man zu den Verirrungen, da dessen luxuriöse Bequemlichkeit nicht den Freunden oder der Familie, sondern völlig fremden Gästen zugute kam. Also wurde die Ehe geschieden, und JayJay reiste nach Paris, wo er ebenfalls ein Hotel besaß, das nach dem New Yorker Vorbild mit den neuesten Errungenschaften der Hygiene, Wasserklosetts und Badewannen, ausgestattet war. Diese bislang in Paris unbekannten Einrichtungen wurden von anderen Hotels nur zögerlich nachvollzogen. Allgemein benutzte man Nachttöpfe und frequentierte für sechzig Centimes öffentliche Bäder. Selbst der deutsche Kaiser Wilhelm II. ging auf den Topf und besaß in seinem Berliner Schloss kein Badezimmer. Er war aber so begeistert von dem modernen Komfort, dass er sich regelmäßig die fünfhundert Meter ins neue Hotel Adlon fahren ließ, um dort zu baden, womit das Haus mehr oder weniger diskret Reklame machte. Das Astoria hatte das nicht nötig.

In Museen ging JayJay nicht gerne. Als seine neue Liebe Madeleine ihm schüchtern zu verstehen gab, dass ein Besuch des Louvre sie erfreuen würde, ließ er sofort einen Wagen kommen und direkt vor die Grands Magasins du Louvre fahren, eines der größten Warenhäuser, weil er glaubte, Madeleine wolle sich über die neuesten Stoffe, Services und Wohnungseinrichtungen informieren. Sie ließ sich das Missverständnis nicht anmerken.

JayJay war ein technisch interessierter Mensch, der sich vor allem für schnelle Autos begeistern konnte. Valfierno hatte von Autos keine Ahnung, besaß auch keine Fahrerlaubnis und bediente sich, wenn nötig, des Taxis seines jungen Freundes Alfred Agostinelli. Wenn er JayJay zum Kauf der Mona Lisa überreden könnte, dann nicht durch die variierte Fiktion ihrer Rettung. Valfierno ahnte, dass JayJay sich für das Bild überhaupt nicht interessierte. Er setzte auf die kleine Madeleine.

Alfred Agostinelli war zweiundzwanzig Jahre und beschäftigte sich mit nichts anderem als mit Motoren. Er liebte die Geschwindigkeit ohne Rücksicht auf ihre Gefahren. Von den Futuristen, die aus seinem Lebensinhalt eine Revolution machen wollten, wusste er nichts, aber er hätte ihr Manifest sofort unterschrieben. Sein früher Tod als Flieger war dann nur konsequent, so mitleidlos diese Bemerkung vielleicht klingen mag. Ich stelle ihn mir als glücklichen Menschen vor.

Von Agostinelli ließ sich Valfierno beraten. Es dauerte eine Woche, bis sie bei dem ehemaligen Fahrradweltmeister Fernand Charron, der jetzt Sportwagen baute, einen zweisitzigen Charron Grand Vitesse entdeckten. Auf ein neues Auto musste man normalerweise ein Jahr warten. Aber dieses Exemplar war bereits auf die Pariser Nummer 628-E8 zugelassen und gehörte eigentlich dem Schriftsteller Octave Mirbeau, der damit eine Fahrt durch die Auvergne und Savoyen unternommen und diese Tour in einem Buch beschrieben hatte. In der Werkstatt war es sorgfältig überholt worden und musste jetzt nur noch neu lackiert werden. Vafierno bot dem über sechzigjährigen Autor zwanzigtausend Francs, wenn er auf den Wagen verzichtete. Mirbeau nahm sofort an. Mit seinem Buch hatte er weitaus weniger verdient.

Agostinelli machte eine Probefahrt und ließ den viezig-PS-Motor gegen einen stärkeren mit fünfundzwanzig PS austauschen. Federn und Bremsen wurden verstärkt und die Haube mit mehreren Lagen Filz ausgekleidet, um das Motorgeräusch zu dämpfen. Der Wagen schnurrte jetzt fast so leise wie zehn Jahre zuvor die Elektroautos. Als Lackfarbe wählte Valfierno ein sanftes Gelb, das gut mit den beigen Ledersitzen harmonierte. Und dann stellte er dieses Fahrzeug samt Chauffeur dem ahnungslosen JayJay vor die Tür. Die Erklärung musste Monsieur Richard übernehmen: Es sei dem Herrn Grafen eine Ehre, ihm für die Dauer seines Aufenthaltes dieses Beispiel französischer Ingenieurskunst zur Verfügung stellen zu dürfen.

Der Rest entwickelte sich wie erwartet. JayJay war begeistert und machte zuweilen bis in die Dunkelheit mit Agostinelli die Straßen unsicher. Selbstverständlich lernte er auch den großzügigen Grafen kennen, der sich als überaus charmanter und in machen Fragen auch hilfreicher

Gentleman erwies. Nach zehn Tagen fiel ihm auf, dass sich seine kleine Madeleine möglicherweise etwas vernachlässigt fühlen könnte. Von sich aus hatte sie nichts gesagt. Sie gehörte nicht zu diesen amerikanischen Frauen wie Natalie Barney oder Anna Gould, die in Europa die Freiheit suchten. Mit Befremden hatte sie Pariserinnen in der Öffentlichkeit rauchen sehen. In New York war das verboten. Da sie auch Autofahren für eine Männersache hielt, fand sie es normal, dass sie von diesem Sport ihres vergötterten JayJay ausgeschlossen blieb. Der neue Wagen hatte eben nur zwei Plätze. Allerdings war für das Hotelpersonal nicht zu übersehen, dass sich langweilte. Mehrfach hatte sie bereits nach neuen Büchern und Modemagazinen gefragt. Wie gesagt: Madeleine klagte nicht. Sie machte nur eines Nachts den zaghaften Vorschlag, man könnte vielleicht wieder einmal gemeinsam aufs Land fahren.

Endlich schlug das von Valfierno schon sehnlichst erwartete schlechte Gewissen seine Krallen in JayJays Herz; endlich sprach er mit Valfierno über seinen dringenden Wunsch, seiner künftigen Gattin zur Hochzeit etwas Einmaliges und Unvergleichliches schenken zu wollen. Und dieses Geschenk müsste nicht nur ein Sinnbild ewiger Liebe sein, sondern auch eine unvergängliche Erinnerung an die Stadt ihrer schicksalhaften Begegnung. Er habe bereits daran gedacht, den Eiffelturm mit seinen nächtlichen Lichtern am Columbus Circle nachbauen zu lassen, aber das schien ihm doch zu unpersönlich, oder nicht? Valfierno konnte das aus voller Überzeugung bestätigen und versprach, die Augen für das Einmalige offenzuhalten.

In seinem Geschäftsleben hatte Valfierno Erfahrungen mit den seltsamsten Kunden gesammelt, mit Billionärsgattinnen, die ein Bild kauften, weil der Rahmen zum Steinway-Flügel passte oder mit Kunden, die impressionistische Maler bevorzugten, weil sie dort mehr Farbe für ihr Geld bekamen. Am schwierigsten jedoch waren jene Interessenten, denen er die Bilder erklären musste, weil ihnen nicht genügte, was sie

sahen. Eine nackte Frau mit Krug avancierte also zur Nymphe und jede Badende zur biblischen Susanne. Doch die sogenannte Gioconda war eben nur das Porträt einer reichen Florentinerin, über die man nichts wusste. Deshalb erfand Valfierno für JayJay die rührende Geschichte von dem Maler, der die Braut eines Anderen malen sollte, und sie verliebten sich unsterblich ineinander. Jeden Tag sei sie in sein Atelier gekommen, um Modell zu sitzen, wochen- und monatelang, denn das Bild durfte ja nicht fertig werden, weil seine Vollendung die Liebenden getrennt hätte. So sei das einmalige Sinnbild einer vollkommenen Liebe entstanden, denn diese zeichne sich ebenfalls dadurch aus, dass sie nie vollendet ist, sondern sich stets verändert und immer noch wächst. Der Künstler habe das Bild nie abgeliefert, sondern auf seinen Reisen immer mit sich geführt, weshalb es sich heute zufälligerweise in Paris befände, und er, Valfierno, könne es pünktlich zur Hochzeit, noch vor der Rückkehr des Paars in die USA beschaffen.
Ein Bild! JayJay schlug sich mit der flachen Hand vor die Stirn: Dass er darauf nicht selbst gekommen war! Madeleine liebte Bilder. Aus *Ladie's Home Journal* schnitt sie immer die Modestiche aus. Ob es wirklich einzigartig sei?
Valfierno garantierte es und zeigte eine kolorierte Abbildung, wie man sie im Louvre kaufen konnte. Das Original sei größer, sagte er. JayJay stellte einen Scheck aus. Er bezahlte nicht das Bild, sondern die Legende.
Der Chauffeur Agostinelli blieb weiter im Dienst, wurde aber seltener benötigt. Als Abschiedsgeschenk des Paares erhielt er eine Gratifikation von zweitausend Dollar und kehrte zu seinem früheren Arbeitgeber, einem asthmakranken Schriftsteller zurück, der zwar längst einen anderen Chauffeur engagiert hatte, aber leidenschaftlich in Agostinelli verliebt war. Dieser hoffnungslosen, doch umso heftigeren Zuneigung entzog sich Agostinelli schließlich durch eine Flucht in den Süden, belegte in Antibes einen mit der Gratifikation JayJays bezahlten Fliegerkurs und stürzte bei

seinem zweiten Alleinflug nur dreihundert Meter vom Küstenufer entfernt ins Meer. Er konnte nicht schwimmen und ertrank.

☐

Paris war Gottes Versuch, Himmel und Hölle an einem Ort zu vereinen. Doch das Gelände ist unübersichtlich und die Grenzen fließend. ER muss hier seinen ewigen Widerpart neben sich dulden. Sogar vom Turm der Kathedrale Notre-Dame auf der Île de la Cité grinst der Teufel herab auf die armen Seelen. Aber nicht triumphierend, sondern eher resigniert, weil er ebenso genau wie sein einst im Schöpferwahn zum Optimismus geneigter Konkurrent weiß, dass sie beide an diesem Ort verloren sind, wenn sie nicht zusammenhalten.

Jeden Morgen stellt man auf dem Quai aux Fleurs die schönsten Blumen zum Verkauf bereit. Und auf der anderen Inselseite, in dem kleinen Haus hinter Notre-Dame, bahrt man jeden Morgen die Toten der Nacht, die Ermordeten und die Selbstmörder zur Identifizierung auf. Das innig erfüllte Lächeln jener Unbekannten, die, fast noch ein Kind, tot aus dem trüben Wasser der Seine gezogen wurde, verrät uns nicht, welchem der beiden Widersacher sie ihre Seele anvertraute. Auch wer morgens die lehmfeuchte Kathedrale betritt, wenn das Frühlicht wie Blut und Regen durch die düsteren Fenster fällt, befindet sich in einer Gemeinschaft der Toten, in einer Morgue der Seelen, die alles hinter sich gelassen haben.

Prunk und Elend treffen sich auf der Île de la Cité, dem Nabel des Molochs Paris, auf engstem Raum. Und vielleicht ist die im Morgenlicht von außen erstrahlende, im Innern trauernde Kathedrale das eigentliche Symbol dieses Paris, dessen Boulevards glitzern und vor Lebensfreude vibrieren und dessen Gassen mit den verfallenden Häusern und dem Gestank nach Pisse und Chlor direkt in die menschliche

Hölle zu führen scheinen. Verlassen Sie einmal den Boulevard Bonne-Nouvelle und wagen den Schritt in eine dieser unbeleuchteten Gassen, in denen die aus den Häusern austretenden Abflussrohre den Hauch von Armut und Krankheit ausatmen. Hier werden keine Pelze oder Juwelen ausgestellt, sondern auf den Fensterbrettern der ersten Etage hängen neben eingeweichten Windeln und Senfgläsern mit Petersilie die abgegriffenen Brüste der sich anbietenden Huren, deren Zuhälter in den Hinterzimmern auf die Brieftaschen warten. Wer den Fehler begeht, sich zu wehren, kommt aus eigener Kraft nicht mehr aus diesen Drecklöchern heraus.

Paris lockt mit dem Traum vom Leben an den üppig gedeckten Tischen der Ewig-Fröhlichen. Und niemanden kümmert es, wer bei diesem Bankett der Betrüger oder der Betrogene ist, wer kassiert und wer die Zeche bezahlen muss, wer am nächsten Morgen mit einer Nummer auf der kalten Brust in der Morgue liegt, und wer ein paar Straßen weiter einen Arm voller Blumen für die Geliebte kauft. Wie gesagt: Das Gelände ist unübersichtlich und die Grenzen sind fließend.

Auch in gesellschaftlicher Hinsicht: Wer hätte gedacht, dass die alte Geliebte von Natalie Barney, die Halbweltgöttin Liane de Pougy, mit ihren verblühten vierzig Jahren einmal heiraten würde, noch dazu einen veritablen Prinzen, der offenbar versessen war auf ihre pikante Vergangenheit. Im Mai 1910 hatte man mit dem Erscheinen des Halleyschen Kometen das Ende der Welt erwartet, nun war es immerhin das Ende der Halbwelt. Valfierno erfuhr aus der Zeitung von dieser überraschenden Heirat. Das Blatt *Fantasio* druckte eine ganzseitige Hymne auf Liane, die mit den Sätzen schloss, sie habe ihre Stellung als Göttin einfach gekündigt und lege nun im sichern Hafen der Ehe an wie ein luxuriöses Schiff, das den Zauber der Weltmeere kennengelernt hat und jetzt die Segel streicht, um in Zukunft an einem verstaubten, abgesperrten und bewachten Liegeplatz zu bleiben.

Welch ein Abstieg!

Valfierno vemutete, dass Natalie diesen süffisanten Abschiedsgruß verfasst hatte. Könnte er sie über ihren Verlust trösten mit einer Mona Lisa? In ihren *Zerstreuungen* hatte sie geschrieben: »Lieben, was man hat, ist die Einsicht, dass man nie haben wird, was man liebt.« Als er mit ihr darüber sprach, zeigte sie sich vollkommen desinteressiert, richtete ihren Blick ständig auf ihr eigenes Porträt von Carolus-Duran, fragte zerstreut, was er von den Gedichten Mallarmés halte und schien beruhigt, dass er den Namen nicht kannte. Valfierno leerte sein Portweinglas und wollte sich leicht verärgert verabschieden, da sagte sie plötzlich: »Dieses scheußliche alte Bild, über das wir nie mehr reden wollen, ist das passende Geschenk für meine Mutter. Sie geht demnächst wieder nach Washington zurück. Es wird sie zeitlebens an Paris erinnern, denn ich glaube nicht, dass sie zurückkommt. Genügt ein Scheck? Wir sehen uns morgen. Und dann sagen Sie mir bitte, was Sie vom Sozialismus halten. Sie werden doch nicht so unzivilisiert sein, an Gott zu glauben. Wenn es ihn gäbe, mein Lieber, wäre ich die Erste, die davon wüsste.«

Es war immer reizend, mit Natalie zu plaudern, aber man musste viel Zeit und Geduld mitbringen. Dezent verschwig sie Valfierno, dass die Mutter etwas überstürzt in die Staaten zurückkehrte, weil sie als über fünfzigjährige Witwe unversehens der Verführung eines wesentlich jüngeren Landsmannes erlegen war, den sie im folgenden Jahr tatsächlich heiratete.

Am nächsten Tag wollte Valfierno eigentlich nur den Scheck abholen, wurde aber von Natalie genötigt, sie zu einer Vernissage bei Durand-Ruel auf der anderen Seite der Seine zu begleiten. *Le Tout-Paris* würde dort sein, also jene Dreihundert, die es durch Reichtum, Macht, ihre großen Namen, vielleicht auch durch Schönheit und sogar Talent so weit gebracht hatten, dass sie an einem einzigen Abend über Karrieren entscheiden konnten. Das Bändchen der Ehrenlegion trug mittlerweile jeder Apotheker im Knopfloch, doch um den Prix Goncourt, den wichtigsten Literaturpreis, zu erhalten, musste man sich das Wohlwollen der Reichen und Einflussreichen verdienen. Selbstverständlich zählte Natalie, der Papst von Lesbos, zu *Tout-Paris*, aber ebenso die vulgäre Colette, die ihre spätere Nominierung für jenen Preis wohl zu gleichen Teilen ihren lasziven Romanen wie ihrer hingebungsvollen Tätigkeit als Nackttänzerin in privaten Kreisen verdankte. Und selbstverständlich würde Gertrude Stein, die sich gerade in Paris niedergelassen hatte, niemals dazugehören, weil man sie unmöglich einladen konnte. Sie kleidete sich nämlich – nein, das ist das falsche Wort, sie behängte vielmehr ihren pagodenhaften Körper mit braunem Cord und trug Sandalen, aus denen ihre nach oben gebogenen Zehennägel wie spitze Schiffsschnäbel herausstachen. Apollinaire hat einen Zweizeiler darüber verfasst, den ich glücklicherweise vergessen habe. Beide waren gesellschaftlich völlig unmöglich. Picasso verkehrte bei ihr, weil sie ihm den Comicstrip »The Katzenjammer Kids« aus der Sonntagsausgabe der *Baltimore Sun* aufhob, den er besonders liebte. Der Spanier war auch unmöglich.

Später würde man vieles anders sehen, aber jetzt, 1910, gehörte natürlich auch die Baronin Deslandes zum Cercle der Dreihundert. Mit ihren roten Haaren und der durch Drogenkonsum und Wismutpuder fahlen Haut wirkte sie so überlebt wie ein Modell der Präraffaeliten, das sie einst auch gewesen war. Da sie immer mit verschränkten Armen posiert hatte, bemerkt man auf den Bildern ihre großen Brüste nicht. Der Dichter Gabriele d'Annunzio fragte sie anzüglich, welches Tierchen sie so ängstlich gegen ihren Leib drücke – sie ignorierte diese Frechheit. Als sie seine Werbung ablehnte, drohte er, sie in ihrem Sarg zu vergewaltigen – sie reagierte nicht einmal mit einem Wimpernschlag. Man wusste nie genau, ob sie wegen des Opiums geistig abwesend oder einfach nur seltsam war. Da sie sich für eine Fee hielt, hatte sie ihre Wohnung entsprechend dekoriert, mit

Kristallkugeln, Rehen aus schwarzem Marmor, bronzenen Fröschen, einem holzgeschnitzten Einhorn und weißen Alabasterschalen, in die sie ihr Pipi machte, wie ihre Nachbarn glaubwürdig versicherten. Sie war zwar verheiratet, aber ihr Mann machte vernünftigerweise keinen Gebrauch davon. Als sie einmal ihre heimliche Leidenschaft für einen Löwendompteur offenbarte, lud Boni *Tout-Paris* zu einem Fest auf der Place des Ternes ein und kündigte eine Frau in einem Löwenkäfig an. Tatsächlich trug sie, ganz in Feenweiß, im Zwinger ein Gedicht vor, bei dem die Löwen, wie der spottsüchtige d'Annunzio behauptete, vor Langeweile gestorben wären, wenn der Dompteur sie nicht vorher hinausgeführt hätte.

Gegen Langeweile – und nichts fürchtete *Tout-Paris* mehr als Langeweile – war der lebensgierige d'Annunzio die beste Versicherung. Gab es etwas, das dieser Fanatiker der Geschwindigkeit nicht konnte? Er fuhr schnelle Autos, lenkte Flugzeuge, züchtete Windhunde, er dichtete sogar im Rekordtempo und er eroberte die Frauen im Sturm. Sie nannten ihn »le Cyclone«, den Tornado, was er durchaus schmeichelhaft fand. Er war klein, nahezu kahlköpfig mit einem sorgfältig gestutzten Schnurr- und Kinnbart, schlank, nach der neuesten Mode gekleidet, mit vollendeten Umgangsformen in der Öffentlichkeit und im Boudoir voller erotischer Gewalt, denn er bevorzugte die blutigen Tränen des Eros. In seinen Blicken forschten die Frauen nach unsagbaren Abenteuern, und er achtete darauf, dass man ihm die Anstrengungen der Tage ebenso ansah wie die Kämpfe der Nacht.

»Ich wollte eigentlich nur das Osterwochenende in Paris verbringen.« Mit diesen Worten nahm er jede Einladung an und blieb fünf Jahre. Schon in den ersten Wochen waren ihm drei Damen der feinsten Gesellschaft erlegen und hatten dafür gesorgt, dass man es erfuhr. Er war die Trophäe der Saison. Nach der vierten Woche spottete Natalie: »Eine Frau, die noch nicht mit ihm geschlafen hat, macht sich ge-

sellschaftlich unmöglich.« Alle hatten sie *Das Feuer* gelesen, den Skandalroman seiner leidenschaftlichen Quälerei mit der großen Eleonora Duse, doch keine genügte seinem Verlangen nach dem glühenden Schmerz. Bis er die Aschgraue fand.
Berühmt waren andere – d'Annunzio war einzigartig. »In meiner Heimat Italien begann die Dichtung mit zweihundert Versen von Dante«, pflegte er theatralisch zu verkünden, »und nach einer langen Pause wird sie nun von mir fortgesetzt.« Kein Dichter war in Italien einflussreicher und populärer als d'Annunzio, zumindest nach seiner eigenen Einschätzung. Und dennoch lebte er jetzt in Paris nicht freiwillig, sondern auf der Flucht vor seinen Gläubigern, die in seiner Abwesenheit seine Villa vor den Toren von Florenz ausräumen und versteigern ließen.

Mit seinem Diener und nur zwei Schrankkoffern war d'Annunzio im Hotel Meurice abgestiegen, das seine Beliebtheit bei reichen Italienern wohl der Einrichtung verdankte, die an verstaubtem Protz kaum zu überbieten war. Seine Zimmer lagen im vierten Stock mit Aussicht auf den Park der Tuilerien. In der zweiten Etage wohnte der italienische Botschafter, Seine Exzellenz Signor Tittoni, den d'Annunzio keines Blickes würdigte. »Wie soll sich denn mein Herr mit Tittoni vertragen?«, jammerte der Diener. »Er wechselt mindestens dreimal täglich das Hemd, während seine Exzellenz für jeden Wochentag nur ein Hemd hat, das er in der nächsten Woche noch einmal trägt.« Mit einer solch niederen Lebensform war keine Verständigung möglich. Er lebe hier sehr gefährlich, ließ d'Annunzio alle wissen, doch eine wirkliche Gefahr ging nur von der Direktion aus, die am Ende jeder Woche auf der Bezahlung der Rechnung bestand. Die *Société des Auteurs*, eine Art früher PEN-Club, lieh ihm hunderttausend Francs für die nötigsten Verpflichtungen, unter denen d'Annunzio kostbare Gastgeschenke und kostspielige Diners verstand, die ihm neue Verbindungen und Geldquellen erschlossen. Mit Claude Debussy verabredete er ein Auftragswerk für ein Pariser Theater, ein Oratorium über seinen Lieblingsheiligen Sebastian. In der Uraufführung von Strawinskys »Feuervogel« durch die *Ballets Russes* sah er in der Rolle der Zobeide Ida Rubinstein und flüsterte seinem Sekretär zu: »Sie hat die Beine des heiligen Sebastian, die ich schon seit Jahren suche.« Er ließ sich diesen endlos scheinenden Beinen vorstellen, nahm den Rest im Sturm und sah im Boudoir das Porträt, das die Aschgraue von Ida Rubinstein gemalt hatte. So wollte auch er gesehen werden, als ein Blitzstrahl im Dunkel der Zeiten. Die Rubinstein stellte ihn der Malerin, einer Amerikanerin namens Romaine Brooks vor. Sie war elf Jahre jünger als er, aber in ihrem Blick lagen hundert Jahre Verrat und Einsamkeit. Sie standen sich gegenüber und glaubten, in zwei Spiegel zu sehen. Romaine erkannte in d'Annunzio den Märtyrer seiner Kunst und er in ihr das versteinerte Leid, das sie in den Grautönen ihrer Bilder zu umschreiben versuchte. Sie waren das ideale Paar, füreinander geschaffen, um sich gegenseitig anzubeten und umzubringen.

Ihn quälte, dass sie nicht sprach. Er hüllte sie in prunkvolle Sätze, lasziv und kostbar wie antike Seidenstoffe. *Rette mich, Geliebte, vernichte den Fluch, unter dem ich leben muss, immer in Bewegung, in unsagbarer Unruhe, voller Verlangen, voll tausendfacher Gier und exotischen Träumen, von der Liebe zerrissen und gequält von der Kunst, ein Narr, der sein zitterndes Herz durch die empfindungslose Menge trägt, stets auf der Suche nach neuen Qualen, stets im Chaos, doch angespannt wie in einem Fechtkampf und voller Sehnsucht nach dem Glanz des Lichts, unbesiegt, gefesselt von deiner Liebe ...*

Ihr vertraute er jene Episode an, wie er sich einmal bei einem nächtlichen Gang durch Rom im Garten der Villa Medici von einer Geliebten nackt wie Sebastian an einen Baum fesseln ließ. Romaine schwieg und teilte ihr Kokain mit ihm.

Die Exzesse seiner Phantasie hatte sie längst durchlebt, unfreiwillig und würdelos, und für immer begraben. In der Grausamkeit ihres stummen Lächelns sah er die eigene Lust am Schmerz und warf sich begeistert gegen ihr Schweigen. Als sie ihn malte, beschwor er Sebastians Sehnsucht nach den Pfeilen und probte, wie so oft in seinem Leben, die Ekstase des Todes.

Die erste große Ausstellung von Romaine Brooks war zugleich der letzte gesellschaftliche Höhepunkt der Frühjahrssaison 1910, bevor sich *Tout-Paris* in die Sommerferien verabschiedete. Valfierno wollte ursprünglich nach Chantilly zum Hunderennen fahren, konnte sich aber Natalies Wunsch, sie zu begleiten, nicht verweigern. Außerdem hatte er den Namen der Malerin im Kreise seiner Kunden schon gehört, jedoch noch nie eines ihrer offenbar raren Bilder gesehen. Natalie ging es genauso. Nach anfänglichem Widerwillen überwog nun also seine professionelle Neugier.

Ausgestellt waren dreizehn mittelgroße Ölgemälde. Ein Künstler, der mehr Bilder aufhängen ließ, zeigte, dass er es nötig hatte. Romaine hatte es nicht nötig. Sie war nicht nur erfolgreich, sondern seit dem Tod ihrer Mutter auch finanziell unabhängig. Es war eine Gunst, von ihr porträtiert zu werden, und fast alle Bitten wies sie ab. Sie galt als schwierig und unzugänglich, erschien, wenn überhaupt, auf Gesellschaften meist in exzentrischen Kostümen, deren Schnitte nicht zufällig an Herrenkleidung erinnerten. Zur Vernissage trug sie eine weiße Kappe mit einem Schleier aus winzigen, durchsichtigen Muranoglasperlen, hinter dem sie ihre dunklen Augen verbarg und eine von Léon Bakst entworfene Kreation in Cremeweiß, die eine Schulter freiließ, unter der kaum vorhandenen Brust gerafft war und in meterlangem Chiffon herabzufallen schien, aber eindeutig in zwei geschlitzten und geknöpften Hosenbeinen endete, was man allerdings nur wahrnahm, wenn sie die am Rückensaum befestigte bodenlange Seidenstola zurückschlug, in die sie sich einhüllte wie ein müder Vampir.

Romaine hatte darauf bestanden, dass zwei nicht durch mythologische Anspielungen verbrämte Aktbilder in die Ausstellung aufgenommen wurden. Das war damals eine Provokation. Jahre später, am 3. Dezember 1917, wird die Ausstellung des armen Modigliani in der Galerie der berüchtigten Ausbeuterin Berthe Weill am Abend der Vernissage von der Polizei geschlossen und zwei Akte als grober Verstoß gegen den Anstand und die Sitten beschlagnahmt. Aber hier, bei Durand-Ruel im gepflegten achten Arrondissement, erschienen die Polizisten nur zu Neujahr, um sich die gut gefüllten Kuverts abzuholen.

Eines von Romaines Aktbildern zeigte eine junge Frau mit hinter dem Rücken verschränkten Händen in einem offenen roten Reiterrock, in dem sie so verloren wirkte, dass Valfierno noch nachträglich Mitleid mit dem verfrorenen Modell bekam. Die Bildmitte des anderen Aktes füllte eine an Goyas »Entschleierte Maja« erinnernde, aber ungewöhnlich schlanke Nackte, die wie hingegossen auf einem grauen Sofa vor einer weißgrauen Wand lag und selbstvergessen ins Leere blickte. Die Nacktheit schien für sie ein selbstverständlicher Zustand ohne Scham oder Peinlichkeit zu sein. Natalie war in Valfiernos Begleitung wie gewohnt eine genau kalkulierte halbe Stunde zu spät gekommen, hatte also d'Annunzios enthusiastische Einführungsrede verpasst und sah als erstes Bild jene liegende Nackte, weil es das einzige war, das nicht durch die ausladende Hutkreation einer Betrachterin verdeckt wurde. Sie war begeistert; ihr Begleiter äußerte sich nur ausweichend über die weißen Azaleen im Vordergrund. Weil sie die Stimme einer Freundin gehört zu haben glaubte, drehte sich Natalie um und erschrak bis ins Mark. Unmittelbar vor ihr stand Romaine, die sich die Perlenkappe aus der Stirn geschoben hatte, um ihr ungeschützt ins Gesicht zu sehen und mit einem kurzen Kopfnicken sagte: »Danke für Ihr Kommen, Miss Barney. Ich war neugierig auf Ihr blondes Haar, von dem ich schon so viel gehört hatte. Es stimmt, es ist wirklich sehr ... blond. Wenn Sie erlauben, werde ich Sie malen.« Mit einer fließenden Bewegung öffnete sie ihre schützende Stoffhülle wie eine intime Einladung. Früher hätte man gesagt: Ein Engel ging durch den Raum, zeichnete ein Mal auf beider Stirn, und die Welt versank. Natalie fühlte einen leichten Schwindel und aufsteigende Hitze; ihre Schwanenfederboa lastete plötzlich wie ein Panzer auf ihren Schultern. Niemand bemerkte die Szene, niemand kam ihr zu Hilfe. Valfierno sprach mit einem Journalisten, eine Gräfin hatte sich d'Annunzio gegriffen, um mit ihrer literarischen Bildung zu glänzen, und der Rest verschwamm vor ihren Augen. Mit etwas zu hoher Stimme gelang ihr ein Standardsatz: »Das ist sehr freundlich, vielen Dank, vielleicht sollten wir nächste Woche einmal darüber reden.« Die eingenähten Lavendelsäckchen in ihrem Kleid füllten sich unter den Armen mit Schweiß. Romaines Blicke hätten einen nassen Holzstoß entflammen können, aber ihre Stimme blieb unpersönlich kühl: »Ich möchte nicht, dass Sie sich hier so langweilen wie ich. Deshalb sollten wir jetzt gehen. Sofort.« Reflexartig entfuhr Natalie ein »Aber das ist unmöglich«, das Romaine mit einem sanften »Ich weiß, aber ich bin eine Spezialistin für das Unmögliche« widerlegte.

Keinem der Gäste blieb das Verschwinden der beiden Frauen verborgen. Der düpierte d'Annunzio reiste am nächsten Morgen nach Arcachon und bezog eine Villa mit Strand und Pinienwald, wo er sich wie ein gekränkter Narziss in die Martyrien des Hl. Sebastian stürzte, sich mit der robusten russischen Nachbarin tröstete und mit ihr über Windhunde fachsimpelte.

In Paris sah man ihn erst wieder zur Uraufführung seines Oratoriums, das mit der nackten Ida Rubinstein in der Hauptrolle ein sensationeller Erfolg war, aber sofort verboten wurde. Valfierno sah und hörte wochenlang nichts von seiner Nachbarin. Sie sei auf Reisen, hieß es. Auch Romaines Briefwechsel weist für diese Zeit erhebliche Lücken auf. Nach den Sommermonaten kehrte Natalie in das Gar-

tenhaus zurück, erneuerte die Einrichtung in verschiedenen Abstufungen der Farbe Weiß, ersetzte den alten Nippes durch eine verschwenderische Fülle von Bergkristallen und ließ im Gärtchen weiße Lilien pflanzen. Dazu passend wurden die zum Tee gereichten Plätzchen mit Puderzucker bestäubt. Regelmäßig empfing sie hier Romaine – und daran änderte sich fast fünfundfünfzig Jahre lang nichts. Natalies Salon entwickelte sich zu einer Attraktion; die Namen in ihren Gästebüchern lesen sich wie das Register einer Literaturgeschichte, und Romaine verschwand als Malerin allmählich aus dem Gedächtnis. Sie hatten Affären und wurden gemeinsam alt, uralt sogar, bis eine letzte Dummheit der sturen Natalie die beiden Greisinnen für immer trennte. Nur ein einziges Mal hatte Romaine mit Natalie über ihre zerstörte Jugend gesprochen, als sie einen neuen Waterman-Füllhalter auf dem Schreibsekretär liegen sah: Das sei ihr Großvater gewesen, der Multimillionär, und sie hatte keine Ahnung davon gehabt, weil sich ihre Eltern scheiden ließen und die psychisch kranke Mutter sie mit sieben Jahren weggegeben hatte in eine arme New Yorker Familie und dann verschwunden war. Mit neunzehn Jahren verließ sie diese fremde Familie und ging allein nach Paris, nahm Sprachunterricht, verkaufte sich in einem Nachtlokal und zog weiter nach Rom, um Malerei zu studieren, lebte im Elendsviertel und hungerte, kam zurück nach Paris, wo niemand mehr für ihren ausgemergelten Körper zahlen wollte. Da starb ihre Mutter und man machte Romaine in einem Armenhospiz ausfindig: Sie hatte die Hälfte des riesigen Vermögens ihres Großvaters geerbt. Jetzt hätte sie sich alle Farben der Welt leisten können, aber ihre Palette zeigte nur Weiß, Grau und Schwarz.
Übrigens erzählte d'Annunzio später, er wäre von Romaine nach Arcachon entführt worden, um ihn dem Einfluss der Russin, die er seit langem wahrhaft liebe, zu entziehen. Seinetwegen habe Tata, wie er Natascha Goloubeff nannte (sie rief ihn »Gabschi«!), ihren Mann verlassen und sei ihm

heimlich nach Arcachon gefolgt, hätte sich ihm bei seinem Ausritt in den Weg geworfen, worauf er reumütig Romaine weggeschickt und Tata und die Villa behalten hätte, sagte er. Das ist nicht wichtig, aber ich finde, Italiener sind schlechte Verlierer.

Fünftes Kapitel

Etwas Unerhörtes war in der Zwischenzeit geschehen: Yves Chaudron verließ sein geliebtes Marseille und reiste nach Paris, weil er im Louvre das Originalbildnis der Mona Lisa studieren wollte.

Schon lange vor Valfiernos Auftrag hatte er aus beruflichem Interesse alles gelesen, was es über Leonardo zu lesen ab. Im Vergleich zu heute war das erstaunlich wenig, und das Wenige hatte ihm nicht gefallen. Ein Moderner sollte Leonardo gewesen sein, ein Experimentierer, rastlos auf der Suche nach neuen Techniken, immer ungeduldig bei der Arbeit und nie zufrieden, weshalb er vieles begonnen und das meiste verworfen habe oder unvollendet ließ. Was war daran modern, dass man Fragmente hinterlässt, fragte sich Chaudron, und gilt man jetzt schon als Universalgenie, wenn man zu jedem Thema eine Idee aufs Papier bringt, die dann nicht zu realisieren ist? Leichen soll er seziert haben auf der Suche nach dem Sitz der Seele, aber dass ihm das »Abendmahl« wieder von der Wand bröckelte, das war ein grober handwerklicher Fehler, und das hätte er wissen müssen. Experimentieren kann man, wenn man jung ist und keine Verantwortung hat, aber dann lernt man die Regeln und hält sich daran.

Nein, was die Literatur über Leonoardo zu bieten hatte, gefiel Chaudron ganz und gar nicht. Diese kniefällige Verehrung eines zerfahrenen Geistes, der für alles zuständig sein wollte und sich am Mailänder Hof zum Lakaien gemacht hatte mit Tischfeuerwerken und vergifteten Pralinen – den dicken Roman von Mereschkowski, nach dessen Lektüre jede Bäckersfrau von Leonardos angeblicher Eleganz schwärmte, hatte er vor Ekel nicht zu Ende lesen können. Auch Vasaris Lebensbeschreibung lehnte er als zu unkritisch ab: Da könnte er ja gleich Heiligenlegenden lesen. Niemals hätte Chaudron zugegeben, dass sein Widerwillen gegen Leonardo auch von Neid und Eifersucht genährt war. Es ärgerte ihn, dass ein Maler mit so deutlichen handwerklichen Schwächen derart hoch geschätzt wurde. In seinen Augen war die Beliebtheit Leonardos der typische Ausdruck einer Zeit, in der jeder über Kunst mitreden durfte – auch Dilettanten wie dieser Salomon Reinach, von dem jedes Jahr mindestens zwei neue Bücher erschienen.

Reinach feierte als Kunstpopularisator große Erfolge, schrieb über römische Statuen, etruskische Vasen oder die Malerei des Mittelalters und zielte mit seinem leichten Plauderstil auf ein überwiegend weibliches Publikum, dem er jede intellektuelle Anstrengung ersparte. Die Gräfin Gramont hatte ihn bei Natalie eingeführt, und er hatte ihr als kleine Aufmerksamkeit seine jüngste Auslassung über das Lächeln der Mona Lisa mitgebracht, einen fünfseitigen Sonderdruck mit Widmung, den Natalie gelangweilt Valfierno gegeben und den dieser postwendend an Chaudron weitergeschickt hatte. Der skurrile Aufsatz (»La Tristesse de Mona Lisa«, in: *Bulletin des Musée de France*, 1909, S. 17 ff.) amüsierte Chaudron leider gar nicht, sondern löste einen Wutanfall aus, wie ihn Marie bei diesem eher besonnenen Mann selten erlebt hatte.

»Dieser Idiot hat keine Ahnung, wovon er spricht! Für ihn lächelt die Mona Lisa nicht, sondern sie trauert! Dabei ist es ein gewöhnliches Geliebtenbild fürs Schlafzimmer! Eine Auftragsarbeit ihres Liebhabers. Und Leonardo hat sie mit einem Lächeln gemalt, weil sie Gioconda, die Heitere, heißt. So einfach ist das. Aber in Paris kann man blind sein und trotzdem Professor und bekommt das Band fürs Knopfloch noch hinterhergeworfen!«

Marie meinte, dass sie wirklich etwas traurig aussehe.

»Dümmlich sieht sie aus, dumm wie ein Schaf, und Dummheit ist immer traurig. Wenn dieser Idiot wenigstens geschrieben hätte, dass sie deswegen so belämmert guckt, weil der Bräutigam ihr noch keine Halskette geschenkt hat, noch nicht mal einen Ring, das könnte man ja verstehen. Aber nein, es muss ein neues Rätsel her, und genau diese immer neuen Fragen, diese völlig haltlosen Behauptungen sind der Grund für die Überschätzung dieses Bildes. Die künstlerische Qualität ist es jedenfalls nicht.«

Marie wagte den Einwand, dass er es nicht gesehen habe.

Chaudron deutete mit einer Geste der Erschöpfung auf die Fotos, die neben- und übereinander auf dem Tisch neben der Staffelei lagen. »Wenn du nicht blind bist, siehst du, dass es ein schlechtes Bild ist.«

»Aber die Farben auf den neuen Fotografien sind alle unterschiedlich.«

»Nicht die Farben sind falsch, sondern die ganze Komposition stimmt nicht, der Hintergrund ...«

»Da erkennt man doch überhaupt nichts.«

»Dann werde ich mir das Bild ansehen. Basta.«

Marie sagte nichts mehr. Sie schien seltsam bedrückt zu sein.

Basta. Das war die Entscheidung. Im Grunde hatte Marie nur die richtigen Worte gefunden für das Unbehagen, das Chaudron immer empfunden hatte, wenn er sich die Fotografien ansah. Er erkannte nichts. Details hatte er sich sogar vergrößern lassen, aber seine Ratlosigkeit hatte sich damit ebenso vergrößert. Das Bild besaß keine räumliche Tiefe; die Landschaft hinter der Dame war eine Illusion wie ein schlecht gemaltes Bühnenbild. Und die Dame – war sie nicht eher ein schlichtes Bauernmädchen und alle ihre Geheimnisse nur die Träume ihrer Bewunderer?

Er wollte das Original sehen.

Deshalb war Chaudron nach fünfzehn Stunden Fahrt morgens um zwei Uhr verschlafen an der Gare de Lyon angekommen, hatte den Bahnhofsplatz überquert und sich gegenüber, am immer noch hell erleuchteten Boulevard Diderot in ein Straßencafé gesetzt. Es war nicht die beste Umgebung, aber das kümmerte ihn nicht. Er wollte nur einen kalten Weißwein mit Selters. Das Hotelzimmer hatte er aus einem Reiseführer telegraphisch vorbestellt; er würde also den Concierge wecken müssen, und da kam es auf eine halbe Stunde nicht an. Seinen Freund Valfierno hatte er nicht benachrichtigt. Sich von ihm helfen zu lassen, wäre ihm irgendwie peinlich gewesen.

Der Kellner knallte den Wein und den Siphon auf die Marmorplatte, während er ein paar Worte mit einem jungen Mann am Nebentisch wechselte und wieder im Lokal verschwand. Trotz der frühen Morgenstunde war die Terrasse gut besucht. Aber eine sonderbare Stimmung lag in der Luft. Die Männer saßen vor geleerten Gläsern und brüteten vor sich hin, neben sich die Blechbüchsen mit ihrem Essen. Es waren Arbeiter aus den Siedlungen im Osten der Stadt in dunklen, kragenlosen Hemden und mit schwarzen Jacken. Chaudron bemerkte zwei junge Huren, aber sie erwiderten seinen Blick nicht, sondern starrten mit verweinten Augen durch ihn hindurch. Es fiel kein hörbares Wort. Die ganze Gesellschaft schien sich hier versammelt zu haben, um zu schweigen. Sie alle hatten eine Verabredung mit dem Tod.

Chaudron trank rasch seinen Wein, legte ein Geldstück auf den Tisch und stand auf, weil ihm unbehaglich wurde. Da sah er sie, hörte gleichzeitig jemanden sagen »jetzt geht es los«, und dann kamen sie den breiten Boulevard herunter, hunderte, tausende, eine schwarze Menschenmasse, aus der jetzt vereinzelt dumpfe Rufe aufstiegen. Der junge Mann vom Nebentisch war aufgesprungen, zog einen Packen Zeitungsblätter unter dem Tisch hervor, drückte eines Chaudron in die Hand, ein Extrablatt mit der Schlagzeile »Freiheit für Liabeuf«, und ging der Menge entgegen, um die

Blätter zu verteilen. Den ganzen Tag war er damit schon in der Stadt unterwegs gewesen. Die Reste jetzt an den Mann zu bringen, war eigentlich sinnlos, denn wer hier mitzog, wusste längst, worum es ging. Es war ein Akt der Verzweiflung. Im Schein der elektrischen Girlanden las Chaudron, dass der Arbeiter Liabeuf, zwanzig Jahre alt und unschuldig, an diesem Freitagmorgen hingerichtet werden sollte. Wenn man es wage, die Guillotine aufzustellen, werde um sie herum mehr Blut fließen als auf ihr. Das Volk von Paris war aufgerufen, die Vollstreckung des Urteils mit Gewalt zu verhindern.

Als Chaudron von dem Blatt hochblickte, merkte er, dass er allein auf der Terrasse stand. Ohne Zögern schloss er sich der dunklen Menge an, die über die Pont d'Austerlitz zur Richtstätte strömte. Je weiter sie in die Stadt eindrangen, desto dichter wurde der Strom, der von allen Seiten gespeist wurde. Tausende kamen aus dem Norden vom Montmartre, Tausende aus dem Süden vom Montparnasse, und alle hatten nur ein Ziel: das Gefängnis mit dem hohnvollen Namen *Santé*, an dessen Außenmauer am Boulevard Arago die öffentliche Hinrichtung stattfinden sollte. Aus den Tanzlokalen kamen großäugig geschminkte Huren mit ihren betrunkenen Kunden, aus dem Westen fuhren die Damen der Gesellschaft im Abendkleid und befrackter Begleitung in Taxis vor, die sie aus Angst um ihre riesigen Federhüte nicht verließen.

Boulevard Arago: auf der einen Seite die fünfstöckigen Bürgerhäuser, deren Fenster jetzt zugezogen waren, obwohl dahinter in dieser Nacht bestimmt niemand schlief, auf der anderen Seite die sechs Meter hohe, trostlos braungraue Gefängnismauer. Banal und voller Tragödien. Zwei Reihen schwarz uniformierter Polizisten sperrten den Hinrichtungsplatz ab. Als die Fuhre mit der Guillotine kam, geschützt von einem Zug berittener Polizei, setzte ein ohrenbetäubendes Geschrei ein. Die Menge drängte nach vorn gegen die Absperrung; mit ihren Essensbüchsen schlugen die Männer auf die mit Säbeln bewaffneten Polizisten ein, die nach Kräften ausholen. Es flogen Steine und Äste; wer strauchelte, wurde niedergetrampelt. Ein Schuss fiel. Weit vorn, in einer der ersten Reihen der Demonstranten glaubte Chaudron für einen Augenblick einen bekannten Kopf gesehen zu haben, der die Masse überragte – aber es war noch dunkel und ob es wirklich der ergraute Hüne Strinello, der verschollene Freund, gewesen war, konnte Chaudron später nicht beschwören. Hinter dem Schutzwall der Kavallerie bauten die Gefängnisangestellten routiniert die Guillotine auf und überließen den Rest dem Henker. Der gefesselte Delinquent brüllte ein letztes Mal seine Unschuld in die Nacht; aus zehntausend Kehlen folgte der Aufschrei »Mörder! Mörder!«, in dem das sausende Geräusch des Fallbeils unterging. Liabeufs Kopf fiel nahezu unbemerkt in den Korb. Es war vier Uhr morgens. Müde und resigniert trieb die Menge, verfolgt von den Polizisten, rasch auseinander. Chaudron hatte nichts von der Hinrichtung gesehen, nur in dem Gedränge um die eigene Unversehrtheit gefürchtet. Als er in den Ruf »Mörder! Mörder!« hätte einstimmen wollen, herrschte schon verzweifelte Stille. Hilflos ließ er sich zurücktreiben in die nächste Seitenstraße. In einem Hauseingang lehnte ein Mann, dem aus einer offenen Wunde das Blut über den Kopf lief. Chaudron erkannte den Zeitungsverteiler vom Nebentisch und sprach ihn an: »Wir haben uns im Café gesehen, ich bringe Sie in ein Krankenhaus, sagen Sie mir wohin«, doch der Verletzte winkte ab: »Ich wohne nicht weit von hier, wenn du mir helfen willst, ich heiße Victor.« Chaudron musste den Jungen stützen, der immer wieder ohnmächtig zu werden schien. Mit vereinten Kräften erreichten sie ein schmales Haus in der Nähe des Pantheon; Victor flüsterte: »Komm mit«, und Chaudron zog ihn fünf Treppen hoch in eine winzige Mansarde. Sie waren in Sicherheit. Der Junge glitt aus Chaudrons Arm auf den einzigen Stuhl. Es gab kein elektrisches Licht, nur eine Petroleumlampe. Chaudron sah sich um, fand die Waschschüssel und den Krug und goss dem Jungen das Wasser vorsichtig über den Kopf. Eine Verletzung an der Stirn könne er erkennen, die genäht werden müsse, sagte er, doch der Junge langte blindlings nach einer bastbezogenen Flasche, wie man sie sich in Weinhandlungen füllen lassen konnte und ließ eine gelbe Flüssigkeit zuerst in den Mund, dann über die Wunde fließen. Wein war es nicht. »Das hat noch immer geholfen«, flüsterte er. Langsam kam er wieder zu sich. Chaudron hatte nur ein Baumwolltuch gefunden, das er dem Jungen wie einen Turban fest um den Kopf wickelte. Er hätte jetzt auch gerne etwas getrunken, aber wohin sein Blick auch fiel, er sah immer nur Bücher, russische Bücher mit kyrillischer Schrift auf den Einbänden. Stapelweise lagen sie auf den Holzdielen, auf einem dreibeinigen Hocker, auf einer Matratze.

Der Junge deutete auf die bauchige Bastflasche: »Trink, trink auf die Königin der Republik, Ihre Hoheit Madame Guillotine. Und dann trinken wir auf das Volk von Paris, das uns so glorreich im Stich gelassen hat. Uns und den armen Liabeuf!«

»Warum ist er eigentlich ...?«

»Er hat einen Polizisten erschossen.«

Chaudron nahm einen Schluck aus der Flasche und glaubte, sterben zu müssen. Das Zeug brannte in seinen Därmen wie Säure, aber nachdem er wider Erwarten die nächsten Minuten überlebt hatte, ordneten sich in seinem Hirn die Gedanken in erstaunlicher Klarheit. Er hatte einem der berüchtigten russischen Anarchisten Hilfe geleistet, das ahnte er, und nur die Höflichkeit hielt ihn von einem sofortigen Rückzug ab ...

»Sie scheinen viel zu lesen«, lenkte er ab.

»Ich übersetze, ich bin in Russland geboren, mit meinen Eltern vor zehn Jahren geflohen, jetzt übersetze ich. Die Franzosen lieben die russische Literatur.« Vielleicht hatte er sich getäuscht, und der junge Mann war wirklich nur ein harmloser Hungerleider, der seinen billigen Schnaps mit Über-

setzungen verdiente, unter die der Auftraggeber dann den eigenen Namen schrieb. Niemand wusste, wie viele solcher elender Gestalten hier am Rande der Gesellschaft lebten. Paris bot den idealen Unterschlupf, denn es gab keine Meldepflicht und keine Schilder an den Türen.
Victor war aufgestanden, nahm die Waschschüssel und schüttete ihren schlierig roten Inhalt aus dem Dachfenster: »Wenn schon die Straßen nicht rot von Blut sind, sollen wenigstens die Dächer vor Scham erröten.« Chaudron wollte jetzt endgültig gehen. »Du bist ein guter Mensch«, verabschiedete ihn Victor, »wir werden uns wohl nie wiedersehen. Hier, nimm das und schweige.« Mit einem Buch in der Hand verließ Chaudron das schmale Haus. Draußen kämpfte sich die Dämmerung unter einem bleigrauen Himmel in den Morgen. Victors Dank war eine russische Broschüre, die Chaudron aus Angst, er könnte für einen Anarchisten gehalten werden, in den nächsten Abfallkorb warf. An der Place du Panthéon nahm er eines der roten Taxis und ließ sich endlich zum Hotel fahren, wo ihn sein Koffer bereits erwartete.
Das Zimmer war klein, stickig und lag zur Straßenseite, aber bei drei Francs für die Nacht musste man zufrieden sein. Chaudron öffnete beide Fensterflügel, doch es drang keine frische Luft herein, sondern eine faulige Wärme. In Marseille ist das anders, dachte er, da riecht man morgens den Wind, der vom Meer kommt, und das ist der Geruch der Freiheit. Na ja, Paris liegt eben nicht am Meer. Er war übermüdet und gleichzeitig hellwach vor Nervosität. Das lag nicht nur an den Ereignissen der letzten Stunden, sondern auch an den ungewohnten Straßengeräuschen. Es war fast sieben Uhr morgens. Die Händler kamen mit ihren frisch bepackten Karren von den nahgelegenen Markthallen und priesen lautstark ihre Waren an: Obst, Gemüse, Parmaveilchen, frische Fische. Jede Ware hatte ihre eigene Wortmelodie, auf deren Klang hin die Dienstmädchen die Treppen hinuntereilten. »À la tendresse! À la verduresse!«, sang die Ar-

tischockenverkäuferin. »Merlans frire à frire, tout en vie, en vie«, lockte das Lied der Fischhändlerin, und Chaudron grübelte, warum die Brunnenkresse für sechs Liards das Bund angepriesen wurden, wo es den Liard doch schon lange nicht mehr gab, aber es waren eben sehr alte Händlerrufe. Zwischendurch hörte er irritiert ein dumpfes »Oh! Oh!«, das er sich nicht anders als den Ausdruck eines schrecklichen Unglücks erklären konnte, bis er zum Fenster hinaussah: Ein Mann sammelte die leeren Fässer ein und rief »Tonneaux! Tonneaux!«, wobei er die erste Silbe verschluckte und die zweite umso dramatischer betonte. Die Concierges ließen bellende Hunde auf die Straße, und die zwei Straßenecken entfernt durch das Hallenviertel fahrende Straßenbahn klingelte sich mit einem schrillen Dauerton ihren Weg frei durch die Karren und Wagen, die ihrerseits mit Hupen das hässliche Konzert der erwachten Großstadt vervollständigten. Ein schwüler Julitag kündigte sich an.
Chaudron wusch sich, zog ein frisches Hemd an und verließ das Hotel, um einen Kaffee zu trinken. Seinem Reiseführer hatte er entnommen, dass die Gemäldesammlung des Louvre um neun Uhr öffnet. Er wollte pünktlich sein.

Bei der Suche nach einem Café kam Chaudron an einem Zeitungsverkäufer vorbei, der in leierndem Tonfall die Meldung des Tages ausrief: »Liabeuf hingerichtet, ein Polizist erschossen.« Auf Chaudrons Frage nach dem *Quotidien du Midi* unterbrach der Mann seine Litanei für die barsche Antwort »Das hier ist Paris, Monsieur« und gab kein Wechselgeld zurück, als Chaudron den *Figaro* kaufte.
Die meisten Lokale und Cafés hatten noch geschlossen oder wurden gerade ausgefegt, aber vor einer kleinen Crèmerie übergab ein Fahrradbote ein Blech mit frischen Croissants an die rundliche Wirtin. Die vier Tische im Innern waren schon von jungen Leuten besetzt, also nahm Chaudron den

Katzentisch vor der Tür. Ihm war das recht, er wollte allein sein. Die Ereignisse der vergangenen Nacht hatten ihn wohl doch stärker berührt, als er es sich selbst eingestehen wollte. Gespenstisch, dachte er, irgendwie gespenstisch. Die Wirtin brachte eine Schale Milchkaffee und das noch warme Croissant. Im *Figaro* hieß es, ein Polizist sei während der Krawalle nach der Exekution von einem Unbekannten erschossen worden. Chaudron hatte nichts bemerkt. Die Polizei habe den Schützen verfolgt, er sei jedoch in der Menge untergetaucht. Aus gut informierter Quelle wurde angedeutet, es handle sich bei dem Attentäter um einen Anarchisten.
Chaudron legte die Zeitung beiseite, weil er darauf achten wollte, ob irgendwo ein Schuhputzer mit seinem Kasten auftauchte. Im Hotel war es zu spät gewesen, um die Schuhe vor die Tür zu stellen – nein, das stimmt nicht: Er hatte es einfach vergessen und ärgerte sich jetzt. Er bestellte noch einen Kaffee. Leider gab es keine Croissants mehr. »In einer halben Stunde kommt die normale Ration«, erklärte die dicke Wirtin freundlich, »heute früh war eine Ausnahme, Sie wissen, Monsieur, wegen des Aufstands«, und sie deutete mit einer Kopfbewegung auf die jungen Leute. Ja natürlich, lächelte Chaudron zurück, Aufstände machen hungrig.
Von drinnen hörte er aufgeregte Satzfetzen: Schädel gespalten, Arme abgehauen, Rippen gebrochen, Polizei, Fußtritte, Säbelhiebe, harmlose Leute … Es waren offenbar Studenten; was hatten sie mit dem Arbeiter Liabeuf zu tun? Gespenstisch, wie sie da saßen und sich im Nachhinein zu Augenzeugen eines furchtbaren Gemetzels erklärten.
Chaudron fragte die Wirtin nach einem Schuhputzer. Sie sah ihn verständnislos an, dann senkte sie den Blick auf seine verstaubten Schuhe und schien zu begreifen. »Ich hole Ihnen einen Lappen.« Chaudron hielt sie zurück: Nein, er möchte nur wissen, ob ein Schuhputzer hier vorbeikommt. Aber er könne nicht den ganzen Tag warten. Die Wirtin war eine gutmütige Frau, die im Umgang mit ihren Studenten Nachsicht und Strenge gelernt hatte. »Sie sind das erste

Mal hier, Monsieur, hier gibt es keine Schuhputzer.« Und als könnte sie es nicht unterdrücken, kam nach einer kleinen Pause der leicht ironisch klingende Nachsatz: »Wir sind hier nicht in Italien.« Chaudron antwortete nicht. Hätte er sagen sollen, dass der Schuhputzer zum zivilisierten Leben dazugehört wie ein Barbier? Paris war eben nicht Marseille. Er beugte sich über die Zeitungsmeldung, dass der Mörder des ägyptischen Ministerpräsidenten durch den Strang hingerichtet worden war. Die Wirtin brachte ihm doch einen Lappen und sah zu, wie er sich den Staub von den Schuhen wischte. Es war ihm peinlich. Er zahlte, gab ein zu hohes Trinkgeld und machte sich auf den Weg. Von der Kirche St. Eustache schlug es neun Uhr.
In einer Seitenstraße, schon in Sichtweite des Louvre, hatte ein Buchhändler gerade den eisernen Rollladen hochgeschoben. In der Auslage erkannte Chaudron sofort das Bild der Mona Lisa auf einem Buchdeckel und trat einen Schritt näher, um den Titel zu lesen: *Jean-François Raffaëlli, Spaziergänge eines Künstlers durch den Louvre* – ausgerechnet dieser Kitschier Raffaëlli, der nie Malerei studiert hat und dessen Bilder von allen Zeitungen gedruckt werden, dieser Modekleckser will sich Gedanken über die klassische Kunst gemacht haben? Sechs Francs sollte das Buch kosten, mehr als ein Abendessen. Keinen Sous würde er dafür ausgeben, der Kerl verdiente schon genug mit seinen Ölmalstiften. Gute Idee, diese Stifte, das musste Chaudron zugeben, und gute Qualität. Aber was nützt das beste Material, wenn einer das Handwerk nicht beherrscht? Neben dem Raffaëlli lag der alte *Führer eines Laien durch den Louvre* von Théophile Gautier, antiquarisch für einen Franc. Sympathischer Mann, dieser Gautier, behauptet wenigstens nicht, Künstler zu sein, war ja auch nur Kritiker und Schriftsteller, aber begabt, mit dem Blick eines Malers. Marie hatte sich nach und nach die gesammelten Werke gekauft; einmal hatte sie ihm sogar ein Gedicht vorgelesen, das von der Arbeit eines Goldschmieds handelte, sehr filigran, Chaudron erinnerte sich

vage, obwohl Gedichte sonst nicht seine Sache waren, aber der Mann liebte das Handwerk, das spürte man. Und ein Franc war zu verschmerzen.

Mit dem Buch in der Hand durchquerte Chaudron den Cour Carrée und betrat das Museum durch den Eingang unter dem wuchtigen Glockenturm. So hatte es ihm sein Reiseführer empfohlen: »Alles zu sehen, wird den meisten Reisenden unmöglich sein. Aber man muss gründlich sehen, was man kennen will. Wer den Sammlungen des Louvre nur eine kurze Zeit widmen kann, möge *genau* unserer Leitung folgen.« Chaudron beabsichtigte nicht, sich dieser Autorität durch eigenmächtige Abstecher zu widersetzen. Er nahm ohne zu zögern den Aufgang zur Gemäldesammlung und betrat die Salle La Caze. Drei Säle weiter erwartete ihn die Mona Lisa, doch bereits in diesem Raum verbrachte er fast eine Stunde, weil er nicht wusste, wohin er zuerst blicken sollte: Auf die Porträts von Velásquez oder die Stilleben von Chardin, auf Watteaus bleichen »Gilles« oder die Genreszenen von Greuze. Die Tintorettos beeindruckten ihn nicht, das konnte er besser. Aber der Ribera: »Bettlerjunge mit Klumpfuß« reizte ihn, obwohl – verkaufen ließe sich das Motiv heute nicht. Er machte sich kleine Skizzen und Notizen, verweilte lange vor Géricaults »Das Floß der Medusa« und empfand Mitleid mit den hilflos auf hoher See Treibenden. Noch war er der einzige Besucher; die Touristen saßen in den Hotels beim Frühstück. Auch die Staffeleien der Kopisten waren noch mit weißen Tüchern verhängt. Erst wenn die potentiellen Kunden kamen, pflegten sich die Kopisten mit theatralischen Gesten an die Vollendung ihrer Werke zu machen, immer mit einem Auge nach Beachtung schielend. Dem antiken Silber im nächsten Saal und dem Reliquiennippes in der anschließenden Galerie schenkte Chaudron keine Minute. Erwartungsvoll betrat er den Salon Carré.

Es war Enttäuschung auf den ersten Blick. Sie wirkte klein, bieder wie eine Bäuerin und hatte eine Reinigung dringend nötig. Und sie war kindlich dick, noch nicht ausgewachsen,

vielleicht zwölf, höchstens vierzehn Jahre alt, schätzte Chaudron. Mit zwölf waren Mädchen damals im heiratsfähigen Alter. Die Frau des Tuchhändlers Giocondo, eine geborene Gherardini, sei sie gewesen, schreibt Vasari, nicht adlig also, keine Dame der besseren Gesellschaft. Aber ein Geliebtenbild sieht anders aus, dachte sich Chaudron, und ein repräsentables Bild der Ehefrau erst recht. Raffael hat die Maddalena Doni zwar auch nicht schöner gemalt als sie war, aber er lenkt wenigstens mit einem Edelsteinanhänger und einer Riesenperle auf der Brust von ihrem dümmlichen Jungmädchengesicht ab. Je kostbarer der Schmuck, desto größer die Wertschätzung der Frau – eine altbekannte Gleichung. Dass die Mona Lisa überhaupt keinen Schmuck trug, hatte ihn auf den Abbildungen noch gar nicht gestört, weil ihn nur die Malweise und das Kolorit interessierten. Aber die Reproduktionen, das sah Chaudron jetzt, waren alle geschönt, retuschiert und künstlich aufgehellt.
Er trat nahe an das Bild heran. Das dunkelbraune Kleid, im gleichen Farbton wie die dünnen, langen Haare, ließ kaum darauf schließen, dass der Mann Tuchhändler gewesen sein soll – keine Spitze, kein kostbarer Stoff, nur die übliche gestickte Borte, aber auch diese seltsam dünn und eher billig. Am meisten jedoch störte es Chaudron, dass mit den Farben etwas nicht zu stimmen schien. Der Himmel hätte ultramarinblau sein müssen, und die Farben der Haut gemischt aus Weiß, Neapelgelb und ein wenig Rötel, so jedenfalls hatte es Leonardo in seinem *Traktat über die Malerei* selbst geschrieben. Das Kleid könnte karmesinrot und der Schal grün gewesen sein. Aber über dem ganzen Bild lag ein dunkler Schleier, der kaum Details erkennen und auch das fein gemalte Gesicht flach erscheinen ließ. Entweder hatte jemand eine Flasche Firnis über die gesamte Fläche verteilt, vielleicht sogar in der guten Absicht, das Abbröckeln der Farbschicht zu verhindern, oder das Walnussöl, mit dem Leonardo seine Farben anmischte, war stärker nachgedunkelt als auf seinen anderen Bildern.

In diesem Zustand könnte man es den Amerikanern jedenfalls nicht verkaufen. Sie wollten saubere Bilder, auf denen man alles erkennen konnte. Deshalb entschied sich Chaudron dafür, in seinen Kopien das Bild so aufzuhellen, wie es die Reproduktionen taten. Den Hintergrund allerdings würde selbst er nicht verbessern können: An dieser Landschaft hatten wohl schon so viele Dilettanten herumgepfuscht, dass nichts mehr stimmte, selbst die linke und die rechte Seite passten nicht zusammen, von den Proportionen ganz zu schweigen. Am liebsten würde er auch die Loggiasäulen, die das Bild links und rechts begrenzt hatten, wieder ergänzen. Auf der Kopie von Luini waren sie noch zu sehen, aber hier hatte sie irgendwann ein Idiot weggeschnitten, damit die Mona Lisa in einen fertigen Rahmen passte. Natürlich durfte er so weit nicht gehen. Aber an dem Gesicht ließe sich noch etwas retten. Lächelte sie eigentlich wirklich, oder war das nur eine Augentäuschung durch die Schatten auf den Mundwinkeln? Er konnte es nicht erkennen.

Chaudron trat von dem Bild zurück und setzte sich auf die mit rotem Samt bezogene Bank in der Mitte des Saals. »Siehst du, da ist sie«, hörte er hinter sich die Stimme eines Mannes. Jetzt kamen die ersten Besucher. Ein Pärchen. Die Frau stellte sich vor das Bild, neigte den Kopf zur Seite und fragte den Mann, dessen Hand sie hielt: »Weißt du, warum sie lächelt?« »Weil sie mich gesehen hat«, scherzte der Mann. »Weil sie verliebt war«, korrigierte ihn die junge Frau. »Das meinte ich ja«, gab er zurück, und die beiden küssten sich rasch, bevor sie weitergingen. Chaudron blätterte in dem Führer von Gautier, bis er fand, was er suchte: »Wie soll man das erklären«, las er, »diesen einzigartigen Reiz, den das Porträt der Mona Lisa fast magisch auch auf weniger leidenschaftliche Naturen ausübt? Hinter der sichtbaren Gestalt ahnt man einen unsichtbaren, ungestalteten und nicht beschreibbaren Gedanken. Man ist ergriffen und verstört. Bilder, die man schon kennt, ziehen vor den Augen vorbei,

Stimmen flüstern sehnsüchtige Bekenntnisse ins Ohr. Unterdrückte Wünsche, aufgegebene Hoffnungen machen sich schmerzhaft in einem von Strahlen durchzogenen Dunkel bemerkbar. Man entdeckt, dass diese melancholischen Gedanken nur daher kommen, weil die Gioconda seit dreihundert Jahren diese Geständnisse unserer Liebe mit diesem spöttischen Lächeln aufnimmt, das sie heute noch zeigt.«
So wird es wohl sein, dachte Chaudron. Die Mona Lisa ist immer genau das, was wir in ihr sehen wollen. Und sie enttäuscht uns immer, weil sie unsere Wünsche nie erfüllt. Dieser Gautier war ein kluger Mann. Marie wird sich freuen, wenn er ihr dieses Buch mitbringt.
Inzwischen war sogar einer der Kopisten aufgetaucht. Wichtigtuerisch entfernte er das weiße Tuch über seiner Staffelei, warf einen Blick auf Chaudron und setzte sich vor Tintorettos »Susanna im Bade« in Malerpositur. Mit seinem eleganten Samtanzug und dem Barett auf dem Kopf sah er lächerlich affektiert aus, aber die Besucher des Louvre, meistens Amerikaner, Deutsche und Russen, schienen dies für die normale Kleidung eines Pariser Künstlers zu halten. Chaudron konnte sich gar nicht mehr daran erinnern, wie oft er Marie als Susanna für Valfierno gemalt hatte; eine Nackte, die von geilen alten Männern beobachtet wird, verkaufte sich gut. Obwohl der Kopist schon mehrfach räuspernd darauf aufmerksam gemacht hatte, dass er jetzt im Begriff war, die entscheidenden letzten Glanzpunkte auf Susannas nassen Körper zu setzen, verzichtete Chaudron auf den Anblick, erhob sich und ging. Der Kopist ließ den Pinsel sinken und wartete auf den nächsten Touristen. Keine zwei Stunden später hatte er das Bild verkauft und ging zum Mittagessen. Am Abend würde er wieder eine nackte Susanna, die ihm ein armer Akademiestudent im Akkord malte, auf die Staffelei stellen und beim Eintreffen der ersten Besucher am nächsten Morgen mit theatralischen Gesten vollenden. So lief das Geschäft. Und so lief es schon immer. Niemand weiß, wie viele Werke der Lehrling Leonardo in Verrocchios

Werkstatt gemalt hat, die der Meister dann als seine Schöpfungen verkaufte – nicht böswillig, sondern weil die Idee der identifizierbaren Künstlerpersönlichkeit noch nicht geboren war. Als Qualitätsmerkmal galt der Name der Werkstatt, nicht des Malers. Die Werke wurden ja auch nicht signiert. Und es weiß auch niemand, welche Schüler an den Werken mitgearbeitet haben, die heute Leonardo zugeschrieben werden. Vielleicht, dachte Chaudron, ist auch die Mona Lisa nur ein Werkstattprodukt, denn so viele Fehler auf einmal konnte Leonardo eigentlich nicht gemacht haben. Wahrscheinlich hätte er es korrigieren und fertigmalen wollen, deshalb nahm er es mit, als er nach Frankreich ging, aber dann ist er gestorben. Aus dem Nachlass durfte sich der französische König aussuchen, welche Gemälde er haben wollte, und so kam die Gioconda hierher. So könnte es gewesen sein.

Während Chaudron, der inzwischen die Müdigkeit spürte, seinen Gedanken nachhing, kam ein Angestellter des Louvre im grauen Arbeitskittel, nahm die Gioconda von der Wand und hängte an ihre Stelle ein Porträt von Raffael. Einem Touristen, der gerade erst gekommen war, erklärte er, die Dame müsse mal wieder fotografiert werden. »Wenn ich mit ihr verheiratet wäre«, scherzte er, »und bekäme für jedes Foto einen Franc, dann wäre ich ein reicher Mann.« Er klemmte das Bild unter den Arm und ging.

Im nächsten Saal besichtigte Chaudron die auf Leinwand übertragenen Fresken Luinis und fragte sich, warum man mit diesem Verfahren nicht Leonardos Abendmahl zu retten versuchte. Als er merkte, dass seine Konzentration nachließ, verließ er das Museum, aß in einem billigen Bistro zu Mittag und ging ins Hotel. Er schlief zwei Stunden und kehrte nochmals in den Louvre zurück, um in der Großen Galerie Leonardos »Heilige Familie« und die »Madonna in der

Grotte« zu studieren. Nichts unterschied ihn von einem bildungshungrigen Touristen.
Den folgenden Tag widmete Chaudron dem Andenken seines ermordeten Vaters. »Wir sterben für Frankreich!« hatten die Kämpfer der Commune auf den Barrikaden gerufen, bevor sie von den Kugeln der Soldaten niedergemäht wurden. Um sich die Hände nicht schmutzig zu machen, schenkte Bismarck der geschlagenen französischen Armee einen letzten Sieg: Sie durfte die eigenen Landsleute abschlachten. Der »Mörder von Paris«, wie Zola den Präsidenten Thiers in seinem Roman Der *Zusammenbruch* nannte, verkündete beim Einmarsch der Truppen in Paris, dass nun Ordnung und Gerechtigkeit, Humanität und Zivilisation triumphierten. Und er kündigte schon die Massaker an: »Die Sühne wird vollständig sein!« Eine blutige Woche begann. Paris stand in Flammen, auf den Boulevards herrschten die Ordnung des Todes und das Recht auf die absolute Willkür des Mordens. Humanität und Zivilisation gingen in einem Blutbad unter. Am Ende der Woche hatten sich noch zweihundert Kommunarden auf dem Friedhof Père Lachaise verschanzt, vor sich die hundertfache Übermacht der Armee, hinter sich die Preußen, die ihnen den Rückzug abschnitten. Im Nahkampf, Gruft um Gruft, wurden sie aufgerieben. In der Nacht vom 27. zum 28. Mai, dem Pfingstsonntag des Jahres 1871, zogen sich die letzten Kämpfer erschöpft und ohne Munition an die nordöstliche Friedhofsmauer zurück.
Sie wussten, was sie erwartete, und ließen sich Wein und Frauen kommen. Hinter der Mauer hörten sie die Lieder der deutschen Soldaten. Es war ein Feiern und Saufen bis zum frühen Morgen, dann wurden sie ohne Prozess an der Mauer erschossen und in einem anonymen Massengrab verscharrt. Chaudron wusste nicht, ob sein Vater unter ihnen war oder ob ihn eine Kugel auf einer Barrikade getroffen hatte, aber es gab in Paris keinen anderen Ort, dieser Toten zu gedenken.

Er hatte nicht den Haupteingang zum Friedhof genommen, sondern den kürzesten Weg gewählt, den der Plan seines Reiseführers anzeigte – die kleine Treppe hinauf an der Avenue Gambetta, sozusagen durch den Hintereingang. An der vermuteten Stelle legte er einen Strauß roter Nelken nieder, verharrte kurz mit gesenktem Kopf und wandte sich dann um. Mit unbewegtem Gesicht blickte er über die graue Steinwüste der Grabmale. Langsam durchschritt Chaudron diese schweigende Welt, vorbei an verdorrten Liebesbeweisen und vergessenen Schicksalen. Die vollständige Komödie des Menschlichen samt ihrem Schöpfer Balzac war hier versammelt; der Arzt Joseph Guillotin, der sich aus purer Menschenliebe das Fallbeil ausgedacht hatte, ebenso wie die Opfer seiner Erfindung. Achtlos ging Chaudron am Grabmal des Marschalls Ney vorüber, des treuesten Gefährten Napoleons. Nach dessen Sturz war er 1815 auf der Kreuzung der Boulevards Montparnasse und St. Michel standrechtlich erschossen und später auf dem Père Lachaise beigesetzt worden. Doch bei Restaurierungsarbeiten im Jahr 1903 fand man seinen Sarg leer. Boni verbreitete das Gerücht, die Hinrichtung wäre damals nur simuliert gewesen. Ney hätte sich mit seinen Verbindungen als Freimaurer über Bordeaux in die Staaten retten können und noch dreißig Jahre in South Carolina als Lehrer gelebt. Valfierno fand diese Geschichte glaubhaft; ihm wäre auch lieber, man würde ihn in Genua für tot halten.

Nach der Blutwoche begann der Monat der Rache. Bei der Polizei gingen dreihundertfünfzigtausend Anzeigen gegen angebliche Kommunarden ein. Eine Taubstumme saß wochenlang im Gefängnis, weil sie »Vive la Commune!« gerufen haben sollte; eine gichtige Greisin wurde des Barrikadenbaus verdächtigt. Wer schmutzige Hände hatte, galt als Brandstifter. Der konservative *Figaro* heizte die Stimmung an: »Noch nie hat Paris eine solche Gelegenheit gehabt, sich von dem moralischen Aussatz zu heilen, an dem es seit zwanzig Jahren krankt.« Und die Pariser befreiten sich hemmungslos von jedem Nachbar, der sie jemals geärgert hatte. So lange der Zugverkehr eingestellt war, dienten die Stadtbahnhöfe als öffentliche und gut besuchte Exekutionsstätten. Zur gleichen Zeit öffneten die Theater mit ihren Lustspielen wieder, auf den vom Feuersturm unversehrten Boulevards flanierten wieder die käuflichen Damen, und als die Züge wieder fuhren, schleuste Cooks Reisebüro schaulustige Engländer durch die Trümmer. An manchen Tagen sah man auf der Seine einen langen Streifen Blut, aber die Bateaux-mouches wiegten ihre Passagiere wieder in den sanften Wellen des Flusses, in dem sich die bizarre Silhouette der ausgebrannten Tuilerien spiegelte.

Zuweilen hob Chaudron den Kopf, wenn er Stimmen hörte, aber es waren nie Trauernde, sondern nur Touristen auf der Jagd nach berühmten Gräbern. Auf seinem Weg zum Haupttor hielt er nur einmal inne, als er die letzte Ruhestätte des Malers Géricault sah: »Das Floß der Medusa« schmückte als kleines Flachrelief, grün patiniert, das Grab. Géricault war nach einem Sturz vom Pferd gestorben. Der zu Hilfe gerufene Arzt war leider ein Veterinär. *La comedie humaine.*

Der Monat der Rache hatte die Kriegsgerichte vier Jahre lang beschäftigt. Aber dann, als endlich alles vorbei war, als die Exekutionen aufgehört hatten und die Deportationen eingestellt waren, als die Boulevards und die renovierten Paläste prächtiger denn je erstrahlten und die Maler längst wieder in ihren Ateliers saßen, um das impressionistische Farbenspiel der Täuschung weiter zu treiben und die Leichtigkeit des Lebens zu feiern – da beschlossen die Pariser an jenem Tag im Juni 1875, als das letzte Kriegsgericht seine Akten schloss, dass man den Opfern die Gräuel verzeihen sollte, die man ihnen angetan hatte. Man durfte sie nicht rehabilitieren, ohne die Justiz zu blamieren, aber man konnte als Zeichen der Versöhnung eine Kirche bauen. So entstand aus privaten Spenden auf dem Gipfel des Montmartre, des einstigen Hauptquartiers der Commune, weiß wie die Unschuld, die Basilika Sacré-Coeur.

Valfierno hatte seinem Freund Postkarten von dem gerade vollendeten Bau gezeigt und regelrecht geschwärmt von dieser neuen Sehenswürdigkeit, die sicher bald so berühmt sein würde wie der Eiffelturm. Chaudron jedoch fand die Fassade samt der Kuppeln zu indisch und für Berge hatte er ohnehin nichts übrig. Er hatte die Mona Lisa studiert und seine Pflicht erfüllt, seinem unbekannten Vater nach so vielen Jahren die letzte Ehre zu erweisen. Morgen würde er wieder nach Marseille zurückkehren und mit der Arbeit an den Kopien beginnen. Aber heute wollte er noch die Sonne genießen und möglichst nicht in der stickigen Stadt bleiben. Die Hauswände strahlten eine unerträgliche Hitze aus. Die Bäume ließen die Blätter hängen und das Laub der Gärten schien dunkel und dreckig. Auf den Boulevards füllten sich die Terrassencafés erst gegen sechs Uhr nachmittags, und die sonst so redseligen Kellner, die sich mit der Serviette heimlich über die Stirn fuhren, nickten nur lethargisch, wenn wieder ein Gast eine große Limonade mit viel Eis bestellte. Die krähenden Stimmen der Bettler klangen gedämpfter, und selbst die beinlosen Invaliden bewegten sich von Lokal zu Lokal auf ihren Rollbrettern wie träge Riesenkäfer. Wer es sich leisten konnte, verließ im Hochsommer die glühende Stadt, allen voran die Künstler, die jetzt auf dem Land oder am Meer, in der Bretagne oder der Normandie arbeiteten. Auch viele Geschäftsleute machten ihre Läden zu, fuhren mit der Familie in ein Ferienhaus vor der Stadt, möglichst mit Garten am Fluss, und widmeten sich der nationalen Lieblingsbeschäftigung, dem Angeln.
An der Pont-Royal beim Louvre hatte Chaudron die Anlegestelle für die Ausflugsdampfer gesehen, die in Richtung Sèvres fuhren. Dort wurde das teure Geschirr hergestellt, das Marie in den Auslagen der großen Porzellangeschäfte auf der Cannebière immer bewunderte. Vielleicht könnte er ihr eine bemalte Tasse mitbringen, falls das Geld ausreichte. Die Fahrt jedenfalls war billig, zwanzig Centimes, am Sonntag hätte sie das Doppelte gekostet. Der Dampfer war gut

besetzt mit Touristen und jungen Leuten, die sich den teuren Sonntagstarif nicht leisten konnten. Auf dem Deck spürte man einen angenehmen Fahrtwind, und Chaudron genoss es, vom Wasser aus jenen Rand von Paris zu sehen, den er bisher überhaupt nicht beachtet hatte. Trocadero und Eiffelturm glitten an ihm vorbei, über den Brücken der Île des Cygnes grüßte die Freiheitsstatue, und schon hatte der Dampfer das große Paris verlassen und tuckerte an den neuen Villenvororten vorbei bis zur Station Meudon. Seinem gründlichen Reiseführer entnahm Chaudron, dass hier ein Satiriker namens Rabelais Pfarrer gewesen war, doch der Name sagte ihm nichts. Dann machte die Seine einen gewaltigen Bogen nach Norden, die eleganten Villen am Ufer wurden abgelöst von alten Fischerhäusern und rustikalen Gaststätten. Auf der unbefestigten Uferstraße zog gelegentlich ein Auto eine gelbe Staubfahne hinter sich her.
Allmählich bekam Chaudron Hunger. Das junge Paar neben ihm diskutierte bereits seit drei Stationen die offenbar lebensentscheidende Frage, ob die Fische im Pavillon bleu oder bei Maurice besser gebraten seien. Die Frau trumpfte schließlich mit der guten Butter von Asnières, und ihr Begleiter gab sich geschlagen.
»Wie weit ist es noch bis Sèvres?«, wollte Chaudron von dem jungen Mann wissen. »Eine Viertelstunde«, lautete die etwas barsche Antwort. Die Frau wollte die Unfreundlichkeit ausgleichen: »Wenn Sie jetzt in St. Cloud aussteigen und durch den Wald gehen, brauchen Sie auch nur fünfzehn Minuten.« Chaudron erwiderte lächelnd: »Da bin ich vorher verhungert.« »Dann sollten Sie hier im Pavillon einkehren, in Sèvres gibt es nur leere Teller.«
Der Pavillon bestand aus zwei fest vertäuten Lastkähnen, auf denen sich eine leuchtend blau gestrichene Holzpergola mit ebenso blauem Dach befand. Zwei Stege führten zum Ufer, an dessen Böschung im Schatten riesiger Weiden Ruderboote lagen, die man leihen konnte. Der ehemalige Bootsbauer Alphonse Fournaise hatte die Zeichen der Zeit

richtig gedeutet und auf dem Gelände seiner Werkstätten ein dreistöckiges Haus aus Naturstein gebaut, ein Hotel garni mit einem Restaurant im Erdgeschoss, dem Bootsverleih nebenan und der Badegelegenheit gegenüber. Schwer zu sagen, was den Hauptreiz des Sommerpavillons ausmachte: die exzellente Küche seiner Frau Louise oder die Blicke vom Steg auf die im Wasser planschenden jungen Damen. Bei den Stammgästen hieß der Badeplatz *La Grenouilliere*, der Froschteich, und mit den Fröschen waren natürlich die Mädchen im Wasser gemeint, die es angeblich mit der Moral nicht so genau nahmen und manchen eleganten Herrn hierher lockten.

Chaudron hatte sich dem jungen Paar angeschlossen, das sich als Judith und Jules vorstellte. Er arbeitete in Lyon in einer Autowerkstatt und sie im Büro einer Pariser Eisenhandlung. So hatten sie sich kennengelernt und vielleicht, beide neigten die Köpfe zueinander, vielleicht würde ja etwas daraus werden. Sie setzten sich im Pavillon an einen der langen, zum Essen gedeckten Tische. Heute gab es Aalragout, kalten Braten in Gelee, in Butter gebackene Gründlinge und Artischocken, anschließend in Rotwein gekochte Birnen und Johannisbeersalat mit Kirschwasser. Nach und nach kamen die Ruderer mit ihren Mädchen, der Wein blitzte in den Gläsern, und der rote Blumenschmuck der Strohhüte konkurrierte mit den Lippen der blonden Schönheiten. Chaudron saß mittendrin in flirrenden Farben und Gesprächsfetzen; Judith füllte ihm den Teller, die Wirtstochter brachte neuen Wein, die Seine glitzerte in der Sonne, und am schattigen Ufer genossen drei Frösche mit prallen Brüsten und runden Hüften den Champagner in Gesellschaft zweier Herren, die ihr weißes Cabrio vor dem Haupthaus geparkt hatten.

Eine weiche Nachlässigkeit erfasste Chaudron, und mit der leichten Benommenheit, die sich nach einem ausgiebigen Essen einstellt, fragte er sich, ob die Impressionisten vielleicht doch recht hatten, nicht alle natürlich, aber Monet und auch Renoir. Diese Fülle des Lebens, eingefangen in der Mittagshitze eines Strandlokals, im zufälligen Moment einer fröhlichen Runde, das war keine Augentäuschung, denn jetzt gehörte er dazu und hob mit ihnen sein Glas auf die glückliche Stunde, die nicht vergehen wollte. Die Zeit schien stillzustehen. Keine Pflichten, keine Termine, nur der Glanz des Augenblicks auf Tellern und Gläsern und in den Augen, das kehlige Lachen der Männer und die scheinbar zufälligen Berührungen nackter Arme, die sich langsam auflösenden Frisuren der Frauen und die Schuhe unter den Tischen. Paare verschwanden für eine zärtliche Weile, rasch waren ihre Plätze vergeben und der Reigen der Teller und Gläser begann von neuem.

Wenn man ihn gefragt hätte – so hätte es bleiben können für den Rest seines Lebens. Judith beugte sich aus Jules Arm zu ihm: »Sie wollten nach Sèvres?« Da standen schon die hochstieligen Gläser mit der Mischung aus kaltem, süßem Mokka und Selterswasser auf dem Tisch. »Nicht wichtig«, murmelte Chaudron, »nur ein Souvenir.« Später fehlte es ihm.

Der letzte Dampfer, der im Licht der untergehenden Sonne nach Paris zurückfuhr, war so voll, dass Chaudron einen Teil der Strecke stehen musste. Er ging ins Hotel, ließ seinen Koffer zum Bahnhof expedieren und legte sich bald schlafen, weil er den Frühzug erreichen wollte. Marie würde sich freuen. Die Reisenden der dritten Wagenklasse nahmen offenbar den halben Haushalt in die Ferien mit; Chaudron musste über Wäschekörbe und Hutschachteln steigen, um zu seinem Platz zu gelangen. Aus dem Sitz gegenüber keifte ihn ein Pekinese an. Chaudron tat so, als ginge ihn alles nichts an und döste vor sich hin. Natürlich würde Marie ihn fragen, ob Paris wirklich so großartig sei, und er könnte antworten: Nur, wenn es am Meer läge. Und ob die Mona Lisa ihn angelächelt habe oder doch eher traurig sei? Traurig, meine liebe Marie, und weißt du warum? Weil ihr niemand einen Ring geschenkt hat oder ein feines Kleid. Und er wusste, dass Marie lachen würde, und freute sich auf ihr Lachen. Von der ersten Nacht würde er ihr nichts erzählen, auch nichts von Victor, dem Anarchisten. In welche Kreise man unversehens gezogen werden konnte und sich vielleicht sogar mitschuldig gemacht hätte – es war besser, diese Episode zu vergessen. Nein, Bekannte oder berühmte Kollegen hatte er nicht getroffen. Er war sicher, dass Marie danach fragen würde. Gottseidank war er nicht seinem Freund Valfierno begegnet, das wäre peinlich gewesen. Er würde ihr von dem Abend nach dem Louvre erzählen, als er auf der Terrasse des Café du Dôme etwas trinken wollte, aber von lauten deutschen Stimmen abgestoßen in die Rotonde gegenüber wechselte und, stell dir vor, das alte Spiel, mit dem sie hier die amerikanischen Matrosen ausnehmen, scheint in Paris noch völlig neu zu sein. Ein kleiner Junge will ein Lied singen, der Kellner jagt ihn weg, der Junge kommt wieder und der Kellner schlägt mit der Serviette nach ihm, die Gäste sind erbost, er solle das Kind singen lassen, und dann geben sie dem Jungen dreimal so viel Geld wie üblich, dabei ist er der Sohn des Kellners – du glaubst es nicht, wie leicht die Menschen zu täuschen sind. Nein, Picasso habe er auch nicht gesehen. Aber die Madonna in der Grotte und eine Salome von Luini, eine Madonna mit Schleier von Raffael undundund …

Er würde das Buch von Gautier aus der Tasche ziehen, dann könnten sie gemeinsam durch die Säle des Louvre flanieren. Und wenn der Auftrag erledigt war, sollten sie nach Venedig fahren, er hatte einen Canaletto gesehen, der die Stadt in einem bedenklichen Zustand zeigte. Wer weiß, wie lange es sie noch gab. Außerdem waren sie dann reich und konnten reisen, so lange und wohin sie wollten. Chaudron freute sich auf zu Hause.

Als er ankam, war Marie tot.
Ein Unfall. Der Concierge und seine Frau fingen Chaudron schon am Eingangstor ab. Sie konnten ihn ja nicht ah-

nungslos nach oben in die leere Wohnung gehen lassen. Ein furchtbarer Unfall, Monsieur, gestern Nachmittag, hier auf der Kreuzung. Sie hat ein neues Kleid von der Schneiderin geholt, ein Auto kam um die Ecke, hat sie angefahren, sie fällt nach vorn auf die Straße, genau vor das Fuhrwerk mit dem Eis für die Fischhalle, und die Pferde konnten nicht mehr anhalten, der Kutscher hat geschrien und gezogen, da gingen die Gäule hoch und noch mal zurück; er hatte es gutgemeint, Monsieur, aber es war ein Unfall, man konnte ihr nicht mehr helfen. Wenn Sie sie gesehen hätten, Monsieur, Sie hätten sie nicht erkannt. Meine Frau hat das Kleid von der Straße gerettet, sie wird es Ihnen hinaufbringen.
Chaudron lehnte an der Hauswand, schweißnass mit gefrierendem Herzen. Er verstand die Worte, nicht aber ihren Sinn. Wo war Marie? Weggebracht, Monsieur, wir wussten ja nicht, wann Sie wiederkommen, die Polizei ... Er hörte die Worte nicht mehr, verstand nur ihren Sinn. Marie gab es nicht mehr. Die Welt gab es nicht mehr. Die Ordnung aller Dinge, die Gewissheit, dass jetzt Nacht ist und ein Morgen kommt, war ihm mit einem Schlag genommen. Er fühlte sich so leicht, dass er in die Hocke gehen musste, um nicht vom nächsten Windhauch mitgenommen zu werden.
Er blickte auf die nächtlich beleuchtete Kreuzung. Autos hupten, Passanten liefen über die Straße. Alles war wie immer. Alles war anders, viel weiter entfernt, so dass man von dem Unfall gar nichts sah. Dort? Aber dann würden doch keine Autos fahren. Gestern? Wann war gestern gewesen? Er konnte sich nicht erinnern. Sie wollte das neue Sommerkleid von der Schneiderin holen, eine Überraschung für ihn, wenn er aus Paris zurückkäme. Das hatte sie angekündigt. Insofern war er mit dem Concierge einig. Aber dann? Es war alles zu spät, Monsieur, niemand hätte ihr mehr helfen könne, Gott sei ihrer Seele gnädig. Es war ein Unfall. Niemanden trifft eine Schuld, den Kutscher nicht und die Pferde auch nicht. Sie hatte sich auf dieses neue Kleid gefreut; wahrscheinlich wollte sie es sogar an diesem Abend

tragen. Meine Frau bringt es Ihnen morgen, jetzt müssen Sie erst mal zur Ruhe kommen, Monsieur. Zu welcher Ruhe? Die Wohnung sah genau so aus, wie er sie verlassen hatte. Marie hatte versäumt, die Vorhänge gegen die Nachmittagssonne zu schließen. Jetzt konnte sie es nicht mehr tun. Er zog sie zu. Die weißen Vorhänge blieben fast ein Jahr lang geschlossen. Sie kam nicht, um sie zu öffnen. Hatte nicht Leonardo geschrieben, man dürfe ein Porträt nur bei indirektem Licht malen, damit keine fremden Schatten auf das Gesicht fallen?

Chaudron hatte Marie im Leichenhaus identifiziert und sie begraben in ihrem neuen Kleid. Das war nicht Marie, nur ein verhüllter Rest von ihr. Sie war nicht mehr da, aber in allem gegenwärtig. Merkwürdig, wie leise sie in der Wohnung lebte, ohne etwas anzurühren. Sie aß nicht, sie trank nicht, aber dennoch war sie spürbar bei jedem Schritt und bei jedem Blick durch die Zimmer. In der ersten Nacht hatte er sich auf sein Bett gelegt, und im Dunkeln sah er sich durch die Straßen von Paris laufen. Er verirrte sich, versuchte, den gleichen Weg zurückzugehen, fand ihn aber nicht. Verdächtige Gestalten strichen an ihm vorbei, flüsterten unflätige Worte. Er musste nur Marie finden. Er beeilt sich, stößt eine Tonne mit stinkendem Abfall um, biegt nach rechts, dann nach links, gerät in einen Hinterhof, der nach Blut und Verbrechen riecht, Victor gibt ihm ein Zeichen, er folgt ihm auf eine Wendeltreppe, oben sieht er Marie lächeln, aber die Treppe wird immer enger, und bevor er erstickt, lässt er sich fallen, immer schneller, immer schwerer, wie ein Bleigewicht durch die rauschende Dunkelheit, bis er erwachte. Er suchte die Räume seiner Erinnerung nach einem stillen Ruheplatz ab. Hinter allzu vielen Türen entdeckte er Tränen und Leid, Elvira und die Zwillinge fielen ihm ein und Strinello – hatte er ihn wirklich in Paris gesehen?

Im Geist ging er in den nächsten Tagen die Gemälde durch, die sein Atelier verlassen hatten, die Madonnen mit Maries Antlitz und die Susannen mit ihren ungleichen Brüsten, nichts war mehr da, ihre weiße Haut nicht und auch nicht ihr sanftes Lächeln, etwas traurig entrückt, das ihn bezaubert hatte, als er Marie zum ersten Mal in der Aktmalklasse sah. Er war allein. Es war niemand da außer ihm. Im Innern spürte er die feierliche, entsetzliche Stille der Wüste. Ein Schauder glitt über seinen Körper wie eine sterbende Schlange.

Dann machte er sich an die Arbeit. Vor Wochen schon hatte er die Holztafeln vorbereitet, zugeschnitten aus einer Tür der aufgelassenen Abtei von Aubagne, geschliffen und grundiert mit mehreren Schichten Knochenleim, getrocknet in elektrischen Heizdecken, Gesso mit Knochenleim verrührt, aufgetragen und wieder getrocknet, damit der Untergrund weich wie Seide wird, darauf eine Schicht Bleiweiß, das er mit einer Emulsion aus Eiweiß und Leinöl angerührt hatte. Es beschleunigte den Trocknungsprozess der Farben.

Die Concierge schickte ihm ihre Schwester mit dem Essen und für die Wäsche. Er bekam ein Telefon, das nicht klingelte, weil niemand wusste, dass er eines hatte.

Chaudron besaß die Fähigkeit, alle Störungen und Widrigkeiten auszublenden. Sobald er arbeitete, umgab er sich mit einer undurchdringlichen Sphäre aus Stille. »Wenn du wählen müsstest«, hatte ihn Marie einmal gefragt, »zwischen der Malerei und mir – wie würdest du dich entscheiden?« Hatte er geantwortet? Er wusste es nicht. Er lebte wie in einem Kokon. Manchmal musste er sich räuspern, um zu wissen, dass er noch eine Stimme hatte. So entstanden in den folgenden Monaten vier Kopien der Mona Lisa – keine große Kunst, da er mit seinem fotografischen Blick nach sehr guten Reproduktionen arbeiten konnte. Er verbesserte nichts; er malte, was er sah. Nach der letzten Lasur würdigte er sie keines Blickes mehr. Er war sich nun sicher, dass jenes Bild im Louvre nicht von Leonardos Hand stammte.

Aber er wusste auch, was jetzt zu tun war: Er musste ein Bild von Marie malen, wie er sie in Erinnerung hatte, und er würde sie so porträtieren, wie es Leonardo getan hätte, lebensgroß. Nackt saß sie vor ihm, wie so oft früher, die rötlichen Haare in der Mitte gescheitelt und zu den Spitzen hin gelockt, den Kopf leicht nach links gewendet und den Blick aus den großen dunklen Augen etwas nach oben gerichtet – es schien, als müsste man zu ihr aufsehen. Der Trick war die ungewöhnliche Unterperspektive, die ihn an Riberas Bettlerjungen fasziniert hatte, wobei ihr Kopf vom Tafelrand auf wenigen Zentimetern angeschnitten wurde. Auf Augenhöhe fand man sich mit ihren schielenden Brüsten – die rechte wandte sich nach außen. Neapelgelb und Rötel zauberten eine Skala sanfter Pfirsichtöne auf die Haut. Von den Schultern glitt ihr eine Seidenstola in leuchtendem Karmesinrot, die sie mit der linken Hand unter ihrem Bauchnabel zu einem blütenförmigen Knoten zusammenraffte. Mit der Rechten zog sie von unten einen durchsichtigen Schleier bis unter die Brust. Sie saß – der abknickende Oberschenkel am unteren Bildrand deutete es an – auf einer offenen Terrasse mit einer weiten Landschaft als Hintergrund, wie die Mona Lisa. Doch jetzt verbesserte Chaudron, was an jenem Bild so unerklärlich stümperhaft misslungen war. Er komponierte in Ocker den Hintergrund der bewohnten Landschaft so, dass kein formaler Widerspruch zwischen Häusern und Tälern mehr bestand, und er nahm Leonardos kostbares Ultramarin für die fernen Berge und den verschwimmenden Horizont, vor dem sich Maries zartes Gesicht nun viel stärker abhob als die verkniffene Korpulenz der angeblichen Gioconda vor einer braunen Ursuppe. Farbschicht um Farbschicht, Lasur für Lasur war das samtweiche Leuchten ihrer Haut aus der Grundierung herausgewachsen und zu blühendem Leben erwacht – so lebensecht, dass Valfierno erschrak, als er das Bild sah.

Er kam, um die Kopien abzuholen, und war schockiert, dass Chaudron ihm den Tod Maries verschwiegen hatte, seit fast einem Jahr, obwohl er doch sein Freund sei.

»Du bist mein Freund, aber du hättest mir nicht besser helfen können als durch diese Arbeit. Ich habe viel gelernt. Über mich, über die Malerei und über Marie. Und ich habe mich entschieden. *Canta che ti passa*, das hat mein verschwundener Freund immer gesagt, du kennst das: Sing, dann geht es vorbei. Wie du siehst, habe ich gesungen.«

Die Kopien schienen makellos. Aber Maries Bildnis war ein Meisterwerk, es gab keinen anderen Ausdruck dafür. Valfierno stand minutenlang stumm davor und verabschiedete sich von Chaudron mit Tränen in den Augen. Das verabredete Honorar für die Kopien wurde zu gleichen Teilen auf Chaudrons Konten bei der Crédit Lyonnais und der Privatbank Mathieu & Martin überwiesen. Wo Maries Bild verblieben ist, weiß niemand.*

---

* *Anfang August 2007 wurde im Zuge der Leonardo-Ausstellung in Brüssel der Öffentlichkeit das der Forschung bislang unbekannte Aktbild einer jungen Frau präsentiert, dem der Experte Carlo Pedretti vor laufenden Kameras die Handschrift Leonardos attestierte. Es entspricht exakt der Beschreibung, die Valfierno in seinen Aufzeichnungen vom Bildnis Maries hinterlassen hat. Anm. d. Hrsgs.*

Sechstes Kapitel

Am Montag, dem 21. August 1911, wurde das Bild der Mona Lisa aus dem Louvre gestohlen.
Der Dieb war vermutlich bereits am Sonntag zusammen mit vielen anderen Besuchern in das Museum gelangt und hatte sich im ersten Stock zwischen der Apollo-Galerie und der Salle Duchâtel versteckt. Als die Wächter und das Publikum das Stockwerk um fünf Uhr verlassen hatten, schlich er sich durch eine Tapetentür der Salle Duchâtel in einen unbeleuchteten, verwinkelten Gang, wo er die Nacht verbrachte. Am Montag ist der Louvre zwar dem Publikum nicht zugänglich, aber die Türen sind nicht verschlossen, weil zahlreiche andere Personen dort ein und aus gehen: Handwerker, Fotografen, die Kopisten, Wissenschaftler, Künstler und selbstverständlich das Reinigungspersonal. Da kein allgemeiner Publikumsverkehr besteht, ist die Zahl der Wächter montags auf acht reduziert, deren Aufgabe vor allem darin besteht, an den Türen dafür zu sorgen, dass sich kein Tourist in das Gebäude verirrt.
Um acht Uhr dreißig ging der Hausmeister mit zwei Arbeitern durch den Salon Carré, um Anweisungen für Reparaturen in der Großen Galerie zu geben. Diese drei Personen konnten bezeugen, dass zu diesem Zeitpunkt die Mona Lisa noch an ihrem Platz hing. Eine Stunde später kamen sie zurück und bemerkten das Fehlen des Gemäldes, ohne sich deswegen Gedanken zu machen, da häufig Bilder ins Foto-

atelier oder in die Räume der Kupferstecher gebracht wurden. Darüber gab es keine besonderen Vermerke oder Informationen für die Wächter.

Der Dieb muss also zwischen acht Uhr dreißig und neun Uhr dreißig sein Versteck verlassen haben. Zu dieser Zeit befindet sich normalerweise niemand im ersten Stock. Von seinem Versteck bis zur Mona Lisa waren es nur wenige Meter. Der Täter muss genau gewusst haben, wie das Bild aufgehängt war, nämlich an zwei Haken, während zwei für den normalen Betrachter unsichtbare Haken unten den Rahmen abstützten. Er nahm das etwa acht Kilo schwere Bild ohne Schwierigkeiten und ohne den Rahmen zu beschädigen ab und trug es durch die Salle Duchâtel in einen angrenzenden kleinen, montags nicht besetzten Raum, in dem Reproduktionen und Postkarten verkauft werden. Von dort führt eine nicht für die Öffentlichkeit bestimmte Tür in ein Treppenhaus. Auf einem Treppenabsatz durchschnitt er sorgfältig die Papierstreifen, die das Bild in dem verglasten Rahmen hielten, und löste so die Holztafel aus dem Rahmen, den er auf der Treppe stehen ließ. Mit dem Bild ging er die Treppe hinunter und kam an eine verschlossene Tür, für die er keinen Schlüssel hatte. Zufällig kam ein Handwerker mit einem Schlüsselbund vorbei, den er bat, ihm die Tür zu öffnen. Der Arbeiter erklärte, er habe den auf der Treppe sitzenden Mann wegen seines Kittels für einen Angestellten gehalten und nicht darauf geachtet, ob er etwas bei sich trug. Die Tür führte in den Hof der Sphinx, den der Dieb durchquerte, um über den Visconti-Hof auf die Straße zu gelangen. Normalerweise steht an der Eingangstür des Visconti-Hofs ein Wächter, nur montags nicht. Der Dieb muss also über beträchtliche Insiderkenntnisse verfügt haben und ist bemerkenswert kaltblütig vorgegangen.

Dies war die offizielle, von den Behörden verbreitete Version, wie sich der Diebstahl der Mona Lisa zugetragen haben soll. In der allgemeinen Aufregung fiel niemandem auf, dass diese Darstellung deutliche Übereinstimmungen mit einem kühnen Diebstahl in London zeigt: Die Galerie Agnew & Co. hatte Gainsboroughs Porträt der Herzogin von Devonshire für eine hohe Summe, man sprach von einhunderttausend Pfund, gekauft und in ihren Räumen ausgestellt. An einem Morgen im Mai 1876 fand der Besitzer nur noch den Rahmen vor. Der Dieb hatte sich offenbar, als die Besucher gingen, in einem Nebenraum der Galerie versteckt und war in der Nacht mit dem Bild aus einem Fenster auf die Straße gelangt. Jahrelang bemühte sich die Polizei vergebens, den Täter zu ermitteln. Erst im Jahr 1901 tauchte das Bild wieder auf, allerdings unter dubiosen Umständen: Bei dem Kunsthändler ging ein Schreiben mit dem Angebot ein, das Gemälde zurückzukaufen. Die Verhandlungen führten dazu, dass ein Unterhändler, der für sich Straffreiheit gefordert hatte und den Namen des Diebes nicht nennen musste, das Bild für ein Lösegeld, das der Hälfte des Kaufpreises entsprach, schließlich dem Galeristen übergab. Das geschah genau zehn Jahre vor dem Mona-Lisa-Coup.

Das Wort »Kunstdiebstahl« war damals noch unbekannt: Es war ebenso wenig üblich, Kunstwerke zu stehlen wie Banken zu überfallen. Eher durch Zufall war einmal ein Gemälde von Murillo aus der Kathedrale von Sevilla verschwunden und gleich zum Verkauf angeboten worden; auch die Diebe des van Dyck aus der alten Kirche der belgischen Stadt Kortrijk im Jahr 1907 hatten sich wohl einen Scherz erlaubt, weil die Bauarbeiter eine offene Wand quasi als Einladung zurückgelassen hatten. Nur der Londoner Diebstahl zeigte professionelle Qualitäten, und die Pariser Polizei, die in die Ermittlungen einbezogen gewesen waren, lehnte sich in ihrer offiziellen Darstellung vom Diebstahl der Mona Lisa ganz offensichtlich an den damaligen Tathergang an. Warum? Weil sie ratlos war und weil sie für die Öffentlichkeit einen besonders raffinierten Täter brauchte, um die Institution des Louvre nicht zu blamieren. Übrigens wurde der Gainsborough dann an John Pierpont Morgan verkauft.

In Wahrheit verlief der Diebstahl ganz unkompliziert. Valfierno hatte sich mit einem seiner Kopisten um neun Uhr am Eingang zur Großen Galerie verabredet. Jeder Wächter kannte den stets freundlichen Kunsthändler als regelmäßigen Besucher, der auch am publikumsfreien Montag zugelassen war; die entsprechende Bescheinigung der Direktion hätte Valfierno jederzeit vorweisen können. Er war an jenem Tag sommerlich gekleidet, am Revers seines weißen Leinenanzugs leuchtete eine rote Nelke. Über dem Arm trug er einen leichten Staubmantel.

Das Gespräch mit dem Kopisten war kurz: Er wies ihn wegen eines dringenden Auftrags an, seine Utensilien aus der kleinen Salle van Eyck nach vorn zu bringen, um sofort mit der Kopie der Madonna von Botticelli zu beginnen. Valfierno hatte sich damit ein Zeitfenster von etwa zehn Minuten geöffnet.

Während der Kopist in den entfernten Saal eilte, holte er in weniger als einer Minute die Mona Lisa von der Wand, befreite sie im nebenan liegenden Treppenhaus von ihrem schweren Rahmen (fünf Minuten), stellte die Holztafel hinter die Samtportiere vor dem Eingang der Galerie und wartete, bis der Kopist mit seiner Staffelei zurückkam, um ihm die Anweisungen über das Format zu geben. Dann verabschiedete sich Valfierno, nahm beim Weggehen die Holztafel unter seinen Mantel und verließ den Louvre durch den Haupteingang. Es war genau so einfach, wie er es sich ausgedacht hatte.

Als später alle zum fraglichen Tatzeitpunkt im Museum anwesenden Personen von der Polizei vernommen wurden, konnte sich der Kopist genau an den weißen Leinenanzug mit der roten Nelke erinnern, den grauen Staubmantel erwähnte er nicht. Außerdem bestätigte er Valfiernos Aussage, dass dieser die ganze Zeit vor Botticellis Madonna auf ihn gewartet hätte, allerdings höchstens fünf Minuten. Ansonsten hatte er nichts Verdächtiges bemerkt. Valfierno schied als möglicher Täter aus.

»Ich hätte auch mit dem Bild offen aus dem Louvre spazieren können, und es wäre nichts passiert«, sagte er später. »Alle hätten mir einen guten Tag gewünscht und geglaubt, ich hole gerade eine bestellte Kopie ab. Aber dann hätte ich sofort aus Paris verschwinden müssen. Das kam gar nicht in Frage. Ich hatte ja meine Verpflichtungen. Außerdem: Was sollten meine Freunde von mir denken?«

Das Fehlen der Mona Lisa fiel erst am folgenden Dienstag auf. Eine halbe Stunde vor der Öffnung des Museums ging ein Wächter durch den Salon Carré, sah die Lücke und vermutete das Bild beim Fotografen. Um neun Uhr kam Louis Béroud, der eine Ansicht des Salons malen wollte und zwar mit dem Blick auf die Wand der Mona Lisa. Er stellte seine Staffelei auf, fragte den von seinem Rundgang zurückkehrenden Wächter, wo denn das Bild sei. Beim Fotografen, lautete die Antwort. Beroud begann mit der Vorzeichnung. Mittags kam der Wächter wieder auf seinem Rundgang vorbei, und der Maler bat ihn, beim Fotografen zu fragen, wie lange die Mona Lisa noch benötigt werde. Er brauche das Bild wegen der Proportionen. Der Wächter kannte derartige Wünsche, ließ sich eine Stunde Zeit, kam dann aber aufgeregt mit der Mitteilung zurück, im Fotostudio wisse man von nichts.

Auf Berouds Rat meldete er das Fehlen der Mona Lisa dem stellvertretenden Direktor George Bénédite, Kurator der ägyptischen Sammlungen. Der Direktor Théophile Homolle, ebenfalls ein Archäologe und Chefkurator des Louvre, befand sich im Urlaub. Benedite verständigte sofort den Polizeipräfekten Louis Lépine, der einen Inspektor Hamard mit hundert Polizisten zum Louvre schickte, das Innenministerium informierte und dann selbst in das Museum kam, um die Ermittlungen zu leiten. Hamard hatte bereits alles Nötige veranlasst: Die Galerien und Säle waren vom Publikum geräumt, die Eingangstore geschlossen. Auf den Dächern beobachteten Polizisten die Straßen, ob sich jemand verdächtig schnell entfernen würde. Der Rest der Mannschaft durchsuchte das Gebäude, wobei der Rahmen auf der Treppe gefunden wurde. Jetzt wusste man, dass die Mona Lisa gestohlen worden war.

Wenn es um die Verbreitung eines Gerüchts geht, kann Paris sehr klein sein. Um halb sechs erschienen die ersten Reporter, und Benedite gab eine offizielle Erklärung über das Verschwinden des Bildes ab, die noch in der frühen Abendausgabe des *Temps* veröffentlicht wurde. Daraufhin strömten hunderte Menschen zum Louvre, aber neue Informationen gab es nicht, so dass die Menge auf Vermutungen angewiesen war: Ein schlechter Scherz, die Tat eines Irren, die Rache eines entlassenen Mitarbeiters – alles schien möglich.

Auf den ersten Blick sah die Sache wirklich wie die Tat eines Verrückten aus. Wer sonst stiehlt ein Bild, das kein Kunsthändler kaufen würde? Wenn der Dieb die Aussichtslosigkeit seiner Lage begreife, dann würde er vielleicht das Bild zerstören. Die Sorge war nicht unberechtigt: 1907 hatte eine geisteskranke Frau ein Gemälde von Ingres aufgeschlitzt. Noch im gleichen Jahr wurde vorsichtshalber die Mona Lisa verglast, doch die Proteste von Kunstliebhabern wegen der nun auftretenden Spiegelung waren derart massiv und so zahlreich, dass das Glas wieder entfernt wurde. Erst als die Futuristen ihre Attentate auf berühmte Kunstwerke ankündigten, entschied die Direktion im Oktober 1910, die wichtigsten und wertvollsten Gemälde nun doch mit einem schützenden Glas versehen zu lassen.

Die Gebildeten erinnerten sich an die seltsame Idee der Romantiker, die Mona Lisa zu einer dämonischen Frau vom Typus der femme fatale zu stilisieren und verwiesen auf entsprechende Abschnitte in Walter Paters *Studien zur Renaissance*: »Sie ist älter als die Felsen, in deren Mitte sie sitzt. Wie ein Vampir ist sie mehrmals tot gewesen und hat die Geheimnisse des Grabes erfahren. Sie ist in tiefe Wasser getaucht und hütet deren Dämmerlicht.« Ewig lebt sie und nährt sich von der Liebe derer, die ihr verfallen sind – da dachte man sofort an die berüchtigte Principessa de Belgiojoso, deren ebenholzschwarzes Haar, das totenblasse Gesicht und die hochgewachsene, vom Rauschgift ausgezehrte Gestalt Liebhaber wie Delacroix, Chopin und Balzac fasziniert hatten. In einem Schrank ihres Boudoirs war nach ihrem Tod ihr junger Liebhaber einbalsamiert gefunden worden. Der esoterische Romancier Péladan hatte sie in seinem Roman *Le Vice Suprême* 1884 (dt.: Das höchste Laster, 1923) verherrlicht und mit der Mona Lisa gleichgesetzt: »Verderbtheit nistet in den Winkeln ihres Mundes, ihr Lächeln ist aus Verachtung gespeist ... Getreu deinem frevelhaften Laster, Tochter da Vincis, verdirbst du die Kunst durch das Böse. Auf dem Bild mag dein Lächeln erkalten, aber in meinem Herzen ist es eingegraben. Dein Anblick erregt in mir diesen Durst nach dem Schönen und Bösen. Du bist gestorben, ohne ihn zu stillen. Ich aber liebe dich, Gioconda, du verdorbene Sphinx!« Was wäre, wenn jemand derartige Überspanntheiten ernstgenommen und sich wirklich in diese auf ewig unbefriedigte Kindfrau verliebt hätte? Würde er sie nur wie Napoleon in sein Schlafzimmer mitnehmen oder sie umbringen – oder beides? Zu dieser Hypothese passte die Aussage eines Wächters, ein junger Mann habe seit mehreren Wochen regelmäßig das Bild mit seltsamen Blick, wie verzaubert, angestarrt. Blond sei er gewesen und blauäugig. Paul Leprieur, der Kurator der Gemäldeabteilung, konnte bestätigen, dass in den letzten Jahren zahlreiche, an die Mona Lisa adressierte Briefe eingegangen waren. Dem Schriftbild nach stammten sie von verschiedenen Absendern, gemeinsam war ihnen jedoch der Ton glühender Verehrung. Auch er habe Besucher beobachtet, die vor dem Bild leidenschaftliche Worte geflüstert hatten oder in Tränen ausgebrochen waren. Ein Verbrechen aus Leidenschaft konnte man also nicht ausschließen.

Sehr viel lapidarer erklärte ein junger Arbeiter, der angeblich im Louvre mit der Verglasung beschäftigt gewesen war, die Sache wäre ein groß angelegter Schwindel: Das Gemälde wäre durch eine Panne beim Verglasen schwer beschädigt worden, und der angebliche Diebstahl solle nur die nötige Zeit für die Übermalung des Schadens überbrücken. Man fragte bei der beauftragten Firma nach: Ja, es habe bei der Mona Lisa Schwierigkeiten gegeben; das Glas musste dreimal neu angepasst werden, aber von einer Beschädigung des Bildes könne keine Rede sein. Der junge Mann, der dies behauptet hatte, war der Firma unbekannt.

Während also *Tout-Paris* über die sonderbarsten Theorien nachgrübelte, konnte jeder die Mona Lisa in der Hosentasche nach Hause tragen. Die staatliche Monopolverwaltung hatte im Juli damit begonnen, Abbildungen berühmter Gemälde auf die Zündholzschachteln drucken zu lassen. Ausgerechnet an jenem 22. August wurde die Serie mit dem Bild der Mona Lisa ausgeliefert.

Am folgenden Mittwoch, dem 23. August begann der Leitartikel des *Figaro* mit den Sätzen: »Die Nachricht, die gestern in Paris bekannt wurde, stieß zuerst nur auf Unglauben. Jetzt aber muss man sich an die Tatsache gewöhnen: Leonardo da Vincis Gioconda ist verschwunden. Es ist einfach unvorstellbar. Die Sache erscheint einem so ungeheuerlich, dass man über sie lachen möchte wie über einen schlechten Scherz. Aber dann packt einen die Wut. Vielleicht ist dieses uns so vertraute Gesicht für immer verschwunden und verfolgt uns nur noch in der Erinnerung und in der Trauer, die wir empfinden, als würden wir von einem Menschen sprechen, der uns durch einen sinnlosen Unfall genommen wurde und auf den wir einen Nachruf schreiben müssen.« Daran schloss sich ein langer Bericht über das Leben der Gioconda und Leonardos Bild an, der all die Legenden und Halbwahrheiten aufwärmte, die sich seit Vasaris Erwähnung in der Forschungsliteratur als gesicherte Fakten etabliert haben.

Eigentlich wollte ich die Geschichte des Bildes in einem Dialog zwischen Chaudron und Valfierno ausbreiten, aber meine Lektorin hielt das für keine gute Idee: Mein Buch geriete damit in das Fahrwasser dieser schrecklichen historischen Romane, bei denen der Leser von vornherein weiß, dass alles erfunden ist. Ich sollte nicht so tun, als wäre ich überall dabei gewesen, sondern auf die Beweiskraft der Fakten vertrauen. Die Leser seien nämlich nicht so dumm, wie manche Autoren meinen. Deshalb werde ich jetzt in aller Kürze zusammenfassen, was wir wirklich über dieses Bild wissen. Es ist, gemessen an seiner Berühmtheit, erschreckend wenig. Beginnen wir mit dem Urheber der Legendenbildung, dem Leonardo-Biografen Giorgio Vasari, dessen Bericht noch heute in keinem Standardwerk fehlt. Er hatte in seiner 1550 erschienenen Vita geschrieben: »Auch übernahm es Leonardo, für Francesco del Giocondo das Bildnis der Mona Lisa, seiner Frau, zu malen. Vier Jahre arbeitete er daran, dann ließ er es unvollendet. Es ist jetzt im Besitz des Königs Franz von Frankreich in Fontainebleau. Wer sehen wollte, wie weit es der Kunst möglich ist, die Natur nachzuahmen, der erkannte es ohne Schwierigkeiten an diesem Kopfe. Denn alle kleinsten Einzelheiten, die man überhaupt nur mit größter Feinheit malen kann, waren hier dargestellt. So hatten auch die Augen jenen Glanz und jene Feuchtigkeit, wie wir sie im Leben sehen, und um sie herum sah man jene rötliche Färbung und die Härchen, die nur mit allergrößter Feinheit gemalt werden können. Die Brauen, wo sie am vollsten, wo sie am spärlichsten sind und wie sie sich den Poren der Haut entsprechend ausrichten, könnten nicht natürlicher sein. Die Nase mit schön geformten Nasenlöchern, rosig und zart, sah wie lebensecht aus. Der Mund schien mit seinen Konturen, wo das Rot der Lippen sich mit der Gesichtsfarbe vereint, und mit den Mundwinkeln nicht gemalt, sondern lebendig zu sein. Und wer das Halsgrübchen aufmerksam betrachtete, der sah das Schlagen des Pulses. Wahrhaftig, man darf sagen, dass sie so gemalt war, dass es jeden großen Künstler und überhaupt jeden zum Verzweifeln und zum Erzittern brachte. Obwohl Mona Lisa sehr schön war, ließ Leonardo musizieren und singen und Possen spielen, während er sie malte, um sie bei guter Laune zu halten und die Melancholie zu vertreiben, die man oft auf Porträts findet. Auf diesem Gemälde Leonardos sah man ein so gutmütiges Lächeln, dass es eher göttlich als menschlich schien, und es galt für bewundernswert, weil es so lebensecht war.«

Dies scheint eine sehr präzise Beschreibung zu sein. Aber Vasari kannte das Bild überhaupt nicht. Er war fünf Jahre alt, als Leonardo einer Einladung des französischen Königs Franz I. folgte und Florenz verließ, zusammen mit seinem Vertrauten Melzi und seinem Lieblingsschüler Salai. Man nimmt deshalb an, dass reisende Kunstfreunde oder Maler Vasari von dem Bild berichtet haben. Aber von welchem Bild? Gerade die hervorgehobenen Details stimmen nämlich mit dem Aussehen der Mona Lisa nicht überein: Sie hat weder Brauen noch Wimpern, und die seltsam ausdruckslosen Augen können nicht feucht glänzen, weil der Maler die Tränendrüsen vergessen hat. Die Nasenlöcher kann man allenfalls erahnen und eine Halsgrube ist nicht einmal im Ansatz eines Schattens zu sehen.

Zusammen mit dem Kardinal Louis von Aragon besuchte dessen Sekretär Antonio de Beatis Leonardo auf seinem Schlösschen bei Amboise und gab darüber am 10. Oktober 1517 ein genaues Protokoll. Leonardo zeigte den Herren drei Gemälde: »Das Bildnis einer gewissen Florentinerin, das er auf Veranlassung des verstorbenen Giuliano de Medici nach dem Leben gemalt hatte, dann einen jugendlichen Johannes der Täufer, und das Bild der Madonna mit dem Kind auf dem Schoß der Hl. Anna, alle drei in höchster Vollendung.«

Da Beatis kein Bild der Mona Lisa erwähnt, geht man heute stillschweigend davon aus, dass das Porträt der anonymen Florentinerin damit identisch sei. Das ist eine eher aus Hilflosigkeit als aus Logik geborene Idee, denn sie unterstellt dem ansonsten gewissenhaftem Sekretär, er hätte bei nur drei Bildern den Überblick verloren und sowohl den Namen der Dame vergessen, als auch den Auftraggeber verwechselt. Wenn Beatis vom »Bildnis einer gewissen Florentinerin« spricht, ist dies als wohlüberlegte Diskretion zu verstehen, da Giuliano de Medici seine Geliebte porträtieren lassen wollte und zwar in einer Art, wie wir sie von den Aktbildern kennen, die in Fontainebleau in den *Appartements des Bains* hingen, einer Suite aus Bädern und Ruheräumen. Eigentlich lässt sich aus Beatis Bericht nur folgern, dass er kein Bild der Mona Lisa gesehen hat – aus welchen Gründen auch immer.

Ein Jahr vor Leonardos Tod 1519 kehrte der Lieblingsschüler Salai in seine Heimatstadt Mailand zurück und starb dort 1525 an einer Schussverletzung; die näheren Umstände sind unbekannt. Das notariell beglaubigte Nachlassinventar zählt aus Salais Besitz u. a. folgende Bilder auf: ein Gemälde mit einem jungen Hl. Johannes, Wert zweihundertfünfzig Scudi; ein Gemälde Hl. Anna, Wert einhundert Scudi; ein Gemälde, benannt la Joconda, Wert einhundert Scudi.

Über Salai ist wenig bekannt. Eigentlich hieß er Gian Giacomo Caprotti, aber Leonardo nannte ihn Salaino oder Salai (kleiner Teufel), weil er »diebisch, verlogen, trotzig, gefräßig« war – so schreibt es Leonardo ins Tagebuch. Mit zehn Jahren, das war damals das übliche Alter, kam er 1490 zu ihm in die Lehre, bestahl seinen Meister schon am zweiten Tag, danach andere Schüler und blieb ein Sorgenkind. Aber er war, sagt Vasari, »ein anmutiger, schöner Jüngling mit üppigen Locken, an denen Leonardo besonders Gefallen fand«. Jedenfalls verzieh ihm der Meister alles. Dem Siebzehnjährigen kaufte er einen silberfarbenen Mantel mit grünem Samtbesatz für über sechsundzwanzig Lire – so viel verdiente ein normaler Arbeiter in einem halben Jahr. Abgesehen davon muss er besonders begabt gewesen sein. Er durfte an Leonardos Bildern mitarbeiten. Der »Bacchus« im Louvre soll hauptsächlich von ihm gemalt sein; genau weiß man es nicht. Zugeschrieben werden ihm auch die zwei Mona Lisas, die sich jetzt im Prado und in der Eremitage befinden, doch auch das ist unsicher.

Wie kam Salai, laut Inventar, in den Besitz von Leonardos Bildern? Manche Forscher behaupten, er hätte sie ihm vermacht. Im Testament steht davon kein Wort. Seltsamerweise erwähnt Leonardo in seinem sehr detaillierten Testament überhaupt kein Bild: Er ordnet an, wer Möbel und Geräte, Kleider, Geld, die Bücher und die Manuskripte bekommen soll, doch er vererbt keine Bilder. Als habe er keine mehr besessen. Hat er also die Bilder 1518, als Salai nach Mailand zurückging, an ihn verschenkt, sozusagen als Dank für die langjährigen Dienste? Auch darüber gibt es kein Zeugnis. Man weiß nicht einmal, ob die Bilder in Salais Besitz überhaupt Leonardos Bilder waren und nicht von Salai selbst angefertigte Zweit- und Drittfassungen. Man kann auch nicht davon ausgehen, wie es die Kunsthistoriker heute ganz selbstverständlich machen, dass das »La Gioconda« genannte Bild in Salais Inventar identisch ist mit dem Porträt der Mona Lisa, von dem bisher ausschließlich Vasari behauptet hat, dass es existiert. Die drei ältesten Biografen erwähnen es nicht, weder Antonio Billi ca. 1520, noch Paolo Giovio 1528, und der Anonimo Gaddiano schreibt um 1540: »Er malte nach der Natur den Piero Francesco Giocondo.« Um die Verwirrung komplett zu machen, spricht Lomazzo in seinem *Traktat über die Malkunst* 1584 von Bildern aus der Hand Leonardos: »frühlingshaft geschmückt wie das Bildnis der *Gioconda* und der *Mona Lisa*, bei denen er unter anderem auf wunderbare Weise den Ausdruck eines lachenden Mundes darstellt«. Die angebliche Existenz des Mona-Lisa-Porträts hatte er von Vasari übernommen, dessen Erwähnung er an anderer Stelle fast wörtlich zitiert. Von einer sogenannten »Gioconda« könnte ihm sein Gewährsmann Melzi, der letzte Gefährte Leonardos erzählt haben.

Den Kunsthistorikern ist diese Situation zu unübersichtlich. Wenn sie Lomazzo nicht ganz unterschlagen, behaupten sie, er hätte sich geirrt und aus Versehen ein und dasselbe Bild mit zwei Titeln aufgeführt, denn mit der »Gioconda« wäre selbstverständlich die dritte Ehefrau des Francesco del Giocondo gemeint.

Lisa (nicht *Mona Lisa*) Gherardi wurde 1479 in Florenz geboren und heiratete am 5. März 1495 den neunzehn Jahre älteren zweimaligen Witwer Giocondo. Das hat 1913 der damalige Direktor der Uffizien, Giovanni Poggi, im Florentiner Staatsarchiv anhand der Steuerakten ihres Vaters herausgefunden. Vor dem Diebstahl hatte man sich über die von Vasari behauptete Identität keine Gedanken gemacht. In Frankreich heißt das Bild so, wie es in allen königlichen Inventarlisten genannt wurde: »La Gioconda«, bzw. auf französisch »La Joconde«.

Cassiano dal Pozzo sah es bei seinem Besuch in Fontainebleau im Jahr 1625: »Ein lebensgroßes Porträt auf Holz, eingerahmt von geschnitztem Nussholz. Es ist das Halbfigurenporträt einer Dame, die Gioconda genannt wird. Es ist das großartigste Werk dieses Künstlers, ihm fehlt nur noch die Sprache. Das Porträt zeigt eine Dame zwischen vierundzwanzig und sechsundzwanzig Jahren von vorn, keineswegs im Stil der griechischen Statuen, sondern eher üppig, mit so erlesenen Formen und einer Lieblichkeit um Wangen, Lippen und Augen, wie man sie nicht zu erreichen hoffen kann. Der Kopf ist von einer sehr einfachen, aber ebenso vollendeten Frisur umrahmt; das Gewand war entweder schwarz oder dunkelrot, aber man hat einen so trüben Lack aufgetragen, dass man es nicht richtig erkennt. Die Hände sind sehr schön und trotz all dem Missgeschick, den dieses Gemälde erlitten hat, erscheinen Gesicht und Hände im Ganzen von solcher Schönheit, dass sie entzücken und den Atem rauben ...«

Diese »Gioconda« ist zweifellos das Gemälde, das am 21. August 1911 aus dem Louvre gestohlen wurde. Aber mit Vasaris Beschreibung hat dieses Bild nichts gemeinsam. Die Leonardo-Forscher jedoch sind immer noch begeistert von

Poggios Entdeckung, dass eine Lisa Giocondo tatsächlich existiert hat, und identifizieren das Bild als Porträt dieser Frau, weil sie *Gioconda* als weibliche Form des Nachnamens ansehen. Aber *La Gioconda* meint einfach nur *Die Heitere*: Es ist die Bezeichnung für das Bildnis einer lächelnden Frau – mehr nicht. Der Gleichklang mit dem Familiennamen Giocondo ist ein Zufall, der zu einer schier endlosen Kette von Fehldeutungen geführt hat.

In dem Bild deutet nichts auf das Porträt einer bestimmten Person hin. Kunsthistorisch gesehen ist es – die Liebhaber mögen mir verzeihen – eher belanglos, weil es keine formalen Neuerungen bietet. Die Komposition (in Loggia sitzende Frau vor Landschaft) stammt aus der flämischen Malerschule. Ein entsprechendes Bild von Hans Memling hing in der Familienkapelle der Portinari im Ospedale di Santa Maria Nuova. Leonardo muss es gekannt haben, weil er in dieser Institution sein Konto unterhielt und auch persönliche Beziehungen zu den Portinaris pflegte. Am Ende des Jahrhunderts war dieses Aufbauschema von der Heiligen- in die Porträtmalerei eingedrungen. Lorenzo di Credi, mit dem Leonardo in Verrocchios Werkstatt zusammen gearbeitet hatte, malte um 1490 ein Frauenporträt in dieser Art. Die sich weit öffnenden Landschaften sind austauschbar, zeigen keine realen Orte und wurden in den Werkstätten von den Schülern ausgeführt.

Neu oder überraschend ist also an dem Bild im Louvre gar nichts gewesen. Ungewöhnlich ist höchstens, dass die Darstellung keinerlei Rückschlüsse auf Personen zulässt, denn eigentlich gehörte es zum Bildungsprogramm jener Zeit, dass die Porträtierten mit Attributen dargestellt wurden, die sie charakterisieren. Leonardos Porträt der Ginevra de Benci beispielsweise zeigt die junge Frau vor einem Wachholderbusch – eine Anspielung (ginepro = Wachholder) auf ihren Vornamen. Dass auf seinem Bild der Cecilia Gallerani die Dame einen zahmen Hermelin im Arm hält, ist mehr als nur eine Namensanspielung (der griechische Name des

Wiesels ähnelt ihrem Nachnamen), denn das Tier war das Emblem ihres Geliebten, des Herzogs Ludovico Sforza. Vergleichbare Attribute sucht man bei der Mona Lisa vergeblich. Nicht einmal durch einen Ring wird ihr Status als Ehefrau angedeutet.

Doch gerade dieses Fehlen aller Charakteristika, diese seltsame Entindividualisierung konnte sie zum Typus des unergründlichen weiblichen Wesens schlechthin machen – allerdings erst, seit in der Mitte des 19. Jahrhunderts durch die Romantik ein neues Frauenbild entstand. In den vier Jahrhunderten davor war das Gemälde nahezu unbekannt und wurde auch von Kunstkennern nicht geschätzt.

Der Pater Pierre Dan veröffentlichte 1642 eine Beschreibung der Kunstwerke von Fontainebleau. Er führt es zwar unter den »besonderen Bildern« auf, aber nur wegen des angeblichen Kaufpreises von zwölftausend Francs, die Franz I. dafür gezahlt haben soll. Späteren Kunsthistorikern galt dieser vermeintlich hohe Betrag als Ausdruck einer von Beginn an ungewöhnlichen Wertschätzung des Bildes – sie übersahen, dass Franz I. für ein Gemälde Raffaels exakt das Doppelte gezahlt hatte. Als Crozat 1729 »die schönsten Bilder und Zeichnungen, die in Frankreich zu finden sind« in zwei Prachtbänden reproduzierte, ist dieses Bild nicht dabei. Und als 1750 eine Ausstellung der besten Gemälde des Königs stattfand, fehlte es ebenfalls. Nach der Einrichtung des Louvre als öffentliches Museum erschien, gestützt auf seine Bestände, 1823 eine monumentale Geschichte der Malerei in sechs Bänden von Seroux d'Agincourt – ohne Erwähnung des Bilds. Es stellte niemanden dar – nur eine lächelnde Frau.

Außerdem befand sich das Bild in einem beklagenswert schlechten Zustand. Schon Pozzo hatte ja 1625 von dem »Missgeschick« geschrieben, dem es ausgesetzt war durch die Feuchtigkeit in den Appartements des Bains, bevor es unter Heinrich IV. ins Obergeschoss des Schlosses, in das Cabinet de Peintures gebracht und in einer Inventarliste als

»La Jocunda« verzeichnet wurde. Der für die königlichen Gemälde zuständige Monsieur Durameau notierte 1784 den Vermerk: »Waschen und firnissen.« Da war es bereits aus der Galerie des Königs aussortiert und hing im Versailler Büro des Baudirektors. Dort sah es Napoleon, nahm es mit in sein Schlafzimmer und stellte es im Jahr seiner Kaiserkrönung dem Louvre, der damals noch Musée Napoléon hieß, zur Verfügung. Aber wegen seines schlechten Zustandes wurde es nicht ausgestellt. Erst im Januar 1809 nimmt sich ein Restaurator des Bildes an und berechnet am Ende neunzig Tage à vierzehn Francs, zuzüglich der Kosten für Lack, Farben und Lösungsmittel. Leider gab es damals noch nicht die Möglichkeit der Farbfotografie, sonst wüssten wir wenigstens annäherungsweise, wie das Bild im Jahr 1809 aussah und was danach passierte. Neunzig Tage sind eine lange Zeit. Hatte der Restaurator vielleicht nicht nur den Schmutz, sondern mit den Lösungsmitteln auch die obersten Farbschichten abgewaschen und sich danach an einer hilflosen Rekonstruktion versucht? Wir wissen es nicht. Das Alter der Farbpartikel wurde noch nie untersucht. Wir kennen nur den späteren Zustandsbericht, der in der *Gazette des Beaux-Arts* (2. Halbjahr 1887, S. 103) veröffentlicht wurde: Das Bild sei »nur noch eine Grisaille, die Untermalung eines Gemäldes, dem die Zeit und die Reinigungen seinen Glanz geraubt haben«.

Paradoxerweise hat gerade dieser verwaschene, stumpfe Charakter des Bildes, dem die Eigenschaften der Farben ebenso fehlen wie jene der Person, zu der Faszination auf die modernen Betrachter entscheidend beigetragen oder sie sogar erst möglich gemacht. Genau dies formulierte nämlich der deutsche Kunsthistoriker Woldemar von Seidlitz bereits 1909 in seinem alle Kenntnisse über Leonardo zusammenfassenden Werk: »Der schlechte Erhaltungszustand des Bildes beeinträchtigt nur wenig seine Wirkung. Statt es wegen der Feinheiten seiner Ausführung zu bewundern, genießen wir es als die Verkörperung einer Weiblichkeit von so eigenem Reiz, dass wir ganz zu fragen vergessen, ob deren Vorbild wohl in solcher Gestalt auf Erden gewandelt hat, oder ob es sein Gepräge nur der Phantasie des Künstlers verdankt. Schon aus den einander widersprechenden Urteilen ließe sich entnehmen, dass wir es hier nicht mit einem fassbaren Wesen von Fleisch und Blut, sondern mit einem so zusammengesetzten Charakter zu tun haben, wie er in der Wirklichkeit kaum vorkommt. Und doch glauben wir an seine Existenz, weil das unseren Wünschen entspricht.«

Etwas populärer ausgedrückt: In diesem Porträt konnte jeder seine Traumfrau finden.

Das Bild war verschwunden. Der Louvre blieb eine Woche lang geschlossen. Im Büro des abwesenden Direktors Homolle richtete der von Premierminister Joseph Caillaux mit der Untersuchung beauftragte Richter Henri Drioux sein Hauptquartier ein. Da die Aufseher einhellig bei ihrer Behauptung blieben, dass kein Paket in der Größe der Holztafel – 79 x 54 cm – das Museum verlassen habe, glaubte die Polizei noch immer an einen üblen Scherz: Vielleicht hatte jemand das Gemälde irgendwo im Gebäude versteckt und beobachtete nun, grinsend vor Schadenfreude, wie hundert eifrige Polizisten jeden Winkel, jeden Raum, jedes Stockwerk durchsuchten. Saal für Saal wurden sämtliche Abteilungen und Sammlungen einschließlich der Schränke mit den Zeichnungen und Kupferstichen durchkämmt. Gründlicher ist der Louvre nie inspiziert worden. Im Dachgeschoss mussten die Kopisten ihre Zimmer und Verschläge öffnen. Dabei stellte sich heraus, dass manche Räume untervermietet waren an Familien, von deren Existenz angeblich kein Wärter wusste. Alle, auch die langjährigen Kopisten, mussten unter polizeilicher Aufsicht ihre Sachen packen und den Louvre sofort verlassen. Die Frage, wie viele Kopisten überhaupt bisher ungehinderten Zugang gehabt hatten, konnte niemand beantworten.

Das Kolonialministerium, das ebenfalls in dem Riesenbau untergebracht war, besaß zwar im Pavillon de Flore einen eigenen Eingang, aber die Mitarbeiter konnten sich dann frei im ganzen Haus bewegen. Drioux versuchte auch zu ermitteln, wie viele Angestellte der Louvre hatte und kam anhand der Gehaltslisten auf über zweihundertfünfzig Beamte. Er las den Wärtern die Namen vor, doch die Hälfte davon war ihnen unbekannt. Ein Aufseher sagte aus, er habe einmal eingreifen wollen, als ein ihm unbekannter Mann ein Gemälde von der Wand nahm, doch er sei scharf zurückgewiesen worden: Der Mann habe gesagt, er sei Konservator und jemandem wie ihm keine Rechenschaft schuldig. Das Bild sei damals nicht wieder zurückgebracht worden. Nein, das sei kein Einzelfall gewesen.

Henri Drioux war Realist. Er hatte bereits mehrere Regierungswechsel erlebt und kannte die politische Praxis, dass jeder neue Minister jene Freunde, denen er verpflichtet war, die jedoch für ernsthafte Aufgaben ungeeignet schienen, mit einem Posten belohnen wollte, auf dem sie möglichst wenig Schaden anrichten konnten – also in einer kulturellen Institution wie der Nationalbibliothek oder dem Louvre. Es gab daher in diesen öffentlichen Einrichtungen hunderte solcher Ministerialbeamte. Meist war die Tinte unter ihrem Anstellungsvertrag noch nicht trocken, da hatten sie bereits ihren Antrag auf einen einjährigen Urlaub eingereicht, der von ihrem Freund, dem Minister sofort bewilligt wurde. Einmal im Jahr erschienen sie im Amt, um diesen Antrag zu erneuern. So machte es Marcel Proust jahrelang als Geisterassistent an der Bibliothèque Mazarin, und so machten es alle. Drioux wusste, dass er an dieser Praxis nichts ändern konnte, doch in diesem konkreten Fall machten unbekannte Schein-Konservatoren mit ihrem ungehinderten Zugang die Situation noch unübersichtlicher, als sie es ohnehin war.

Das Innenministerium drängte auf Klärung des Falles, die Presse beschimpfte sowohl die angeblich untätige Polizei wie die unfähigen Politiker, und die unabhängig arbeitende Geheimpolizei verhörte ihre Informanten und ließ die Polizisten die Beinarbeit machen. In der Sache kam man keinen Millimeter vorwärts.

Es gingen hunderte Hinweise ein: Überall waren dicke, dünne, schwarzhaarige und blonde Männer mit und ohne Bart beobachtet worden, die ein längliches Paket getragen hatten. Der Dieb befand sich gleichzeitig auf dem Passagierschiff »La Champagne«, das am Dienstag Richtung Südamerika abgelegt hatte und im Schnellzug nach Bordeaux. Die Polizei meldete aus Cherbourg, am Mittwoch hätten sich zwei Männer mit verpackten Bildern an Bord der »Kaiser Wilhelm II.« nach New York begeben. In Amerika wurde die Zollbehörde alarmiert. Als das Schiff am Dienstag, dem 29. August, in New York eintraf, fanden die Beamten nur einen amerikanischen Maler, der eigene Arbeiten im Gepäck hatte. Eine Hellseherin, die sich Madame Elise nannte, teilte mit, die Mona Lisa wäre zerstört worden. Inzwischen hatte der Herausgeber der Zeitschrift *L'Illustration* für die Rückgabe des Bildes eine Belohnung von vierzigtausend Francs bei absoluter Diskretion und für Hinweise zur Wiederbeschaffung von zehntausend Francs ausgesetzt.

An jenem Dienstag öffnete der Louvre wieder seine Tore. Es war absurd, aber die Menschen drängten sich im Salon Carré, um auf eine leere Stelle an der Wand zu starren. Noch absurder war, dass diese Lücke zwischen Correggios »Verlobung der Hl. Katharina« und Tizians »Allegorie« bewacht wurde. Ein junger Mann legte einen Blumenstrauß nieder, der sofort entfernt wurde. An den Wänden hingen neue Anweisungen für alle Besucher: Man dürfe die Räume »nur durch die zu diesem Zweck bezeichnete Tür« verlassen. Henri Drioux bezog wieder sein Büro im Justizpalast und ging Hinweisen nach. Der Herausgeber der Zeitung *Le Matin* hatte die Belohnung auf fünfzigtausend Francs erhöht. Zwei

Mitglieder des Casino-Orchesters von Dinard fischten eine Flaschenpost aus dem Meer. Auf dem Zettel stand: »Ich habe die Joconde ins Meer geworfen.« Henri Drioux hatte inzwischen die Berichte seiner Beamten erhalten, die das Inventar des Louvre mit den vorhandenen Listen vergleichen sollten. Es fehlten einhundertdreiundzwanzig Bilder und Kunstgegenstände – nicht viel bei etwa einer halben Million ausgestellter Objekte, aber doch bedenklich. Die Astrologin Albande de Silva erklärte, die Stellung der Planeten verriete, dass das Bild noch im Louvre versteckt wäre.

Plötzlich schien an jenem Dienstag die Lösung des Falles greifbar nahe. *Paris Journal* veröffentlichte eine sensationelle Geschichte, und die Ereignisse überschlugen sich. Verwickelt waren darin Pablo Picasso, sein Dichterfreund Guillaume Apollinaire und dessen zeitweiliger Sekretär Gery Pieret. Was war geschehen? Pieret hatte eine phönizische Skulptur in die Redaktion gebracht, die er vor Monaten aus dem Louvre gestohlen hatte. In aller Ausführlichkeit ließ das Blatt den Dieb selbst zu Wort kommen und brachte damit eine Lawine ins Rollen. Eigentlich hatte alles ganz harmlos begonnen.

Im Winter 1905/06 hatte Picasso im Louvre eine Ausstellung kurz zuvor ausgegrabener iberischer Skulpturen aus Osuna und Cerro de los Santos besucht. Er war zutiefst beeindruckt, sogar überwältigt von der formalen Strenge und linearen Einfachheit dieser Werke aus dem fünften vorchristlichen Jahrhundert. Mit einem Schlag änderte er seine Palette: Das Rosa verschwindet; es erscheinen Ocker, Terrakotta und Grau. Er gibt die melancholische Psychologie seiner Porträts auf und beginnt im Sommer 1906 jene Reduktion von Formen und Gesichtszügen, die in den sogenannten »Kubismus« führen wird. Begeistert hatte er seinen Freunden von dieser Ausstellung erzählt und sie in den Louvre geschickt.

Picassos Freundeskreis war in diesen frühen, von Armut geprägten Pariser Jahren sehr bunt gemischt. Am Rande gehörte auch der junge Belgier Pieret dazu, dessen Gesellschaft Apollinaire sehr schätzte, weil er wundervolle Geschichten erfinden konnte. Sein Geld verdiente er hauptsächlich durch kleine Betrügereien und Diebstähle, aber das war in dieser Runde nichts Ungewöhnliches.

Pieret behauptete im *Paris Journal*, im März 1907 nur durch Zufall im Louvre auf die Sammlung der iberischen Skulpturen gestoßen zu sein, für die sich das große Publikum nicht interessierte und die deshalb nach der Ausstellung in einem Nebenraum lagerten. Jedenfalls muss er sich an Picassos Begeisterung erinnert haben, steckte sich einen Frauenkopf unter den Mantel und ging. Picasso, der gerade an Vollard dreißig Bilder für zweitausend Francs verkauft hatte, gab ihm fünfzig Francs dafür, die Pieret am selben Abend beim Billard verlor. Am nächsten Tag holte er sich einen Männerkopf mit riesigen Ohren und verkaufte ihn an Picasso für zwanzig Francs. Der stilistische Einfluss dieser Skulpturen lässt sich auf dem zu dieser Zeit entstehenden Hauptwerk »Les Demoiselles d'Avignon« deutlich erkennen. Ende Juni/Anfang Juli war die Arbeit an dem Bild beendet.

Vier Jahre vergingen. Pieret war nach Amerika ausgewandert und kehrte Anfang 1911 wieder nach Paris zurück. Nachdem er sein gesamtes Geld beim Pferderennen verloren hatte, holte er sich am siebten Mai wieder eine iberische Büste, immerhin achtundzwanzig Zentimeter hoch, zweiundzwanzig Zentimeter breit und fast sieben Kilo schwer. Nach eigenen Angaben sah er mit der Beute unter seinem Regenmantel aus wie eine Schwangere. Und er fügte hinzu: »Vor meiner Abreise waren es über vierzig Köpfe gewesen, jetzt fand ich nur noch zwanzig vor. Der Gedanke, ich hätte Nachahmer gefunden, empörte mich.«

Pieret hatte nach seiner Rückkehr noch keine eigene Wohnung, sondern war bei seinem Freund Apollinaire untergekommen, bei dem er nun kurzerhand die Skulptur zu Geld machen wollte. Doch die Zeiten hatten sich geändert: Aus dem Bohemien war ein braver Bürger geworden, der

sich eines guten Rufs als Schriftsteller und Kunstkritiker erfreute. Auf keinen Fall wollte er in einen Diebstahl verwickelt werden. Er beschwor Pieret, die Büste sofort zurückzubringen, und als dieser sich weigerte, bekam Apollinaire einen seiner legendären Wutanfälle und warf ihn aus der Wohnung. Beim Abtransport des schweren Kopfes aus dem Louvre hatte sich Pieret seinen Anzug ruiniert. Deshalb wollte er sich erst lederne Cowboyhosen beschaffen, bevor er seine antiquarischen Bemühungen fortsetzte. Er schloss sein Geständnis im *Paris Journal* mit den Sätzen: »Aber jetzt hat mir ein Kollege meine Pläne vereitelt durch dieses Theater in der Gemäldeabteilung. Ich bedaure das außerordentlich, denn das Stehlen von Kunstwerken besitzt einen eigenartigen, fast erotischen Reiz. Wahrscheinlich werde ich jetzt jahrelang warten müssen, bis ich meine Tätigkeit wieder aufnehmen kann.«
Die Zeitung schrieb weiterhin, dass ein Kurator des Louvre die Büste geprüft, für echt und aus dem Museum stammend befunden hatte, wo man sie allerdings nicht vermisste. Der Dieb wurde aufgefordert, in der Redaktion das vereinbarte Lösegeld abzuholen.
Apollinaire war entsetzt, dass Pieret diesen lukrativen, aber gefährlichen Weg in die Öffentlichkeit gewählt hatte, und er vermutete, dass sein amüsanter Gesellschafter auch der Dieb der Mona Lisa war. Schlechte Charaktere sind nun einmal interessanter als gute, weil sie origineller sind. Die Tugend ist überall gleich und deshalb langweilig, nur das Laster drückt der Persönlichkeit seinen Stempel auf. Nach dieser Devise hatte sich der junge Apollinaire seine Bekanntschaften ausgesucht. Ihm und seinem Freund Picasso ging es nicht um Zuverlässigkeit, die in ihren bevorzugten Unterweltkreisen ohnehin nicht zu finden war, sondern um Originalität und die Sensation des Extremen. Und um willige Mädchen. Der kleine Picasso war eigentlich ein Feigling. Immer hatte er seinen geladenen Browning dabei, benutzte ihn aber glücklicherweise nur für Freudenschüsse in den Himmel über

Montmartre, wenn er ein Bild verkauft hatte. Heute hätte man sofort die Polizei mit gepanzerten Einsatzkommandos vor der Tür, aber damals ging alles etwas lässiger zu. Innerhalb sehr großzügig ausgelegter Regeln lebte man in Paris und besonders auf dem Montmartre so frei wie in keiner anderen europäischen Metropole. Das heißt aber nicht, dass die Geheimpolizei blind gewesen wäre für das Treiben der Künstler – der Spanier Picasso wurde seit 1901, als er ein Flugblatt zugunsten inhaftierter Anarchisten unterzeichnet hatte, von der Sûreté überwacht. Bei einem ernsthaften Vergehen würde man ihn sofort ausweisen. Genau dies fürchtete jetzt auch Apollinaire, der gebürtiger Pole war und nicht die französische Staatsbürgerschaft besaß.

Pünktlich zum Ferienende kehrte Direktor Homolle in den Louvre zurück und fand sein Entlassungsschreiben vor. Ebenfalls am 31. August entließ der Ministerrat den Oberaufseher des Louvre wegen fortgesetzter Nachlässigkeit und leitete Verfahren gegen mehrere Aufseher ein. In der Deputiertenkammer wurde der Unterstaatssekretär für die Schönen Künste, Dujardin-Beaumetz, heftig attackiert: Nicht Homolle, sondern er hätte die Missstände im Louvre aufgrund mangelnder Aufsicht und Vetternwirtschaft zu verantworten. Er nahm sich die Vorwürfe derart zu Herzen, dass er von seinen Posten zurücktrat und wenig später als gebrochener Mann starb.

Die Leitung des Museums übernahm der Generalinspekteur der Verwaltung, Eugene Pujalet, mit der Aufgabe, neue Vorschriften zum Schutz der Kunstwerke zu erarbeiten. Er führte sofort die Neuerung ein, dass im Louvre kein Gegenstand mehr von seinem Platz entfernt werden durfte, ohne dass eine vom Konservator der Abteilung ausgestellte und vom Sekretariat der Verwaltung gegengezeichnete Anweisung vorlag. Außerdem entzog die Regierung unter Premierminister Caillaux die Staatlichen Schlösser und Museen dem Innenministerium und übergab sie der Verwaltung des Finanzministeriums mit der Begründung, sie stellten in erheblichem Maße den Reichtum Frankreichs dar und sollten daher auch vom Minister der Finanzen beaufsichtigt werden.

Endlich kam Anfang September Picasso nach Paris zurück. Er hatte den August in dem katalanischen Pyrenäendorf Gosol verbracht und war erschrocken über den Wirbel, den die Statuetten-Affäre ausgelöst hatte. Selbstverständlich wusste er, dass auch die beiden Köpfe, die ihm Pieret verkauft hatte, aus dem Louvre gestohlen waren. Apollinaire beschwor ihn, sie ebenfalls gegen Zusicherung absoluter Diskretion beim *Paris Journal* abzugeben. Aber Picasso traute den Journalisten nicht. Die schöne Fernande (Fernande Olivier, Picassos damalige Freundin. Anm. d. Hrsgs.) konnte sich noch gut an die absurde Szene erinnern, als ich sie nach Picassos Rolle in der Affäre fragte.

»Er war wie ein Kind, das man beim Naschen ertappt hat und das nun fürchtet, ohne Essen ins Bett geschickt zu werden. Nur war seine Situation schlimmer: Er konnte einfach aus Frankreich ausgewiesen werden. Und Apollinaire natürlich auch, weil er Russe war oder so ähnlich. Ich glaube, er war der Sohn eines Prälaten im Vatikan, seine Mutter war Russin. Ich sehe ihn vor mir in seinem beigefarbenen Anzug mit dem Strohhut auf dem Kopf. Er redete wie ein Priester auf Picasso ein. Sein Mund wurde immer kleiner. Ich machte Zitronentee und setzt mich in den Korbstuhl neben der Staffelei, die Männer saßen am Tisch. Wenn Sie das Atelier gesehen hätten, Sie wären sofort umgekehrt. Zu meiner Zeit hielt Picasso in der Tischschublade eine weiße Maus, die er zärtlich vor den Katzen einschloss, die er immer mitbrachte und dann nicht für sie sorgte. Aber es gab ja ohnehin nichts zu essen. Also, die Männer saßen am Tisch und ich las in einem Buch, dass Guy mitgebracht hatte. Irgendwann bekam ich mit, dass sie als einzigen Ausweg nur den gemeinsamen Selbstmord sahen. Jeder sollte den anderen erschießen. Aber sie hatten nur Picassos Browning. Dann entschieden sie, nicht ihre eigenen, sondern diese iberischen

Köpfe zu zerstören. Sie wollten sie in die Seine werfen. Am besten um Mitternacht. Ich war damals noch jung und hatte keine Ahnung, worum es überhaupt ging. Natürlich las ich die Zeitung, aber Antiquitäten interessierten mich damals nicht. Das ganze Atelier war ein Antiquariat, mitsamt dem eisernen Ofen, der nicht heizte. Im Sommer war es ein Schmelzofen, im Winter gefroren die Reste in den Kaffeetassen. Noch zwei Stunden bis Mitternacht. Wir hatten nichts mehr zu essen, die letzte Blutwurst war im Maul einer Katze aus dem Fenster geflogen. Die Männer nahmen die Karten und taten voreinander so, als ob sie spielten. Wahrscheinlich hatte Guy in irgendeinem Roman gelesen, dass Banditen sich die Zeit beim Kartenspiel verkürzen. Er war so nervös, dass er keine Karte richtig ausspielte. Dann gingen sie tatsächlich um Mitternacht weg. Picasso trug den kleinen Koffer mit den Skulpturen.
Ich ging zu Bett – wie sich das heute anhört –, das war eine Matratze auf vier Füßen mit dem Steinzeugbecken auf dem Ofen daneben als Waschtisch, mehr hatten wir nicht – und um zwei Uhr morgens kamen die Herren völlig erschöpft wieder zurück, diesmal trug Guy den Koffer, und die Skulpturen waren noch drin.
Sie kennen Männer – mein Gott, was können die alles erklären: Sie wären am Quai entlang gegangen, aber da hätte sie jemand verfolgt. Auf der Brücke hätten Autos gestanden. Am Ufer lauerte die Polizei. Ich hätte es ja verstanden, wenn sie gesagt hätten, wir haben einfach nur Angst gehabt, erwischt zu werden. Aber diese umständlichen Erklärungen ... naja. Jedenfalls blieb Guy über Nacht bei uns und gab am nächsten Morgen die Skulpturen – natürlich unter der Bedingung strikter Diskretion – in der Redaktion vom *Paris Journal* ab.
Picasso schlief noch.«
Einen Tag später, am sechsten September, erschien *Paris Journal* mit der Schlagzeile: »In Erwartung der Joconde erhält der Louvre seine Schätze zurück.« Dem Publikum

wurde suggeriert, dass es einen Zusammenhang zwischen dem Verschwinden der Mona Lisa und den anderen Diebstählen geben musste. *Le Matin* formulierte das so: »Im Justizpalast besteht der Eindruck, dass wir es mit einer internationalen Diebesbande zu tun haben, die systematisch unsere Museen plündert.«

Aufgehetzt von rechten Zeitungen glaubte das ein großer Teil der Öffentlichkeit schon lange – verstand aber unter der Diebesbande die oft jüdischen Sammler aus Amerika, die angeblich im Verein mit deutsch-jüdischen Kunsthändlern wie Kahnweiler die französische Nation skrupellos ihres kulturellen Erbes beraubten. Auch Morgans Verhalten in der Gobelin-Affäre war nicht vergessen; viele vermuteten jetzt, dass er den Auftrag zum Raub der Mona Lisa erteilt hatte.

Die vor der Tür von *Paris Journal* postierten Geheimpolizisten verfolgten selbstverständlich den Mann mit dem Koffer bis nach Hause und verhafteten Apollinaire wegen Hehlerei und vermutlicher Mittäterschaft beim Diebstahl der Mona Lisa. Die Zeitungen berichteten etwas ungläubig über den Verdächtigen, der ja ein geschätzter Mitarbeiter war und letztes Jahr als Kandidat für den Prix Goncourt gegolten hatte. Aber der Untersuchungsrichter Drioux verhörte ihn und steckte den verstörten Dichter für eine Woche ins Gefängnis. In dieser Woche war Apollinaire der berühmteste Mann der Welt.

Nachdem man in seiner Wohnung Briefe Pierets gefunden hatte, gestand er, den Dieb zu kennen. Er hatte ihm sogar Geld für die Flucht aus Frankreich gegeben. Drioux drohte Apollinaire, er werde die Wohnungen aller ihm nahestehender Personen durchsuchen lassen, wenn er nicht Namen nenne. Um seiner Familie diese Aufregung zu ersparen, erwähnte er Picasso als ahnungslosen Abnehmer der ersten beiden Skulpturen. Daraufhin wurde Picasso morgens um sieben aus dem Bett geholt und verhaftet.

»Er musste sich erst anziehen«, erzählte Fernande in ihrem leicht spöttischen Ton, »aber er zitterte derart, dass ich

ihm dabei helfen musste. Er verstand überhaupt nicht, was man von ihm wollte, denn der Polizist redete von der Mona Lisa, und Picasso war die Mona Lisa völlig egal, er kannte sie wahrscheinlich nicht mal. Aber wir trafen uns ja manchmal in der Ermitage (Café de l'Ermitage, Boul. Rochechouart, Anm. d. Hrsgs.) mit den Futuristen, die immer davon träumten, den Louvre anzuzünden. Und jetzt glaubte er, sie hätten das in der Nacht wirklich getan. In Wirklichkeit war dieser Marinetti auch nur ein Feigling und außerdem ständig betrunken. Der hätte nicht mal die Streichhölzer in seiner Hosentasche gefunden.
Fast zwei Stunden hat es gedauert, bis Picasso rasiert und fertig angezogen war. Wir wollten ein Taxi nehmen, aber der Polizist sagte, auch wenn wir es selbst bezahlen würden, sei es verboten. Also mussten wir die ganze Strecke zum Justizpalast mit der Straßenbahn fahren. Der Polizist wollte ständig irgendwas wissen, aber Picasso schwieg wie ein Grab. Im Zimmer des Untersuchungsrichters saß schon Apollinaire, bleich und abgemagert, unrasiert, ohne Kragen und Krawatte. Als Picasso ihn so elend da sitzen sah, bekam er es noch mehr mit der Angst und fing wieder an zu zittern. Der Richter fragte ihn nach den Statuen, aber er leugnete, irgendetwas von der Sache zu wissen. Dann fing er an zu weinen und gab alles zu. Der Richter muss so perplex gewesen sein, dass er ihn wieder nach Hause gehen ließ. Guy weinte auch, aber als Hauptverdächtiger bekam er wieder die Handschellen und musste zurück ins Gefängnis, wo er schauderhafte Gedichte schrieb. Die ganze Sache hat ihm nicht gut getan. Eigentlich hat er sich nie wieder davon erholt. Er kam aus dem Knast und war erledigt.«
Mit den schrecklichen Gedichten meinte Fernande die Folge »À la Santé«, in denen Apollinaire seine Gefühle und Gedanken in der Zelle beschreibt. Sie stehen in dem Band *Alcools*, den sein Verleger erst 1913 druckte. Ich möchte Fernande, die mir sehr freundlich meine Fragen beantwortete, in keiner Weise kritisieren, aber vielleicht hatte sie diese Ge-

dichte nicht genau gelesen oder nicht ernst genug genommen. Sie kannte ja nur den fröhlichen Apollinaire, den dicken Guy, aus dem die seltsamsten Geschichten nur so heraussprudelten, nicht selten ziemlich schlüpfrige, die von den Zeitungen gern genommen wurden. Aber aus den Gedichten spricht ein anderer Apollinaire von der Angst, seiner bürgerlichen Existenz beraubt zu sein. Und so kam es auch. Fernande sagte selbst, dass er nach dieser Zeit »erledigt« war.

Am Dienstag, dem zwölften September, wurde er aus dem Gefängnis entlassen. Seine Freunde hatten in aller Eile ein Essen arrangiert, zu dem er zu spät kam, weil er als erstes in die Redaktion von *Paris Journal* fuhr, um einen langen Artikel über seine Haft zu diktieren. Das war typisch für ihn. Er war eitel und geltungssüchtig. Aber unter dieser schillernden Oberflächlichkeit verbargen sich die Wunden einer hilflosen, orientierungslosen Kindheit ohne Vater, die er immer geheimhielt. Jetzt kehrten die alten Ängste völliger Verlassenheit und Schutzlosigkeit wieder zurück. Nackt bis auf die Haut hatte er sich vor den Polizisten ausziehen müssen und mit der Kleidung auch seine Würde und Sicherheit verloren. Nach einer Nacht ohne Schlaf wachte er stehend vier Stunden in einem vergitterten Verschlag, bis er dem Untersuchungsrichter vorgeführt wurde – in Handschellen, gefesselt an einen Polizisten. Ein gefundenes Fressen für die Journaille: Hundert Blitzlichter blendeten den erbärmlich aussehenden Mann, der die Mona Lisa gestohlen haben sollte. Das war die Kehrseite des Sechs-Tage-Ruhmes.

Jetzt war er entlassen, aber nicht frei. Ein Jahr dauert es, bis er von allen Verdächtigungen offiziell entlastet wird. In der Hauptstadt des Luxus und der Moden bewegte man sich elegant auf sehr dünnem Eis. Wer einbrach und allzu heftig nach dem rettenden Rand griff, vergrößerte nur das Loch um sich herum. Apollinaire wollte jetzt endlich seine langjährige Verlobte Marie Laurencin heiraten; die Familien waren sich einig gewesen, aber plötzlich weigerte sich Maries

Mutter, einer Ehe ihrer Tochter mit einem Mann zuzustimmen, der im Gefängnis gesessen hatte, und Marie sah das genauso. Léon Daudet hatte Apollinaire für den Prix Goncourt vorgeschlagen; jetzt bestritt er, jemals diesen Namen genannt zu haben. Der Journalist Urbain Gohier bezeichnete Apollinaire in der Zeitschrift *L'Oeuvre* als pornografischen Schriftsteller und Ausländer, der schädlich sei für die französische Literatur.

Apollinaire begriff, dass er in dieser Stadt, deren intellektueller Mittelpunkt er einmal werden wollte, nur geduldet war. Er war kein Franzose. Er liebte intellektuelle Streitgespräche und er schätzte die Liberalität der Pariser, aber er hätte nie gedacht, dass seine Äußerungen zur modernen Kunst seine ganze Existenz in Frage stellen könnten. Hatte sich das Klima verändert? Eigentlich nicht. Hinter dem illuminierten Tableaux, das ein großzügiges Paris darstellte, war genug Platz für die alten Nationalisten mit ihrer offenbar unausrottbaren Dummheit. Ihre fremdenfeindlichen und antisemitischen Phrasen blieben immer gleich, nur die Gegner wechselten. Vor Jahren war es Dreyfus gewesen, jetzt war Apollinaire dran. Seine Verhaftung wegen des Diebstahls einer französischen Ikone bedeutete für die Nationalisten eine willkommene Gelegenheit, offen gegen die métèques, die Hergelaufenen, Stellung zu beziehen. Und die Hergelaufenen waren die Spanier Picasso und Juan Gris, die Italiener Severini, Marinetti und ihre internationalen Freunde.

Diese fremden Einflüsse unterminierten planmäßig die französische Kunst und damit den Genius Frankreichs, behaupteten die Nationalisten. Schlimm genug, dass man offenbar über Jahre unbemerkt den Louvre plündern konnte und nun sogar die Mona Lisa verschwunden war; schlimm genug auch, dass die reichen Amerikaner ungestraft die klassischen Meisterwerke, die kulturellen Denkmale der nationalen Größe aus dem Land schafften. Unerträglich aber sei es für die französische Nation, dass die moderne

Kunst von Ausländern dominiert werde. Der Staat müsse dagegen vorgehen. Der Propagandist dieser Modernen, der mysteriöse Guillaume de Kostrowitzky mit seiner unklaren Herkunft und dunklen Vergangenheit, der sich Apollinaire nennt, müsse ausgewiesen werden. Fast prophetisch stellte der Angegriffene im *Mercure* die Frage: »Werden wir im 20. Jahrhundert Verfolgungen aus ästhetischen Gründen erleben, so wie es zu anderen Zeiten religiöse Verfolgungen gegeben hat?«

☐

Nach dem Diebstahl der Mona Lisa arbeitete Gabriele d'Annunzio fieberhaft an einem Manuskript, von dem er noch nicht wusste, was es werden sollte: Ein Roman, ein Theaterstück, ein Film? Wieder einmal brauchte er Geld. Die Villa Saint-Dominique, die Romaine Brooks für ihn gefunden hatte, musste nach seinen Wünschen ausgestattet werden: Seidenbrokat für die Wände, persische Kacheln für die Bäder und dalmatinischer Marmor für die Halle. Bronzestatuen wurden durchs Haus getragen, Gipsfriese an den Decken befestigt und Bücherregale eingebaut. Durch Natalies Vermittlung hatte d'Annunzio schweren Herzens einen hundertkarätigen sibirischen Topas bei Valfierno in Zahlung gegeben, damit er ihm Gemälde beschaffte: Raffael, Pontormo, Gentileschi – Valfiernos Kopisten in Florenz arbeiteten im Akkord.

Das Märtyrerdrama vom Hl. Sebastian war zwar von den Kritikern und Literaten mit Begeisterung aufgenommen worden, musste aber nach drei Wochen aus dem Spielplan genommen werden. Der Erzbischof von Paris hatte beim Innenminister dagegen protestiert, dass ein christlicher Heiliger von der Jüdin Ida Rubinstein dargestellt wurde und ihn daran erinnert, dass alle Bücher d'Annunzios auf dem Index standen, also von keinem Katholiken gelesen werden durften. Der Minister gehorchte.

D'Annunzio war wütend und depremiert. Eine Jüdin – und? Sie war der vollkommene Körper. Er hätte auch eine Koptin genommen oder eine Hindu, wenn sie diese perfekten Beine gehabt hätte, dieses knabenhafte Becken und die pfirsichgroßen Brüste. Eine Jüdin, ja. Aber hatte sie jüdisch geschmeckt, als er ihren weißen Körper mit seinen Küssen bedeckte? Jahrelang hatte er auf solch einen Körper gewartet, in dem der Heilige Sebastian wieder auferstanden war, um sich in Lust und Schmerz den Pfeilen seiner Widersacher zu stellen und in Schönheit zu sterben. Dieses Symbol der Vollendung hatte er Frankreich schenken wollen, in der Sprache seines Gastlandes, im klassischen Rhythmus achtsilbiger Verse – und dann kam dieser katholische Kretin und beschwerte sich wegen einer Jüdin! Wahrhaftig, die Kirche hatte keinen Sinn für Schönheit mehr. Die Jahre eines Julius II., der im Petersdom Genies wie Raffael und Michelangelo zusammenführte, waren lange vorbei, und nach billigem Wein und Würsten stinkende Soutanenträger fürchteten sich jetzt vor einer schönen Jüdin. Armes Frankreich, das sich von solch einem Klerus Vorschriften machen ließ.

D'Annunzio bestellte beim Schneider Poiret schwarze Seidenkutten, zog sich in ein Zimmer mit schwarzen Vorhängen zurück, das er »Raum der Aussätzigen« nannte und las zu den Grammophonklängen von Bachs »Matthäuspassion« die Künstlerbiografien Vasaris, um sich mit Seinesgleichen zu umgeben. Die Windhunde waren sein einziges Vergnügen. Seine russische Geliebte, die für den Sommer eine Villa in der Nachbarschaft gemietet hatte, betreute sie mit Hingabe und Erfolg: Die Brut wuchs erstaunlich schnell. Vielleicht konnte er mit dieser Zucht Geld verdienen.

Das Verschwinden des Gemäldes aus dem Louvre riss ihn aus seiner selbstquälerischen Depression. Wer konnte der Dieb sein? Welches Motiv hatte er? Für d'Annunzio kam nur ein Künstler infrage, ein Kollege, der das Geheimnis der Schönheit ergründen wollte. Keiner dieser modischen Salon- oder Freiluftmaler, sondern ein Besessener, der vielleicht schon seit Jahrzehnten mit Farben und Essenzen experimentierte. Sammeln sich nicht in einem Bild alle Blicke seiner Bewunderer und all ihre Gedanken? Verwandelten sich diese Blicke der Hingabe und Verehrung nicht auf dem Gemälde in den puren Glanz der Vollendung? Ist das möglich? Dient das Bild der Mona Lisa einem modernen Alchemisten zu einem ultimativen Experiment?

Am Samstag, dem 23. September, erhielt Romaine Brooks abends ein Telegramm d'Annunzios mit der dringenden Bitte, so rasch als möglich zu ihm nach Arcachon zu kommen: Er wolle ihr etwas zeigen. Ein Geheimnis. Ein Wunder. Ein Geschenk.
Sie war gerade von der ersten Modenschau der Saison nach Hause gekommen. Im Taxi hatte sie sich mit ihrer Freundin Natalie so heftig gestritten, dass der Chauffeur genug Gesprächsstoff für den ganzen Sonntag hatte. Natalie wollte nicht einsehen, warum ihrer Freundin Poirets neue Farben, ein leuchtendes Orange und Zitronengelb, nicht gefielen und sie diesmal lieber zu Madame Paquin ging. Und nur, weil sie sich entschlossen hatte, ein neues Leben an Natalies Seite zu beginnen, brauchte sie noch keine komplett neue Garderobe, vielleicht zehn Kleider und zehn Kostüme, aber mehr nicht. Jedenfalls hatten sie sich furchtbar gestritten, und d'Annunzios Einladung war jetzt der willkommene Anlass, Natalie ein paar Tage lang aus dem Weg zu gehen. Sie hatte nicht die Absicht, die alte Affäre mit d'Annunzio wieder aufleben zu lassen, deshalb rief sie Valfierno an, der sofort bereit war, Romaine zu begleiten. Vierundzwanzig Stunden später begann für beide eine Nacht des Grauens.

Der Hausherr empfing sie in Reitstiefeln und einer schwarzen, selbstentworfenen Uniform. Neben der Treppe stapelten sich Holzkisten, die Valfierno sofort erkannte: In ihnen verschickte der Louvre Gipsabgüsse aus der eigenen Werkstatt. D'Annunzio hatte Valfiernos Blick bemerkt und wies auf die Kisten: »Ja, dort muss der Dieb meinen Namen und die Adresse gelesen haben. Jeder weiß, dass ich der glühendste Verehrer der Mona Lisa bin. Sie waren zu zweit. Er hatte sich mit einem jungen Bildhauer aus der Werkstatt angefreundet. Gemeinsam haben sie die Mona Lisa gestohlen, den Zug nach Bordeaux genommen, genau wie es in der Zeitung stand, aber dann sind sie nach Arcachon umgestiegen und zu Fuß hierher.«

D'Annunzio wirkte körperlich erschöpft, noch kleiner und eingefallener als früher. Nur die asketische Uniform schien ihm Halt zu geben. Er hatte nächtelang nicht geschlafen, aber das Kokain hielt ihn überwach und zugleich so gefangen in seinem Szenario, dass er auf die eben angekommenen Besucher keine Rücksicht nahm. Die Haushälterin, die ihnen eine Limonade servieren wollte, scheuchte er mit einer verächtlichen Handbewegung zurück. Valfierno ahnte immerhin, wovon der Dichter sprach, doch Romaine verstand kein Wort.

»Es war um diese Stunde gegen Abend; weit unten sah ich einen dieser Sommerbrände rötlich schimmern. Ich wollte an die Arbeit gehen; Italien erwartet meine Stimme gegen die Türken. Da bringt mir der Diener ein Telegramm: *Gestern wurde die Gioconda geraubt. Keine Spur vom Dieb. Ich mache diese traurige Mitteilung dem edelsten Verehrer der Mona Lisa.* Ich war erschüttert. Ich konnte es nicht begreifen. Die Nacht bricht herein, und ich stehe immer noch mit dem Telegramm in der Hand am Fenster und starre in die violette Dunkelheit. Noch einmal kommt der Diener und reicht mir eine Karte: *Weisen Sie den nicht ab, der als der Bruder im Geiste an Ihre Tür klopft. Sie erfahren ein Geheimnis. Frederic van Dohm.* Ich kenne niemanden, der so heißt. Aber ich hatte ein selt-

sames Gefühl, nennen Sie es eine Vorahnung. Also ging ich hinunter und genau so, wie Sie jetzt hier stehen, finde ich zwei Besucher. Einer tritt vor, ein Mann in meinem Alter, mit einem Bündel in der Hand: Frederic van Dohm. Der andere, jüngere, bleibt mit einem geöffneten leeren Koffer an der Tür: Dohm blickt um sich, es ist sonst niemand im Raum, und er sagt: Ich bringe Ihnen die Gioconda. Er sieht sich wieder um, dann hält er mir das Bündel hin. Ich bitte ihn, mir nach oben in mein Studio zu folgen, schließe die Tür ab, entferne das Tuch und halte die Tafel in meinen Händen. Die geraubte Mona Lisa. Es gab keinen Zweifel. Und dann berichtete Dohm von seinen alchemistischen Experimenten, von den Versuchen, die Lebensenergie der Bilder neu zu entfachen. Wenn es gelingt, wollte er dieses Wunder dem würdigsten ihrer Anbeter schenken.« D'Annunzio nickte sich selbst zu.
Romaine hatte sich inzwischen zwanglos auf die Treppe gesetzt. Sie erkannte in ihrem ehemaligen Liebhaber nur noch einen glatzköpfigen Zwerg, der mit glasigen Augen von Dingen sprach, die sie nicht interessierten. Valfierno hingegen fand die Geschichte ebenso absurd wie belustigend, denn er wusste am besten, dass sie frei erfunden war.
»Während dieser Alchemist seine Theorie erklärte, hatte ich völlig die Zeit vergessen. Wie jeden Abend kam die Fürstin (er meinte seine russische Nachbarin), um mit mir Musik zu hören. Sie findet den Jungen in der dunklen Halle, erschrickt sich, er erschrickt auch, weil er nicht weiß, was er sagen soll oder weil ihre Schönheit ihm den Atem nimmt. Sie eilt nach oben, findet meine Tür verschlossen, ich öffne und sie erblickt meinen Besucher, wo sie eine andere Frau vermutet hatte. Ich kann sie beruhigen, aber eifersüchtig bleibt sie trotzdem, denn sie wittert ein Geheimnis.«
Jetzt erschien die Haushälterin in ihrer schwarzen Tracht italienischer Zofen noch einmal, allerdings energischer, und kündigte an, dass gegessen werden könne. Der Tisch war für vier Personen gedeckt, ein Platz blieb leer. Serviert wurde

Wildbouillon, kalter Hirschbraten mit Pflaumenkompott und eine Birnentarte. D'Annunzio rührte nichts an, nahm eine Tasse Schokolade, blickte in die Flamme der Kerzen auf dem Tisch und sprach weiter.
»Die Fürstin ist misstrauisch, weil die Besucher über Nacht bleiben. Das ist sie nicht gewohnt. Sie wartet im Musikzimmer, doch Dohm erklärt mir im Studio das Experiment: den Versuch, diese Masse menschlicher Spiritualität, die sich auf dem Bild angesammelt hat, in atmendes Leben zu verwandeln. Die Fürstin pudert und parfümiert sich, legt sich ins Bett, aber unsere Gespräche waren noch nicht zu Ende. Natürlich war die Fürstin wütend, weil ich sie nicht aufsuchte. Nur mit einer Stola bekleidet ging sie hinunter und fand den Jungen auf der Veranda. Er war eine leichte Beute für den eifersüchtigen Zorn dieser russischen Bestie. Ich hörte seine Lustschreie, während mir Dohm die letzte Bedingung des großen Experiments enthüllte. Nun gut, der Junge hatte seine Aufgabe erfüllt, Dohm mit der Mona Lisa aus dem Louvre zu bringen; er war ein Angestellter und seine Pflicht war getan. Wir beschlossen, ihn am nächsten Abend, wenn die necromagischen Vorbereitungen abgeschlossen waren, in den Wald zu locken und dort umzubringen. Wir brauchten sein Herz.«
Romaine sah Valfierno an, der verstohlen mit den Schultern zuckte. Wollte sie gehen? Mitten in der Nacht? Er versuchte, sie mit einem Blick zu beruhigen. Er sah, dass sie in diesem ungeheizten Raum fror. Sie versteinerte zusehends. Was sie hörte, gefiel ihr nicht. Sie hatte Verrat und Elend, Gemeinheit und Totschlag um ein billiges Essen erlebt, seit sie denken konnte. Jetzt sehnte sie sich nach Natalies breiter Schulter oder besser: nach dem weichen Pelz auf dieser Schulter. Wie dumm sie gewesen war. Sie würde auch zwanzig neue Kleider bestellen, wenn es Natalie gefiel. Als die Haushälterin die Teller abräumte, bat Valfierno flüsternd um eine Schokolade für Romaine und um einen Likör, während d'Annunzio weitersprach, ohne die Unterbrechung zu bemerken.

»Die Fürstin ahnte, dass etwas passieren würde. Ich sah sie im Schatten der Pinien, während Dohm im Haus die Verwandlung vorbereitete. An Ruhe oder gar Schlaf war natürlich nicht zu denken; wir warteten auf den Abend, der die Entscheidung bringen sollte. Indes kamen die Brände immer näher. Tagsüber hatte ich schon die Rauchgebirge gesehen, abends verschluckte der rote Schein bereits die Sterne. Der Wind brachte den Geruch von verbranntem Harz, und der Wald wurde gefährlich, ein Ort der Leidenschaft und des Verderbens. Ich musste ein Gegenfeuer legen, das die Flammen verzehrt, um die Villa zu schützen. Die Fürstin und der Junge geraten zwischen die Feuer, und sie fallen ineinander wie brechende Pinien – im Gefühl der Rache, im Rausch des Todes umarmen sie sich inmitten einer Symphonie der Flammen. Ich höre die wollüstigen Schreie des Jungen, während die glühenden Zapfen über mich hinweg springen. Der Alchemist kommt mir zu Hilfe, wir kommen nicht schnell genug vorwärts, weil die Flammen den Sauerstoff fressen. Wir können kaum atmen. Dennoch finden wir den Jungen. Er ist bewusstlos, aber er lebt.«

Die Haushälterin bringt die Schokolade und eine Karaffe mit Orangenlikör. Valfierno lässt sich Wein nachschenken und behält die Flasche auf dem Tisch. Romaine hustet; der stechende Rauch der Kerzen schmerzt in ihrer Lunge. D'Annunzio bittet um Champagner, die Haushälterin verneint stumm. Sie bringt eisgekühltes Wasser und geht. Er trinkt. Seine Augen tränen. Mit der Serviette wischt er sich übers Gesicht. Er schwitzt. Es ist kalt in dem Raum, doch d'Annunzio schlägt sich durch das Feuer.

»Die Fürstin hält den Jungen vor ihrer nackten Brust, aber Dohm reißt ihn weg, ich falle ihr in den Arm, stoße sie nieder. Wir schleifen den Jungen durch das verkohlte Unterholz, er kommt zu sich; unter Dohms Tritten birst sein Kopf. Wir ziehen ihn bis in die Dünen. Sein gelbes Hirn hinterlässt auf dem Sand eine glitzernde Spur. Ich blicke auf und sehe die Fürstin an der äußersten Abbruchkante.

Dohm zieht sein Messer durch die Brust des Jungen, schneidet das warme Herz heraus, die Fürstin rennt schreiend zurück in die Schneise zwischen Feuer und Gegenfeuer und verschwindet in einem Sturm von Funken und glühender Asche, eine lebende Flamme.«

D'Annunzios hohe, gellende Stimme erstarb. Romaine hatte sich mit beiden Händen in die geschnitzten Armlehnen gekrallt. Sie fühlte ihren Körper nicht mehr, als wäre sie selbst verbrannt, verdunstet in diesem Inferno. Valfierno wagte nicht, die Hand nach seinem Glas auszustrecken. Die Kerzen in den zwei großen Tischleuchtern sind fast heruntergebrannt. D'Annunzios Blick flackert. Er nimmt mit einem winzigen Silberlöffel eine Prise. Seine Stimme ist nun leise und brüchig.

»Es musste schnell gehen. Das Herz durfte nicht erkalten. Dohm legte es unter das Bild in einen Kreis aus zerstoßenen Rubinen. Das Blut schwärzte das Holz, und wir sahen das Wunder: Die Figur löste sich und atmet, sie bewegt sich, die Verkrustungen fallen von ihr ab, aber sie lächelt nicht mehr. Sie atmet, doch sie lebt nicht. Ich habe sie geliebt und ihr Lächeln auf allen Lippen gesucht, aber sie lächelte nicht mehr. Sie war lebendiger, als sie noch ein Bild war. Ich wollte sie berühren, meine Hände wollte ich auf ihr gefühlloses Gesicht legen, aber sie war nicht mehr da. Ich war verzweifelt, ging hinaus in die Zerstörung der Nacht, der Wind treibt die Asche zu kleinen Wirbeln. Ich sehe Dohm mit der Tafel unter dem Arm im Dunkel verschwinden.«

D'Annunzio verbirgt das Gesicht in seinen kleinen Händen. Er erhebt sich. Sein Blick ist klar. Er stützt sich auf die Tischplatte, beugt sich weit vornüber zu seinen Gästen und sagt mit deutlicher, fester Stimme: »Verstehen Sie? Die Mona Lisa hat nie gelächelt. Und jetzt bitte ich, mich zu entschuldigen. Wir sind im Krieg. Die Arbeit ruft.« Er dreht sich um und verlässt den Raum.

Italienische Truppen besetzen am fünften Oktober 1911 das unter türkischer Herrschaft stehende libysche Tripolis. Am achten Oktober erschien im *Corriere della Sera* das erste einer Reihe von Gedichten d'Annunzios, die diesen Eroberungskrieg verherrlichten. Wie die Futuristen verklärte er den Krieg zum Geburtshelfer eines neuen Italien. Besonders die Jugend war von seinen Hymnen begeistert. Man nahm ihn ernst – nicht nur als Dichter, sondern auch als Soldaten. Seine private Obsession der heroischen Tat verband sich mit jenem politischen Wahn des europäischen Imperialismus, der ungezügelt in den Ersten Weltkrieg führte.

☐

Im Dezember 1911 wurde der Etat-Bericht des Ministeriums der Schönen Künste publik: Er enthielt eine vernichtende Kritik der Museumsverwaltung. Besonders bemängelt wurde die fehlende Kooperationsbereitschaft der Aufseher bei der jetzt fälligen Aufklärung der jahrelangen Diebstähle im Louvre. Die Aufseher verstärkten nun ihren passiven Widerstand und meldeten sich abwechselnd krank. Daher konnte der Louvre in den folgenden Monaten erst um elf Uhr öffnen, und jeden Tag blieben einzelne Abteilungen ganz geschlossen. Bei den enttäuschten Besuchern stieß dies auf Unverständnis und provozierte auch in der Presse heftige Diskussion über die generelle Unfähigkeit der Pariser Bürokratie. Ein höherer Regierungsbeamter gab Anfang Januar 1912 bekannt, die Mona Lisa wäre, leider durch Säure zerstört, auf einer Müllhalde in Vincennes gefunden worden. Es war eine Falschmeldung. Das Gemälde blieb verschwunden.

☐

Es gibt Geschichten, die so bizarr sind, dass man sie in einem Roman für unglaubwürdig halten müsste. Dennoch sind sie wahr – aber deshalb auch besonders schwierig zu erzählen. Ich werde es trotzdem versuchen. Auf den ersten Blick haben der Fabrikant Julius Maggi, der Kubismus und die Mona Lisa nichts miteinander zu tun – doch ich werde der Reihe nach berichten.

Julius Maggi war ein Schweizer Getreidemühlenbesitzer mit ausgeprägtem Geschäftssinn und ebenso großem sozialen Engagement. Seit 1884 verkaufte er die von ihm entwickelten eiweißreichen Instant-Suppen, mit denen die schlechte Ernährungslage der Fabrikarbeiter verbessert werden sollte. Bei einem Elf-Stunden-Tag hatten die Arbeiterinnen nicht mehr die Zeit, richtig für ihre Familien zu kochen. Kaltes Essen oder einfach Brot mit Alkohol ersetzten häufig die warmen Mahlzeiten. Maggis Fertigsuppen brauchten nur eine Kochzeit von fünfzehn Minuten – ein entscheidendes Argument für ihre rasche Verbreitung. Sie waren konkurrenzlos billig, und weil ihre Zubereitung keinerlei Vorkenntnisse erforderte, gehörten auch immer mehr junge, alleinstehende Männer zu den Abnehmern. Der Firmenerfolg war so groß, dass Julius Maggi Niederlassungen in Deutschland, England und Frankreich gründen konnte.

Er selbst verlegte 1901 seinen Wohnsitz nach Paris und nannte sich fortan Jules Maggi. Zwei Jahre später gründete er dort eine neue Gesellschaft, die Paris mit gesunder Milch versorgen sollte. Bisher teilten sich vier Unternehmer dieses einträgliche Geschäft: Sie lieferten nicht-pasteurisierte Milch, die sie entrahmt, mit billigem Fett versetzt und mit Wasser verdünnt hatten. Jährlich starben in Paris über zwanzigtausend Kinder unter einem Jahr an dieser Milchpanscherei. Das war allgemein bekannt; die Zeitschrift *L'Assiette au Beurre* brachte sogar im Februar 1902 eine Sondernummer zu diesem Skandal heraus mit dem Titel »Die Milchfälscher« – aber die Regierung kümmerte sich nicht darum. Maggi richtete überall in Frankreich eigene Sammelstellen ein, ließ die Milch sofort sterilisieren, in Flaschen abfüllen und versiegeln. Im Jahr 1911 hatte diese Firma zweitausendfünfhundert Angestellte und tausendvierhundert eigene

Transportpferde. Wegen seiner Verdienste um die Volksgesundheit wurde Jules Maggi zum Offizier der Ehrenlegion ernannte – was die Konkurrenz nicht an dem Versuch hinderte, Maggi in den Ruin zu treiben. Man ignorierte die Schweizer Herkunft und behauptete, es handle sich um ein deutsches Unternehmen, das die französische Wirtschaft vorsätzlich und systematisch schädige. Der Initiator und Wortführer dieser Rufmordkampagne war Joseph Raguet, Generalsekretär des Syndikats der Pariser Milchhändler, der mit seiner Firma gerade in Konkurs gegangen war. Unterstützt wurde er von der rechtsradikalen Tageszeitung *Action Française*, der *Nationalen Vereinigung gegen die Juden* und der *Liga für ein französisches Vaterland*.

Die Vorwürfe, die Raguet in der Hauptversammlung der Pariser Börse am 8. Januar 1907 gegen Maggis Milchvertrieb erhob, sind aus heutiger Sicht grotesk und lächerlich, zeigen aber die aggressive Zeitstimmung: Nur durch die von Frankreich nach 1871 gezahlten Reparationen wäre die deutsche Wirtschaft in der Lage, die französischen Unternehmen zu ruinieren. Der militärischen Niederlage folge nun die ökonomische. Maggis schwere Pferdefuhrwerke würden die französischen Straßen umpflügen und kämen durch das gut ausgebaute Straßennetz in die entlegensten Orte, um die nationalen Verteidigungsanlagen auszuspionieren. Die *Action Française* schrieb, es handle sich um die größte deutschjüdische Spionage-Affäre seit Dreyfus – der war im Vorjahr gerade vollständig rehabilitiert worden, was jedoch die antisemitischen Rechtsparteien als Verrat der linksgerichteten Regierung am Vaterland ansahen. Als Maggi später eine große Werbekampagne startete, wurde das Gerücht lanciert, auf den in Deutschland hergestellten Reklameschildern befänden sich chiffrierte Zeichen, die im Kriegsfall zur Orientierung der deutschen Truppen dienen sollten.

In diesem vergifteten Klima kam der Bouillon-Würfel auf den Markt – ohne den belasteten Namen Maggi. Da das Pariser Handelsgericht es abgelehnt hatte, das Wort »cube«

(Würfel) als Markennamen zu schützen, weil es ein allgemein verwendeter Begriff war, verwendete Maggi das deutsche »K« und nannte sein Produkt »Kub«. Damit war es als deutsches Erzeugnis diskreditiert. Die Einführung einer leicht portionierbaren Instant-Bouillon wurde als Angriff auf die traditionelle französische Küche gesehen. Ein Blick in jedes beliebige Kochbuch jener Zeit zeigt, welchen hohen Stellenwert die hausgemachte Bouillon als Grundlage zahlreicher Rezepte besaß und in der besseren Küche heute immer noch besitzt. »Es gibt keine gute Küche ohne eine gute Bouillon. Die beste aller Küchen, die französische, bezieht ihre Überlegenheit aus der hervorragenden Qualität der französischen Bouillon«, schrieb beispielsweise Alexandre Dumas in seinem *Grand Dictionnaire de Cuisine* 1873, und er sprach dieses Verdienst nicht den Köchen, sondern der langen Erfahrung der Hausfrauen zu. Wer daran etwas ändern wollte, konnte nur als Verächter und potentieller Zerstörer der französischen Lebenskultur angesehen werden. Durch den heißen, trockenen Sommer des Jahres 1911 kam es zu erheblichen Ernteausfällen in ganz Europa und dadurch zu drastischen Preissteigerungen für Lebensmittel. In den französischen Industriestädten demonstrierten zehntausende Arbeiterinnen gegen die Regierung. Bei der anhaltenden Fleischknappheit war der »Kub«, der nur zehn Centimes kostete, für viele Haushalte die letzte Rettung. Die Verkaufszahlen schnellten in die Höhe, und die Konkurrenz brachte vergleichbare Produkte auf den Markt, gegen die sich Maggi ab Herbst 1911 mit einer beispiellosen Werbeoffensive wehrte. In Paris war der Schriftzug »Kub« mit der Preisangabe »10 c« überall zu sehen: Sandwich-Männer trugen Reklametafeln, erstmals wurde das Kino als Werbeplattform genutzt, auf den Brandmauern der Häuser sah man riesige Wandbilder. »Kub« war allgegenwärtig.
Genau in diesen Herbstmonaten begann in den Feuilletons ein heftiger Streit über gewisse Werke der zeitgenössischen Malerei. Der neuen Richtung gab man den Namen »Kubis-

mus« – und zwar nicht, weil man auf den Bildern Kuben erkannt hätte, sondern weil sie, wie der »Kub«, von Ausländern stammte und als Angriff auf die Tradition der großen französischen Kunst verstanden wurde. Ein Monsieur Mourey, verantwortlich für offizielle Ausstellungen, schrieb am 30. September 1911 in *Le Journal*: »In der aktuellen Kunst spielen die Kubisten die gleiche Rolle wie die Apostel des Pazifismus und der organisierten Sabotage in der politischen und sozialen Ordnung.« Mit dem Hinweis auf »organisierte Sabotage« erinnerte Mourey an eine angeblich jüdische Verschwörung, in den Waffenfabriken unbrauchbare Gewehre herzustellen, die zur Niederlage von 1871 geführt hätte. Im nächsten Satz sprach er von »Anarchisten und Saboteuren der französischen Malerei«.

Aus diesen Formulierungen wird deutlich, dass die Bezeichnungen »Kubist« und »Kubismus« diffamierende Schimpfwörter waren, die sich nicht auf den Inhalt der Bilder bezogen, sondern in der Assoziation zum »Kub« eine Gesinnung anprangern wollten, die letztlich zum Untergang Frankreichs führen würde. Die inhaltliche Verbindung von »Kub« und Kubismus stellte Apollinaire her, als er im Januar 1912 fragte: »Wie wird die Öffentlichkeit reagieren, wenn sie eine neue Küchenschule lernen muss, die für die Kochkunst dasselbe ist wie der Kubismus für die alte Malerei?«

Für die Sabotage der französischen Maltradition machte man also die ausländischen Künstler verantwortlich, die von dem deutsch-jüdischen Galeristen Daniel-Henri Kahnweiler vertreten wurden. Kahnweiler wehrte sich. In einem Interview (»Je Sais Tout«, 15. 4. 1912) erklärte er: »Meine Maler sind keine Kubisten.« Damit meinte er: Sie sind keine Saboteure oder Zerstörer der französischen Malerei. Die Debatte eskalierte, als der Alterspräsident des Pariser Stadtrates, Lampué, anlässlich des Salon d'Automne 1912 beim Unterstaatssekretär Léon Bérard, Mitglied der Société Nationale des Beaux Arts, dagegen protestierte, »öffentliche Räume einer Bande von Kriminellen zu überlassen, die sich in der

Welt der Kunst nicht anders aufführt als Messerstecher im gewöhnlichen Leben«.
Als Kopf dieser Bande hatte einer der einflussreichsten Kunstkritiker, Louis Vauxcelles, schon 1908 den Spanier Picasso ausgemacht, dessen neue Bilder, etwa die »Demoiselles d'Avignon«, er gar nicht kannte. Nachdrücklich wehrte sich Picasso gegen die Diffamierung: Er sei kein Kubist, er gehöre keiner kubistischen Gruppe an, eine solche Gruppe gebe es überhaupt nicht. In der Folge ließ er seine Bilder in München, Köln und Berlin ausstellen, aber nicht in Paris. Natürlich sahen die Nationalisten darin wieder eine deutsche Verschwörung. Der Grund, warum er sich auch an keiner Pariser Sammelausstellung beteiligte, bestand jedoch in seiner Furcht, er könnte beim geringsten Anlass als unerwünschter Ausländer aus Frankreich ausgewiesen werden. Als Maler allerdings reagierte er souverän und integrierte den Schriftzug »KUB« Anfang 1912 in zwei seiner Bilder.
Am 2. März 1914 ließ ein privater Pariser Kunstverein seinen Besitz im Hotel Drouot versteigern, Bilder von Bonnard, Matisse, van Gogh, Gauguin und Picassos »Les Saltimbanques« (»Die Gauklerfamilie«) aus der rosa Periode, die der Verein für tausend Francs gekauft hatte. Bei der Auktion steigerten neben Pariser Kunsthändlern auch deutsche Galeristen mit. Das Ergebnis war eine Sensation: Während der Bonnard nur siebenhundertzwanzig Francs erzielte, der Derain sogar nur zweihundertzehn Francs, ging der Matisse für fünftausend Francs in deutsche Hände. Für den Picasso zahlte der Münchner Galerist Thannhauser sogar die unglaubliche Summe von elftausendfünfhundert Francs.
Dieses Ergebnis kommentierte am nächsten Tag die populistische Zeitung *Paris-Midi*: »Unerwünschte Ausländer haben mit ihren grotesken und abscheulichen Bildern riesige Summen erzielt. Es waren Deutsche, die diese Preise gezahlt, beziehungsweise sie in die Höhe getrieben haben. Was sie vorhaben, ist nur allzu klar: Naive junge Maler werden ihnen in die Falle gehen. Sie werden dem Nachahmer Picasso nach-

eifern. So gehen nach und nach Maß und Ordnung unserer nationalen Kunst verloren – zur großen Freude Herrn Thannhausers und seiner Landsleute, die eines Tages nicht mehr Picassos kaufen, sondern den Louvre ausräumen werden, den unsere intellektuellen Snobs nicht zu verteidigen imstande sind.«

Und damit sind wir wieder beim Diebstahl der Mona Lisa angelangt, nach einem kleinen Abstecher in die französische Suppenküche. An den vielen zeitgenössischen Stimmen sieht man, wie stark alle diese Debatten von einer politischen Stimmung beeinflusst wurden, die unmissverständlich zum Krieg gegen die *boches* drängte. Das Ziel war klar: die Rückeroberung von Elsass-Lothringen und die Rückholung der Mona Lisa. Schon sehr bald nach deren Verschwinden hatten nämlich besonders kluge Köpfe vermutet, das Bild wäre überhaupt nicht gestohlen, sondern an den deutschen Kaiser Wilhelm II. verkauft worden.

Seit der Dreyfus-Affäre traute die Mehrheit der Franzosen ihrer Regierung, ganz gleich welcher Couleur, jede Manipulation und jede Gemeinheit zu. Der Hauptmann Alfred Dreyfus war 1895 wegen Spionage für die Deutschen zu lebenslanger Haft verurteilt und auf die Teufelsinsel vor der Küste Guyanas deportiert worden. Er war unschuldig, und die Behörden vom Minister bis zum Generalstab versuchten mit allen Mitteln die Aufdeckung dieses Fehlurteils zu verhindern. Sie fälschten Beweise und setzten die Justiz unter Druck. Erst durch Zolas berühmten offenen Brief »J'accuse!« (»Ich klage an!«) weitete sich die Affäre zu einem öffentlichen Skandal aus. Cezanne, Degas, Lorrain, selbst Paul Valery hielten Dreyfus für schuldig. Aber es ging nicht mehr um die offensichtliche Unschuld des jüdischen Hauptmanns, sondern um die Ehre der Armee und der ganzen Nation. Renoir meinte, man könnte Dreyfus nicht freisprechen, weil dies dem Ansehen der Armee schaden würde. Die rechtsradikale, antisemitische Presse drohte den Richtern, mit einem Freispruch würden sie Frankreich an die Juden

und die Deutschen ausliefern und müssten als Landesverräter erschossen werden. Die Debatten für und wider Dreyfus wurden mit der größten Erbitterung geführt; sie spalteten Familien, zerstörten Freundschaften und zerissen das Land. Erst 1906 wird Dreyfus vollständig rehabilitiert; für die Rechten ein Komplott des internationalen Judentums, für die Linke ein später Sieg der Vernunft. Doch es wird noch Generationen dauern, bis die tiefen Verwerfungen, die dieser Justizskandal in der französischen Gesellschaft verursacht hat, wieder geglättet sind.
Ein Resultat jener Krisenjahre war das abgrundtiefe Misstrauen gegen die Staatsmacht: Wenn durch eine Verschwörung höchster Kreise die Wahrheit zehn Jahre lang manipuliert und unterdrückt werden konnte, dann wäre die Inszenierung eines Diebstahls dagegen ein Kinderspiel. Mit dieser Theorie passte plötzlich ein politischer Puzzlestein an den anderen. Hatte sich die Regierung nicht jahrelang mit den Deutschen um Marokko gestritten? Kaiser Wilhelm II. betonte immer wieder die Selbständigkeit dieses Wüstenstaates, der an den deutschen Mannesmann-Konzern Lizenzen zum Abbau seiner Erzvorräte vergeben hatte. Frankreich wollte dieses Erz für die eigene Rüstungsindustrie, deshalb baute es seine politische und militärische Macht in Marokko langsam, aber konsequent aus. Das Sultanat wurde faktisch eine französische Kolonie.
Und nun taucht am 1. Juli 1911 das deutsche Kanonenboot »Panther« vor Agadir auf. Ganz Europa ist beunruhigt, nur Frankreich schweigt. Der deutsche Außenminister und der französische Botschafter verhandeln in Berlin plötzlich über Kompensationen für den Fall, dass Kaiser Wilhelm II. Marokko aufgibt. Niemand rechnet mit einer Einigung, jeder mit einem Krieg. An jenem 21. August, an dem der Verlust der Mona Lisa bemerkt wird, meldet die britische Nachrichtenagentur Reuter den Kriegsausbruch zwischen Frankreich und Deutschland. Die Verhandlungen laufen jedoch weiter, und das Kanonenboot ist bereits wieder abgezogen worden.

Es wird wegen Marokko keinen Krieg geben. Im Gegenteil: Die Deutschen akzeptieren für die kostbaren Erzreserven eine Entschädigung, die absolut wertlos ist – nämlich einen Streifen der französischen Kolonie Kongo, der hauptsächlich aus Sumpfgebiet besteht und mit der Schlafkrankheit verseucht ist. Außerdem waren in diesem Gebiet alle Konzessionen zum Abbau eventueller Bodenschätze bereits an nichtdeutsche Firmen vergeben.

Warum hatte der deutsche Kaiser dieses absurde Angebot angenommen? Selbstverständlich nur, weil er eine ganz andere Entschädigung gefordert und bekommen hat: die Mona Lisa. Ohne das Gemälde kein Rückzug aus Marokko, sondern Krieg – und dann würden die Deutschen nicht nur die Mona Lisa aus dem Louvre mitgehen lassen. Eigentlich logisch, oder nicht? Die Daten der Ereignisse passten zu den politischen Folgen, und eine unkonventionelle Lösung der Marokko-Krise lag genau auf der Linie des französischen Premierministers Joseph Caillaux.

Der Selfmade-Millionär war schon dreimal Finanzminister gewesen und hatte jedes Mal mit großem Geschick den Haushalt ausgeglichen. Er war kein Beamter, sondern ein moderner Geschäftsmann, dem die träge Bürokratie häufig auf die Nerven ging. Seine Wutanfälle waren berüchtigt. Er galt als arrogant, ungeduldig und höchst eigenwillig. Seine Haltung zu Deutschland war die eines realistischen Managers, der wusste, dass er mit der zweitstärksten Wirtschaftsmacht der Welt verhandelte – Frankreich lag nur auf Platz vier. Sein Generalstabschef hatte ihm zudem eine eher pessimistische Einschätzung der eigenen militärischen Stärke gegeben, und seinen Außenminister hielt er für einen hirnlosen Bürokraten, deshalb verhandelte er hinter den Kulissen lieber selbst mit den Deutschen.

In der Bevölkerung war Caillaux quer durch alle Schichten der meistgehasste Mann Frankreichs. Er hatte gewagt, die Einführung einer Einkommensteuer vorzuschlagen. Ein Aufschrei des Entsetzens war die Antwort; jeder sah plötzlich seine Freiheit bedroht. Caillaux zog das Vorhaben zurück und meinte, der Franzose sei bereit, für sein Vaterland zu sterben, aber nicht dafür zu bezahlen. Immerhin hatte man jetzt die marokkanischen Erzvorräte. Aber dass Caillaux dafür einfach totes Kapital von der Louvrewand abgenommen hatte, ging der Bevölkerung dann doch zu weit. Gewiss hätte man zu zahlen, aber nicht den Preis einer nationalen Ikone – und schon gar nicht an den deutschen Kaiser.

Seit der Dreyfus-Affäre hatte die Politik die Macht der Presse erkannt und spielte sie nun aus. Der Nationalist Raymond Poincaré startete im konservativen *Figaro,* mit dessen Herausgeber Gaston Calmette er befreundet war, eine Kampagne gegen Caillaux. Auch im Außenministerium hatte »der Verrückte«, wie man ihn allgemein nannte, keine Freunde. Poincare konnte also auf interne Informationen zurückgreifen, die er an Calmette weitergab. Im *Figaro* wurde nun also behauptet, Caillaux habe unter Umgehung des zuständigen Außenministeriums weitestgehende Geheimverhandlungen in der Marokko-Frage geführt. Caillaux wies den Vorwurf sofort als völlig unbegründet zurück. Die Zeitung legte geheime Dokumente aus dem Quai d'Orsay vor, die bewiesen, dass Caillaux nicht die Wahrheit gesagt hatte. Damit schien das populäre Gerücht über den heimlichen Verkauf der Mona Lisa offiziell bestätigt. Die Zeitungen druckten Karikaturen mit dem verschnürten Gemälde und dem Aufdruck »Kompensation«. Caillaux musste im Januar 1912 zurücktreten. Sein Nachfolger wird Raymond Poincaré.

Am Mittwoch, dem 10. April 1912, traf die von Southampton kommende Titanic um 18 Uhr 35 im Hafen von Cherbourg ein. Mit eigenen Luxuszügen hatte die White Star Line, der das Schiff gehörte, die Passagiere aus Budapest,

Mailand und Paris pünktlich an die Kais gebracht. Sie wurden nun mit Tenderschiffen zur Titanic befördert.

Unter den einhundertzweiundvierzig Passagieren der Ersten Klasse befanden sich John Jacob Astor und seine junge Ehefrau Madeleine. Nach einer langen Flitterwochenreise quer durch Europa, die sie bis nach Ägypten geführt hatte, wollten sie nun wieder nach Amerika zurückkehren. Das glückliche Paar bezog die Parlour-Suite C 62/64, eine der großzügigsten Unterkünfte auf dem Schiff. Zur Betreuung seiner im fünften Monat schwangeren Frau hatte Astor eigens eine deutsche Krankenschwester engagiert; zusätzlich sorgten ein französisches Dienstmädchen und ein britischer Butler für den privaten Komfort.

Auch Benjamin Guggenheim ging mit seinem ägyptischen Sekretär und der Schauspielerin Dorothy Gibson in Cherbourg an Bord. In Paris hatte er zuletzt bei dem von ihm geleiteten Projekt, Fahrstühle in den Eiffelturm einzubauen, fünf Millionen Dollar verloren und wollte sich in New York mit seinen Brüdern beraten. Ursprünglich hatte er für sich, seine Ehefrau Florette und die Tochter Peggy eine andere Passage gebucht, die jedoch aufgrund eines Streiks der Heizer abgesagt worden war. Nach einem ausgiebigen Ehekrach wegen der nach Florettes Meinung zu jungen neuen Geliebten Dorothy Gibson entschloss sich die Gattin, mit der Tochter in Paris zu bleiben.

Die Passagiere der dritten Klasse waren überwiegend Auswanderer aus Osteuropa, Italien und Frankreich. Zu ihnen gehörte die Familie Laroche. Joseph war der Feinkosthändler von Natalie Barney in der Rue Jacob gewesen, den die Teuerungswellen der letzten Jahre in den langsamen Ruin getrieben hatten. Die Kunden waren weggeblieben, nicht nur wegen der exorbitant gestiegenen Preise beispielsweise für Käse, sondern auch deswegen, weil immer mehr Ausländer in das Viertel zogen, vor allem Amerikaner, die nicht selbst kochten, sondern zum Essen in die Restaurants gingen.

Simone Laroche war eine heimliche Vertraute Natalies, da sie deren bei Worth oder Poiret stets zu eng bestellte Kleider unter der Zusicherung strengster Verschwiegenheit eine Größe weiter nähte. Bei einer Anprobe hatte Natalie von der unumgänglichen Schließung des Geschäfts erfahren und als pragmatische Frau sofort eine Lösung präsentiert: Joseph sollte als Koch bei ihrer Mutter in Washington D.C. arbeiten und Simone als Hausdame. Die Mutter war von der Aussicht, französisches Personal zu bekommen, begeistert. Sie überwies tausend Dollar für die Überfahrt, die allerdings in der dritten Klasse nur sechsunddreißig Dollar und fünfundzwanzig Cents kostete, und vor allem für die Vorräte, die ihr künftiger Küchenchef Joseph Laroche mitbringen sollte: Wein, Champagner, Cognac, Käse, Kapern, Muscheln, Sardinen, Meersalz, Olivenöl, Essig, außerdem Straußenfedern, Crêpe de Chine und Seide. Natalie gab ihm auch noch das Paket mit der Mona Lisa mit.

Um 20 Uhr 10 legte die Titanic in Cherbourg ab und nahm nach einem letzten Zwischenstop im irischen Queenstown (heute Cobh) Kurs auf New York. In Cherbourg hatten fünfzehn Passagiere der Ersten und sieben der Zweiten Klasse das Schiff verlassen. Sie hatten sich den Luxus einer Überquerung des Ärmelkanals auf dem modernsten und elegantesten Schiff der Welt anderthalb bzw. ein britisches Pfund kosten lassen.

Während die Passagiere am Vormittag an Deck auf die Abfertigung in Queenstown warteten, machte das Gerücht von einem schwarzen Gespenst die Runde, das einige Gäste am Rand des vierten Schornsteins gesehen zu haben glaubten: ein übles Vorzeichen. Doch die Erscheinung erwies sich als harmlos – ein Heizer war die Leiter im Innern des Schornsteins, der nur als Küchenabzug diente, hochgeklettert, weil er sich die illustre Gesellschaft ansehen wollte. Eine andere düstere Vorbedeutung, die vor allem die Zahlenmystiker beschäftigte, hatte sich durch die Verschiebung des ursprünglichen Datums der Jungfernfahrt von selbst erledigt: Die Passagiere der Ersten und Zweiten Klasse des Schwesterschiffs »Olympic« hatten sich von den mehr als hundert Heizern und Trimmern belästigt gefühlt, da diese alle vier Stunden auf dem Weg von ihrem Arbeitsplatz zu ihren Unterkünften im Vorschiff die normalen Kabinengänge benutzen mussten. Die Beschwerden der Gäste führten dazu, dass für die schon fast fertiggestellte Titanic ein zusätzlicher Tunnel konstruiert wurde, durch den das Personal ohne Kontakt zu den Passagieren an die Arbeitsplätze gelangte. Deshalb mußte der Abfahrtstermin verschoben werden. Dieser offene, etwa fünfzig Meter lange Gang setzte praktisch das Sicherheitssystem der von der Brücke zentral verschließbaren Schotten außer Kraft. Aber der Tribut an den Komfort der Passagiere hatte Vorrang vor etwaigen Bedenken, da das Schiff ohnehin als unsinkbar galt – wie der Kapitän Edward J. Smith gesagt hatte: »Ich kann mir keine Umstände vorstellen, die ein solches Schiff zum Sinken bringen könnten. Die moderne Schiffbautechnik hat diese Probleme überwunden.«

Am Sonntag, dem 14. April, um 23 Uhr 40 kollidierte die Titanic mit einem Eisberg und sank innerhalb von zwei Stunden und fünfundvierzig Minuten.

Benjamin Guggenheim befand sich zum Zeitpunkt der Kollision mit Dorothy Gibson in der Bar. Da im Freien Minusgrade herrschten, ließ er seinen Pullover und Handschuhe holen und sorgte dafür, dass seine Geliebte in das erste Rettungsboot kam. Sie wurde von der S.S. Carpathia aufgenommen und spielte eine Rolle in dem Film »Saved from the Titanic«, der am 14. Mai 1912, genau einen Monat nach der Katastrophe, in die Kinos kam. In diesem Film trug sie die originalen Kleidungsstücke, die sie bei ihrer Rettung anhatte. Guggenheim sah, dass es nicht genügend Rettungsboote gab: »Ich glaube, es bestehen ernsthafte Zweifel, dass die Männer davonkommen. Ich werde bleiben und das Spiel zu Ende spielen.« Dann legte er zusammen mit seinem Diener die beste Abendgarderobe an, begab sich mit ihm in den

Rauchsalon, sagte zum Kellner: »Wir sind angemessen gekleidet und bereit, wie Gentlemen unterzugehen« – und bestellte Zigarren und Brandy.

Madeleine Astor hatte die Kollision verschlafen und wurde von ihrem Mann geweckt. Beide glaubten zunächst nicht an eine ernsthafte Gefahr und setzten sich in die bequemen Korbsessel im Gymnastikraum, um durch die hohen Fenster das hektische Treiben an Deck zu beobachten. Als John Jacob der Ernst der Lage bewusst wurde, bat er, zusammen mit seiner schwangeren Frau ein Rettungsboot besteigen zu dürfen. Dies wurde ihm verwehrt. Madeleine kam in ein Boot, in dem schon andere Millionärsgattinnen wie Emily Ryerson, Lucille Carter und Marian Thayer saßen. Astor sah, dass sie sich in guter Gesellschaft befand und verabschiedete sich von ihr mit den Worten: »Die See ist ruhig, es wird nichts passieren. Ich bin in guten Händen. Wir sehen uns morgen früh.« Danach ging er in den Rauchsalon, bestellte einen Whiskey, bemerkte die riesigen Eisbrocken, die durch die Kollision auf das vordere Welldeck gefallen waren und wandte sich an Guggenheim: »Es ist wahr, ich habe meinen Drink mit Eis bestellt, aber so viel ist übertrieben.«

Die im Zwischendeck des Hecks untergebrachten siebenhundertzehn Passagiere der Dritten Klasse hatten kaum eine Chance, nach vorn zu den Rettungsbooten zu gelangen. Joseph und Simone Laroche gingen mit der Titanic unter. Ihre kleine Tochter wurde als letzte gerettet: Eine Planke hatte sie an der Schläfe getroffen, sie trieb fast schon bewusstlos im Wasser, aber der Kapitän hievte sie in Faltboot C, während sie ihn aus ihren großen blauen Augen ansah und trotzig vor sich hin plapperte: »Ich will hier nicht sein. Bring mich hier weg. Hilf mir.« Er streifte seine Schwimmweste ab und gab sie ihr, dann verschwand er für immer in den eisigen Fluten. Da sie nur französisch sprach, brachte man sie wenige Wochen später nach Paris zurück und versuchte, durch Fotos in der Presse etwaige Angehörige zu ermitteln. Als dies erfolglos blieb, wurde sie von einer wohlhabenden jüdischen Familie in Paris adoptiert.

Auch John Pierpont Morgan hatte eine Passage auf der Titanic gebucht, gab jedoch in letzter Minute einer Einladung der Universität von Rom den Vorzug, die ihm die Ehrendoktorwürde verleihen wollte. In der Begründung hieß es, Morgan sei »durch seinen auserlesenen Geschmack, sein großes Wissen und seinen grenzenlosen Edelmut der hervorragendste Mäzen unserer Zeit. Er hat Italien zahlreiche Beweise seiner Zuneigung gegeben, die in dankbarer Erinnerung bleiben.« Er starb in Rom im Alter von sechsundsiebzig Jahren.

So kam es, dass mit der Titanic drei Kopien der Mona Lisa untergingen. Die vierte blieb in England. Nach dem Ende des Ersten Weltkriegs reiste Morgans Sohn nach London, um das Haus am Hyde Park aufzulösen. In dem Bild erkannte er eine offensichtlich wertlose Kopie und ließ es zusammen mit anderen Kunstschätzen, für die er keine Verwendung hatte, von einem Händler abtransportieren, der es einem englischen Lord verkaufte.

In Valfiernos Nachlass habe ich keine Aufzeichnungen zur Übergabe der Kopien an seine Kunden entdeckt. Ich habe auch keine Notiz zum Verlust der Bilder gefunden. Im Tagebuch heißt es lediglich: »<u>Montag</u>. Nachricht, dass Titanic auf einen Eisberg aufgelaufen. Alle Passagiere gerettet. <u>Dienstag</u>. Offenbar doch 1500 Menschen untergegangen. Boni schimpfte über die Verschwendung der Leute, die 25 000 Francs für die Überfahrt gezahlt hätten: ›Was hätte ich mit diesem Geld machen können!‹«

Siebtes Kapitel

»**Ich bringe ihn um**«, wütete Caillaux, »bei der nächsten Gelegenheit bringe ich dieses Schwein um!« Sein massiger, kahler Schädel war tiefrot angelaufen, und an den Schläfen pochten bedenklich rasch die Zornadern. Caillaux kam vom Mittagessen mit dem Kabinett; man hatte ihn wieder, jetzt zum vierten Mal, zum Finanzminister gemacht.
»Dieser gottverdammte Heuchler lügt wie gedruckt. Er braucht einen Sündenbock, aber ich sage dir, da mache ich nicht mit! Lieber bringe ich ihn um!«
»Das darfst du nicht tun, mein Lieber, das ist verboten.«
Henriette stand ausgehfertig in der Tür zum Ankleidezimmer ihres Mannes und hielt den Kopf etwas schief, um mit ihrem ausladenden Hut nicht an den Türrahmen zu stoßen. Seit nun mehr zwei Jahren war sie mit diesem jähzornigen Bullen verheiratet und, weiß Gott, sie hatte es keinen Tag bereut.
»Weißt du, was dieser Kerl gesagt hat?«
Mit einem wütenden Schwung entledigte sich Caillaux des Gehrocks und zog einen seidenen Hausmantel über. Er drehte den Kopf zu seiner Frau. Diese grauen Augen! Grau wie die Loire, der sie entstiegen war, um ihn zu verführen, diese blonde Undine mit der dunklen Stimme, damals auf der Landwirtschaftsausstellung in Orleans. Ein Blick in diese unergründlichen Augen genügte, um seinen Zorn zu besänftigen.

»Verzeih Henriette, aber ich kann diesen impertinenten Schwätzer nicht ertragen. Er ist zu mir so freundlich wie eine Klapperschlange. Stell dir vor, er hat gesagt, auch wenn mir jetzt als Finanzminister zusätzlich die Museen unterstehen, hätte ich noch genügend Zeit, weil ich mich nicht um die Mona Lisa kümmern müsste.«
»Welche Mona Lisa?«
»Leonardos Mona Lisa.«
»Wer ist Leonardo?«
»Meine Liebe, du warst doch schon einmal im Louvre?«
»Aber ja, schon sehr oft. Gerade jetzt will ich mir die neue Wäscheausstellung ansehen.«
Henriette war eine liebe Frau, die noch nie eine Zeitung gelesen hatte. Die Niederungen des Alltags erreichten sie nicht. Vom Beruf ihres Mannes wusste sie nur, dass er für den Haushalt Frankreichs sorgte, und das fand sie hochanständig von ihm. Sie führte keinen literarischen Salon, aber sie konnte Gobelins sticken. Außerdem roch sie sehr angenehm. Caillaux fand ihre Naivität anbetungswürdig.
»Entschuldige, ich wollte dich nicht aufhalten.«
Er verabschiedete sie mit der Andeutung eines Kusses und ging hinüber in sein Arbeitszimmer. Es ärgerte, mehr noch, es kränkte ihn, dass man ihm das Verschwinden der Mona Lisa in die Schuhe schob. Eigentlich war es nur ein kleines Mosaiksteinchen in dem beängstigenden Bild der allgemeinen Kriegshysterie, doch für den *Figaro* war diese seit Jahrhunderten tote Florentinerin plötzlich eine französische Geisel in der Hand der Deutschen. Wie die Franzosen auf den Elsass-Lothringischen Friedhöfen, die seit 1871 zum Deutschen Reich gehörten. Ihm tönte noch das hohle Pathos in den Ohren, mit dem Poincare am Morgen vor dem Parlament verkündet hatte: »Das Vaterland besteht wie die Menschheit mehr aus den Toten als aus den Lebenden.«
Es war schamlos, wie dieser Mann die Vergangenheit missbrauchte, um eine Zukunft zu beschwören, für die ihm gegenwärtig jeder Franc fehlte. Frankreich brauchte keinen

Krieg, sondern Investitionen, arbeitendes Kapital, keine alten Bilder. Außerdem war die Welt voller Mona Lisas, es gab mehr als genug Reproduktionen.
Nein, Caillaux war kein Freund der Künste. Er pflegte auch nicht den Umgang mit berühmten Autoren, mit denen sich Poincare gerne brüstete. Sein Metier waren die internationalen Finanzmärkte. Sekundenschnell konnte er die Kursdifferenzen zwischen den Börsen von Paris und New York oder Hamburg umrechnen und in Gewinne verwandeln – in Gewinne für Frankreich. Mit welchem Schriftsteller hätte er darüber diskutieren können? Etwa mit Poincares Favoriten Prevost, diesem Schmierfink vom *Figaro*? Alle redeten von seinem neuesten Machwerk über die deutschen Kindermädchen, die in französischen Haushalten für das Reich spionierten. Was für eine schwachsinnige Idee. Da waren die Pariser Putzfrauen viel effektiver, die in den ausländischen Botschaften die Papierkörbe durchsuchten. Wenn die Pariserin aus Rücksicht auf ihre Figur nicht mehr selbst stillen wollte, hätte es genug französische Ammen gegeben. Man konnte den Luxus wirklich so weit treiben, dass man sich selbst das Leben schwer machte. In der Provinz, also überall außer in Paris, hatte man ganz andere Sorgen, da blickte man misstrauisch auf die Hauptstadt. Was würde aus der blühenden Automobil-Industrie werden, wenn die Männer an die Front mussten? Frankreich baute mehr Autos als Deutschland und Amerika zusammen, und diese Erfolge wollten die Kriegstreiber aufs Spiel setzen? Caillaux wusste, dass er in der neuen Regierung der *Nationalen Union* eine Alibirolle spielte: Als Finanzminister sollte er den Sündenbock für die neue Einkommenssteuer spielen, die niemand wollte. Doch ohne Geld kann man keinen Krieg führen. Wenn er wenigstens beweisen könnte, dass er die Mona Lisa nicht an Deutschland verkauft hat. Aber die Polizei hatte die Suche längst aufgegeben, und im Louvre hing an ihrem Platz jetzt ein Frauenportrait von Corot. Warum tauchte dieses verfluchte Bild nicht irgendwo wieder auf?

Er nahm sich eine Zigarre und suchte nach den Zündhölzern. Vorhin war ihm ein halber Gedanke durch den Kopf geschossen, doch aus lauter Ärger über Poincare hatte er ihn nicht zu Ende gedacht – was war es gewesen? Und wo waren die Zündhölzer? Nicht auf dem Schreibtisch. Caillaux stand auf und ging in den Salon, wo auf dem unbespielten Flügel eine alte Streichholzschachtel lag – ausgerechnet aus der Serie mit der Mona Lisa. Richtig, das war sein Gedanke gewesen: Die ganze Welt war voller Mona Lisas, nur im Louvre fehlte sie. Paradox. Überall konnte man gute Reproduktionen kaufen – warum hatten sie im Louvre ein anderes Bild an die Stelle gehängt und nicht eine Kopie, zumindest vorläufig, bis der Dieb endlich gefasst wäre? Er, Caillaux, könnte das als Herr über die Museen jetzt anordnen. Ein leichtes Kribbeln machte sich auf seiner Kopfhaut bemerkbar, wie immer, wenn wichtige Entscheidungen bevorstanden. Und was wäre, wenn man überhaupt ... würde das irgendjemand bemerken? An diesem Abend rief ihn Henriette vergebens zum Essen. Auch die Nacht verbrachte Caillaux in seinem Arbeitszimmer. Er entwarf einen Plan, der so kühn war, dass selbst diesem abgebrühtesten aller Strategen etwas mulmig wurde. Andererseits – wenn er gelänge, wäre der Frieden gerettet. Eines war jedoch klar: Er brauchte dazu Mitwisser. Und einen Sündenbock.

Sein alter Freund Célestine, der ehemalige Chef der Geheimpolizei, war jetzt Polizeipräfekt von Paris. Auf ihn konnte er sich verlassen. Pujalet, der neue Leiter des Louvre, war ein Bürokrat, ein geborener Befehlsempfänger. Er würde keine Schwierigkeiten machen. Diesen beiden Männern trug Caillaux bei einem Treffen Ende März 1913 seinen Plan vor. Der Anfang war leicht.
»Der gute Ruf des Louvre muss nach diesen erbärmlichen Diebstählen wieder hergestellt werden.« Pujalet nickte. Er

hatte von seinem neuen Vorgesetzten eine scharfe Kritik befürchtet, weil die Aufseher sich immer noch stur stellten. Doch der Mann schien ihn zu unterstützen. »Die Polizei« – Caillaux wandte sich an Célestine – »hat momentan einen schweren Stand wegen der Anarchisten und ihrer Banküberfälle. Sie ist jetzt neu organisiert, aber gerade deshalb erwartet die Öffentlichkeit auch eine stärkere Effizienz. Die Polizei braucht einen überzeugenden Erfolg.« Célestine hatte für die neuen mobilen Brigaden Fahrräder anschaffen lassen – ein bisschen wenig zur Verfolgung von Gangstern, die seit Neuestem mit gestohlenen Autos Banken überfielen –, ein Novum in der Pariser Kriminalgeschichte. Er wusste noch nicht, worauf Caillaux abzielte. »Unser nationales Ansehen steht auf dem Spiel. Wir können uns nicht von Verbrechern und ihren Komplizen bei der Journaille auf der Nase herumtanzen lassen.« Jetzt nickten beide. Die Presse hatte ihnen übel zugesetzt. »Die Ehre Frankreichs wäre gerettet, wenn die Mona Lisa wieder auftauchen würde. Es ist daher eine patriotische Pflicht, das Bild endlich zu finden.«

Darüber war man sich einig. Dazu hätte es auch keines geheimen Treffens bedurft. Das war der typische Appell eines Politikers, der von den Fakten keine Ahnung hat – aber Célestine ahnte, dass sein alter Freund den Hund noch nicht von der Leine gelassen hatte. Caillaux hatte den entscheidenden nächsten Satz vor dem Spiegel geübt: Er musste beiläufig, aber auch so endgültig klingen, dass es keinen Widerspruch gab. »Bis der Dieb geschnappt ist, woran ich bei unserer Polizei keinen Zweifel habe, sollten wir so tun, als hätten wir ihn geschnappt. Und mit ihm haben wir auch die Mona Lisa.«

Im Gegensatz zu Pujalet begriff der erfahrene Fuchs des Geheimdienstes sofort, was Caillaux mit diesem Satz meinte und sprach es aus.

»Wir brauchen also jemanden, den wir als Dieb verhaften können.«

Caillaux deutete vor der raschen Auffassungsgabe seines Freundes eine anerkennende Verbeugung an.

»Das wollte ich damit sagen. Es muss jemanden geben, natürlich außerhalb des Louvre« (kurzes Nicken zu Pujalet, der noch nichts begriffen hatte), »jedoch im näheren Umfeld, der verdächtig genug ist, um als Dieb gelten zu können. Möglichst kein Franzose, sondern ein Ausländer.«

Célestine reagierte: »Ich werde mir sofort die Akten kommen lassen.«

Pujalet brauchte etwas länger: »Das wäre großartig, wenn der Dieb gefasst würde. Aber wenn er das Bild längst verkauft hat?«

»Wir werden es bei ihm finden.«

»Aber wenn er es nicht mehr hat?«

»Dann werden wir es trotzdem bei ihm finden.«

Jetzt dämmerte dem Verwaltungsangestellten, worauf dieses Treffen hinauslief: auf eine Verschwörung zur Rettung der Ehre Frankreichs. Pujalet erwachte aus seiner kleinen Bürokratenexistenz und fand sich ungeheuer wichtig. Am liebsten wäre er schon bei Dreyfus dabei gewesen, dann hätte es bestimmt nicht diese dilettantischen Fehler gegeben, die zum Freispruch dieses Vaterlandverräters geführt hatten. Er hätte die Sache seriös abgewickelt. Am schönsten wäre die sofortige Erschießung gewesen. Aber damals hatte man ihn ja nicht gefragt. Dafür war er jetzt dabei. Sein Patriotismus trieb ihm Schweißperlen auf die Stirn.

»Wenn der Dieb das Bild nicht hat ...«, begann nochmals Pujalet, aber Caillaux schnitt ihm den Satz ab: »Dann werden wir es ihm geben müssen. Finden Sie es nicht seltsam, dass es überall Mona Lisas zu kaufen gibt, und nur der Louvre behauptet, ihm fehle eine? Der Diebstahl war eine schlimme Sache, aber er fällt nicht in Ihre Verantwortlichkeit, mein lieber Pujalet, doch seither sind fast zwei Jahre vergangen. Die Zahl der Mona Lisas ist seit 1911 bedeutend gestiegen, finden Sie nicht? Es gibt sie an jeder Ecke. Und das Ansehen des Louvre, vom Ruf der Polizei ganz zu schweigen, ist bedeutend gesunken. Das Ausland macht uns zu Narren, weil wir unsere nationalen Schätze nicht gegen den Ausverkauf schützen können. Wir müssen jetzt endlich handeln. Bestimmt finden Sie im Louvre eine gute Kopie, die wir verwenden können, natürlich nur vorübergehend, bis der wahre Dieb gefasst ist.« Pujalet versprach, Erkundigungen einzuholen. Man verabredete absolute Diskretion. Im kommenden Monat wollte man sich erneut zusammensetzen.

Der April 1913 war vollkommen verregnet. Jeder hatte schlechte Laune und versuchte, sie am anderen abzureagieren. Célestine las sich durch die Akten der zweihundertsiebenundfünfzig Angestellten und Handwerker des Louvre, die damals vernommen worden waren, und bat um einen Aufschub von einem Monat. Pujalet fragte seinen Kurator nach einer Kopie der Mona Lisa, doch die Bilder aus dem Magazin zeigten nur eine vage Ähnlichkeit. Der Plan drohte zu scheitern. Bis Célestine bei Caillaux anrief und die erlösenden Worte sagte: »Wir haben den Dieb. Sozusagen die ideale Besetzung.«

Bei einem erneuten Treffen, diesmal in Pujalets Büro im Louvre, stellte er ihn anhand der Akten vor: Vincenzo Peruggia, italienischer Staatsbürger aus Dumenza in der Provinz Como, Alter zweiunddreißig Jahre, wohnhaft in Paris, Nr. 5, rue de l'Hospital St. Louis. Von Beruf Anstreicher, seit 1909 angestellt bei der Firma Beraud, die für die Schutzverglasung der Mona Lisa 1910 zuständig war. Nach Abschluss der Arbeiten wurde er entlassen. Seither Aushilfsarbeiter.

Pujalet zeigte sich irritiert: »Alle diese Handwerker sind damals schon vernommen worden, ohne jedes Ergebnis. Die Polizei hat sogar die Zimmer durchsucht und keine Mona Lisa gefunden.«

»Natürlich nicht«, lächelte Célestine süffisant. »Aber heute sind wir klüger. Jetzt kennen wir seine Vergangenheit. Es gibt nämlich eine Kriminalakte über dieses Subjekt. Hören Sie zu: Verhaftet am 23. Juni 1908 in Mâcon wegen versuchten Raubs, ein Monat Gefängnis, dann am 25. Januar 1909 in Paris verhaftet wegen illegalen Waffenbesitzes, ebenfalls ein Monat Gefängnis. Und nun kommt das Schönste: Nach Beendigung des Arbeitsverhältnisses für den Glaser Beraud Anschluss an anarchistische Zirkel, besucht wiederholt den sogenannten Studienkreis ›Die freie Forschung‹ des russischen Anarchisten Victor Serge, alias Kibalčič, Rue Grégoire de Tours, und« – Célestine ließ den Rest des Satzes gleichsam auf seiner Zunge zergehen – »Teilnahme an der illegalen Demonstration zur Hinrichtung des Polizistenmörders Liabeuf.«

Caillaux hatte gebannt zugehört: »Das bricht ihm das Genick.«

»Genau. Wir haben ihn.«

☐

Im Juli 1911, also wenige Wochen vor dem Diebstahl, hatte eine deutsche Firma Braun im Auftrag des Leipziger Kunstbuchverlages E. A. Seemann Farbfotografien der Mona Lisa gemacht, die im Pigmentdruckverfahren eine außergewöhnlich realistische Farbtreue zeigten. Es waren die besten Reproduktionen, die es zu jener Zeit gab. Sofort nach dem Verschwinden des Bildes hatte der Verlag ein Exemplar dem Louvre zur Verfügung gestellt, um eventuell auftauchende Fälschungen identifizieren zu können. Anhand dieser Vorlage malte der im Louvre angestellte, auf Porträts spezialisierte Kopist Frederic Laguillermie jetzt im geheimen Auftrag eine Mona Lisa in der Originalgröße.

Seit er bei der Vergabe des Rom-Preises übergangen worden war, hatte Laguillermie auf eine eigene große Karriere verzichtet und war im Dienst des Louvre ergraut. Das am häufigsten gekaufte Objekt seiner Kopierkunst war die Mona Lisa, die er jedoch, da dies nicht erlaubt war, noch nie im Originalformat gemalt hatte. Nicht eine Sekunde hatte er gezögert, als der Minister Caillaux und der Direktor Pujalet ihn darum baten und ihm versicherten, es gehe nur um eine Übergangslösung, bis das echte Bild wiedergefunden sei. Es war für ihn eine Ehre, mit seiner Arbeit dem Vaterland dienen zu können. Er hat seine Aufgabe meisterhaft erfüllt. Dennoch unterliefen ihm einige, in dieser Situation vielleicht unvermeidliche Fehler.

Er übermalte eine aus dem Magazin geholte, schlechte Kopie, weil sie das Orignalformat hatte. Auf späteren Röntgenbildern erkennt man die dilettantische Darstellung der Figur, die vermutlich im späten 19. Jahrhundert entstand.

Als Bildträger diente eine Pappelholztafel. Leonardo hatte jedoch in seinem Traktat zur Malerei ausdrücklich Nussbaumholz empfohlen und beispielsweise auch »La belle Ferronière«, die »Dame mit dem Hermelin« und das »Porträt eines Musikers« auf Nussbaumholz gemalt.

Die Rückseite der Tafel ist unbehandelt. Da Laguillermie von einer kurzen Verwendungsdauer seiner Kopie ausging und zudem unter Zeitdruck arbeitete, machte er sich nicht die Mühe, durch eine Leimgrundierung der Rückseite mögliche Spannungen oder Verwerfungen des Holzes auszugleichen, die durch den einseitigen Farbauftrag entstehen können. Die Grundierung beider Seiten gehörte für Leonardo, aber auch für jeden anderen Maler zur handwerklichen Routine.

Laguillermie hat die Tafel in gerahmtem Zustand übermalt, also wohl in jenem Rahmen, mit dem sie aus dem Magazin kam. Man sieht das, weil um die ganze Tafel herum ein fast ein Zentimeter breiter Rand verläuft, der von einem Wulst aus Farbe begrenzt wird. Aus zeitgenössischen Kopien weiß man, dass das Porträt der Mona Lisa ursprünglich von zwei Säulen der Loggia eingerahmt war. Bei einer späteren Einpassung in einen Rahmen wurde die Tafel seitlich beschnitten, so dass die Säulen wegfielen. Durch die Farbwülste wird jedoch deutlich, dass die Tafel, die heute noch im Louvre hängt, nicht beschnitten ist, sondern eine Kopie des Zustandes von 1911 darstellt.

Diese Beobachtungen wurden von Paul Leprieur, der von 1905 bis 1918 Konservator der Gemäldesammlung des Louvre war, nach der wundersamen Auffindung des Bildes in einem umfangreichen Gutachten festgehalten (Archives du musées nationaux, P 15), das jedoch aus Gründen der Staatsraison unter Verschluss kam und nie publiziert wurde.

☐

Die Arbeit an der Kopie war in der zweiten Novemberhälfte 1913 beendet. Unmittelbar nach dieser Nachricht ließ der Polizeipräfekt Célestine den Tag und Nacht von der Geheimpolizei beobachteten Vincenco Peruggia verhaften und konfrontierte ihn mit den Überwachungsprotokollen, die eine Verbindung zum Anarchisten-Zirkel um Victor Serge nachwiesen. Und er beschuldigte ihn, während der Demonstration zugunsten Liabeufs einen Polizisten erschossen zu haben. Ihn erwarte die Guillotine. Der wegen Raubes und Waffenbesitzes vorbestrafte Italiener sah ein, dass die Indizien gegen ihn sprachen und seine Lage aussichtslos war. Nach einem Schnellgerichtsverfahren könnte die Exekution bereits in der übernächsten Nacht erfolgen.
Umso fassungsloser war er, als ihm Célestine eröffnete, er dürfe das Land als freier Mann verlassen, wenn er den Diebstahl der Mona Lisa gestehe. Ihm würde dann in Italien der Prozess gemacht, aber da er seine Tat aus Patriotismus begangen hätte, weil er das Gemälde dem italienischen Volk zurückgeben wollte, käme er mit einer geringen Strafe davon und könnte ein neues Leben beginnen.
Peruggia war ein einfacher, aber kein einfältiger Mann. An dem Verbrechen, das er gestehen sollte, um frei zu kommen, war er ebenso unschuldig wie an dem Verbrechen, das er nicht einmal zu gestehen brauchte, um hingerichtet zu werden. Er durchschaute zwar die Hintergründe nicht, aber er begriff, dass er eine wehrlose Marionette in der Hand des französischen Staates war. Selbstverständlich wählte er die

Freiheit. Célestine instruierte ihn, und das exakt geplante Szenario nahm seinen Lauf: Peruggia bot dem Florentiner Kunsthändler Geri, der seit Jahren mit dem Louvre Geschäfte machte, das Bild zum Kauf an, und Geri rief die Polizei.

»**Schildern Sie uns** den Hergang der Tat.«
»Ich betrat den Louvre etwa um acht Uhr morgens und ging in den Salon Carré.«
»Hat Sie auf dem Weg dorthin jemand gesehen?«
»Nein.«
»Also weiter. Was geschah dann?«
»Ich sah ein Bild, das zu unseren großen Meisterwerken zählt. Die Mona Lisa. Ich hängte das Bild ab, nahm es aus dem Rahmen und ging wieder.«
»Wie haben Sie den Louvre verlassen?«
»Genau so, wie ich hereingekommen war.«
»Erklären Sie uns, warum Sie diesen Diebstahl begangen haben.«
»Alle italienischen Gemälde im Louvre sind uns von Napoleon gestohlen worden.«
»Woher wollen Sie das wissen?«
»Aus Büchern.«
»Warum haben Sie die Mona Lisa gewählt? Hätten Sie nicht ein anderes Bild nehmen können?«
»Sicher. Ich hätte ebenso gut einen Raffael oder einen Correggio nehmen können. Das Meisterwerk Leonardos war mir aber lieber, denn ich wollte, dass es in Italien so verehrt wird wie im Louvre.«
»Wie kamen Sie dazu, dem Kunsthändler Geri das Bild anzubieten?«
»Ich hatte seinen Namen in der Zeitung gelesen. Da hatte ich die Idee, mich an ihn zu wenden, um die Mona Lisa Italien zu schenken.«

»Zu schenken? Als Sie zu ihm kamen, haben Sie vorgeschlagen, die italienische Regierung sollte Ihnen fünfhunderttausend Lire zahlen.«
»Wer behauptet das? Geri? Er selbst hat gesagt, wir könnten von der Regierung fünfhunderttausend Lire bekommen und uns dann das Geld teilen.«
»Erwarten Sie tatsächlich von der italienischen Regierung eine Belohnung?«
»Natürlich. Ich habe gehört, wie man von Millionen sprach, die das Bild wert ist. Ich bin sicher, Italien wird mir eine Summe geben, die für mich und meine Familie so viel ist wie ein Vermögen. Wir sind arm.«
(Auszug aus dem richterlichen Verhör in Florenz)

Caillaux konnte zufrieden sein. Seine große Intrige hatte funktioniert und niemand war zu Schaden gekommen – im Gegenteil: Frankreich bekam die Mona Lisa zurück, in Paris gab es einen potentiellen Anarchisten weniger, der nun in Florenz zur Belohnung seiner patriotischen Tat mit Geld und Heiratsanträgen überschüttet wurde, und vor allen Dingen hatte er, Caillaux, seinen guten Ruf wieder hergestellt. Niemand, selbst nicht Calmette vom *Figaro* würde jetzt noch behaupten können, er hätte die Mona Lisa den Deutschen ausgeliefert. Ein Grund weniger für einen Krieg. In der Nationalversammlung sprach sich Caillaux gegen die Verlängerung des Wehrdienstes aus. Als diese trotzdem beschlossen wurde, plädierte er dafür, die nötigen Mehrausgaben durch die Einführung der Einkommenssteuer zu decken. Wie schon bei seinem ersten Versuch erntete er wütende Ablehnung. Caillaux blieb für die Nationalisten das rote Tuch.

In Paris hatte die Polizei inzwischen einen Fingerabdruck Peruggias auf dem zurückgelassenen Rahmen identifiziert. Er galt daher zweifelsfrei als der Dieb. Niemand dachte daran, dass er den Rahmen bereits bei der Verglasung des Bildes in der Hand gehabt hatte.

Am 31. Dezember 1913 kehrte das Gemälde, bewacht von zwanzig Polizeibeamten, mit der Eisenbahn nach Paris zurück. Es wurde zunächst in die École des Beaux Arts gebracht und auf seine Echtheit geprüft. Diese Untersuchung bestand aus einem Vergleich mit der deutschen Farbfotografie – die Experten überprüften also das Bild anhand jener Vorlage, nach der es angefertigt worden war. Kein Wunder, dass das Ergebnis zur allgemeinen Befriedigung ausfiel: Das wiedergefundene Bild war die echte Mona Lisa. Man sah, was man sehen wollte.

Angeblich hatte Peruggia das hochempfindliche Gemälde mehr als zwei Jahre lang in einem Koffer unter dem Bett in seinem ärmlichen Zimmer versteckt. Es wäre also im Sommer größter Hitze, im Winter ärgster Kälte ausgesetzt gewesen. Dennoch wiesen weder die Holztafel noch die Farbschicht irgendeine Veränderung im Vergleich zur Fotografie von 1911 auf. Der Wechsel von Feuchtigkeit und Trockenheit hatte dem Bild offenbar nichts anhaben können. Das Holz war nicht verzogen und kein einziger Farbsplitter war abgeplatzt – natürlich deshalb, weil die Farbe nur oberflächlich getrocknet war. Dass sie auch noch roch, schrieb man wohl der engen Nachbarschaft mit den Malutensilien in Peruggias Koffer zu. Wenn alte Gemälde derartige Schwankungen des Raumklimas vertragen würden, könnten sich die Museen die teuren Klimaschutzvorrichtungen sparen.

Hätte man es 1913 besser wissen und das Bild sofort als Fälschung entlarven können? Nein, mit Sicherheit nicht. Die naturwissenschaftlichen Untersuchungsmethoden, die heute in den Labors unserer Museen zum täglichen Standard gehören, gab es damals noch nicht. Eine Prüfung beschränkte sich auf die Betrachtung bei natürlichem oder künstlichem Licht; das einzige technische Hilfsmittel war die Lupe: Man vertraute allein den kunsthistorischen Kenntnissen der Experten. Die Untersuchung mit Röntgenstrahlen wurde erst nach 1913 von einem Arzt in Erwägung gezogen, doch der Generaldirektor der Berliner Museen, Wilhelm von Bode, sprach sicher vielen Kollegen aus dem Herzen, als er diese neue Methode als »Mumpitz« strikt ablehnte. Sie fürchteten, dass sich viele ihrer teuren Zuschreibungen als haltlose Spekulation erweisen könnten. Die Fluoreszenz-Untersuchung wurde erst in den zwanziger Jahren entwickelt. Damit konnte man unter ultraviolettem Licht unterschiedlich leuchtende Pigmente identifizieren. Eingesetzt wurde diese Methode erstmals 1928 in einem Fälscherprozess.

Frankreich war in dieser Hinsicht besonders rückständig. Im Louvre wurde erst 1930 ein Labor eingerichtet, und auch das nur dank der Initiative eines Amateurs: Der Arzt und argentinische Botschafter Fernando Perez hatte beobachtet, dass bei scharfem Licht im flachen Winkel (»Streiflicht«) Übermalungen und Restaurierungen besser zu erkennen waren als bei der bisher üblichen Auflicht-Untersuchung. Perez finanzierte also die aus starken Lampen bestehende Laboreinrichtung. Die englische Erfindung des mobilen Stereomikroskops suchte man hier vergebens. Bis heute gibt es keine mikroskopische Analyse der Mona Lisa, und es wird auch niemals eine solche Pigmentanalyse geben. Der Louvre weiß, warum er solche Anfragen nicht beantwortet.

Am 4. Januar 1914 hing die Mona Lisa wieder im Salon Carré. Es hatte keinen Festakt gegeben, und das Interesse der Pariser hielt sich in Grenzen. Da man mit ihrer Rückkehr nicht mehr gerechnet hatte, war sie auch nicht in den neuen Katalog des Louvre aufgenommen worden. Der dafür verantwortliche Kurator erklärte in der Presse, er wolle kein

Wort über das Bild sagen, denn es sei ein Albtraum für jeden Museumsbeamten. Gewiss, sie sei wieder da, aber vielleicht wäre sie schon wieder verschwunden, wenn eine neue Auflage des Katalogs erscheint.

◻

Caillaux hatte im Parlament gegen die Verlängerung des Wehrdienstes gestimmt. Das wurde ihm im *Figaro* als absichtliche Schwächung der Armee zugunsten Deutschlands ausgelegt. In den ersten drei Monaten des Jahres 1914 erschienen über hundert, zum Teil vom Herausgeber Calmette selbst unterzeichnete Schmähartikel gegen den »Handlanger Deutschlands«. Dann kündigte Calmette den Abdruck kompromittierender Privatbriefe an.
Am Abend des 16. März gab der italienische Botschafter in Paris einen Empfang zu Ehren des französischen Staatspräsidenten. Auf der Gästeliste stand auch der Minister Caillaux mit seiner Frau, doch er erschien allein. Nach einem Wutanfall über die Dreistigkeit Calmettes und dem obligaten Satz »Ich bringe dieses Schwein um!« hatte seine Frau einen Schwächeanfall vorgetäuscht und versprochen, mit dem Taxi nachzukommen. Stattdessen lässt sie sich zur Redaktion des *Figaro* fahren und verlangt, den Herausgeber zu sprechen. Der zufällig anwesende Schriftsteller Paul Bourget warnt Calmette, die Frau des Ministers zu empfangen, doch er bittet sie in sein Büro. »Sie wissen sicher, warum ich hier bin?« »Nein, Madame, aber bitte nehmen Sie Platz.« Sie fordert die Rückgabe der Briefe, Calmette lehnt ab. Henriette zieht einen Browning aus ihrem Muff und schießt. Calmette ist sofort tot. Bei ihrer Festnahme sagt sie: »Da es keine Gerechtigkeit in Frankreich gibt, war dies das Einzige, was ich tun konnte.« Sie wird Anfang Juli freigesprochen.

◻

In der Verhandlung gegen Peruggia am 29. Juli 1914 einigt sich das Gericht in Florenz auf eine Strafe von sieben Monaten. Da Peruggia diese Zeit bereits in Untersuchungshaft verbracht hat, kann er den Saal als freier Mann verlassen. Gefeiert wie ein Volksheld kehrt er in seinen Heimatort Dumenza zurück, heiratet und eröffnet einen Laden für Malerbedarf.

Am 1. August 1914 verkündet Frankreich die Mobilmachung und erklärt am nächsten Tag Deutschland den Krieg.

Achtes Kapitel

Havanna, zwanzig Jahre später. Valfierno hatte sich in Miami den neuen Chrysler De Soto abgeholt, eine stromlinienförmige Limousine in Dunkelblau mit eleganten Chromleisten und verdeckten Hinterrädern. Nun stand er auf der Pier und sah zu, wie die schwarzen Dockarbeiter das in der Junisonne blitzende Auto von der Fähre hievten. Obwohl er einen Panamahut trug, liefen ihm Schweißtropfen in die Augen, und er musste sich abwenden, als interessiere ihn das Schicksal seines in der Höhe hin und her schwingenden Wagens überhaupt nicht. Dem Hafenmeister steckte er vorsorglich ein paar Scheine zu, damit es bei der Ausfahrt keine Verzögerung gab. Er musste nicht nachweisen, dass sein Kofferraum leer war, er war kein Waffenschmuggler. Diese Zeit war in Havanna glücklicherweise vorüber.

Der Kran senkte das in den Trossen hängende Auto langsam herab. Valfierno verteilte noch einige Pesos an die Arbeiter, die sich voller Bewunderung für diesen amerikanischen Traum bemühten, die Taue ohne Beschädigung des Lacks zu entfernen. Jetzt wollte er in die Stadt. Es war Nachmittag, Zeit des Korso, die Stunde des Sehens und Gesehenwerdens. Wer Stil hatte, fuhr den Prado hinauf bis zur Punta und dann auf der anderen Seite der Straße wieder zurück zum Park. Es war wie im Bois de Boulogne, als es noch Kutschen gab, in denen die Mütter ihre heiratsfähigen Töchter präsentierten – oder sich selbst. Im Zeitalter des Automobils war der Korso zwar etwas absurd geworden, aber in Havanna pflegte man die Tradition. Valfierno liebte dieses Ritual. Vor Jahren hatte er sich in Tanger zusammen mit zwei Pässen auch einen französischen und einen spanischen Führerschein gekauft und hielt sich seitdem für einen glänzenden Autofahrer. Immerhin hatte er noch nie einen ernsthaften Unfall verursacht, abgesehen von den überfahrenen Hühnern und Schweinen, aber das war normal.

Vorsichtig lenkte er den Chrysler im Schritttempo aus der geschäftigen Enge der Docks durch die stinkende Trostlosigkeit des Chinesenviertels, vorbei an rohen Bretterwänden und offenen Türen. Wo die Straße breit genug war, konnten die Leute ausweichen, indem sie sich flach gegen die Wände drückten oder in den Eingängen warteten. Nur die Straßenhändler, die in stoischer Ruhe Körbe voller Waren auf ihren Köpfen balancierten, waren ein echtes Hindernis, gegen das auch die Hupe nicht half. Immer wieder musste Valfierno bremsen, bis sie mit ihrer Last aus Früchten oder Sandalen in irgendeiner Tür verschwunden waren und er schließlich die vertraute Route zur Plaza de Armas nehmen konnte. Als er einbog, um den tropisch überwucherten Platz zu umfahren, leuchteten ihm in der späten Nachmittagssonne die riesigen Hibiskusbüsche entgegen. Er sah die üppigen Kronen der Mango- und Avocadobäume und dahinter die Renaissancefassaden der Generalshäuser; er sah, wie Menschen aller Hautschattierungen vor seinem Wagen entspannt über die Straße schlenderten, um der Blaskapelle auf der Plaza zuzuhören, und er dachte kurz an die Steinwüste, die er verlassen hatte, um hier im Paris der Tropen ein neues, anderes Leben zu beginnen.

Valfierno bereute seine Entscheidung nicht, im Gegenteil: Er liebte die unbeschwerte Weltoffenheit Havannas und die vorurteilslose Herzlichkeit seiner Bewohner. Vielleicht hatte Chaudron doch recht gehabt mit seinem abwertenden Satz: »Paris liegt nicht am Meer.« Es fehlte der frische Wind. Die patriotische Kriegshysterie hatte das geistige und gesellschaftliche Leben der Stadt vergiftet; im Café du Dôme waren die Stammgäste aus Schweden und Deutschland nicht mehr bedient worden, weil man sie verdächtigte, Spione zu sein. Die intellektuellen Debatten erstickten in kleinlichen Intrigen und großmäuligem Antisemitismus. Mit dem Kriegsbeginn wurden alle Deutschen und Italiener zu unerwünschten Ausländern erklärt und mussten Hals über Kopf alles im Stich lassen und verschwinden. Vor den Ateliers in der Grande Chaumière warteten jeden Montag arme italienische Familien, um für eine Woche Geld zu verdienen als Modelle für antike Krieger oder Madonnen. Eines Morgens tauchten plötzlich Polizisten in Zivil auf. Heimlich hatten sie gegenüber in der Crèmerie von Madame Caron gewartet, bis die Schlange auf der Straße lang genug war. Sie hatten alle Italiener mitgenommen und am nächsten Tag über die Grenze abgeschoben. Auch Valfierno drohte die Deportation. Er hatte nie die französische Staatsbürgerschaft beantragt, und jetzt war es zu spät. Die mittlerweile selbst in Natalies Salon unvermeidliche Gertrude Stein riet ihm, nach Tanger auszuweichen, bis der Krieg vorbei wäre – lange könnte es nicht dauern, höchstens bis Weihnachten, dann säße Picassos deutscher Freund Uhde als neuer Direktor im Louvre. Entweder hatte sie einen sehr speziellen Humor, oder sie verstand wirklich nichts von Politik, aber ihr Rat hatte ihn wahrscheinlich gerettet.

Valfierno hupte einen Zeitungsverkäufer auf der Plaza an, der ihm den *Diario* ins Fenster reichte. Im gleichen Moment fiel ihm ein, dass er dummerweise die *New York Times* bei dem Autohändler in Miami liegengelassen hatte. Er fragte den Mulatten danach, erntete aber nur ein mitleidiges Lächeln: Ausverkauft. Kein Wunder, es war schon später Nachmittag. Also würde er gleich noch im Nacional einen Drink nehmen und dabei die *Times* lesen.

Auf den Korso musste er heute verzichten. Leider. Er hätte seine neue Geliebte gerne mit Havanna bekannt gemacht. Eine Geste der Höflichkeit. Die erste Fahrt mit einem neuen Auto ist der schönste Tag im Leben eines Mannes, von gleicher Bedeutung wie die erste Nacht mit einer schönen Frau. Zuerst will man den Neid der anderen provozieren und dann die kostspielige Eroberung allein genießen. Am Morgen danach kehrt schon eine gewisse Routine ein: Man weiß, wie die Kupplung reagiert, man macht Spritztouren, treibt den Motor hoch, bis der Lack glüht, aber irgendwann wird aus der rasanten Geliebten unweigerlich eine langweilige Freundin. Zeit für einen Wechsel. So hatte es Valfierno immer gehalten. Mit den Autos und den Frauen.

Im zweiten Gang schlich er Stoßstange an Stoßstange durch die Obispo und dann den Prado hinauf, vorbei an den Arkadenpalästen und den ausladenden Lorbeerbäumen, bis er zum Malecón, dem breiten Strandboulevard kam. Hier trafen sich die Liebespaare und die Touristen, um sehnsüchtig auf das im Mondlicht glitzernde Meer zu blicken und um sich zu fragen, ob das Leben nicht immer so romantisch sein könnte. Und manchmal schickte ihnen das Meer die prompte Antwort in der Gestalt einer schaumgekrönten Welle, die krachend über die Kaimauer schlug und allen Fragen und Umarmungen ein nasses Ende bereitete.

Viel Geld werde er verdienen und eine weite Reise machen, hatte ihm eine Berberfrau in Tanger aus der Hand gelesen, eine wirklich große Reise, und er werde sich verlieben, leider zu seinem Unglück. Valfierno erinnerte sich, wie die Alte ihre schrundige Hand auf seine offene Handfläche gelegt und dabei in ihrem unverständlichen Dialekt gejammert hatte. Valfierno hatte dann seine Hand weggezogen, einen Zehn-Francs-Schein genommen und seine Hand auf die der Alten gelegt. Sie verstummte kurz, zog ihre Hand weg, ohne dass er das Verschwinden des Scheins bemerkte, blickte an ihm vorbei und murmelte etwas vor sich hin: Je tiefer die Liebe, desto größer der Schmerz. Oder so ähnlich. Jedenfalls hatte die Alte in diesem Punkt unrecht gehabt: Er hatte sich nicht verliebt.

Die Sache mit Isabel Laval zählte nicht. Das war keine dramatische Liebesgeschichte gewesen, sondern eine schöne, ruhige und absolut nicht unglückliche Affäre. Isabel hatte mit ihm die große Reise gewagt, weil der Rausch der Pariser Jahre verflogen war. Sie hatte sich nach allen Regeln der Kunst amüsiert, aber ihre Jahre reagierten inzwischen empfindlich auf anbrechendes Morgenlicht. Jetzt leitete Isabel einen Schönheitssalon in Miami, und seit gestern fuhr sie sein altes Studebaker Cabrio, das er ihr geschenkt hatte. Das Faltdach war kaputt, aber sonst sah der Wagen immer noch erstklassig aus. Isabel übrigens auch, wenn man ihr Alter berücksichtigte. Valfierno besuchte sie regelmäßig; dann ließ er sich auch von ihr die Haare färben. Niemand sollte wissen, dass sie schon graumeliert waren. Valfierno war jetzt dreiundfünfzig Jahre alt, sah aber mit schwarzglänzendem Haar und Oberlippenbart, leicht gebräunter, fast faltenloser Haut und stets nach der neuesten Mode gekleidet, zehn Jahre jünger aus. Er fühlte sich auch so.

Valfierno lenkte den Chrysler in die Rampa, bog rechts ab und gab vor dem Hauptportal dem weißhaarigen Portier, dessen Eltern noch Sklaven auf den Plantagen gewesen waren, die Wagenschlüssel.

»Pass auf ihn auf, Santiago, er ist neu«, rief er ihm über die Schulter zu und verschwand durch die Drehtür in der Lobby. Das Hotel Nacional war ein Prachtbau im Art-Déco-Stil auf einem Felsplateau direkt über dem Malecón. Valfierno durchquerte die Halle und versuchte, nicht auf die maurischen Kacheln an den Wänden zu achten. Ihretwegen galt das Hotel als Attraktion für die vielen spanischen Touristen, die einfach nur im Weg standen und staunten, welche kulturelle Mitgift ihre Vorfahren einst mutwillig ausgeschlagen hatten – und die dann doch lieber in einer billigen Absteige logierten.

Die zahlenden Gäste des Nacional verkehrten in Paris, Biarritz, Monte Carlo, Ostende und London. In den Luxussuiten der Ozeandampfer fühlten sie sich ebenso zu Hause wie in ihren Stadtpalästen auf der Fifth Avenue. Stets reisten sie mit Zofen und Butlern, die ihnen die Last abnahmen, jemals einen der zahlreichen Schrankkoffer selbst öffnen zu müssen, in denen sie ihre neuesten Garderoben von einem Kontinent zum anderen transportierten. Ihre von englischen oder in besonderen Härtefällen sogar von deutschen Gouvernanten anerzogenen Manieren waren zumindest in der Öffentlichkeit tadellos, was man von ihrem Geschmack nicht sagen konnte. Zum französischen Cognac rauchten die Männer Zigarren, deren Milde sie nicht zu würdigen wussten. Im Nacional bot man deshalb mit Zimt oder Schokolade parfümierte Havannas an, die kein Habanero angerührt hätte. Und dann gab es noch die einheimischen Gäste, die nur für einen Drink auf der Terrasse oder für ein kleines Komplott, eine Verabredung mit einer Witwe in spe oder für eine Spekulation mit Aktien einer fiktiven Smaragdmine das Nacional besuchten. Es war also ein ganz normales Hotel der Luxusklasse, in dem sich Politiker mit Bankiers, Damen mit Ärzten und Diplomaten mit Gangstern diskret in aller Öffentlichkeit treffen konnten. Von der schattigen Säulenveranda des Gartens hatten die Gäste einen einzigartigen Blick auf den atlantischen Ozean.

Leise verklangen die letzten Töne eines Joe-Venuti-Songs, als Valfierno die Terrasse betrat und einen suchenden Blick über die Tische warf. Links vorne, direkt neben dem Podium der Musiker, lag eine *New York Times* unter einer Damenhandtasche. Und dann sah er sie: rothaarig, blass und mit Sommersprossen auf den unbedeckten Armen, eine zierliche junge Frau, die noch im weißen Mittagsdress dem anbrechenden Abend trotzte und wohl zu einem der Musiker gehörte. Er ging wegen der Zeitung auf ihren Tisch zu, gleichzeitig hatte sich der Mann hinter dem Schlagzeug erhoben und bewegte sich langsam in ihre Richtung. Er hielt ein Glas in der Hand und schwankte. Sie rief ihm etwas zu, wollte aufstehen, der Musiker warf ihr das Glas an den Kopf, und die Frau sackte lautlos in ihrem Korbsessel zusammen.

Es war alles sehr schnell gegangen. Wie eine kurze Szene aus einem Stummfilm. Vermutlich hatte keiner der Gäste den Vorfall überhaupt bemerkt. Niemand unterbrach seine Unterhaltung oder drehte den Kopf, nur weil ein Glas zu Bruch gegangen war. Die Kellner waren von Berufs wegen blind für die Exaltiertheit der Gäste. Ungerührt servierten sie Käsebällchen zu blauen Flecken und gefüllte Kroketten zu roten Striemen auf seidengerahmten Rücken. Der betrunkene Schlagzeuger lehnte an einer Palme, zündete sich eine Zigarette an und sah zu, wie seine Kollegen ihre Instrumente einpackten. Wortlos verschwanden sie hinter der Bühne.
Mit wenigen Schritten erreichte Valfierno die junge Frau, die bewegungslos in ihrem Sessel lag. Das leichte Sommerkleid war weit über die Knie hochgerutscht. Sie hatte die Augen geschlossen, war aber nicht bewusstlos. Eine Hand hielt sie an die rechte Schläfe. Valfierno konnte kein Blut auf ihrer weißen Haut erkennen; vielleicht wurde es noch von ihrem roten Pagenkopf überdeckt. Er sprach sie an.
»Verzeihen Sie, Miss, ich dachte, Sie brauchen Hilfe. Sind Sie verletzt?«
Sie reagierte nicht.
»Soll ich einen Arzt rufen?«
Keine Regung.
»Miss, können Sie mich verstehen? Hören Sie mich?«
Sie schien wie paralysiert zu sein, erstarrt in einem Schockzustand. Valfierno beugte sich näher zu ihr herab, da schlug sie die Lider auf und ihn traf ein Blick aus meerblauen Augen. Eine einzelne Träne sammelte sich in den getuschten Wimpern. Ein Mann kann auch in einer Träne Schiffbruch erleiden, sagte Valfierno später.
»Helfen Sie mir, Monsieur – ich möche hier nicht bleiben. Bringen Sie mich weg.«
Valfierno war erstaunt: Ihre Stimme klang seltsam kindlich, aber ohne jedes Anzeichen einer Panik – und sie sprach französisch.
»Wenn Sie erlauben, Mademoiselle ...«

Er hob sie vorsichtig aus dem Sessel, und weil er die Kälte ihrer Haut fühlte, legte er ihr sein weißes Jackett um die Schultern. Er musste sie stützen. Ohne den meerblauen Blick von ihm zu wenden, sagte sie ruhig: »Meine Sachen. Ich will meine Sachen mitnehmen.« Valfierno nahm die Handtasche und die Zeitung vom Tisch und dirigierte die junge Frau in Richtung Lobby.
»Wohnen Sie hier im Hotel, Mademoiselle?«
Keine Reaktion. Sie hielt immer noch die Hand an die Schläfe.
»Wohin darf ich Sie bringen? Ich habe meinen Wagen hier.«
»Helfen Sie mir. Ich will hier nicht bleiben.«
Die gleiche Antwort wie eben. Sie hatten die riesige Lobby fast schon durchquert. Glücklicherweise traf er niemanden, den er kannte: Mann im besten Alter schleppt junges Mädchen ab, das er wahrscheinlich betrunken gemacht hat – in seinen Kreisen war das ein beliebtes Thema. Nur ihn hatte man noch nie ertappt, und die Witze wären umso aufdringlicher gewesen.
»Wenn Sie erlauben, Mademoiselle, fahren wir zu mir nach Hause, dort kann sie meine Haushälterin versorgen. Sie erholen sich von dem Schreck und sagen mir dann, was Sie wünschen. Ist das für Sie akzeptabel?«
Er sah nur ihre Augen, diesen leicht somnambulen Blick, der dennoch in völliger Klarheit bis ins Rückenmark dringt. Es war der Blick von Bette Davis in »Jimmy the Gent«. Den Film hatte er letzte Woche im Fausto gesehen. Es waren ihre Augen, ihr kindliches Gesicht, ihr dunkler Mund. Es waren ihre zarten Sommersprossen auf der blassen Nase.
»Helfen Sie mir, Monsieur.«
Valfierno winkte nach dem Chrysler und lenkte ihn mit seiner unbekannten Bette Davis auf dem Beifahrersitz durch die während der Dinnerzeit fast leeren Straßen Havannas zu seinem Haus im Vorort Vedado. Dort übergab er seinen Gast der Fürsorge Carmens, die gemeinsam mit ihrem Mann Enrico für das Wohlergehen des kleinen Haushalts

sorgte. Irgendwie wird schon alles in Ordnung kommen, dachte er, ernsthaft verletzt ist sie jedenfalls nicht, wahrscheinlich hat sie nur einen Schock. Sie soll etwas essen und sich ausschlafen. Morgen früh sehen wir weiter. Doch tief in seinem Herzen fühlte er eine Unruhe, wie er sie noch nie gekannt hatte. Es war nicht die ängstliche Nervosität der ersten Zeit nach seiner Flucht aus Genua, als er auf sich allein gestellt ein neues Leben beginnen musste. Es war auch nicht der fast erotische Nervenkitzel wie vor dem Mona-Lisa-Coup. Es war noch weitaus erregender. Insgeheim ahnte er, dass sich mit dieser Unbekannten sein Leben erneut ändern würde. Es waren diese Augen. Warum trug sie eigentlich keine Sonnenbrille? Es müsste Sonnenbrillen gegen solche Blicke geben. Er stellte sich die Gioconda mit einer RayBan vor ...

»Die Señorita ist schon eingeschlafen«, sagte Carmen, als sie Valfierno den kalten Braten und Hühnchen mit gebackenen Chilibananen brachte. Es klang wie eine Entschuldigung.

»Es ist nicht so, wie du denkst«, gab Valfierno gereizt zurück, »sie hatte einen Unfall, und ich habe ihr geholfen. Morgen ist sie wieder weg.«

Er hatte noch nichts gegessen, dennoch ließ er Carmens Braten unberührt. In der Zeitung, für die er extra ins Nacional gefahren war, überflog er die Schlagzeilen der Titelseite und legte das Blatt beiseite. Er zündete sich einen Zigarillo an, nahm einen dreifachen Brandy und ging auf die Terrasse. Ein riesiger Messingmond stieg am Horizont auf. Der brummende Ventilator verbreitete zwar die Illusion einer kühlenden Brise, aber immer noch war es ungewöhnlich warm. Im Garten standen die Flamboyants in voller Blüte, die Tamarinden zeigten zum letzten Mal vor diesem Sommer die weiße Pracht ihrer Blütenbälle und die Nachtfalter bedienten sich mit gierigen Rüsseln. Der schwere Duft der Blüten vermischte sich zu einem Bouquet, in dem ein süßes Kakaoaroma überwog, leicht durchzogen mit dem bissigen Gestank von Katzenpisse. Es war so ruhig im Vedado, dass man das Schmatzen der Echsen hören konnte, die sich die fetten Nachtfalter von den Blüten pflückten. Manchmal knackte ein Ast, wenn eine Schlange sich einen schlafenden Vogel geholt hatte; manchmal schlug eine Tür, und in der Ferne hörte man die quietschenden Reifen eines Autos, aber eigentlich war es so still im Vedado, als gehörte dieser Bezirk nicht zum lauten Havanna. Valfierno legte sich in die Hängematte und schlief traumlos, bis ihn die Revierkämpfe der Katzen ins Bett flüchten ließen. Mit einem kurzen Lächeln grüßte er seine Mona Lisa an der Wand, dann schlief er weiter.

☐

Valfierno fürchtete seit langem, dass ihn jemand finden könnte. Man erschießt nicht ungestraft den Sohn des Genueser Gerichtspräsidenten. Eines Tages würde ihn jemand aufspüren, ganz egal, wo er war. Er hatte mit einer Botschaft gerechnet, mit einem Totenbildchen vielleicht, das auf unerklärliche Weise eines Morgens im Bad neben seinem Rasiermesser liegen würde oder mit einem geköpften schwarzen Hahn auf seiner Schwelle, wie er es aus seiner Heimat kannte, wenn man einem Feind die endgültige, unwiderrufliche Rache ankündigte. Man kann mit dieser Erwartung leben. Man gewöhnt sich daran. Warten ist schrecklich, aber nicht mehr warten zu dürfen, ist schrecklicher. Es war Valfierno sogar gelungen, die Angst zu vergessen. In Tanger hatte er sich absolut sicher gefühlt. Die Hafenstadt gehörte zum Zankapfel Marokko und war dennoch ein eigener Kontinent: Hier fanden diejenigen Zuflucht, die vor dem Krieg flohen oder vor der Schande, und sie mussten weder ihre Namen nennen noch ihre Schande bekennen. Es genügte, dass sie etwas Geld hatten. Die Fremden waren keine Touristen, sondern Strandgut.
Tanger war noch nicht in Mode, noch nicht erfunden von Barbara Hutton, der Mythos der weißen Stadt noch nicht

geboren aus den Haschischphantasien einer gelangweilten Schickeria. Es war ein Drecknest, das vom Schmuggel lebte. Auf dem Grand Socco, dem Marktplatz, hockten staubverkrustet die Berberfrauen, die Ziegenfelle und Kohle für die Räucherbecken feilboten. Die Füße mit Lederfetzen umwickelt, auf dem Kopf den Glockenhut aus Stroh saßen sie im Kreis unter den Bäumen und lauschten apathisch dem Singsang des blinden Märchenerzählers. Sie kamen aus Tetuan, auf dem Rücken zwanzig Kilo Kohle, siebzig Kilometer durch die Berge, zwei Tage und zwei Nächte, ein Kind im Arm, das sie am Wegrand geboren hatten und im Gehen stillten, und das, wenn es ein Mädchen war, wie sie selbst auch wieder als Lasttier am Wegrand sterben würde. Sie zählten die Jahre nicht, doch keine von ihnen erreichte die Dreißig.

Über dem Petit Socco, dem belebten Platz am Rande der Kasbah mit seinen schäbigen Lokalen, hingen jeden Tag der Haschischrauch und der Minzgeruch des Tees. Hier waren die Nachrichtenbörse, das Zentrum der Spionage, das Hauptquartier der Rauschgifthändler, das Wartezimmer der ausländischen Ärzte ohne Zulassung und das Büro des Schotten McHarris, der Banknoten stechen konnte und Pässe so perfekt fälschte, dass sogar die ansässigen Diplomaten zu seinen Kunden zählten. Bei einer Wasserpfeife wurde der Preis für die Jungen und Mädchen ausgehandelt, die einen Sommer lang den Spielen der Reichen dienten und dann wie hässliche Larven auf den schmierigen Gassen der Kasbah endeten.

Noch gab es die Docks nicht, und Valfierno musste sich vom Dampfer in einem kleinen Ruderboot an Land bringen lassen. Er nahm zwei Zimmer im Hotel Villa de France, eines für sich, das zweite für seine drei Schrankkoffer. Matisse hatte hier logiert und Gertrude Stein mit ihrer Freundin, doch er hielt den Dreck und das Ungeziefer nur wenige Tage aus, bis er hoch oberhalb der Kasbah ein Haus gefunden hatte, das er mieten konnte. Es war dürftig möbliert, aber die fünf Räume waren groß und hoch um einen Innenhof mit eigenem Brunnen gebaut. Weiter unten lebten ganze Familien in hölzernen Gemüsekisten auf der Straße. Autos gab es hier nicht, bis dreißig Jahre später die Woolworth-Erbin kam und für ihren Rolls Royce die zu engen Stadttore einreißen ließ.

In der ersten Nacht klopfte es an der schweren Holztür. Ein sehniges dunkelhäutiges Mädchen, kaum älter als zwölf Jahre, bot sich Valfierno an für fünf Sous die Nacht. »Hau ab«, schimpfte er, »was soll ich mit einem Negerbaby.« Eine Viertelstunde später stand die Kleine wieder vor der Tür, diesmal mit heller Haut. »Jetzt bin ich so weiß wie du«, sagte sie. Sie hatte sich mit Asche eingerieben. »Jetzt kannst du mich nicht mehr wegschicken.« Valfierno wusste nicht, ob er lachen oder wütend sein sollte; er war sprachlos. »Vier Sous«, bettelte sie, »weil es schon so spät ist.«

»Ist das alles, was du kannst?« Valfiernos Frage schien das aschefarbene Gespenst zu beleben. An den Fingern zählte sie ihm ihre Fähigkeiten vor: Sie würde morgens noch Tee kochen und seine Kleider in Ordnung bringen.

»Kannst du putzen und Essen machen?«
»Haben Monsieur zu essen?«
»Antworte: Kannst du waschen und in der Küche arbeiten?«
Sie nickte.
»Willst du hier für mich arbeiten?«
Sie nickte.
»Ich meine: jeden Tag arbeiten?«
Sie nickte.
»Gut, komm morgen wieder.«
»Monsieur können mich bitte nicht wegschicken jetzt.«
»Warum nicht? Du kannst morgen wiederkommen.«
»Monsieur haben die Tür geschlossen. Was soll ich sagen, wenn ich ohne einen Sous herauskomme?«
Ihre Logik war beängstigend.
Valfierno gab ihr drei Sous. Sie hieß Leila, blieb fast fünf Jahre bei ihm und erledigte alle Arbeiten so geschickt und

gewissenhaft, dass der spätere Käufer des Hauses, ein Korrespondent der Londoner *Times,* sie als Hausmädchen übernahm und wiederum an Barbara Hutton vererbte. Aus dem knochigen Kind, das vor dem gemauerten Bett auf dem nackten Boden schlief, weil es nicht wusste, was ein Bett ist, war eine Matrone geworden, die mühelos die schmarotzenden Gäste der reichen Misses in die Schranken weisen konnte, wenn sie aus den Brokatkissen die Edelsteine herausreißen wollten.

Anfangs ging Valfierno noch selbst hinunter in die Kasbah, um diese fremde Welt kennenzulernen. Der Gestank von ranzigem Hammelfett lag in den engen, dunklen Gassen seit Jahrhunderten. Er kaufte Teppiche und ließ sich eine Stromleitung ins Haus legen. Im Dämmer einer Fünfzehn-Watt-Birne wirkte das Lächeln der Mona Lisa über seinem Bett wie eine intime Aufforderung. Beim Tee auf dem Petit Socco wurde er ausgefragt über die Deutschen in Paris, und seine Gesprächspartner gaben alte Anekdoten als neueste Informationen an die Engländer weiter. Die Engländer hielten sich für die Weltmeister der Spionage, aber es sah nicht so aus, als ob sie in diesem Krieg eine große Hilfe wären.

◻

Paris im Krieg: Das war pure Tristesse. Über die Boulevards hallte der Ruf »Nach Berlin!«, und vor dem Rotonde, wo Apollinaire mit seinen Kubistenfreunden verkehrte, schrie der Pöbel: »Erschießt die Verräter!« Die Vorstellung, der Kubismus wäre eine deutsche Angelegenheit, hatte sich in den Köpfen der Massen festgesetzt, und wer wie Apollinaire oder Braque diese Richtung propagierte, konnte nur ein Vaterlandsverräter sein. Daraufhin melden sich Braque und Apollinaire eiligst an die Front.

Was wussten die jungen Männer, nach fast fünfzig Friedensjahren, vom Krieg? Nur, was sie auf patriotischen Bildern gesehen hatten: Attacken hoch zu Ross mit gezücktem

Säbel, blitzende Augen und verklärter Heldentod mit dem Schuss mitten ins Herz. Ein kurzer Ausflug, ein Abenteuer sollte dieser Zug gegen die Preußen werden, deshalb drängten sie sich in die kleinen roten Taxis und ließen sich singend zur Schlachtbank fahren. Es war, als hörte man eine Horde Irrer, und doch waren es dieselben Männer, die noch einen Monat, eine Woche zuvor mit ihren deutschen Kollegen, Sammlern und Galeristen gegessen, getrunken und gefeiert hatten.

Es war der Krieg einer ahnungslosen Generation, die für ihren Irrtum einen hohen Blutzoll zahlte. Braque erlitt 1915 eine schwere Kopfverletzung, und auch Apollinaire wurde 1916 von einem Granatensplitter so schwer am Kopf verletzt, dass er monatelang im Lazarett lag und das Kriegsende nicht mehr erlebte. Zu seinem deutschen Galeristen Kahnweiler sagte Picasso: »Ich habe die Freunde nie wiedergesehen. Alle sind wiedergekommen, aber keiner war mehr der, den ich gekannt hatte.«

Der Kunsthandel war völlig zusammengebrochen und die großen Galerien geschlossen. Die Kopisten bekamen keine Aufträge, weil es keine Touristen mehr gab. Yves Chaudron war nach Boston ausgewandert, nannte sich Angelo Loupa und gab, wenn er nüchtern war, Malunterricht an einer privaten Schule. Valfierno wurde von niemanden vermisst.

Von seinen Streifzügen durch die Souks kehrte Valfierno nie ohne Beute zurück. In den düsteren Läden sammelte sich das Strandgut der gescheiterten Existenzen, ausgemusterte Requisiten so vieler zerbrochener Lebensträume: Spanische Barockspiegel, französische Bronzeleuchter aus der Zeit Napoleons III., maurische Kacheln und Aktfotos deutscher Schönheitstänzerinnen. Valfierno kaufte Damastvorhänge in verblassenden Goldtönen und antike blaue Gläser, aus denen Herakles getrunken hatte, bevor er Afrika und Europa auseinanderriss und Tanger dort gründete, wo die Fluten des Mittelmeers und des Atlantiks sich vermischen. Valfierno fand einzelne Bände aus Diderots *Enzyklopädie*, Goe-

thes *Faust,* das erste illustriete Wörterbuch der Königlichen Akademie von 1903 und den Thesaurus der kastilischen oder spanischen Sprache von Sebastian de Covarrubias. Weil er sich zwei Bücherregale schreinern ließ und eine lederne Schreibtischplatte in Auftrag gab, hielt man ihn bald für einen Schriftsteller – eine Legende, die er noch in Havanna sorgsam pflegte. Es war ein bequemes Leben. Hier war er tot für die Welt. Draußen wurde gekämpft. Da im Winter Tanger seinen Arsch zukneift, wie McHarris zu sagen pflegte, erweiterte Valfierno aus Langeweile zusammen mit dem Schotten das grafische Werk Piranesis um einige römische Veduten. Die Engländer waren verrückt nach diesen Ruinen, deren Vorbilder er in der Umgebung fotografiert hatte. Als Italien Ende August 1916 dem Deutschen Reich den Krieg erklärte, hätte Valfierno nach Paris zurückkehren können, da er nun nicht mehr als feindlicher Ausländer galt – aber dann hätte er sich wie d'Annunzio zur Armee melden müssen, und der Gedanke, vielleicht am Isonzo ein klägliches Ende zu finden, behagte ihm überhaupt nicht. Außerdem hatte er gerade eine Frau getroffen, die ihm gefiel.
Entspannt war er aus dem Hamam gekommen und wollte auf dem Heimweg gepresste Minze kaufen, die beim Verglimmen einen erfrischenden Duft im Haus verströmte. Der Händler bot ihm ein Harz an, das er nicht kannte, da hörte er plötzlich hinter sich ihre Stimme. Flüsternd und eilig warnte sie ihn vor dem unbekannten Stoff: Es könnte ein Gift sein, das den Käufer schwer krank macht. Einzig ein teures Gegenmittel von dem gleichen Händler würde ihn dann noch retten, doch manchmal sei es schon zu spät. Hirnschlag, flüsterte es in sein Ohr. Als er sich umdrehte, wusste er, wem die Stimme gehörte. Schon oft hatte er die schlangengleiche Eleganz bewundert, mit der die in eine graue Djellaba gehüllte Frau aus dem Dunkel der Kasbah am Grammophongeplärr der Cafés vorbei über den Staub des Petit Socco zu gleiten schien. Für hiesige Verhältnisse war sie ungewöhnlich groß, und nie sah man sie in Beglei-

tung anderer Frauen. Der britische Arzt hatte ihm ihre Geschichte erzählt, eine für Tanger typische Geschichte, und jeder kannte sie: Angeblich stammte die Frau aus Cádiz und hatte dort vor dem Krieg in einem Modehaus als Modell gearbeitet. Auf einer Privatjacht sei sie eines Tages hier angekommen und wollte sicher auf demselben Weg die Stadt wieder verlassen, nur war leider der Eigner der Jacht eines kühlen Morgens ohne sie davongesegelt und hatte sie sozusagen auf dem Trockenen sitzen lassen. »Jetzt arbeitet sie im Chat Noir.« Valfierno hatte von dem Etablissement in der Kasbah gehört. »Hübsche Person übrigens, wenn man Chinesenmischlinge mag.«
»Und wie alt ist sie?«
»Keine Ahnung.« Der Brite nahm noch einen Whisky. »Jedenfalls alt genug, um zu leiden.«
Das war alles, was Valfierno von ihr wusste, als sie ihn auf dem Markt warnte. Sie hatte sich bereits abgewendet, um Weihrauch gegen die Moskitos zu kaufen. Er konnte in der Öffentlichkeit nicht mit ihr sprechen. In der Nacht besuchte er sie im Chat Noir und am Morgen kaufte er »Chou-Chou«, wie sie hier hieß, der Madame zu einem nur leicht überhöhten Preis ab.
»Ich lasse Sie Ihnen nur, weil Schlitzaugen im Moment nicht gefragt sind.«
»Madame sind sehr großzügig.«
Chou-Chou war ohne ihre Djellaba keine »hübsche Person«, sondern eine atemberaubende Schönheit, geboren aus der Verbindung von Asien und Afrika, mit mandelförmigen Augen und isabellenfarbener Haut. Jedenfalls behauptete Valfierno, dass dies der richtige Name für ihre Farbe wäre, und weil ihr dieser Name gefiel, hieß sie von da an Isabel.
Als sie unter Leilas misstrauischem Blick bei ihm einzog, besaß sie nichts außer ein paar Schminksachen, die sie in ihrer Basttasche aus dem Chat Noir geschmuggelt hatte. Ihr Vater war einer jener Chinesen gewesen, die nach der Sklavenbefreiung von 1886 als Zuckerrohrarbeiter nach Kuba

geholt worden waren; ihre Mutter, eine Mulattin, hatte als Dienstmädchen für den spanischen Baron gearbeitet, der seine Fabrik an die United Fruit Company verkauft hatte und nach Madrid zurückgekehrt war. Das Mädchen hatte er mitgenommen, doch als das Schiff in Cadiz anlegte, war sie ihm entwischt. Es stimmte, dass sie in einem Modehaus gearbeitet hatte, aber nicht als Vorführmodell, sondern als Zuschneiderin. Sie konnte lesen und schreiben, sprach spanisch und französisch, und sie hatte kein einziges Haar an ihrem Körper: Sie war so kahl, als hätte sie sich ihr Leben lang von Tamarindenblättern ernährt. Valfierno musste ihr versprechen, dass er sie mitnehmen würde, wenn er irgendwann nach Paris zurückkehre. Als Man Ray später seine berühmten Aktfotos von ihr machte, war ihr diese Blöße peinlich; deshalb malte sie sich mit einem Tuschepinsel ein paar Schamhaare auf die nackte Haut.

Der Krieg lähmte die Arbeitskraft und kostete Milliarden. Eigentlich waren sie alle bankrott, nicht nur die Künstler, sondern auch die Normalbürger und vor allem der Staat. Am Ende fürchteten die amerikanischen Bankiers um ihre Kredite und drängten Präsident Wilson zum Eingreifen. Diesem sinnlosen Blutvergießen und dieser aberwitzigen Kapitalvernichtung musste ein Ende gemacht werden. Im Juni 1917 landete die erste amerikanische Division bei Saint-Nazaire. Es war Hilfe in letzter Minute. Auch für die Maler – denn mit dem Sieg, den Amerika den Franzosen schenkte, kamen auch die Sammler wieder. Jules Pascin war den umgekehrten Weg gegangen – er war den Sammlern nachgereist und stellte in New York seine Bilder aus. Vier Monate lebte er in Havanna, bevor er Ende Oktober 1920 wieder nach Paris zurückkehrte. Zwei Jahre später kamen Valfierno und Isabel aus Tanger zurück. Am 13. Juli 1923 trafen sie Pascin zufällig in einer amerikanischen Bar am

Montmartre. Er lud sie, den Fotografen Man Ray und noch eine Handvoll Leute für den nächsten Abend zu einer kleinen Party in seine Dachwohnung ein, um das Feuerwerk zu sehen. Pascin wollte überhaupt nicht glauben, dass ein so kultivierter Mensch wie Valfierno fast zehn Jahre lang, wie er sagte, »in der afrikanischen Wüste überlebt« hatte, während er in den USA ein glänzendes Leben führen konnte.
»Man hat sich um mich gerissen, die Galeristen standen Schlange, aber ich wollte mich nicht binden. Wozu auch? Jede Ausstellung von mir war ausverkauft.«
»Dann müssen Sie ja unentwegt gearbeitet haben?«
»Aquarelle und Pastelle, nackte Weiber am See, Sie wissen ja, was sich drüben verkauft. Hauptsache bunt.«
»Keine Ölbilder mehr?«
»Mein Lieber, ich habe nachts hingerotzt, was am nächsten Morgen verkauft wurde, ich hatte keine freie Minute.«
Seine Frau Hermine nahm ihm die Flasche weg:
»Du übertreibst wieder mal. Erinnere dich an Havanna.«
»Das war etwas ganz anderes. Sie können im Winter in New York nicht arbeiten Deshalb sind wir nach Kuba gegangen. Ich sage Ihnen: Das reinste Paradies. Tropisch! Keine Frau trägt Unterwäsche.«
Hermine stieß ihn mit dem Ellenbogen in die Seite, was ihn nicht störte: »Das hast du mir selbst gesagt. Komm, gib mir noch ein Glas. Und die alten Spanier sitzen auf ihren Zuckermillionen, möchten gerne kultiviert sein, aber sie haben keine Ahnung von moderner Kunst. Monet, van Gogh, Matisse – alles Fremdworte. In ganz Kuba gibt es kein einziges modernes Bild. Wissen Sie, was sie machen? Sie kleben sich alte Kacheln an die Wände!«
Pascin lachte, als hätte er einen pikanten Witz erzählt und fühlte sich ungeheuer überlegen.
»Um es kurz zu machen: Ich habe für Eppinger, kein Spanier, ein Deutscher mit dem größten Kontor in Havanna, wir hatten aus New York die Empfehlung an ihn – «
Hermine nickte.

»– ich habe für Eppinger einfach den Blick in seinen Park gemalt, die Fontäne, die Bougainvilleas, die Papageien und überhaupt diese tropische Vegetation, Palmen statt Himmel, wissen Sie, etwas Gauguin, aber kultivierter.«
Isabel schien sich sehr angeregt mit Man Ray zu unterhalten, während sich Pascin von Hermine eine Zigarette anzünden ließ, bevor er weitersprach.
»Und dann, mein Lieber, ging es Schlag auf Schlag: Eppinger lud Gutman ein, um ihm das Bild zu zeigen, Gutman schickte Sibrower zu Eppinger; man ahnt hier ja gar nicht, wie viele von unseren Leuten in Havanna leben. Plötzlich wollten alle solche Bilder, sogar die Spanier. Am Ende waren wir – Hermine, wie lange waren wir in Havanna?«
»Vier Monate.«
»Genau. Ich sage Ihnen, mein lieber Valfierno, Havanna ist das reinste Paradies. Wenn das alte Europa untergeht, scheint dort immer noch die Sonne!«
Isabel hatte mit halbem Ohr zugehört und halb auf das Feuerwerk geachtet. Sie kannte Kubas andere, dunkle Seite und fand Pascins Hymnen auf den Reichtum der Plantagenbesitzer abstoßend, aber sie schwieg und ließ sich lieber von den Komplimenten des amerikanischen Fotografen verwöhnen.
»Ach, war das alles?« Pascin drehte sich enttäuscht um. »In Havanna hatten wir ein viel größeres Feuerwerk.«

◻

Paris nach dem Krieg: Das war ein Fest fürs Leben, vor allem für die Künstler.
Vor dem Krieg war Paris der Spielplatz der Millionäre gewesen, aber jetzt stand der Dollar bei eins zu zwanzig Francs, und man lebte dort weitaus billiger als in New York oder Philadelphia. In einer riesigen Reisewelle kamen jede Woche fünftausend neugierige Amerikaner in die französische Hauptstadt und füllten die Terrassen, die Bars, die Galerien und die Lokale. Montparnasse nannten sie scherzhaft den

49. Bundesstaat. Ihre Dollars ließen die Tische tanzen und auf den Tischen die Mädchen. Viele schwarze Jazzmusiker kamen herüber, weil sie hier ihre Sitzplätze im Autobus oder im Theater selbst wählen konnten; außerdem wurden sie in jedem Lokal bedient und brauchten Liebesbeziehungen zu Partnern mit anderer Hautfarbe nicht zu verstecken.

Nirgendwo gab es schönere Frauen und besseren Jazz als im Le Bouef sur le toit. Es war im Grunde keine Bar, sondern eher eine Art Club, der Treffpunkt einer von Jean Cocteau angeführten Clique aus Dichtern, Musikern, Verlegern und Galeristen. Picabias Gemälde und Man Rays Fotografien schmückten die Wände, Pascin übernahm manchmal das Schlagzeug, und im Gedränge konnte man die schöne Isabel erkennen, mit ihrer kurzen Perücke, schwarz wie Krähenflügel, und jeder wusste von den Fotos an den Wänden, wie sie ohne Kleid aussah. Meist zog sie mit Man Ray oder Pascin dann ins Jockey weiter, das bis zum frühen Morgen geöffnet hatte. Hier fühlten sich auch einfache Gemüter wie Hemingway zu Hause. Das Jockey war jede Nacht zum Bersten voll. Auf der winzigen Bühne konnte jeder auftreten, der den Mumm dazu hatte. Wenn Isabel zu viel getrunken hatte, gab sie ziemlich derbe Seemannslieder zum Besten und hob dabei ihren Rock so hoch, dass man sah, dass sie keine Unterwäsche trug.

Eigentlich war das Dingo die Stammkneipe von Hemingway, weil dort Jimmie »the Barman« arbeitete, ein ehemaliger, inzwischen verfetteter Preisboxer, der auf dem Montparnasse als Türsteher begonnen hatte. Mit ihm führte Hem höchst ernsthafte Gespräche über Boxkämpfe und begleitete ihn an seinen freien Abenden zu solchen Veranstaltungen. Wenn Hem allein ging, kam er danach an die Bar, um Jimmie von den Kämpfen zu erzählen. Manchmal machte er die Boxhiebe nach, und man musste aufpassen, um im Gedränge von ihm nicht k. o. geschlagen zu werden. Mitten in einer solchen Vorführung tippte ihm jemand von hinten auf die Schulter: Es war Scott Fitzgerald, der gerade den *Großen*

Gatsby veröffentlicht hatte und auf dem Gipfel seines Ruhmes stand, während Hems Kurzgeschichten nur einem kleinen Kreis von Insidern bekannt waren. Fitzgerald merkte nicht, dass er störte. Er bestellte eine Flasche Champagner und begann, Hems Geschichten in den höchsten Tönen zu loben, wandte sich dabei an die anderen Gäste, ob sie überhaupt wüssten, welches Genie hier vor ihnen stünde, und bestellte bereits die nächste Flasche Champagner, während Hem noch überlegte, ob es ihm als Unfairness ausgelegt würde, wenn er Fitzgerald mit einem Boxhieb zum Schweigen brächte. Hem sprach in der Bar niemals über seine Arbeit. Das Problem erledigte sich allerdings rasch von selbst, denn Fitzgerald war nach der zweiten Flasche derart betrunken, dass ihn Hem angewidert ins nächste Taxi verfrachtete. Natalie mochte diesen Hemingway nicht, den Gertrude Stein ihr geschickt hatte; er roch zu sehr nach Mann. Für die Zeitung *Toronto Star* sollte er Geschichten über das Pariser Leben nach dem Krieg liefern, hauptsächlich natürlich über die Amerikaner in Paris, diese sprunghaft angewachsene Kolonie von Schriftstellern und Studenten, die hier mit einem Dollar pro Tag bequem auskamen. Hemingway war höflich, anständig gekämmt und trug eine Krawatte, aber er aß Wurst mit Senfsauce und trank dazu einen Liter Bier. Natalie war irritiert, dass es im Pré aux Clercs überhaupt Bier gab, doch nach diesem Krieg schien alles möglich. Noch nie hatte sie einen einzigen Schluck Bier getrunken, das war etwas für Arbeiter – allein der Anblick, wie Hemingway ein Rülpsen unterdrückte, zwang ein verächtliches Zittern auf ihre schmalen Lippen. Eigentlich hatte sie dieses Lokal gerne besucht, weil es nahe an ihrer Wohnung lag: Hier konnte sie jemanden empfangen, ohne gleich privat werden zu müssen, aber jetzt war das Clercs verseucht durch Frauen, die mit Männern Englisch sprachen und die auf Amerikanisch antworteten. Und alle wohnten sie im Hotel d'Angleterre am Ende der Rue Jacob, in dem sie immer ihre Eintagslieben untergebracht hatte.

»Und wen werden Sie morgen aufsuchen?«, fragte sie den Neu-Pariser so kühl als möglich, um das Ende ihrer Audienz anzudeuten.
»Ich und meine Frau –« Genau so sieht er aus, dacht sich Natalie, ein puritanischer Amerikaner ohne Ring am Finger, der über das Leben schreiben will, von dem er keine Ahnung hat. »– wir wollen morgen in den Louvre, um die Mona Lisa zu sehen.«
»Wozu, die ist doch sowieso nicht echt.«
Vielleicht war es wirklich nur ein Anflug von Gedankenlosigkeit. Der Satz rutschte einfach so heraus. Es war der falsche Satz in Gegenwart dieses Mannes, der als Reporter sein Geld verdiente. Sie merkte sofort, dass sie möglicherweise einen Fehler gemacht hatte. Hatte sie ein Geheimnis verraten? Aber war es noch ein Geheimnis, wenn die Concierge ihre ständigen Klagen über die miserable Qualität der Butter mit der Floskel beendete: »Und die Mona Lisa ist auch nicht echt«?
Blitzschnell schoss ihr die Geschichte mit der armen Familie Laroche durch den Kopf. Doch was ging sie das alles noch an? Valfierno war auf Gertrude Steins Rat über Nacht nach Tanger verschwunden und sie dachte nicht, dass sie ihn jemals wiedersehen würde. Also antwortete sie auf Hemingways Frage »Wie meinen Sie das?« mit einem überlegenen Lächeln: »Das wissen Sie nicht?«
Sie wusste es selbst nicht so genau, doch immerhin konnte sie mit all ihrer Arroganz den unbedarften Reporter davon überzeugen, dass die gestohlene echte Mona Lisa mit der Titanic untergegangen und das Bild im Louvre nur eine Kopie wäre. Mit dieser Information festigte Natalie ihren Nimbus als allwissende Pariserin und entließ den leicht verschwitzten Hemingway mit dem Versprechen, darüber keine Reportage zu schreiben.
»Sie wollen uns Pariser doch nicht lächerlich machen?«
»Auf keinen Fall, Miss Barney. Trotzdem danke ich Ihnen für Ihr Vertrauen.«

Hemingway hielt Wort und schrieb für den *Toronto Star* keine Reportage über die falsche Mona Lisa im Louvre. Gertrude Stein hatte ihm den Floh ins Ohr gesetzt, er wäre kein Reporter, sondern er hätte die Begabung zum Schriftsteller. Was er von Natalie gehört hatte, hielt er für den idealen Stoff für eine Kurzgeschichte, wenn nicht sogar für einen Roman. Er verzichtete auf den Besuch im Louvre und begann sofort mit der Arbeit. Auf seiner Corona, die ihm Hadley noch vor der Heirat in Saint Louis gekauft hatte, tippte er erste Sätze wie: »Danach lief alles wie geschmiert.« Das hätte Gertrude Stein gefallen, aber so ging es nicht. Er musste geheimnisvoller beginnen: »Eine Fremde war in den Cafés des Boulevard Montparnasse aufgetaucht. Alle sprachen von ihr. Nur ich hatte sie noch nicht gesehen. Aber dann begegnete ich ihr zufällig, als ich mit anderen Leuten im Rotonde war ...« Nein, so ging es auch nicht. Mehr Distanz war nötig: »Als ich nach Paris kam, war es klar und kalt und schön. Die Stadt war auf Winter eingestellt, gegenüber in der Straße gab es gutes Holz, und die Cafés heizten die Terrassen mit Kohlebecken, damit man es warm hatte. Das Winterlicht auf den Straßen war wunderschön. Jetzt hatte man sich an den Anblick der kahlen Bäume gegen den Himmel gewöhnt und man ging in dem klaren, scharfen Wind durch die Gärten der Tuilerien zum Louvre. Wenn man sich mit dem Winter abgefunden hatte, sahen die blattlosen Bäume wie Skulpturen aus.« Das ging schon eher, aber es war vorerst nur eine Annäherung, denn die Mona Lisa war ja im Sommer aus dem Louvre verschwunden.

Natalie hatte wirklich nicht damit gerechnet, dass sie Valfierno jemals wiedersehen würde. Sie erschrak, als er plötzlich vor der Tür stand. Es war kurz vor Weihnachten 1922. Beim Tee erzählte sie ihm mit knappen Worten, was sie von Gertrude Stein gehört hatte: Ein Amerikaner namens Hemingway schreibe an einem Roman und möglicherweise – Natalie war vorsichtig –, möglicherweise wäre das Thema die falsche Mona Lisa. Valfierno hatte sich einen anderen Empfang vor-

gestellt, sammelte aber auf seinen Rundgängen eiligst alle Informationen über den Amerikaner. Gertrude Stein wollte ihn beruhigen: »Er ist ein Dilettant. Ich gebe ihm Unterricht. Er schreibt keinen Roman. Er schreibt Sätze.« Hemingway war zu dieser Zeit als Reporter bei einer Konferenz in Lausanne, auf der Frankreich von Deutschland einhundertzweiunddreißig Milliarden Goldmark Kriegsentschädigung forderte, um seine eigenen Schulden bei den amerikanischen Banken bezahlen zu können. Es versprach eine längere Konferenz zu werden. Jedenfalls so lange, dass Hemingway seine Frau einlud, über die Weihnachtstage in die Schweiz zum Skifahren zu kommen. Hadley jubelte. Übereifrig wie sie war, glaubte sie, ihrem geliebten Ehemann eine Freude zu machen, wenn sie sämtliche unfertigen Manuskripte mitbrächte – er könnte ja in seiner freien Zeit daran weiterarbeiten. Gertrude Stein riet ihr davon ab. Hadley packte trotzdem alles, was ihr Gatte bis dahin angefangen hatte, in einen kleinen Koffer die handschriftlichen Originale, die schon getippten Manuskripte und die Kopien der Abschriften, insgesamt zwanzig nicht korrigierte Kurzgeschichten und den Anfang eines Romans. Sie zeigte Gertrude den Koffer, der wirklich entzückend war: grünes Leder mit Metallkappen auf den Ecken und zwei Messingverschlüssen auf der Oberseite, für die Hadley den Schlüssel um den Hals trug. Zur Sicherheit.
An der Gare de Lyon ließ sie ihr Gepäck von einem Träger in ihr Abteil bringen. Die große Reisetasche wurde im Gepäcknetz verstaut, der grüne Koffer mit den Manuskripten blieb auf ihrem Sitzplatz. Sie verließ das Abteil, um sich von ein paar befreundeten Journalisten zu verabschieden. Als der Zug anfuhr und sie ins Abteil zurückkehrte, war der Koffer verschwunden. Valfierno hatte sie beobachtet und das Risiko auf sich genommen. Es klappte »wie geschmiert«.
Beim Lesen der Manuskripte verflog seine Unruhe. Die Stories handelten nur von Bars und schrägen Typen, von Boxkämpfen und Weibergeschichten. Belangloses Zeug. Es gab zwar auf siebenundzwanzig Seiten eine Romanskizze mit

dem Titel »Der König der Welt«, aber das hätte offenbar ein Melodram werden sollen: Mittelloser amerikanischer Maler gewinnt beim Pokern in Paris ein Ticket Dritter Klasse für die Titanic. Auf dem Schiff rettet er zufällig die lebensmüde Tochter eines millionenschweren Kunstsammlers. Während ihr Verlobter in der Kabine nebenan schläft, gibt sie sich ihrem Retter hin ... »Höchstens ein Stoff fürs Kino«, fand Valfierno und warf alle Manuskripte in den Ofen.

Apollinaires Prophezeiung hatte sich erfüllt: »Auch in Montparnasse wird es irgendwann Nachtclubs und Cabarets geben und Thomas Cook wird die Touristen in Busladungen dorthin bringen.« Da standen sie dann mit ihrem Reiseführer *Paris on Parade* in der Hand und zwängten sich ins Jockey, oder sie versuchten, ins Jungle zu kommen, in dem die Tanzfläche nicht größer als drei Bistrotische war. Wenn die meisten Lokale schlossen, öffnete morgens um drei Uhr das Bricktop. Es gehörte einer farbigen Sängerin mit ziegelroten Haaren (daher der Name), die mit Cole Porter liiert war. Jeder amerikanische Musiker, der in Paris gastierte, kam nach seinem Auftritt noch ins Bricktop, um nach den Kollegen zu sehen, und dann entwickelten sich manchmal mit Sidney Bechet oder Louis Amstrong Jamsessions, die bis in den Morgen dauerten. Während die Touristen brav ihrem Reiseführer folgten und in den Markthallen staunend den Arbeitern im Weg standen, bevor sie die obligatorische Zwiebelsuppe zu sich nahmen, bearbeiteten Fred Astaire und Gloria Swanson die beleuchtete gläserne Tanzfläche des Bricktop mit einem Black Bottom, Duke Ellington spielte vierhändig mit Noel Coward für Josephine Baker, die eine Boa Constrictor um den Hals trug, bis Cocteau ihr das Collier einer russischen Großfürstin schenkte.
Um sieben gab es dann Cornedbeef-Haschee mit pochiertem Ei, und um zwei trafen sich die Überlebenden zum

Frühstückskaffee auf den Terrassen wieder. Für die Eröffnung von La Coupole am 20. Dezember 1927 um vier Uhr nachmittags hatten die Besitzer bei der Firma Mumm fünfzehntausend Flaschen Champagner geordert, doch es konnten nur zwölftausend geliefert werden. Sie waren noch vor Mitternacht geleert. Die Künstler wollten dem alten Dôme eigentlich nicht untreu werden, aber am Eröffnungsabend machten Man Ray und Isabel die paar Schritte zur Coupole und zogen dann die anderen aus dem Dôme nach.

Valfierno und Isabel waren sich nach der Zeit in Tanger ein wenig verloren gegangen. Sie führte ein eigenes Leben. Er stellte keine Besitzansprüche an sie, obwohl sie von seinem Geld lebte. Es war nur so, dass ihre lässige Leidenschaft sich in eine zuverlässige Freundschaft verwandelt hatte, die Liebe nicht ausschloss. In gewisser Weise war sie Valfierno nicht untreu, sie belog ihn nicht, und er respektierte ihre kurzfristigen Abenteuer. Die Künstlerszene des Montparnasse, in der sie ihre verlorenen Jahre wiederzufinden suchte, interessierte ihn nicht. Aber er wusste immer, wo sie zu finden war. Isabel brauchte kein eigenes Telefon, um erreichbar zu sein. Valfierno rief einfach bei Bob in der Coupole oder bei Harry im Dôme an, wenn er sich mit ihr verabreden wollte. Eigentlich brauchte niemand aus diesen Kreisen ein privates Telefon, denn die Terrassen waren die Wohnzimmer der Künstler und die Büros der Galeristen. Hier traf man sich auf einen Kaffee oder ein Soda, ließ sich vom Kellner Stift und Papier bringen, entwarf Verträge und skizzierte Bilder, schrieb an Programmen, Vorworten und erfundenen Biografien. Es wurden mehr Bilder verkauft, als die Ateliers hergaben. Von Corot existieren achthundert echte Werke, davon hängen achttausend allein in den USA. Picasso war bereits ein reicher Mann, und ein Gemälde von Cezanne konnten sich nur noch Millionäre leisten. Für erschwinglichen Nachschub sorgte Claudine Latour, eine exzellente Restauratorin des Louvre, die mit schlechten Cezannes für hundert Dollar begonnen hatte, aber dann dazu überging, den Touristen die höchst begehrten Straßenszenen von Utrillo zu liefern. Jetzt hätte man sogar Modiglianis verkaufen können, wenn der Künstler nicht so unklug gewesen wäre, zur falschen Zeit zu sterben. Und Jules Pascin wäre längst Millionär gewesen, wenn er sein Geld nicht jeden Abend mit vollen Händen wieder ausgegeben hätte. Selten saßen an seinem Tisch weniger als zwanzig Freunde, und er zahlte immer für alle. Die Umsätze der Restaurants und Cafés hatten sich seit Kriegsende verzehnfacht; die Touristen stürzten sich auf die freiwerdenden Plätze, und wenn sich Isabel wie ein exotisches Zootier angestarrt fühlte, fragte sie freundlich in die Runde: »Was können wir für diese braven Leute tun?«, hob ihren Rock und ließ sie einen Blick auf ihren hübschen Hintern werfen. Sie war keineswegs lasterhaft, nicht von Drogen oder Alkohol abhängig, sie genoss nur das ungezwungene Leben. Hemingway hat über Isabel geschrieben, sie sei niemals eine Dame gewesen, aber immer eine Königin, und als er mit *Fiesta* über Nacht berühmt wurde, starrten sie noch mehr Touristen an und fragten sie unverblümt, ob sie wirklich das Vorbild für Lady Brett wäre. Mit dem Roman in der Hand schlichen sie über die Île Saint-Louis, wo sie wohnte, starrten zu ihren Fenstern hoch und belegten im Rendevouz die besten Plätze, so dass sie nicht einmal in ihrem Lieblingslokal ungestört mit Valfierno essen konnte. Er war häufig auf Reisen, blieb manchmal wochenlang in Berlin, wo er in der russischen Botschaft Unter den Linden mit bolschewistischen Funktionären verhandelte, die beschlagnahmte Kunstwerke gegen Devisen nach Paris oder Amerika verkaufen wollten, aber vom Kunstbetrieb keine Ahnung hatten. Es war ein zähes Geschäft, weil sich die Funktionäre immer wieder mit ihren Bonzen beraten mussten und es zwischen Berlin und Moskau noch keine Telefonverbindung gab. Tagelang wartete man auf Kuriere, deren Antworten nicht selten beim Eintreffen schon wieder überholt waren. Außerdem hatten die Bolschewisten unrealistische Preisvorstellungen, und das Essen in Berlin war

eine einzige Katastrophe. Valfierno freute sich jedes Mal auf das Wiedersehen mit Isabel. Dann aßen sie, nur zu zweit, im Rendezvous des Mariniers, und auf dem Weg zu ihrer Wohnung blickten sie auf die dunkle Seine hinab bis zu Notre Dame. »Es ist immer wieder eindrucksvoll«, sagte er dann. »Mein Gott, wie schön, wieder hier zu sein.«
Für Isabel verflogen die Pariser Jahre wie in einem Rausch, der nicht vom Alkohol kam, sondern von der Schwerelosigkeit des Lebens, der Befreiung von allen Zwängen und Konventionen, doch Valfierno brachte von seinen Reisen nach Berlin immer deutlicher die Ahnung mit, dass in Europa etwas zu Ende ging, und wenn er Isabel ansah, bemerkte er an den Falten in ihren Mundwinkeln, welchen Preis sie für die nächtliche Leichtigkeit zahlte. Jules Pascin hatte vom kubanischen Paradies geschwärmt, von tropischen Gärten, luxuriösen Villen und einem Leben im Licht der karibischen Sonne. Hemingway war schon dort gewesen und prahlte seither von Kämpfen mit riesigen Fischen, was Isabel lustiger fand als seine Boxgeschichten.
Sie standen am Balkonfenster ihrer Wohnung. Die Seine floss wild und aufgewühlt, schwer vom Schnee und gelb vom Schlamm, den sie mit sich führte, und über ihr lastete das fahle Blau des Himmels. Isabel lehnte sich an ihn, Valfierno umarmte sie, und als er sie mit der Frage überraschte, ob sie mit ihm in ihre Heimat Kuba zurückkehren würde, zögerte sie keine Sekunde.
»Ich will aber mein eigenes Schlafzimmer und auch ein Badezimmer.«
»So viele, wie du möchtest.«
Valfierno überschätzte das Glück des Augenblicks, wie Liebende immer ihr Glück überschätzen, weil sie an einen Anfang glauben. Doch es gibt keine Anfänge mehr, nicht mehr seit Adam und Eva und der Erfindung der Vergangenheit. In Kuba herrschte der Diktator Machado, der den Ausverkauf des Paradieses an die amerikanischen Banken betrieb und jede Opposition blutig unterdrückte. Kuba war kein

freies Land, nur die Herren hatten gewechselt. Isabel fand das Elend ihrer Landsleute drückender als früher unter den Spaniern. Von der Armut hatte Pascin mit seinen Dollars nichts erzählt und Hemingway mit seinem amerikanischen Pass auch nicht. Immer häufiger kam es zu Auseinandersetzungen, weil Isabel sich neuerdings um Dinge kümmerte, die ihr in Paris völlig egal gewesen waren. »Hast du gelesen, dass wir hier in Havanna siebzehn Cents für den Strom zahlen, und die Arbeiter auf dem Land sollen sogar zweiundzwanzig Cents zahlen? Das sind die teuersten Strompreise auf der ganzen Welt!«

»Ich bitte dich, Isabel, ich habe die Preise nicht gemacht. Wir haben Licht; was interessiert mich ein Cent mehr oder weniger?«

»Aber die Arbeiter interessiert es. Sie können den Strom nämlich nicht bezahlen. Und weißt du, warum das so ist?«

»Nein, sag es mir.«

Valfierno fand solche Diskussionen über Dinge, die er ohnehin nicht ändern konnte, sinnlos und überflüssig.

»Du solltest den *Diario* lesen. Hier steht, dass die Electric Bond Company diesem korrupten Schwein Machado Millionen Dollars für die Lizenzen gezahlt hat. Jetzt gehört ihnen der Strom.«

»Ja, und?«

»Das kann doch nicht gerecht sein. Die Company macht in der Stadt niedrigere Preise, weil hier die Amerikaner wohnen, und wir müssen bei Petroleum sitzen, weil für den Strom die Löhne nicht reichen.«

»Wir doch nicht, Isabel. Du machst dir Gedanken über Leute, mit denen wir überhaupt nichts zu tun haben. Uns geht es doch gut.«

Isabel ärgerte sich über seine Verständnislosigkeit. Er dachte nicht an ihre Vergangenheit, weil er seine eigene verdrängt hatte. Sicher, in der Zeitung standen manchmal grässliche Dinge von gefolterten Studenten und Politikern der Opposition, die man mit durchschnittenen Kehlen in ihren

Villen gefunden hatte, aber gerade deshalb las Valfierno lieber die *New York Times*. Er machte mit den Amerikanern Geschäfte, sehr zum Ärger Isabels. Ihr erster Nachbar im Vedado war der neue Botschafter Harry F. Guggenheim gewesen, ein Playboy, der nur Mädchen und die Fliegerei im Kopf hatte. Ihm richtete Valfierno die Villa mit französischen Antiquitäten ein, die ihm Boni beschaffte. Keines dieser teuren Stücke war älter als zwei Jahre, auch die erotischen Gemälde alter Meister rochen noch etwas frisch, was Valfierno glaubhaft mit einer neuen, vor dem Meeresklima schützenden Firnis erklärte. Guggenheims Gäste fanden die Einrichtung so exquisit, dass Valfierno nach mehreren diskreten Aufträgen ansässiger Bankiers und Bordellbesitzer die offizielle Anfrage erhielt, ob er nicht im Capitolio Nacional, das der größenwahnsinnige Machado als Kopie des Washingtoner Kapitols hatte bauen lassen, die französischen Zimmer stilgerecht einrichten könnte. Als Valfierno aus Langeweile diesen Auftrag tatsächlich annahm, erklärte ihm Isabel, dass sie der Unterdrückung und Ausbeutung des kubanischen Volkes durch eine korrupte Mörderbande nicht länger zusehen könnte. Sie trennten sich ohne Streit. Er half Isabel bei der Übersiedlung nach Miami mit einer größeren Summe, von der sie sich einen Schönheitssalon kaufte. Sie hatte dem Leben nicht nur ins Gesicht geblickt und sich nun, mit vierzig Jahren, diskret abgewendet, um den Rest unauffällig vorübergehen zu lassen. Sie blieben in vertraulicher Verbindung. Jetzt war sie eine Dame. Seit gestern fuhr sie Valfiernos altes Studebaker Cabrio, doch als er an diesem Morgen auf seine Terrasse trat und die Unbekannte aus dem Hotel Nacional wiedersah, versank dieses Gestern in eine sehr ferne Vergangenheit.

Neuntes Kapitel

»**Ich werde nichts erklären**, und als Gentleman werden Sie von mir auch keine Erklärung verlangen.«

Die junge Frau sah ihn herausfordernd an. Sie saß mit übereinandergeschlagenen Beinen in einem der Korbsessel und blätterte im *Burlington Magazin*, als Valfierno die Terrasse betrat. Sie trug immer noch ihr ärmelloses weißes Etuikleid. Ihre rote Pagenfrisur saß perfekt und die meerblauen Augen waren so klar wie der Morgenhimmel.

»Selbstverständlich. Ich darf Ihnen aber versichern, dass ...«

»Mein Name ist Laura Coplain, und ich möchte auch von Ihnen keine Erklärung. Ihre Haushälterin war so freundlich, mir zu sagen, wo ich mich befinde. Sie haben ein schönes Haus, Mister Valfierno.«

Er war überrascht. Ihr selbstsicheres Benehmen passte in keiner Weise zu der orientierungslosen Frau von gestern Abend. Außerdem sprach sie jetzt ein akzentfreies Amerikanisch. Aber war diese Stimme, die kühl durch die Luft schwang wie Minzrauch, wirklich die gleiche, die ihn gestern mit Kindersätzen um Hilfe gebeten hatte? Er wollte wissen, wer diese Frau war. Sie hatte ein unschuldiges Gesicht und einen Blick, der jede Lüge in eine Verheißung verwandeln konnte – als wäre das Laster eben aus dem Weihwasserbecken gestiegen. Eine Kombination, gegen die Valfierno wehrlos war. Er gab der in der Tür wartenden Carmen ein Zeichen, dass sie das Frühstück bringen konnte, und setzte sich.

»Es wäre mir ein Vergnügen, Ihnen nach dem Frühstück das Haus zu zeigen.«
»Sie sind sehr freundlich, aber ich möchte dann lieber gehen.«
Carmen brachte Kaffee, Limonade, gebratene Eier und geröstetes, selbstgebackenes Weißbrot. Während sie aßen, tauschten sie ein paar Belanglosigkeiten über das Wetter aus. Valfierno beobachtete sie, wie sie konzentriert und rasch ihren Teller leerte, als hätte sie eine Aufgabe zu erfüllen. Sie nahm noch einen Schluck von der Limonade, faltete wie ein gut erzogenes Kind ihre Serviette zusammen und lächelte ihn an.
»Würden Sie mir jetzt bitte ein Taxi rufen?«
Ihre Stimme klang weich und zärtlich. Er wollte diesen Klang nicht verlieren. Er wollte diesen Blick in die abgründigen blauen Augen nicht verlieren. Valfierno beugte sich nach vorn und nahm ihre Hand. Sie ließ es geschehen. Sekunden vergingen. Er lächelte die Unbekannte an, doch sie gab dieses Lächeln nicht zurück. Eine schreckliche Stille wuchs zwischen ihnen zu einer Blase, die immer größer wurde, und er blickte durch diese Blase hindurch. Er sah ihr Gesicht und sonst nichts. Es jagte ihm Furcht ein, und er wusste nicht, warum. Es zog ihn an, aber er verstand dieses Gefühl nicht und empfand auch nicht den Wunsch, es ergründen zu wollen. Die Luft schien geschwängert von ihrem Körper. Es gab keinen Grund zur Furcht, denn in der Situation lag keine Gefahr – oder doch? Während er Laura ansah, ahnte er, dass nicht sie es war, die er fürchtete. Er war es selbst. Aber bevor er sich darüber klar werden konnte, brachte ihre Stimme die Blase zum Platzen. Ohne ihre Hand zurückzuziehen, sagte sie: »Ich fürchte, Sie sind unvernünftig.« Als rate sie ihm von einem unvorteilhaften Geschäft ab. Er war nicht unvernünftig, er war ein Idiot. Doch in diesem Augenblick gab es niemanden, der ihn hätte warnen können – und wenn doch, hätte er alle Ratschläge ignoriert. Es gab nur ihn und diese fremde Frau,

ganz nah und so fern, dass er sie nicht wiedererkannte von gestern Abend, als sie noch ein Kind war. Er fühlte, dass er unwillkürlich näher an sie herangerückt war, und ein Wirbel in seinem Hirn bedeutete ihm, er könnte noch aussteigen, noch wäre er Herr über sich, er könnte ganz leicht diese blasse Hand loslassen, diese unbewegliche, unvertraute Hand einer Fremden. Er wusste, was er hätte tun müssen, um Schluss zu machen mit diesem gefährlichen Unsinn, noch bevor er angefangen hatte. Sein Blick folgte dem Licht auf ihrem nackten Arm bis zur Achselhöhle, und er spürte das Verlangen umarmt zu werden. Er empfand nicht die Leidenschaft, die ihn gezwungen hätte, diese Frau sofort zu nehmen, sie zu besitzen, bevor sie für ihn eine Geschichte hatte, sondern er fühlte die Verlassenheit eines Fünfzigjährigen. Wenn sie ihn in ihre Arme nähme, würde dieses unbehagliche Gefühl ein Ende haben, dieses Fallen, von dem er dachte, er könnte sich jetzt sofort wieder fangen, er müsste nur diese Hand loslassen, und zugleich wusste er, dass es zu spät war. Er beugte sich nach vorn und küsste sie. Obwohl sie seinen Kuss nicht erwiderte, beherrschte ihn das Gefühl, sie müsse ihn lieben, wie eine seit langem gesuchte Gefahr.
Jetzt stand Laura auf und verlangte erneut ein Taxi.
»Verzeihen Sie mir. Ich fahre sowieso in die Stadt. Ich werde Sie im Nacional absetzen, wenn Sie gestatten.«
»Ins Nacional?« Zum ersten Mal lachte sie. »Ich wohne nicht im Nacional.«
»Nicht? Ich dachte ...«
»Ein Irrtum, in jeder Hinsicht. Das könnte ich mir gar nicht leisten. Ich wohne im Ambos Mundos. Wenn Sie dort halten würden.«
Das Hotel am Ende der Obispo war eine bessere Absteige für Touristen, die ihr Geld nicht fürs Schlafen ausgeben wollten. Dort konnte er sie auf keinen Fall wohnen lassen. Er nahm den längsten Weg quer durch die Stadt, wohl wissend, dass vormittags noch die Straßenhändler mit ihren Karren

den Verkehr behinderten. Er wollte Zeit gewinnen, Zeit für ein Gespräch, von dem er nicht wusste, wie er es beginnen sollte, Zeit für Fragen, deren Antworten er fürchtete. Er hatte den Eindruck, dass sie sich gegen seine Hand lehnte, als er in den dritten Gang schaltete. Schon sah man die rosa Fassade des Hotels in der Sonne leuchten. Die fremde Frau blickte aus dem offenen Seitenfenster des Wagens auf die Plaza. Vor ihnen stand ein Blumenkarren.
»Laura, ich muss Sie etwas fragen ...«
Sie rückte von ihm ab und drehte den Kopf noch weiter weg.
»Laura, hören Sie mir zu ...«
Er berührte ihren Arm und flüsterte etwas, das im Lärm der Straße unterging.
Sie drehte sich zu ihm, legte den Finger auf seinen Mund, nahm mit beiden Händen seine Handgelenke und wandte sich, ihn festhaltend, wieder ab. Offenbar beobachtete sie etwas auf der Plaza. Sie hatte ihn gefesselt und zum Schweigen gebracht. Wenn er sich jetzt von ihren Händen befreien würde, wäre alles aus. Eine ungeschickte Bewegung, ein dummes Wort – sie könnte die Wagentür öffnen und wäre in der Menge verschwunden. Er hatte nicht die Absicht, sich zum Narren zu machen. Doch bevor er etwas sagen konnte, drehte sich die Frau wieder zu ihm, gab seine Hände frei, kurbelte das Seitenfenster hoch und sagte leichthin: »Ich dachte, es wäre Hemingway, aber ich habe mich getäuscht. Nicht so schlimm.«
Das Messer ins Herz gestoßen und umgedreht. Er hätte ihr beinahe gesagt, dass er sie liebe, und sie hielt nach Hemingway Ausschau. Nicht so schlimm. Plötzlich schien sie ihre Pläne geändert zu haben und wollte nicht sofort in ihr Hotel, sondern zuerst in ein Café.
Bei Teresa gab es abgewetzte Ledersessel und auf den Marmortischen standen dünne Vasen ohne Blumen. Valfierno fühlte sich jedes Mal an Paris erinnert – Laura wollte ein Bier, er nahm ein Stout und bestellte für sie ein leichtes Hatuey, wie es Isabel immer getrunken hatte.

»Wann werden Sie abreisen?« Er wunderte sich selbst über seine Direktheit.
»Sprechen wir nicht davon. Das wäre zu traurig. Und ich möchte heute glücklich sein.«
»Möchten Sie? Dann muss ich es umso mehr wissen. Wie lange bleiben Sie noch hier?«
»Zehn, zwölf Tage.«
Er nahm einen großen Schluck Stout und wischte sich mit der Serviette den Schaum von der Oberlippe.
»Wie lange sind Sie schon in Havanna?«
»Eine Woche.«
»Dann haben wir viel Zeit verloren.«
»Wie meinen Sie das?«
»Eine ganze Woche, in der wir uns noch nicht gekannt haben. Und uns bleiben nur noch zehn Tage.«
Sie legte ihre Hand auf seine: »Das ist eine kleine Ewigkeit.«
Er sah ihr Lächeln und wusste, dass zehn Tage weniger als eine Minute sind. Nie vergeht die Zeit schneller als im Gefühl eines Neubeginns.
»Kommen Sie in mein Haus und ich zeige Ihnen Ihr Lächeln.«
»Warum sollte ich das tun?«
»Weil wir keine Zeit mehr haben. Weil ich Sie liebe.«
Es war ein sonderbarer Dialog. Nie hatte er einer Frau zuvor solch ein banales Geständnis gemacht. Diese Art von Liebe entbehrte jeder Wahrscheinlichkeit. Aber für Valfierno war es Ernst. Darin lag ja sein Unglück. Ein Mann von fünfzig Jahren küsst das Handgelenk einer jungen Frau, deren Gesicht noch nicht von gemeinsamen Enttäuschungen verbraucht ist. Er glaubt an Anfänge. Im Hintergrund warteten die Kellner, um die Tische abzuräumen.
Inzwischen war es später Mittag. Über der Stadt lag eine nervöse Schläfrigkeit. Die Hunde verdrückten sich in den Schatten der Bäume, und die Menschen verschwanden in den Häusern. Das Summen in der Luft wurde leiser. Laura holte ein paar Sachen aus dem Hotel, Valfierno kaufte in

der Apotheke nebenan ein Röhrchen Aspirin, dann lenkte er den Chrysler auf dem schnelleren Weg über den Malecón.

Sein Haus war nicht sehr groß, aber noch nie waren ihm die Treppen ins obere Stockwerk so endlos vorgekommen. Zweimal vierzehn Stufen, »eigentlich hätten dreizehn gereicht, aber das bedeutet Unglück«, erklärte er, während Lauras Hand über das kühle Mahagoni des Geländers glitt. Sie war ihm zwei Stufen voraus, sodass er sie gegen das hohe Fenster nur als Silhouette wahrnahm. Als sie sich auf dem Treppenabsatz umdrehte und ihm mit ausgebreiteten Armen entgegensank, überkam ihn das irritierende Gefühl, einen Schatten zu umarmen.

Laura besaß die verspielte Eleganz und die Neugier einer jungen Katze. In der Bibliothek strich sie über die ledernen Buchrücken, bewunderte eine Stierkampfszene von Manet, nahm eine kleine Alabasterkopie des Perseus nach Cellini vom Schreibtisch, um der Medusa ins tote Auge zu blicken und öffnete – »darf ich?« – die Tür zum großen Balkon. Sie trat an die Brüstung, die Hibiskusblüten waren zum Greifen nah, und sie lehnte sich an Valfierno, zog seine Hände auf ihre Brust und holte so tief Luft, als müsste es für beide reichen.

»Woran denkst du?«, fragte er, »sag es, rasch, ohne zu überlegen.«

»Eher springe ich hier hinunter, als dir das zu sagen.«

Das Ungeheuerliche dieser Antwort überrollte und betäubte ihn. Als er Laura ins Schlafzimmer zog, fühlte er sich wie in einem Traum, in dem man rennt und doch nicht von der Stelle kommt. Die Zeit stand still und machte ihn zum Opfer seines Glücks. Für eine große Liebe, sagt ein kubanisches Sprichwort, braucht es zwei Einsame und ein Gebet. Das Gebet ließen sie weg.

Am nächsten Morgen ließ Valfierno den Koffer Lauras aus dem Hotel holen und bezahlte die Rechnung. Er schlug ihr vor, für immer bei ihm zu bleiben. Laura saß nackt in sei-

nem ledergepolsterten Schaukelstuhl und wippte langsam vor sich hin.
»Sollten wir uns nicht erst besser kennenlernen?«
»Und was ist, wenn wir uns nicht leiden könnten?«
»Dann trennen wir uns im Winter.«
Er küsste ihren Fuß.
»Im Winter allein? Das überlebst du nicht.«
»Dann trennen wir uns im Frühling. Nicht so schlimm.«
»Gut, im Frühling. Aber vorher sollten wir noch etwas essen.«
Die Tage waren leicht. Ihr gefiel dieser Mann, von dem sie nichts wusste. Sie fühlte sich geborgen in seinen Armen und entdeckte sich neu in seinen Umarmungen. Beim Gang durch das Haus mit den vielen Kunstgegenständen und Büchern erzählte Valfierno, wie Leila in Tanger einmal sagte: »Monsieur glauben nicht an Gott« und auf die Frage, wie sie darauf komme, geantwortet hatte: »Monsieur lesen zu viele Bücher.« Er arbeite an einem Werk über französische Innenarchitektur, belog er Laura, und sie hätte ihn gerne etwas gefragt, aber sie unterdrückte diesen Wunsch. Jeder hat in seinen vier Wänden einen Gegenstand, der nicht wirklich zu ihm passt, vielleicht ein Erbstück, das wegzuwerfen die Pietät verbietet oder einen wertlosen Nippes, an dem kostbare Erinnerungen hängen. Man darf solche kleinen Entgleisungen nicht kritisieren. Laura respektierte das. Sonst hätte sie nämlich gerne gefragt, warum ein so kultivierter Mann wie er sich ein so langweiliges Bild wie die Mona Lisa über das Bett hängt.

Der unbekannte Gast im Floridita sah aus wie Ende fünfzig, vielleicht Anfang sechzig, trug ein großgeblümtes Hemd mit dunklen Schweißflecken unter den Achseln und wartete an der Bar auf Hemingway, der neun Querstraßen weiter im Ambos Mundos wohnte. Zimmer 511. Aber dort

war er nicht. »Wenn er da nicht ist«, meinte Constante, »dann ist er fischen.«
Als es die Prohibition noch gab, war Hemingway regelmäßig mit Joe Russell, dem Besitzer von Sloppy Joe's, rausgefahren – angeblich, um Schwertfische zu jagen, aber jeder wusste, dass sie Rum nach Key West schmuggelten. Jetzt war das Alkoholverbot seit zwei Jahren aufgehoben, und Joe beförderte auf seinem Boot chinesische Zuckerrohrarbeiter, die ohne Papiere nach Florida wollten. Sie hielten Amerika immer noch für das Paradies, und Hemingway machte mit, weil er das Spiel mit der Illegalität liebte. »Wenn er wiederkommt«, sagte der Fremde und trank sein eiskaltes Bier in einem Zug aus, »sagen Sie ihm, Charles Duval wollte ihn sprechen. Ich wohne im Valencia gleich um die Ecke. Würde mich freuen.«
Er hievte seinen massiven Körper vom Barhocker, warf noch einen Blick über die gut besetzten Tische und verließ das Lokal. Niemand beachtete ihn. Hier verkehrte ein sehr gemischtes Publikum, aber niemand hatte in dem Gast, der wie ein schlecht gekleideter Tourist aussah, den berühmten Charles Duval wiedererkannt. Es war zu lange her. Jetzt saßen hier nicht mehr die spanischen Geschäftsleute bei schwarzen Bohnen und geschmortem Fleisch, jetzt kamen gegrillte Hummer auf die Tische der FBI-Agenten, die sich hier von bekannten Mafiosi auch die Mädchen bezahlen ließen, und am Nebentisch tranken Senatoren in aller Ruhe ihre Daiquiris, bis sie in der Dämmerung auf dem Malecón die Strichjungen in ihre Cadillacs einluden – und keiner von ihnen ahnte, dass sie dieses »freie« Kuba nur ihm zu verdanken hatten, dem einstigen Helden Charles Duval.
Als knapp zwanzigjähriger Reporter hatte ihn William Randolph Hearst, der Verleger des *New York Journal,* auf die Insel geschickt, um über den Befreiungskrieg der Kubaner gegen die spanischen Kolonialherren zu berichten, aber von einem Krieg konnte keine Rede sein, und Duval telegraphierte, er käme nach New York zurück. Daraufhin schickte

ihm Hearst sein klassisches Telegramm: »Bitte bleiben. Sie liefern die Schlagzeilen. Ich werde den Krieg liefern.« Wie man Schlagzeilen produziert, hatte ihm ein älterer Kollege vorgemacht. Die Routinekontrolle der Passagiere eines amerikanischen Dampfers durch spanische Zollbeamte las sich auf der Titelseite des *Journal* so: »Spanische Bestien reißen auf US-Schiff charmanter junger Amerikanerin die Kleider vom Leib« – darunter die Zeichnung eines nackten Mädchens, das von drei spanischen Zöllnern unzüchtig betatscht wird. Selbstverständlich war kein Wort wahr, aber von dieser Nummer des *Journal* wurden eine Million Exemplare verkauft.

Duval lernte schnell. Eine junge Kubanerin war wegen revolutionärer Umtriebe zu einer Gefängnisstrafe verurteilt worden. Unter der Schlagzeile »Mädchen als Geisel festgehalten« las man im *Journal*, es handle sich um Evangelina Cisneros, ein zartes, unschuldiges, im Kloster aufgewachsenes Kind, das an die nasse, kalte Wand einer unterirdischen Kasematte gekettet wäre und von den lüsternen spanischen Wärtern unsittlich bedroht würde. Da schlug die große Stunde des Charles Duval: Er befreite das Mädchen aus dem Gefängnis und brachte es nach New York.

Mit seiner Devise »Wir handeln, wo andere nur reden« hatte Hearst die amerikanische Diplomatie blamiert. Auf dem Madison Square wurden Evangelina, die erstaunlich frisch und strahlend aussah, und ihr Befreier von Tausenden begeistert gefeiert. Der Präsident empfing sie, die feine Gesellschaft reichte sie von Party zu Party und schließlich gingen beide auf eine Vortragsreise durch alle Bundesstaaten, wurden in jeder Stadt von einer Musikkapelle empfangen und von den Honoratioren geehrt.

Hearsts erbitterter Konkurrent Joseph Pulitzer brachte zwar in seiner *New York World* die Meldung, dass der heldenhafte Befreier Charles Duval in Wahrheit ein junger Reporter namens Karl Decker sei und das unterirdische Gefängnis eine alte Villa mit einem Garten, in dem sich Evangelina frei bewegen konnte, dass die gefährliche Entführung einer einfachen Bestechung des Wärters mit ein paar Flaschen Schnaps zu verdanken war und das junge Paar sich vor der Reise noch einige schöne Tage in einem Hotel in Havanna gegönnt hatte – aber die Wahrheit wollte niemand wissen.

Weil Hearsts *Journal* den landesweiten Triumphzug Evangelinas mit einer ständigen Verhöhnung der amerikanischen Diplomatie begleitete, sah sich der Präsident schließlich gezwungen, das Kanonenboot »Maine« nach Havanna zu schicken, um zumindest symbolisch die amerikanischen Interessen zu schützen, die in keiner Weise bedroht waren. Friedlich lag das Schiff drei Wochen lang im Hafen, da jagte eine nächtliche Explosion es in die Luft. Zweihundertsechzig Mann der Besatzung starben. Am nächsten Tag erschien das *Journal* mit einem fetten Trauerrand und der Schlagzeile: »Die spanischen Unmenschen sind die Mörder!« Hearst selbst hatte die Attentäter bezahlt, um den Präsidenten zum Krieg gegen Spanien zu zwingen und damit Kuba endlich zu befreien.

Aber das lag jetzt schon mehr als dreißig Jahre zurück und Heldentaten veralten schnell. Evangelina hatte einen Zahnarzt geheiratet, und aus dem Volkshelden Charles Duval war längst der drittklassige Reporter Karl Decker geworden, der von Hearst lumpige fünfzig Dollar die Woche bekam und dafür mehr oder weniger erfundene Klatschgeschichten über berühmte Leute lieferte. Hemingway war berühmt – vielleicht hatte nicht jeder seinen Roman *Fiesta* gelesen, aber jeder kannte aus dem Buch das Zitat von der »verlorenen Generation«, der im Krieg die Jugend und die Illusionen geraubt worden waren. Decker identifizierte sich, wie Tausende andere Leser auch, mit diesem abgebrühten Jake Barnes, der am Montparnasse von Bar zu Bar treibt, Boxkämpfe für das eigentlich Leben hält und die schöne Lady Brett gehen lässt. »Wir hätten zusammen verdammt glücklich sein können« – hatte Evangelina nicht genau diesen Satz zu ihm gesagt? Und er hatte geantwortet: »Ja, ganz nett, sich das so vorzustellen.« Dann heiratet sie den Zahnarzt. Welch ein Ende. Darüber wollte er mit Hem sprechen. Wie es damals wirklich war in Paris.

Decker hatte Glück. Als er abends wieder ins Floridita kam, saß Hem links an der Bar beim dritten Daiquiri. Wenn Hem trank, war er gesellig, aber man durfte nicht über Literatur mit ihm sprechen, schon gar nicht über seine eigene Arbeit. Decker versuchte einen anderen Weg: Er wäre nach Paris beordert worden – ob ihm Hemigway Empfehlungen geben könnte? Hem reagierte überraschend abweisend: Er sei kein Fremdenführer. Er war gerade selbst aus Europa zurückgekehrt und hielt jeden, der dorthin wollte, für einen verkappten Faschisten.

»Wissen Sie nicht, was in Paris los ist? Die verdammten Faschisten sind auf dem Vormarsch. Erst erschießen sie den Juden Stavisky, dann schieben sie es den Sozialisten in die Schuhe, damit sie einen Grund zum Putsch haben! Nur ein Vorwand, wie letztes Jahr bei dem Brand in Berlin. Jeden Tag prügeln sie sich vor dem Parlament und brüllen ›Erschießt Daladier‹! Lesen Sie die Zeitungen, Mister! In Toulouse und Marseille ist es genauso, überall die verdammten Rechten! Gib mir noch einen, Constante.«

Decker hatte von den Straßenschlachten, den Streiks und den Toten gelesen. Es stimmte, Frankreich schien kurz vor dem Staatsstreich zu stehen. Aber dass sich Hemingway darüber so aufregen würde, hatte er nicht erwartet. Ungebremst schimpfte Hem weiter.

»Und wissen Sie, was das Schlimmste ist? Alle machen mit! Mit Tischen und Stühlen haben sie die Polizei beworfen, als sie auf dem Platz vor der Oper mit dem rechten Mob aufräumen wollte, die Zeitungskioske haben sie in Brand gesteckt und die Schläuche der Feuerwehr mit ihren Messern zerschnitten! Und dafür haben wir gekämpft, für diese verdammte Bourgeoisie? Nein, Mister, das ist nicht mein Paris! Ich sage Ihnen, früher ...«

Und damit hatte ihn Decker, wo er ihn haben wollte, bei den Erinnerungen an die kleine Wohnung über der Sägemühle in der Rue Notre Dame und die paar Schritte zur Closerie des Lilas mit den Tischen auf der Seite, wo das Denkmal des erschossenen Marschalls Ney steht, der vielleicht gar nicht erschossen worden war, jedenfalls ist sein Grab leer. Und bei den Erinnerungen, wie gut der Frühling roch, wenn es geregnet hatte, und wie Paris im Sommer stank, wenn die Kloaken nachts in die Tankwagen abgepumpt wurden. Wie gut die Weißfische aus der Seine schmeckten, klein wie Sardinen, aber fleischig und zart, und wie morgens noch der Ziegenhirte durch die Straße gekommen war: Man ging mit einem Topf vors Haus und er molk die frische Ziegenmilch direkt in den Topf. Wie wenig Geld Hadley und er damals gehabt hatten, so wenig, dass er erst die Münzen in der Hosentasche zählen musste, bevor sie sich in ein Café setzten. Beim zwölften Daiquiri erzählte Hemingway dann auch die Geschichte, wie Hadleys Reisetasche auf der Gare de Lyon gestohlen worden war, als sie ihm seine Manuskripte als Überraschung nach Lausanne mitbringen wollte und plötzlich alles weg war, alle Originale, die Entwürfe, das Abgetippte und die Durchschläge.

An der Bar hatte sich eine kleine Runde um Hemingway versammelt, wie er es liebte: ein ehemaliger Boxer, der Apotheker von nebenan, ein Polizeioffizier und einer, mit dem er Kampfhähne züchten wollte. Aus beruflicher Neugier fragte ihn der Polizist, ob die Pariser Kollegen nichts ermittelt hätten, aber Hadley hatte damals gar keine Anzeige erstattet. Ob er die Geschichten aus der Erinnerung wieder neu geschrieben habe, wollte Decker wissen. »Keine einzige«, lachte Hem, »ich war so verzweifelt, dass ich mich an keine einzige Geschichte mehr richtig erinnern konnte und sie alle durcheinander brachte. Ich wusste nur noch, dass ich einen Roman angefangen hatte über die gestohlene Mona Lisa, die mit der Titanic untergeht. Mein gestohlener Koffer war bestimmt in der Seine untergegangen. Zu sym-

bolisch für mich. Ich habe danach völlig von vorn begonnen.«
Hemingway stand auf, verabschiedete sich knapp, nahm noch ein randvolles Glas für den Weg mit, das ihm Constante in ein Geschirrtuch wickelte und verschwand im Dunkel der Obispo. Es war für alle längst Zeit zum Gehen. Auch Decker trank sein Bier aus. Der Polizist meinte, wenn er so großes Interesse an Geschichten aus Paris hätte, dann wüsste er noch jemanden, einen Franzosen, der in seinem Bezirk im Vedado wohne, angeblich auch ein Schriftsteller, aber reich wie ein Amerikaner.

◻

»Ich rufe Sie an wegen der Geschichte mit Hemingways verschwundenem Koffer und der gestohlenen Mona Lisa. Sie waren doch zu dieser Zeit in Paris. Ich würde gerne mit Ihnen darüber reden. Ein Polizist hat mir Ihren Namen gegeben. Vielleicht könnten wir uns treffen?«
Valfierno hatte den Anrufer vertröstet. Wegen einer dringenden Reise. Der Mann hatte sich am Telefon als Journalist ausgegeben. Die Sache gefiel Valfierno überhaupt nicht. Je länger er darüber nachdachte, umso bedrohlicher erschien ihm dieser Anruf. Holte ihn jetzt, nach über zwanzig Jahren, die Vergangenheit ein? Der Mann schien etwas zu wissen, und seine Andeutung mit der Polizei war vermutlich eine Drohung. Jetzt, wo er Laura kennengelernt hatte, wollte er keinerlei Risiko eingehen. Er durfte Laura nicht verlieren. Sie musste oder wollte nach New York zurück. Wenn er sie begleiten würde? Aber das sähe nach blinder Verliebtheit aus – ziemlich lächerlich bei einem Mann in seinem Alter, vor allem, wenn es wahr ist. Das Kunststück bestand darin, zu den eigenen Bedingungen zu kapitulieren.
Im Dunkeln fühlte sich ihre Haut anders an als bei Licht. Wenn seine Fingerspitzen bei Tag über ihren Körper glitten, hielten sie bei den Sommersprossen inne, sie hüpften

von einer zur anderen, es war ein Spiel unter ihren Blicken, denen er nicht traute, denn wer einer blauen Oberfläche vertraut, geht in ihrer Tiefe unter. Der, den man liebt, ist der einzige Gegner, den man zu fürchten hat, deshalb lenkten ihn ihre Augen ab. Im Dunkeln war das anders, da war Lauras Haut nur warm und lebendig und seine Fingerspitzen kreisten auf ihrem Körper, verirrten sich zielsicher und ruhten erst, wenn ihr Kopf an Valfiernos Schulter lag und er in ihr Haar sprach. Er erzählte ihr jedoch nichts vom Diebstahl der Mona Lisa, nichts von Hemingways Koffer, sondern zum ersten Mal in seinem Leben teilte er mit jemandem sein Geheimnis, warum er aus Genua geflohen war und sich seither verfolgt fühlte. Es war eine Jugendsünde, ein dummer Scherz, der böse endete: »... eine Rache an diesem Richter, der mich wegen eines läppischen Diebstahls im Hafen für einen Monat ins Gefängnis gesteckt htte. Ich besorgte mir einen langen Mantel, klebte mir einen Bart an und klingelte an seinem Haus. Natürlich wusste ich, dass er seit dem Morgen im Gericht war. Wie erwartet öffnet die Haushälterin, ich halte ihr ein Schreiben vor die Nase: ›Sie sind verhaftet! Sie haben heute früh im Namen des Richters einen Scheck bei der Banco di Napoli ausgezahlt bekommen. Der Scheck war gefälscht. Das Geld wird hiermit beschlagnahmt. Geben Sie es heraus, sonst muss ich Sie mitnehmen!‹ Die alte Frau war so verängstigt, dass sie mir tatsächlich das Geld gegeben hat. Damit hätte ich verschwinden sollen, dann wäre alles gut gegangen. Aber irgendwie ritt mich der Teufel. Ich rief: ›Und nun zur Hausdurchsuchung!‹ und schob die Alte durch den Gang, bis ich im Arbeitszimmer stand. Ich hatte wirklich alles ausspioniert und dachte, es wäre sonst niemand im Haus. In der Schreibtischschublade suchte ich nach anderen Wertsachen, aber da war nur die Pistole, und im selben Moment kommt der Sohn des Richters ins Zimmer, die Pistole geht los und er fällt tot um. Es war ein Unglück, ich hatte vor Schreck abgedrückt. Die Alte stürzt sich auf mich, reißt mir den Bart ab, und ich bin abgehauen mit

dem Geld. Es war nicht viel, von heute aus gesehen, hundert Dollar, aber davon habe ich in Paris gelebt, bis ich eine Stelle in einem kleinen Trödelladen gefunden hatte. Eine dumme Geschichte. Mit Steckbrief gesucht ...«
»Und deine Eltern? Hast du deine Eltern nie wieder gesehen?«
»Meine Eltern waren schon tot. Ich bin bei einem Onkel aufgewachsen, als siebtes Kind so mitgelaufen.«
»Meine Eltern sind auch tot.«
Sie umarmten sich wie Geschwister und lagen noch lange wach.

Simone und Joseph Laroche waren beim Untergang der Titanic ums Leben gekommen. Ihre kleine Tochter wurde in Faltboot C gerettet und von dem kinderlosen jüdischen Ehepaar Ellen und Maurice Kaplan in Paris adoptiert. Vom ersten Tag an benahm sich das Kind, als hätte es nie andere Eltern gehabt. Die Götter des Vergessens hatten aus seinem kleinen Gedächtnis nicht nur gnädig jede Erinnerung an das grauenvolle Unglück und den Verlust der Eltern gelöscht, sondern tatsächlich eine reine Tafel hinterlassen, die neu beschrieben werden musste. Auf Ellens Fragen nach seinem Namen oder seinem Geburtstag wusste das Mädchen keine Antwort. An der Hand von Maurice trippelte es zum Eiffelturm und sah ihn mit seinen großen blauen Augen scheinbar zum ersten Mal. Die neuen Eltern gaben sich jede erdenkliche Mühe, doch das Mädchen beantwortete alle Fragen mit einem zaghaften Kopfschütteln. Das Kind schien mit dem Tag seiner Rettung neu in die Welt gekommen zu sein; also bestimmten Ellen und Maurice den fünfzehnten April als seinen Geburtstag und nannten es Laura. Maurice handelte mit Pelzen und kam 1925 von einer Reise in das bolschewistische Russland nicht mehr zurück. In Samara, seinem letzten, aus einem Brief an seine Frau bekannten Aufenthaltsort, fand die Polizei angeblich niemanden, der sich an ihn erinnern konnte oder wollte. Niemand konnte seiner Frau sagen, was aus ihm geworden war. Sie wartete zwei Jahre, dann lehnte sie sich erschöpft zurück. Bevor ihr Herz den Dienst versagte, offenbarte sie Laura die Geschichte ihrer Herkunft und der Adoption. Sie starb mit einem letzten Blick in meerblaue Abgründe.

Als wir uns kennenlernten, hatte Laura wirklich keine Eltern mehr. Aber sonst war alles erlogen. Ihr angebliches Geburtsjahr 1912 war ein symbolisches Datum; aus den Pariser Akten geht eindeutig hervor, dass sie 1906 geboren wurde. Und die von ihr offenbar nicht beantworteten Briefe des Rechtsanwalts Popinot belegen, dass nicht sie von dem Vormund betrogen worden war, sondern umgekehrt sie ihn hereingelegt hatte: Auf seinen Namen hatte sie sich einen Kredit auszahlen lassen und war mit dem Geld verschwunden, auf direktem Weg für einhundertfünfundvierzig Dollar mit der »La Savoie« und fünfundsiebzig Kilo Freigepäck nach New York. Ich vermute, dass sie nicht allein war, sondern einen Begleiter hatte; jedenfalls scheint das Geld nicht lange gereicht zu haben, sonst hätte sie nicht in der Fabrik arbeiten müssen. Ich habe Laura Coplain am 24. August 1928 kennengelernt. Wieso ich das immer noch weiß? Ganz einfach, das war der Freitag, an dem die U-Bahn entgleiste. Ich hatte ein paar Bücher unter dem Arm und wollte zur Morgan Library, wo ich als Praktikantin arbeitete. Die U-Bahn war voll besetzt, aber ich kann mich an keinen einzigen Fahrgast erinnern. Kurz vor der Station Times Square, wo ich umsteigen musste, stand ich von meinem Platz auf. Dann gab es ein schreckliches Geräusch, und ich flog durch den Wagen. Es war kein Krachen, sondern eher ein langgezogenes Geheul, das aus dem Eisen des Wagens kam, und ein Schrei vom berstenden Glas der Fensterscheiben, zuletzt ein dumpfes Ächzen brechender Holzbalken. Und dann, nach einem wütenden Knirschen, hörte ich die Stille, eine Stille aus schwarzem Samt, die sich über mir ausbreitete, und in diese Dunkelheit sickerte das Wimmern von Kindern wie ein kleines Rinnsal, das immer stärker anschwoll zu einem Sturzbach aus Männergeschrei und Frauenheulen. Ich tastete auf dem Boden nach den Büchern, aber meine Hand fasste nur Kleider und Körper und klebrigen Matsch.

Unser Zug war hundert Meter vor dem Bahnhof entgleist und an die Stahlpfeiler geprallt. Ich weiß nicht mehr, wie ich aus dem umgestürzten Waggon herausgekommen bin, aber irgendwie stolperte ich über eine Kinderstimme, die ins Dunkle weinte: »Bring mich hier weg!« Das war Laura. Ihre Hand war kalt wie Eis. Wir krochen durch die Trümmer und stürzten den Bahnsteiglichtern entgegen, als wären sie die rettende Sonne. Dann heulten schon die Sirenen und übertönten die brüllende Panik, die hinter uns im Dunkel lag.

Nachdem wir von der Heilsarmee notdürftig versorgt worden waren, nahm ich Laura im Taxi mit nach Hause, weil sie unter Schock stand und kaum ansprechbar war. Mein Dienstmädchen fiel vor Schreck beinahe in Ohnmacht, als es uns die Tür öffnete, aber wir waren ja nicht verletzt, wir sahen nur in unseren zerrissenen und mit fremdem Blut verschmierten Kleidern fürchterlich aus. Es half nichts, es musste alles weggeworfen werden. Ich ließ Laura Sachen von mir geben, und als wir beide gebadet und frisch angezogen waren, fielen wir uns im Salon um den Hals und lachten und weinten gleichzeitig vor Erleichterung, dieses schreckliche Unglück unbeschadet überlebt zu haben. Bei Eistee und Champagner tauschten wir dann so intime Details wie unsere Namen, Geburtstage und Familienverhältnisse aus. Wir verstanden uns von Anfang an so gut, als wären wir alte Freundinnen. Außerdem schwärmten wir beide für Jack Gilbert, besonders seit er sich von der Garbo getrennt hatte, und gingen zusammen in seinen ersten Tonfilm, der im Capitol in der 50. Straße lief – wir haben die gesamte Vorstellung durchgekichert, weil unser Traummann eine blecherne Gießkannenstimme hatte. Später hieß es, die Tontechniker von MGM hätten auf Befehl von Lous B. Mayer, der Gilbert aus seinem Zehntausend-Dollar-pro-Woche-Vertrag herausekeln wollte, die Stimme absichtlich verzerrt, aber da hatte er sich bereits umgebracht.

Laura liebte das Kino. Wenn das Licht langsam ausging, drückte sie sich fest in ihren Parkettsitz und ließ sich vom Silbergrau der magischen Leinwand verzaubern. Auf einer Cocktailparty traf sie dann einen eleganten Herrn im Smoking, der mit ihr flirten wollte, und sie lockerte ihr Hermelincape etwas, damit ihre weißen Schultern besser zur Geltung kamen. Selbstverständlich verhielt sie sich kühl und distanziert, blickte über ihre Zigarettenspitze zur Seite, als ob der Herr im Smoking sie überhaupt nicht interessierte. Schließlich war sie die reichste Erbin auf der ganzen Welt – da genügte ein Fingerschnippen, und schon lagen ihr die Männer reihenweise zu Füßen. Wie leicht es sich lebte, wenn man reich war! Huldvoll gewährte sie dem Herrn einen Tanz, ihr paillettenbesticktes Organdykleid glitzerte im Licht der Kristalllüster, und sie war klug und gefährlich wie die Schlange im Paradies. Nein, sie würde sich nicht in ihn verlieben. Vermutlich war er ein Detektiv auf der Lohnliste ihres milliardenschweren Vaters oder ein Erpresser oder womöglich beides und der Smoking nur geliehen. Sicher war er in sie verliebt, aber dem Brillanten auf seinem Zigarettenetui war ebenso wenig zu trauen wie seinen Schwüren. Er drückte sie beim Tanzen an sich und sie bog den Kopf zurück, damit die Welt sich um sie drehte. Dann gingen sie auf die Terrasse und er küsste sie.

Wenn der Film jetzt weiterliefe, würde die junge Erbin am nächsten Mittag im seidenen Morgenmantel vor dem Frisiertisch ihres luxuriösen Schlafzimmers sitzen, und das Mädchen brächte mit der Post auch einen Strauß roter Rosen. Doch stattdessen ging das Licht an, weil die Filmrollen gewechselt werden mussten, und im Kino roch es nicht nach Patschouli, sondern nach Popcorn. Laura schwor sich, auf getrennten Schlafzimmern zu bestehen, falls sie dem Herrn auf der Terrasse jemals begegnen sollte. Sie machte

sich keine Illusionen. Unter dem Smoking war der Herr auch nur ein Mann, das zeigten sie im Kino nur nicht. Selbstverständlich kannte Laura den Unterschied zwischen der Kunst und dem Leben; sie hatte beispielsweise alle Romane von Colette verschlungen und fand die Literatur im Großen und Ganzen zu deprimierend, eine Kunst der Verlierer. Das hätte sie, traurig genug, alles selbst erleben können. Deshalb zog sie Filme vor, weil sie eine Wirklichkeit darstellten, in der sie sich wiederfand, wie sie sein wollte. Kino war für Laura eine Maschine zur Konkretisierung ihrer Lebensträume. In dieser Welt wurde zwar gegessen, doch es gab kein dreckiges Geschirr; die Betten waren immer frisch bezogen, der Ton der Konversation verließ nie die mittlere Stimmlage, und kaum war eine Stunde vergangen, wartete auf die beiden hübschen Kinder schon der Schulbus.
Vielleicht bin ich ein wenig ungerecht, aber ich weiß heute, dass Laura sich solch ein Leben gewünscht hat. Und vielleicht bin ich daran nicht ganz unschuldig. Wenn sich zwei Menschen treffen, wie Laura und ich so unvermutet sich getroffen hatten, dann sind in Wirklichkeit sechs Menschen zugegen: nämlich jeder der beiden, wie er sich selbst sieht; jeder, wie der andere ihn sieht, und jeder, wie er wirklich ist. Das auseinanderzuhalten, ist nicht immer einfach und manchmal ein Ding der Unmöglichkeit.
Ich wurde im Jahr 1909 mit dem goldenen Schlüssel um den Hals geboren – so sagte man bei uns, weil jeder Anwohner von Gramercy Park seinen eigenen Schlüssel für diesen Privatpark besaß. Meine Mutter gehörte zum holländischen Gründeradel und hatte in das Dixon-Haus geheiratet, in dem der Bürgermeister von New York verkehrte, der auch mein Patenonkel war. An meinen Vater erinnere ich mich kaum; er ist als Held im Krieg für Frankreich gefallen. Mein älterer Bruder Charles verwaltete das Vermögen und verlor es in den schwarzen Tagen, bevor er sich erschoss und Mutter und mich auf einem Berg von Verpflichtungen sitzen ließ. Immerhin hatte ich eine gute Erziehung genossen, war

nach dem Krieg mit der Mutter in Europa gewesen, hatte Paris und die Mona Lisa gesehen und Arthur Bernedes unheimlichen Roman *Belphegor* gelesen, in dem ein jahrhundertealtes Phantom durch die dunklen Schatzkammern des Louvre geistert. Das hat mich so beeindruckt, dass ich auch in einem Museum arbeiten wollte. Also fing ich an, Kunstgeschichte zu studieren, und meine Freundin Bella, die in der Morgan Library arbeitete, zeigte mir die geheimnisvolle Welt alter Bücher und illustrierter Handschriften. Als wir nach dem Schwarzen Freitag nur noch wenig Geld hatten und sogar das Sommerhaus in den Hamptons verkaufen mussten, zeigte sich, dass die Entscheidung für einen Beruf, über die meine Mutter immer den Kopf geschüttelt hatte, doch ganz vernünftig gewesen war.

Ich will damit nur sagen, dass ich noch in sorglosen Verhältnissen lebte, als ich Laura kennenlernte. Sie offenbar nicht. Mir erzählte sie, dass sie durch einen Unfall ihre Eltern verloren und der Vormund sie um ihr Erbe betrogen hätte. Jetzt musste sie sich als Näherin für zwei Dollar am Tag durchbringen. Selbstverständlich half ich ihr, so dass sie nicht mehr in die Fabrik musste. Sie war auch in Paris gewesen, und die Liebe zur Kunst und zum Leben verband uns. Da sie in einem schäbigen Zimmer in Greenwich Village hauste, lud ich sie ein, bei uns zu wohnen. Das Haus war groß genug. Einen eigenen Schlüssel zum Park bekam sie allerdings nicht.

Wir hatten eine herrliche Zeit. Häufig saßen wir abends zwischen Palmen und Rhododendren auf der Dachterrasse des Plaza, ließen uns von Marineoffizieren in ihren weißen Uniformen den Hof machen, tanzten zu den wilden Klängen der Jazzband oder tranken mit unserem Bürgermeister aus goldenen Teetassen geschmuggelten Champagner für hundert Dollar die Flasche. Wir hörten das Brüllen der Seelöwen im Central Park, zählten statt der Sterne die Brillanten in Mrs. Vanderbilts Armbändern und hielten das Leben für eine gute Sache. In gesellschaftlicher Hinsicht war Laura ein voller Erfolg. Ich hatte ihr ein paar Dutzend Sachen von meiner Garderobe überlassen, und mit ihrer modernen Helmfrisur und dem Augen-Make-up à la Louise Brooks machte sie wirklich eine beneidenswert gute Figur. Sie konnte die Männer niederlächeln, dass es ein Vergnügen war, ihr beim Flirten zuzusehen. Es dauerte auch nicht lange, bis die erste Perlenkette ihren Hals schmückte.

Manche behaupten, es wären ihre blauen Augen gewesen, mit denen Laura die Männer verrückt machte, – ich sage, es war ihre Stimme, diese samtige Kühle, der man verfiel, als wäre jeder Satz eine Tonfolge, die so nie wieder erklingen würde. Jedes Wort in diesen stets etwas zu leisen Sätzen bekam durch ihre Stimme eine Bedeutung, die es nie gehabt hatte und nie haben würde, an die aber jeder glaubte. Wenn Laura sprach, spiegelten sich in ihren Augen die Begierden der Männer, und jeder Ton erschien ihnen wie ein Versprechen, als wäre sie eben noch mit aufregend verbotenen Dingen beschäftigt gewesen, die sie nun mit ihnen teilen wollte. Und weil sie, wie sie behauptete, erst sechzehn Jahre alt war, bekamen diese Versprechen den süßen Glanz des Lasters. Schon bald wurden die Perlenketten länger, und der weiße Pelz stammte auch nicht aus meiner Garderobe. Es gibt nur die Jäger und die Gejagten, hatte Scott Fitzgerald zu ihr gesagt. Laura war eine Jägerin.

☐

Als Laura hörte, dass ich am Pratt Institute Kunstgeschichte studierte, wollte sie dasselbe tun, wurde aber wegen fehlender Zeugnisse nicht aufgenommen. Nach der Absage belegte Laura auf meinen Rat die Abendkurse am College of the City of New York, was damals die schnellste Möglichkeit für einen Abschluss bedeutete. Auf diese Weise beendeten wir unser Studium fast gleichzeitig, Laura übrigens als Beste ihres Jahrgangs. Da meine Mutter im Stiftungsrat der Public Library saß, war es leicht, Laura für die

Studienzeit einen Aushilfsjob in der Gemäldeabteilung zu verschaffen. Kaum jemand in New York wusste, dass die Bibliothek im dritten Stock eine eigene Bildersammlung hatte, deshalb war es ein bequemer Job. Es gab nichts zu tun, Laura konnte für ihre Kurse lernen und verdiente sogar etwas Geld.

Wir waren jung und wir amüsierten uns. Da mein Budget bequem für uns beide reichte, ließen wir kein Vergnügen aus. Es war die große Zeit der Partys. »Wir haben Gäste«, sagte jeder zu jedem, »und wir würden uns freuen, wenn Sie kommen könnten.« Jeder brachte irgendwen mit, ständig wurde von einem Haus zum anderen telefoniert, wo man gerade hinkommen sollte, und wenn man im Astor bei Benny Goodman tanzte, wollte man sich eigentlich auch Cab Calloway im Plaza nicht entgehen lassen oder Dave Schooler und seine Serenaders im Paradise. Es war ein ständiges Hin und Her, und wahrscheinlich habe ich nie wieder mit so vielen verschiedenen Leuten in so vielen verschiedenen Autos gesessen wie zu jener Zeit. Wahrscheinlich haben wir überhaupt mehr in Autos gesessen als getanzt.

Ich muss zugeben, dass ich in dieser Zeit viel von Laura gelernt habe, weil sie zwangloser war. Mir hatte man beigebracht, beim Tanzen keine konkreten Themen anzuschneiden, also machte ich nur Konversation über die Hitze oder über die vielen Autos und bekam ebenso nichtssagende Antworten. Es war nicht besonders aufregend, aber ich dachte, es gehört sich so. Laura jedoch fragte ihre Tanzpartner direkt, womit sie ihr Geld verdienten oder ob sie schon mal in Chicago gewesen seien, wo Frauen in kurzärmeligen Kleidern zehn Dollar Strafe zahlen mussten. Rob Stoddard, der mit seiner Jacht aus New Haven gekommen war, erklärte lachend, dass Laura in Connecticut für ihre Bobfrisur sogar eine behördliche Genehmigung bräuchte. Sie fragte ihn, ob er nicht auch der Meinung sei, dass ich mir einen Bob schneiden lassen sollte, und ich konnte gerade noch sagen, dass ich dafür nächste Woche beim Fri-

seur Eintritt verlangen würde. Rob beugte sich herüber und flüsterte mir ins Ohr, er nehme jetzt schon mal die Loge.
Lauras Fröhlichkeit wirkte ansteckend. An unserem Tisch wurde immer am meisten gelacht. Das zog natürlich auch Nieten wie den kleinen, hässlichen Will Hays an, aber da hatte ich schon so gut von Laura gelernt, dass ich mit ihm fertig wurde. »Im Sommer macht mir das Haar immer eine solche Mühe«, säuselte ich, »wissen Sie, meine Haare sind soo lang«, und ich deutete auf einen Punkt unterhalb der Taille, »also wenn es so heiß ist, mache ich zuerst die Frisur und das Make-up und setze meinen Hut auf, erst danach steige ich in die Badewanne und kleide mich hinterher an. Finden Sie das nicht auch am praktischsten?!« Vor Schreck wären ihm fast seine schiefen Zähne ausgefallen, weil er ein furchtbarer Moralapostel war, obwohl jeder wusste, dass seine Geliebte aus dem Stall von Hearst kam. Jedenfalls hielten sich alle den Bauch vor Lachen. Scott brauchte nur mitzuschreiben, was an unserem Tisch passierte, schon hatte er eine neue Story.
Ich taute richtig auf in Lauras Gesellschaft und konnte mir nicht mehr vorstellen, sie nicht als Freundin zu haben. Es war nie langweilig. Mitten in der Nacht klemmten wir uns mit hundert anderen Pelzmänteln in den Lift und fuhren auf den Dachgarten, um das deutsche Luftschiff »Graf Zeppelin« zu sehen; in den Straßen hupten die Autos, die Sirenen heulten und alle fielen sich um den Hals, als wäre der Weltfrieden ausgebrochen. Jubelnd saßen wir in der Carnegie Hall, als Gershwin »Ein Amerikaner in Paris« aufführte – das war eindeutig besser als Richard Wagner. Ich trug ein Seidenkleid mit weiten Armöffnungen, tiefer Taille und einem unregelmäßig geschnittenen Rocksaum. Mutter meinte, die Schneiderin wäre wohl erblindet. Weil in *Vanity Fair* stand, ein gebräunter Teint sei jetzt ganzjährig in Mode, litten wir vor Höhensonnen und kauften Kollektionen in der Farbe »Sonnenbrand«. Alle Zeitschriften druckten

plötzlich bunte Werbung im Art-Déco-Stil; selbst die Anzeigen für Bier oder Waschmittel versprachen Lebensfreude und Luxus. In Wahrheit gab es einfach zu viele Maler. Sie hatten in Paris studiert und dachten, sie könnten von ihren Bildern auch zu Hause leben, aber die Leute hier interessierten sich nicht für moderne Kunst. Deshalb gingen viele Maler in die Werbung oder wie George zur Fotografie. Er kam zu uns an den Tisch und fragte Laura, ob er sie ablichten dürfe. Die Sitzung dauerte drei Stunden, aber als Laura das Bild sah, wünschte sie sich, wirklich so auszusehen. Das wollten die Filmbosse von ihren Stars auch, und deshalb machte unser Georgie in Hollywood eine Hochglanzkarriere. Zu dritt gingen wir in einen Paramount-Tonfilm mit Maurice Chevalier, aber in *Life* erklärte der MGM-Produzent Irving Thalberg, Tonfilme wären nur eine kurzfristige Modeerscheinung. Weil seine Stars noch nicht sprechen konnten, waren gute Fotos von ihnen in den Illustrierten um so wichtiger. Er holte sich George, und George machte die Stars unsterblich. Mehr Stars als Sterne am Himmel – das war ein typischer Thalberg-Gag. Doch wenn ich heute zurückdenke: Der Himmel über Hollywood strahlte damals tatsächlich im Glanz dieser Sternchen und Stars, deren Namen uns immer noch so vertraut sind wie die unserer Geliebten: Joan und Clark, Rita und Cary, Spencer und Katharine, ein Himmel voller Namen, Erinnerungen und Gesichter, meist von schönen Frauen, die nichts von Vergänglichkeit, aber umso mehr von Sünden wissen, die sie vermutlich nie begangen haben, um die sie wir aber immer beneideten.

Wenn Sie auf dem Flohmarkt alte Nummern von *Photoplay* oder *Shadowland* und *Movie Weekly* finden, sollten Sie auf die Bilder von George Hurrell achten. Ein heidnisches Licht liegt über seinen in den ewigen Show-Himmel entschwundenen Göttern des Glamours, das selbst den eiskalten Engel Veronica Lake so schmiegsam machte, als wartete sie nur darauf, ihren Partner lustvoll ins vorhersehbare Unglück hinabzuziehen.

Von George wussten wir, dass die Garbo sich nicht gerne fotografieren ließ und manchmal ihr Double Chris ins Atelier schickte. Weil sie so schweigsam war, dachte George, er müsste sie unterhalten, legte Platten auf und erzählte Witze, doch die Garbo reagierte überhaupt nicht. George war der Leonardo von Hollywood, der mit seinen Bildern aus der Garbo eine moderne Mona Lisa machte. Sie lächelte, und die Männer dachten, sie wären gemeint, aber sie lächelte einfach durch jeden hindurch. Die Garbo war Millionen Männern untreu und Clark Gable allen Frauen, aber trotzdem drückten sie sich nervös in die Kinosessel, weil sie wussten, dass nur sie gemeint waren, und wer auch immer sie in jenen Nächten umarmt hat, für sie blieb es stets Clark – der Mann, der Scarlett ansieht und sich die Lippen leckt, womit eigentlich alles klar war. Und was blieb Joan Crawford, der ewigen Geliebten zwischen ihren und seinen Ehen, anderes übrig als eine Geste, die unentschieden zwischen Abwehr und Einladung stillhält. Wenn ich mir Georges alte Bilder ansehe, frage ich mich, was das kalte Licht des Fernsehens aus unseren Träumen gemacht hat und aus den Gesichtern, die nichts mehr von der Sünde, allzu viel jedoch von der Vergänglichkeit ihres Zehn-Minuten-Ruhms wissen.
In der Krise war Joan unsere Heldin. Irgendwie schien alles zur gleichen Zeit zusammenzubrechen, die alten Stars unter dem Druck des Tonfilms und unsere Gesellschaft im Kollaps der Wirtschaft. Buster Keaton musste in eine Heilanstalt, Louise Brooks wurde Verkäuferin in einem Warenhaus, und auf den Bänken im Central Park saßen die Arbeitslosen und lasen in der Zeitung, wer sich umgebracht hatte. Die große Party war erst mal vorbei, aber niemand konnte die Musik bezahlen. Statt vor den Kinos standen die Leute vor dem Arbeitsamt Schlange. Nur Joan hielt das Banner der Stars hoch. Im *Photoplay* erschien von ihr ein Manifest mit der Überschrift »Gebt mehr aus!«. Mit eiserner Energie erklärte sie uns die Notwendigkeit teurer Pelze, hochkarätigen Schmucks und eines gut bestückten Ankleidezimmers. Joan

spielte die Party weiter. Sie hatte über den Abgrund hinausgeblickt und dem großen Vergessen ins Auge gesehen. Sie wusste, woher sie kam, und dahin wollte sie auf keinen Fall zurück. Tapfer ermahnte sie uns zur Nachahmung: »Ich, Joan Crawford, glaube an den Dollar. Alles, was ich verdiene, gebe ich aus!«

So machten wir es auch. In kleinerem Stil natürlich. Mein oberschlauer Bruder, der das Familienvermögen verwaltete, hatte sich am Shenendoah Trust beteiligt; die Aktie wurde für siebzehn Dollar fünfzig ausgegeben, er kaufte auf Kredit noch dazu, der Kurs stieg auf sechsunddreißig und lag am 29. Oktober bei fünfzig Cents. Ich las gerade die Titelzeile der neuen *Variety* »Wall Street legt ein Windei«, als sein Butler uns anrief, er habe sich auf seiner Jacht erschossen. General Electric hatte sechzig Prozent verloren. Damit war unser Vermögen weg. Nicht ganz weg, denn Dank unseres konservativen Vaters besaßen wir noch eine Goldreserve, aber wir mussten uns einschränken und eine Köchin entlassen.

Ein halbes Jahr vorher war Louisine Havemeyer, die engste Freundin meiner Mutter, gestorben. Wie oft hatten wir sie in ihrem herrlichen, von Tiffany ausgestatteten Haus in der 66. Straße besucht! Es war eine richtige Schatzkammer, über und über voller antiker Gläser, chinesischer Keramik und japanischen Stoffen, Bronzen und Bildern. Louisine stammte aus der Zuckerfamilie Elder und gehörte zur ersten Generation jener amerikanischen Frauen, die einen neuen Stil in die dunklen, eichengetäfelten Häuser brachten: Sie hatte schon als Zwanzigjährige in Paris ihren ersten Degas gekauft, die »Ballettstunde«, ganz sicher eines der schönsten Bilder von Degas, aber als Kind hasste ich es, weil mir vom Ballettunterricht immer die Knöchel wehtaten, was man auf dem Bild überhaupt nicht sah. Sie durfte jedes Jahr nach Paris reisen und kam immer mit Bildern zurück. Als sie Henry Havemeyer heiratete, vereinigten sich zwei Zuckerdynastien und zwei Sammlerherzen, wobei Henry an-

fänglich noch dem vorherrschenden Trend zu zweifelhaften
Rembrandts und Goyas folgte. Über zwanzig Jahre waren sie
verheiratet, fuhren nach Paris und kamen mit Corots, Manets oder Cezannes zurück. Auch als Witwe kaufte sie noch
zwanzig Jahre lang konsequent impressionistische Kunst.
Mutter und ich waren oft die ersten Gäste, denen Louisine
ihre neuen Schätze vorstellte.

Dieser klugen und energischen Frau verdanke ich wirklich
viel, denn sie hat mir die Augen geöffnet für die moderne
Kunst. Mrs. Havemeyer riet mir zu einem Studium, was
ihr noch verwehrt gewesen war, aber in den Pariser Ateliers
und den Galerien von Vollard und Duret hatte sie vermutlich mehr gelernt als ich am Pratt Institute. Sie zeigte sich
höchst interessiert an meinen Fortschritten und sogar, als
sie schon krank war, empfing sie noch mich und meine neue
Freundin Laura, die sie sofort ins Herz schloss und mit der
sie in einem geheimnisvollen Französisch Erinnerungen an
das geliebte Paris austauschte.

Es war kein Geheimnis, dass Louisine ihre Schätze dem Metropolitan Museum vererben wollte: Zweitausend Kunstwerke, darunter jeweils mehr als zwanzig Gemälde von
Degas, Manet, Corot, Courbert und Monet. Es war die umfangreichste Sammlung moderner französischer Kunst in
der ganzen Welt, und sie enthielt Meisterwerke wie Cezannes »Golf von Marseille« oder Monets »Brücke über den
Seerosenteich« und sein Bild von der »Grenouillière«, in der
Louisine selbst oft herumgepaddelt war. Alles in allem eine
überwältigende Kollektion.

Niemand kann sich meine Nervosität vorstellen, als ich persönlich zur Verlesung eines Zusatzprotokolls in die Kanzlei
von John J. Dwyer geladen wurde. Er war Louisines Anwalt,
aber auch unserer, und ich dachte mir, wenn es etwas Angenehmes wäre, könnte er es mir auch beim Tennis sagen, doch
der Brief klang so förmlich, als hätten wir uns noch nie gesehen. Auf der Fahrt zur Wall Street schoss mir die alberne
Frage durch den Kopf, ob Louisine mir vielleicht boshafter-

weise die »Ballettstunde« von Degas vermacht hatte. Manche Ereignisse wirken ja besonders befremdlich, wenn eine Person, die man schon lange privat kennt, in eine offizielle Rolle schlüpft und einen behandelt, als wäre man eine Fremde. Es gab nicht selten solche unglücklichen Situationen, dass ein Richter seinen Alkohollieferanten, den er am Vorabend bezahlt hatte, am nächsten Morgen auf der Anklagebank wiedersah. So ähnlich fühlte ich mich, als ich mich vor John legitimieren musste. Dann hörte ich durch einen leisen Nebel hindurch, dass mir aufgrund einer testamentarischen Zusatzverfügung von Mrs. Louisine Havemeyer nach einer erfolgreichen Beendigung meines Studiums eine Stelle im Metropolitan Museum of Art freistehen sollte, »zu gewähren nach ihrer Befähigung« und »auf eine von der Begünstigten selbst zu bestimmende Zeit«, zu einem Jahrestarif, der dem Niveau des Metropolitan entspräche. Ob ich dieses Legat annähme? Nachdem ich unterschrieben hatte, fuhr ich zu meinem Friseur ins Biltmore und ließ mir einen Bob schneiden. Plötzlich war ich unabhängig von Mutter! Dass mich der Friseur ein Monatsgehalt gekostet hatte, merkte ich erst, als ich meine Stelle antrat. Ich wurde Museumsführerin für Saal siebzehn bis achtundzwanzig, hatte also die bessere Aussicht auf die Fifth Avenue, als wenn ich die Säle zur Parkseite bekommen hätte. Schon nach einer Woche langweilte ich mich derart, dass ich John fragte, ob er nicht meine Freundin Laura zur Einstellung vorschlagen könnte – ich würde mit ihr mein Gehalt teilen. Wahrscheinlich dachte ich, mit kurzen Haaren müsste ich ja auch nur halb so häufig zum Friseur. Laura bekam die Säle mit den amerikanischen Malern und damit mehr Trinkgeld als ich. Eines Abends verschwand sie, weil sie sich in den Schlagzeuger von Ray Noble verliebt hatte und der Band nach Havanna hinterherreiste. Mitten in der größten Sommerhitze. Nach zwei Wochen kam sie braungebrannt zurück und stellte mir einen eleganten, älteren Herrn als ihren Ehemann vor. Sie war jetzt Mrs. Laura de Valfierno.

Zehntes Kapitel

Als Mary klopfte, schlief er noch. Er hatte ihr unten einen Zettel hinterlassen, dass er um elf Uhr geweckt werden wollte. Das Dienstmädchen öffnete die Vorhänge, sagte ohne einen Blick auf das Bett zu werfen: »Guten Morgen, Mr. Valfierno« und verschwand wieder. Es war plötzlich sehr hell im Zimmer. Obwohl er ahnte, dass es ihm nicht gut tun würde, öffnete er die Augen und fühlte, wie sich das Tageslicht als eine Art dröhnende Flutwelle in seinem Kopf ausbreitete. Er schob sich langsam in eine halb sitzende Position und griff nach der Schachtel Lucky Strike auf dem Nachttisch. Er dachte gar nicht ans Rauchen, die Zigarette zündete sich praktisch von selbst an, und ihr Rauch verstärkte das pelzige Gefühl in seinem Mund. Der Abend hatte mit ein paar Canadian Clubs begonnen und war mit einer ausgekotzten Ladung Old Crow zu Ende gegangen. Schade ums Geld. Valfierno hatte eine teure Nacht hinter sich. An seine Spielverluste wollte er jetzt nicht denken, und an die Frau, deren Bett er frühmorgens wegen seiner Übelkeit verlassen hatte, konnte er sich nicht mehr erinnern.

Wenigstens hielt sich der Kater in Grenzen. Er stand auf, seine Füße berührten das kühle Parkett, er schlüpfte in die Hausschuhe und ging in das mit Delphinfresken geschmückte Bad. Der Spiegel verriet nicht, wie erschöpft er sich fühlte. Valfierno hatte vor wenigen Tagen seinen siebenundfünfzigsten Geburtstag gefeiert, konnte aber immer noch als Mann von fünfzig Jahren gelten. Gewiss, die Falten um seinen Mund waren etwas tiefer geworden, aber er war trotz des Alkohols schlank geblieben und färbte sich immer noch die Haare. Er nahm zwei Aspirin gegen die Schmerzwellen in seinem Kopf, ließ das Badewasser ein und begann sich zu rasieren. Zeit zum Nachdenken über verlorene Stunden. Er hatte wieder diesen illegalen Club mit den farbigen Mädchen Ecke 10./18. Street besucht, obwohl er sich geschworen hatte, nicht mehr dorthin zu gehen. Es war zu gefährlich.

In Paris war alles viel einfacher gewesen, da hatte er Isabel, und niemanden kümmerte ihre Hautfarbe. In Havanna sowieso nicht. Nur hier war es verboten. Der Jazz war gut, der Sex exzellent, aber der Bourbon war erbärmlich. Er putzte sich die Zähne, aber das half nicht viel. Sein Gaumen schmeckte nach dem Boden eines Hühnerstalls. Er gurgelte mit Mundwasser und putzte nochmals mit Zahnsalz. Wahrscheinlich lag es an dem amerikanischen Tabak. Er sollte die Zigaretten wieder aufgeben. Dann lag er in der Wanne, massierte sich die Kopfhaut und dachte an Isabels Violinenkörper, der sich mit den Jahren zu einem reizenden Cello entwickelt hatte. Man Ray war begeistert gewesen. Irgendwo musste er noch das Foto haben. Seit einiger Zeit dachte er immer öfter an die Vergangenheit. »Isa, bist du angezogen?«, hatte er gerufen, wenn er einen Freund mit nach Hause brachte. »Ich?«, tönte es von oben, »natürlich bin ich ungezogen!« Und dann kam sie die steile Wendeltreppe in dem Pariser Altbau herunter, in einem schulterfreien Kleid und kehrte dem sprachlosen Besucher ihren nackten Rücken zu: »Ich bekomme einfach keinen Reißverschluss zu. Das muss doch etwas bedeuten – meinen Sie nicht?« Die Szene war filmreif. Isabel war witzig, Laura leider nicht. Vermutlich lag es nicht an ihr, sondern an New York. Diese Stadt war nicht witzig, sondern hart, schnell und ehrgeizig. Selbst die Häuser wollten möglichst rasch nach oben. Laura hatte hier eine steile Karriere gemacht, er

nicht. Trank er deshalb zuviel? Anfangs war es eine Ausrede gewesen: Gegen die Zahnschmerzen brauchte er morgens einen Bourbon. Wenn der Whiskey nicht mehr half, kaute er mittags Gewürznelken, und weil sie die Schmerzen und die Alkoholfahne überdeckten, konnte er wieder Bourbon trinken, ohne dass es unangenehm auffiel. Andere machten es genauso, auch ohne Zahnschmerzen. Später ging er zu amerikanischem Subrowka-Wodka über, den man nicht roch, der ihn aber paralysierte. Nach der Zahnbehandlung blieb er beim Bourbon, der ihm genausowenig schmeckte wie die Lucky Strike. Aber wenn Spencer Tracy dafür Reklame machte, konnte es nicht ganz falsch sein.
Fast wäre Valfierno in der Wanne eingeschlafen. Er hatte einen Termin, und er nahm Termine ernst. Als ob sie für ihn wichtig wären. Aber ohne Termine würde er sich langweilen. Er langweilte sich trotzdem, denn nichts ist eintöniger als die sinnlose Ablenkung. Um zwei Uhr war er mit Samantha Shriver bei einer russischen Großherzogin im Ambassador verabredet. Jetzt stand er in seinem Ankleidezimmer und starrte die Krawatten an: Gelb – wer hatte ihm die gelbe Krawatte geschenkt – gestern nacht hatte er gelbe Krawatten auf schwarzen Hemden gesehen – völlig unmöglich. Er wählte schließlich eine dezent schwarzweiß gemusterte Spitalsfield zum dunkelgrauen Anzug, besah sich in dem großen Standspiegel und war mit dem Ergebnis zufrieden. Seine schwarzen Chevreau-Schuhe glänzten wie Lackleder. Aus seiner Kollektion von Armbanduhren, meist Geschenke von Laura, wählte er eine goldene Hamilton, steckte sich Brieftasche, Füller, Taschentuch, Zigarettenetui und drei Dollar in Silbermünzen ein. Nochmals musterte er sich im Spiegel und war von seiner äußeren Erscheinung sehr eingenommen. Dennoch wünschte er sich, wieder ins Bett gehen zu können. Aber wenn er das täte, könnte er doch nicht einschlafen, denn seine Gedanken würden zu kreisen beginnen, und er müsste sich fragen, ob er solche Nächte wirklich nötig hatte. Bevor er die Selbstsicherheit seiner üblichen

Unehrlichkeit gegen sich selbst wiedergewonnen hätte, was gemeinhin erst nach dem Kaffee eintrat, würde er sich die Frage mit einem deprimierenden »Ja« beantworten und sich eingestehen, dass alles, was er von heute an tun würde, auch nicht besser sei.

Wer war er schon? Ein reicher Dieb, dem die Genugtuung versagt blieb, von seiner triumphalen Tat irgendjemandem zu erzählen: Er hatte die Welt verändert, und sie hatte es nicht einmal bemerkt. Und niemand würde ihm jetzt noch glauben, siebenundzwanzig Jahre nach diesem Coup, den es offiziell nie gegeben hatte. Man hatte ihn um den Ruhm eines Meisterdiebs betrogen, als man im Louvre das angebliche Original wieder aufhing, und ein Tagelöhner war in Italien für den Diebstahl gefeiert worden, den er gar nicht begangen hatte – »welch eine lächerliche Ungerechigkeit«, dachte er. »Irgendjemand hat mir meine Geschichte gestohlen«, und das pralle Konto war dafür kein Ersatz. »Aber was ist meine Wahrheit wert? Keinen Cent.«

Während sich der politische Himmel über Europa gefährlich verdüsterte, saß er in seinem teuren zweigeschossigen Madison Avenue Apartment und bemitleidete sich selbst, weil er als Kunsthändler ahnungslosen Millionären gefälschte Lebensträume verkaufte. Nicht, dass er es nötig hätte – er log nicht aus Überzeugung, sondern aus Langeweile. Bevor ihn das traurige Lächeln der Mona Lisa über seinem Bett in seinem luxuriösen Trübsinn bestätigte, war es wirklich höchste Zeit für den Kaffee.

Valfierno ging nach unten und hielt sich dabei am Treppengeländer fest. Als er am Salon vorbeikam, bemerkte er ein frisches Blumenarrangement auf dem Tisch, ging aber nicht hinein, sondern ins Esszimmer, wo schon für ihn gedeckt war. Er stieß die Schwingtür zur Küche auf: »Bitte nur zwei Rühreier und Kaffee!« »Kommt sofort. Orangensaft steht schon auf dem Tisch, Mr. Valfierno.«

Im Saft schwammen Eisstückchen. Er trank gierig zwei. Die Kälte tat ihm gut. Mary brachte die Kanne mit dem Kaffee,

von dem er sofort eine Tasse schwarz, ohne Zucker trank, vorsichtig, in kleinen Schlucken, denn er war höllisch heiß. Auch das tat ihm gut. Er fühlte, wie die dröhnenden Wellen in seinem Kopf zurückgedrängt wurden. Für die zweite Tasse nahm er zwei Stück Zucker und zündete sich eine Zigarette an. »Am liebsten würde ich hier bleiben. Einfach nur hier bleiben und keine Menschenseele sehen«, dachte er, »vor allem keine russische Großfürstin.« Als Mary die Eier auf Toast brachte, nahm er nur noch einen Bissen im Stehen.
»Von wem sind die Blumen im Salon?«
»Mr. Schulberg hat sie heute Morgen für Mrs. Valfierno abgeben lassen.«
»Ist gut, Mary. Falls Mrs. Valfierno anruft, sagen Sie ihr, dass ich rechtzeitig zum Dinner zurück sein werde.«
Schulberg, der Filmproduzent. Laura arbeitete für ihn.
»Ist in Ordnung, Mr. Valfierno. Einen schönen Tag!«
Bevor er die Wohnung verließ, musterte er sich noch mal im Wandspiegel der Garderobe, »naja, jedenfalls nicht so schlecht«, zog seinen dunkelblauen Wollmantel über, nahm den Hut und seinen Schlüsselbund und ging.
Der Fahrstuhlführer war neu, kannte seinen Namen nicht und sprach mit einem harten Akzent. »Wahrscheinlich ein Deutscher«, dachte Valfierno, »ein Emigrant vermutlich, vielleicht früher Arzt gewesen oder Rechtsanwalt, sicher ein Jude.« Valfierno grüßte nicht, als er den Lift verließ. Der Portier wollte ihm ein Taxi heranwinken, aber die drei Blocks zur 51sten ging er lieber zu Fuß.
Die Luft an diesem Dezembertag des Jahres 1938 war so strahlend klar, dass Valfierno sich geblendet fühlte von den Lichtreflexen aus den Schaufenstern und von den Chromleisten der Autos. Kleine Rudel von Ehefrauen kamen ihm entgegen, der teure Nerz immer in der Mitte, flankiert von zwei schwarzen Persianern. Ihre spitzen Stimmen quälten sein Gehör. Sie würden durch die Läden ziehen, ein paar Dutzend Hüte probieren und entnervte Verkäuferinnen zu-

rücklassen. Aber auch die Hupen der Autos klangen aufdringlicher als sonst. Der Rest eines Katers ließ sich nicht verleugnen.

Meine Freundin Samantha Shriver erwartete ihn bereits in der Lobby des Ambassador. »Gib mir einen Whiskey und ein Ginger Ale«, begrüßte er sie, die Garbo imitierend, aber Sam hatte im Moment wenig Sinn für seine Späße. Ihr Mann hatte an dem schlimmen Wochenende ihr ererbtes Vermögen verloren und war mit dem Rest und seiner Sekretärin nach Mexiko durchgebrannt; jedenfalls nahm sie nach der Scheidung ihren alten Familiennamen wieder an und führte nun ein Antiquitätengeschäft auf der Third Avenue. Die Sache mit den antiken Möbeln war Valfiernos Idee gewesen, der auch das Kapital dafür gab, was ich ihm hoch anrechnete. Er ließ die Stücke aus Frankreich und England kommen, wo immer mehr gute Familien wegen der hohen Steuern ihre Landsitze aufgeben mussten, und das Mobiliar war bei uns sehr begehrt. Leider war Boni schon tot, aber Valfierno hatte dessen Mittelsmann in Lyon übernommen, auf den er sich verließ. Der Laden lief gut; man fragte Samantha, wenn man etwas wirklich Exquisites suchte, und Valfierno sorgte dafür, dass man es bekam. Allerdings hatten in der letzten Zeit Gemälde im Laden die Überhand gewonnen, weil Bilder oft die einzigen Wertgegenstände waren, die in das Gepäck der europäischen Emigranten passten. Sam konnte zwar einen Tizian nicht von einem Botticelli unterscheiden, aber dafür hatte sie ja mich, und Valfierno stand ihr auch hilfreich zur Seite.

Die Bitte der Großfürstin Leonora Ivanovna war, wie oft in solchen Fällen, durch Dritte an Sam herangetragen worden: Es gehe wohl um die Reste des vor den Kommunisten geretteten Familienschatzes, auf die sie doch bitte einen Blick werfen möge. Da Sam von Valfiernos früheren diplomatischen Reisen und Tätigkeiten in Sachen Russenkunst wusste, wollte sie ihn unbedingt dabei haben. Sie traute sich weder ein Urteil zu, noch hatte sie die geringste Ahnung vom Umgang mit russischen Hoheiten. Und was man sich von russischen Männern erzählte, klang nicht gerade Vertrauen erweckend. Sam war also hochgradig nervös und Valfierno nach seiner anstrengenden Nacht etwas träge. Sie ließen sich vom Portier telefonisch anmelden und fuhren dann mit dem Lift hinauf.

An der Tür wurden sie von der Zofe im schwarzem Kleid und weißer Schürze empfangen und an die Gesellschafterin der Fürstin weitergereicht, die sich als Leocadia Pavlovna vorstellte, eine zierliche Frau mit sorgfältig onduliertem Haar. »Vergessen Sie nicht, der Fürstin die Hand zu küssen«, flüsterte sie auf Französisch Valfierno zu, »sie hat so viel Schreckliches durchmachen müssen. Sie werden ihr den kleinen Gefallen tun, nicht wahr?« Sie gingen durch den Vorraum, aus dem Salon der Suite hörten sie dröhnende Männerstimmen und piepsiges Frauenlachen. Auf einem Tisch neben dem Marmorkamin stand ein silberner Samowar, und auf dem Sofa daneben saß eine in ihrem Fett erschlaffte Greisin, das Haar à la Pompadour gelegt, einen goldenen Flitterschal um die Schultern und mit rosigen Puderschuppen auf dem fleckigen Gesicht. Da sie gerade Kaviar aus einer vollen Kristallschale auf ein Stück Toast löffelte, blieb Valfierno der Handkuss erspart. Sie lächelte die Besucher aus halbblinden Augen gnädig mit vollem Mund an. Um sie herum waren Russen in allen Altersstufen und allen Stadien des Verfalls gruppiert, teils in bestickten Blusen, teils in billigen blauen Straßenanzügen, einige junge Mädchen in gestrickten Jacken und immerhin zwei junge Herren mit Brillantine in den schwarzen, nach hinten gekämmten Haaren, denen man deutlich ansah, dass sie nicht bei Woolworth kauften: Sie trugen nämlich schwarze Kittel und weiche schwarze Lederstiefel. Alle tranken Tee oder Wodka aus kleinen Gläsern, stopften sich mit Kaviar voll und wirkten außerordentlich fröhlich. Auch Sam und Valfierno wurden genötigt, sich mit Elfenbeinlöffeln aus der großen Schale zu bedienen. In einer Ecke des Salons, mit

dem Rücken zu einer Ikone, vor der drei Kerzen brannten, stand ein vollbärtiger Pope in einer schwarzen, rotverbrämten Soutane, der ein Segenszeichen andeutete, als die beiden von der Pavlovna in das Zimmer der Zofe geführt wurden.
Auf dem Boden, auf dem schmalen Bett, auf dem Waschtisch – überall stapelten sich Bücher und Bilder, Alben, lose Papiere und silbergefasste Ikonen.
»Sie muss alles verkaufen, die Ärmste«, wisperte die Pavlovna, »sehen Sie hier, aus diesem Buch haben die Kinder des Zaren gelernt.« Sie drückte Sam ein Album mit Abbildungen exotischer Tiere in die Hand. »Und das ist alles, was bleibt von einem Menschenleben.«
Valfierno fröstelte in dem ungeheizten Raum. Obwohl er nichts von Büchern verstand, blätterte er ein paar Bände auf, konnte aber die kyrillischen Titel nicht lesen. Ihm fiel auf, dass sie auf dünnem, billigem Papier gedruckt waren. Auch die Abbildungen waren Holzstiche, also Massenware, und die Silberfassungen der Ikonen bestanden nach seiner Meinung aus billigem Blech. Kein Vergleich mit den Schätzen, die er damals in Berlin gesehen hatte. Ihm gefiel die Sache nicht, und er fand die ganze Situation unwürdig. Die Verachtung für dieses Pack, das sich offenbar auf Kosten der alten Dame durchfraß, wärmte ihn etwas auf. Er erklärte der Gesellschafterin höflich, dass sie leider nicht über die Mittel verfügten, derartige Kostbarkeiten zu erwerben, und empfahl ihr, sich an Perlstein oder Bolan zu wenden, die auf russische Antiquitäten spezialisiert seien. Sam wollte aus Mitleid hundert Dollar für ein Bild zahlen, das den Untergang Napoleons an der Beresina darstellte, aber Valfierno drängte sie hinaus. Es war ein wertloser Öldruck.
Eine Woche später lasen wir in der Zeitung, dass es sich um eine Bande von Betrügern handelte, deren Kopf keineswegs die angebliche Großfürstin, sondern die Pavlovna war. Die Alte war ihre Mutter und der Rest ukrainische Schauspieler. Aus dem Ambassador hatten sie sich ohne Begleichung

ihrer horrenden Rechnung über Nacht aus dem Staub gemacht und waren in Chicago mit derselben Masche aufgeflogen.

Sofort nach der siegreichen Revolution organisierte der kommunistische Schriftsteller Maxim Gorki die Beschlagnahmung der Kunstwerke in russischen Adelspalästen und Klöstern. Ein beträchtlicher Teil wurde absichtlich und vor den Augen der Eigentümer zerstört, der größere Rest in Depots gesammelt und sortiert. Ehemalige Soldaten mussten aus antiken Schmuckstücken die Brillanten herausbrechen, weil die ahnungslosen Bolschewisten nicht wussten, dass nicht allein die Steine, sondern vor allem die Handwerkskunst berühmter Juweliere den Wert der unersetzlichen Stücke ausmachten. Wer sich gegen die Raubzüge der neuen Herren wehrte, wurde erschossen. Mit den beschlagnahmten Wertgegenständen sollten Maschinen und Traktoren bezahlt werden, aber je mehr Pretiosen auf den Markt kamen, umso rascher verloren sie an Wert; selbst die Bauern lieferten ihr Getreide nur noch gegen Diamanten und Teppiche in die Städte. In panischer Eile versuchten Hunderttausende ihren Besitz zu Geld zu machen, bevor sie aus dem Land flüchteten. In jeder Stadt gab es Auktionen bis tief in die Nacht, und auf den Bahnhöfen verkauften Ausreisende aus den Zügen heraus ihr Familiensilber. Eine Dienststelle »Antikvariat« war zuständig für den offiziellen Export der Kulturgüter, für die es drei Absatzmärkte gab: Frankreich, Deutschland und Nordamerika. Die französische Regierung äußerte Bedenken gegen solche Geschäfte, da sie langwierige Auseinandersetzungen mit den ins Land geflüchteten russischen Adligen befürchtete, die auf die Herausgabe ihres beschlagnahmten Eigentums klagen könnten. Daher wurden von sowjetischen Konzessionären auf direktem Weg bekannte Pariser Kunsthändler angesprochen. Zu ihnen gehörte Edouard de Valfierno, dem Franz Catzenstein den Kontakt zur sowjetischen Handelsmission in Berlin vermittelte. Hier führte Gorkis Geliebte, die ehemalige Schauspielerin Andreeva, die Verkaufsverhandlungen. Am Erlös war sie offiziell mit drei Prozent beteiligt.

Die kleine Frau mit dem Haarknoten, den Valfierno nur von Bildern bretonischer Bäuerinnen kannte, deutete über einen ovalen Tisch, an dem fünfzig Personen Platz gefunden hätten. Er war bis zum Rand mit Luxusgegenständen überhäuft, wie man sie vielleicht als Phantasie eines Hollywood-Regisseurs in der Schatzkammer eines südamerikanischen Diktators vermutet hätte, aber nicht im nüchternen Berlin. Eine edelsteinbesetzte Zarenkrone hing schief auf einem Meissner Tafelaufsatz, Miniaturen aus Elfenbein wurden erdrückt von Büchern in goldverzierten Einbänden, Perlenschnüre lagen in handbemalten Tassen, kugelförmige Uhren, die vermutlich Katharina II. in Auftrag gegeben hatte, füllten Kelche aus purem Gold und Fabergé-Eier stapelten sich in Schuhkartons.

»Was Sie hier sehen, ist unseren Arbeitern und Bauern von ihren reaktionären Ausbeutern gestohlen worden. Wir haben die Pflicht, es ihnen wieder zurückzugeben, indem wir diesen unnötigen Luxus in lebenswichtige Güter transformieren. Der russische Bauer braucht kein goldenes Besteck, sondern einen Motorpflug, der Arbeiter keine mechanische Puppe, sondern einen Lastwagen. Durch die Pläne unseres Genossen Lenin werden wir aus dem geschundenen Russland ein Paradies der Werktätigen machen. Der Weg ist hart, aber er wird von der Sonne der Revolution erleuchtet. Also, wie viel Kilo wollen Sie?«

Valfierno war verwirrt.

»Madame Andreeva ...«

»Genossin Andreeva!«

»Verzeihen Sie mir, selbstverständlich ... Genossin Andreeva ... ich bräuchte etwas Zeit, das sind einzigartige Schätze ...«

»Einzigartig? Davon haben wir hunderte Kisten im Keller und tausende in Petrograd und Moskau. Sagen Sie, wie viel Sie nehmen!«

An diese Situation fühlte sich Valfierno erinnert, als er den wertlosen Ramsch bei den Betrügern sah – damals in Berlin war zwar alles unzweifelhaft echt und kostbar gewesen, aber entwertet durch die Fülle und durch die Verachtung, mit der ihm diese Pretiosen präsentiert worden waren.

Orson Welles liebte diese Szene. Remarque legte in seinem Drehbuchentwurf größeren Wert auf die Präzision und Schärfe der Dialoge, während Orson Welles den genialen Blick für die filmische Umsetzung einer Szene hatte (»Der Raub der Mona Lisa«, Remarque Collection in der Fales Library, New York City University). An dieser Stelle wollte er eine endlos scheinende Kamerafahrt in einem düsteren Gewölbekeller drehen, vorbei an offenen Holzkisten mit Gold und Juwelen, mit gespenstisch wirkenden Puppen, die den Zarenkindern gehört hatten und einer Riesenikone am Schluss der Sequenz – also ungefähr so, wie er es in seinem Hearst-Film gemacht hat. Auf einem der TV-Kanäle, die alte Schwarz-Weiß-Filme ausstrahlen, läuft manchmal noch spät abends »Citizen Kane«; da sieht man die Holzkisten mit den Schätzen, die Hearst angesammelt hatte und die sich dann oft als Fälschungen herausstellten, als er sie verkaufen musste. Und man sieht auch, wie respektlos mit ihnen umgegangen wurde, als sein Imperium untergegangen war.

Dass die Kommunisten die Zarenschätze zu Geld machen wollten, nahm ihnen niemand übel. Im Gegenteil. Bei einer Revolution gehen die alten Werte zu Bruch und machen neuen Ideen Platz. Das muss so sein. Außerdem hatte jeder Mitleid mit den hungernden Kindern. Aber die Pläne funktionierten nicht. Das Paradies der Werktätigen ließ auf sich warten.

Valfierno hatte von den angebotenen Kisten keine einzige gekauft. Seinen Aufzeichnungen ist jedoch zu entnehmen,

dass er zahlreiche Gegenstände an Pariser Kollegen vermittelte. Es handelte sich im Wesentlichen um ein Porzellanservice aus der Kaiserlichen Manufaktur für sechshundert Personen, ein Türkisservice für zweihundert Personen, ein Kobaltservice für hundertdreißig Personen, um Kristallvasen, Bronzelüster, Teppiche und Schmuck. Alle diese Gegenstände – insgesamt über zehntausend – stammten aus dem Palais der Gräfin Palej in Zarskoje Selo. Der geforderte Devisenbetrag belief sich auf fünfzigtausend Pfund Sterling. Die von Valfierno angesprochenen Pariser Kollegen Dehaan, Weiss, Helft und Frankel konnten sich nicht einigen, sodass am Ende und nach langwierigen Verhandlungen Weiss den gesamten Posten für achtundvierzigtausend Pfund allein erwarb und 1928 bei Christie's für ein Mehrfaches versteigern ließ. Die Hälfte des Geldes hatte ihm Valfierno geliehen.
Es gehört zur sonderbaren Ironie der Geschichte, dass Erich Maria Remarque nach dem Ende seiner Affäre mit Marlene Dietrich im Januar 1941 in New York eine leidenschaftliche Liebesbeziehung mit der jungen Natasha Paley, einer engen Verwandten der Gräfin Palej, begann: »Das süße Katzengesicht, – schwarzes, kurzes Kleid, – die Hände, die zufassen u. nicht zu klein sind ... Der Abend fing an zu fliegen u. zu gleiten, die Lieder, das schmale Kind, ein Russe, der sang, plötzlich Natasha mit, – russische, französische u. die vielen Wiener Lieder, mitgesummt, übersetzt, verändert, die Jugend, der Wind der Zuneigung, Hand in Hand, der Druck der Schulter, beide wissend, durch viele Jahre, beide vergessend, spielend, das schmale Kind, eine Weide u. eine Damaszenerklinge zugleich, sich gebend, sich haltend, sich neigend, sich zurückhaltend, – wie lange war das schon nicht mehr da. Es nehmen, die Jahre wegwerfen, lachen, träumen, es nicht glauben, schmerzlich gebeugt darüber das große, dunkle Gesicht der Mutter Zeit – « (Remarque, Tagebuch, 13. Jan. 1941, Remarque Collection).
Prinzessin Natasha mit den grauen Katzenaugen, eine Nichte des Zaren Alexander, die mit ihrer Familie auch ihre

Vergangenheit verloren hatte, arbeitete als Fotomodell, war immer auf Reisen und nirgends zu Hause. In Remarques Leben blieb sie ein verführerisches Irrlicht: »Die Schmale, mit den brennenden Augen, das Licht, das nicht erlischt, der fliegende Glanz aus den unbekannten Gründen u. Abgründen, der die Erde manchmal trifft, wie ein Scheinwerfer ein einsames Flugzeug zwischen Wolken nachts« (Tagebuch, 15. Jan. 1941). Remarque war solch ein Flugzeug, wenngleich älteren Baujahrs, doch ständig in Bewegung zwischen den Frauen: Maureen O'Sullivan, Greta Garbo, Luise Rainer, Dolores del Rio und Lupe Velez, die ihn begleitete zu Valfiernos Geburtstagsparty und die sich mit vierunddreißig Jahren aus unglücklicher Liebe umbrachte. Viele Fotos zeigen ihn mit diesen Hollywood-Schönheiten; er lebte im vergoldeten Schatten seines Weltbestsellers *Im Westen nichts Neues*, des erfolgreichsten Buchs seit der Bibel. Der Nobelpreisträger Thomas Mann war berühmt, aber Remarque, der den unbekannten Soldaten aller Nationen eine Stimme gegeben hatte, war so populär, dass von New York bis Los Angeles jeder Taxifahrer seinen Namen kannte. Er war keiner der typischen deutschen Emigranten, die unter ihresgleichen blieben und jammerten. Aus Hass gegen die Nazis hatte er Deutschland verlassen, ohne Jude zu sein, und wenn er jede Gelegenheit zum eleganten Auftritt in der Glitzerwelt der Stars nutzte, dann wollte er vor den Blitzlichtern beweisen, dass die Nazis den Kampf noch nicht gewonnen hatten. Erst wenn man sich selbst aufgibt und sich wie ein Geschlagener verhält, sagte er, werden sie wirklich gesiegt haben. Er war so prominent, dass die Nazis ihn sogar nach Deutschland zurückholen wollten. Goebbels schickte einen Unterhändler zu ihm. Man muss sich den perfekt simulierten preußischen Kasernenhofton vorstellen, mit dem Remarque diese Nazicharge abfertigte. Denn der Emissär fragte schließlich hilflos: »Ja, haben Sie denn kein Heimweh?« Und Remarque donnerte ihn an: »Heimweh? Bin ich ein Jude?« Wenn er diese Anekdote erzählte, lachten alle, nur er nicht.

Mehr noch als die Frauen liebte Remarque die Kunst. Das Geld, das er für die Verfilmungen seiner Romane bekam, investierte er in Bilder. Von Cezanne besaß er eine provenzalische Landschaft und ein Aquarell des Mont St. Victoire, eine Tänzerin von Degas, einen großen van Gogh und Daumiers eindrucksvolles Bild des Don Quichote. Natürlich konnte er nicht mit Guggenheim konkurrieren, aber für einen deutschen Schriftsteller war seine Sammlung immerhin so beachtlich, dass die Knoedler Galleries zwei Ausstellungen damit machten.

Er war ein hervorragender Kenner der Impressionisten, aber über seine Arbeit sprach er nie. Mit Valfierno konnte er stundenlang über Bilder fachsimpeln oder sie erzählten sich alte Geschichten aus dem Pariser Kunstbetrieb.

Als Remarque mit Marlene Dietrich im September 1939 nach Hollywood kam, hatte der Lieblingsregisseur dieser Diva, Josef von Sternberg, gerade Kokoschkas Bild »Tower Bridge in London« gekauft. Er zeigte es ihnen. Remarque gefiel es nicht, Marlene fragte nach dem Preis.

»Nur siebentausend Schweizer Franken.«

Marlene schwieg. Für sie war es weggeworfenes Geld. Dafür hätte sie eine komplette Abendgarderobe bekommen. Remarque wusste um den Wert und fragte Sternberg: »Wo haben Sie es so günstig bekommen?«

»Bei der Versteigerung in Luzern. Die Nazis bringen jetzt ihre beschlagnahmten Bilder unter die Leute, weil sie Devisen brauchen. Feininger gab es für zwanzig Franken, Nolde für zehn, aber den kennt hier keiner.«

Später beim Abendessen stritten sich Marlene und Remarque: Sie meinte, man dürfe nicht auf diese Weise die Nazis unterstützen, und er entgegnete, nur so könnte man die Bilder vor der Zerstörung retten. Schulberg, Laura, Hedda Hopper, Valfierno und ich saßen mit am Tisch. Valfierno gab dem ihm unbekannten Remarque recht: Wenn die Sowjets nicht heimlich kistenweise Bilder an den amerikanischen Finanzminister Andrew Mellon oder an den Botschafter Joseph Davies verkauft hätten, wären sie wahrscheinlich verheizt worden. Marlene war es nicht gewohnt, dass man ihr widersprach, und beschäftigte sich mit ihrem Make-up. Die widerwärtige Hedda Hopper, die immer alles ganz genau wusste, krähte: »Ach Kinder, das ist doch unwichtig, schließlich haben die Franzosen damals auch die Mona Lisa an den deutschen Kaiser verkauft«, woraufhin Marlene endgültig beschloss, für den Rest des Abends zu schmollen. Laura war verärgert, weil ihr ahnungsloser Mann die Diva provoziert hatte, und Valfierno zog mit Remarque nach dem Essen noch ins Little Gipsy am Sunset Boulevard, wo sie sich gepflegt betranken. Das war die erste Begegnung dieser beiden Einzelgänger, die nicht nur die Liebe zur Kunst, sondern leider auch zum Alkohol verband. Und beide litten sie manchmal unter ihren kapriziösen Frauen. Sie hätten Freunde werden können, doch dafür fehlte ihnen die Begabung.

Einmal im Jahr gab meine Mutter im Biltmore Hotel ein festliches Essen für die Sponsoren des Metropolitan Museums mit Tanz und Tombola, das legendäre Dixon-Dinner. Schon Wochen vorher war Mutter mit der Gästeliste beschäftigt; sie telefonierte herum und Samantha schrieb die begehrten Einladungen. Traditionell war der Hauptgewinn der Tombola ein Bild. Der Künstler durfte sein Werk feierlich enthüllen und den glücklichen Gewinner bekannt geben, der es dann wie jedes Jahr in einem Akt spontaner Großzügigkeit dem Museum stiftete. In diesem Jahr, es war 1936, hatte das Kuratorium den Maler Reginald March ausgewählt, der wegen seiner New Yorker Milieustudien ziemlich bekannt, aber wegen seines kritischen Realismus auch nicht ganz unumstritten war. March gab uns sein neuestes Werk »Minsky's Chorus«, eine typische Szene aus diesem Varieté: Eine Horde betrunkener Voyeure bejubelt eine Tänzerin. Ich hätte das

Bild nicht angenommen, aber das Kuratorium wollte mit der Zeit gehen und das Federal Art Project unterstützen. (Mit dem FAP wurden zwischen 1934 und 1941 rund fünftausend Künstler mit einem Stipendium von monatlich etwa hundertsechzig Dollar unterstützt. Zu ihnen gehörten später berühmte Maler wie Jackson Pollock und Mark Rothko, Anm. d. Hrsgs.) Ich fand auch die Idee, alle Postämter mit Wandgemälden zu schmücken, eigentlich ganz gut, bis ich sah, dass überall nur pflügende Bauern dargestellt waren, wegen des geförderten »illustrativen Nationalismus«, aber dazu hätte ich nur im Zug aus dem Fenster sehen müssen. Wir mussten dann das Programm aus Kriegsgründen einstellen. Die Nazis haben es bis zum Ende betrieben, aber deren Bilder sind irgendwie verschwunden, nur in unseren Postämtern auf dem Land wird immer noch fleißig gepflügt. Ich war nicht begeistert von March's Bild, denn das Minskys entsprach wirklich nicht dem Niveau unserer Sponsoren. Dort gab es ziemlich deftige Stripnummern und Auftritte von Künstlern zweifelhaften Geschlechts, die Mae West imitierten. Ich wusste nicht, dass man damit Geld verdienen kann, bis ich Mae West kennenlernte: Sie war wirklich unglaublich witzig. Nach der Pause wurde bei Minsky eine Leinwand heruntergelassen und die deutsche Wochenschau vorgeführt: Hitler und Mussolini in Uniform und Schaftstiefeln, natürlich synchronisiert, aber auf jiddisch! Das Publikum bog sich vor Lachen, vor allem das jüdische, denn niemand nahm diese deutsche Witzfigur Hitler ernst, die Juden nicht und wir auch nicht.

March sollte eigentlich nur sein Bild präsentieren, hielt dann aber noch eine Rede, in der er gegen europäische Avantgardisten wie Picasso polemisierte und außerdem erklärte, jeder New Yorker Nachtclub wäre für einen amerikanischen Künstler inspirierender als Notre Dame. Ich hatte Laura und ihren Ehemann auf die Gästeliste gesetzt: Sie wirkten ziemlich irritiert über die Rede, aber bei unseren Sponsoren kam sie gut an.

Bei diesem Dinner lernte Laura einige Leute von Paramount kennen und wurde auch Mr. und Mrs. Adolph Zukor vorgestellt, die am Tisch meiner Mutter neben Mae West und La Guardia (dem New Yorker Bürgermeister, Anm. d. Hrsgs.) saßen. Er ließ übrigens das Minsky's im nächsten Jahr schließen, weil eine Stripperin als Nonne auf die Bühne kam. Das ging natürlich nicht. Zukor schätzte Mae West sehr, weil sie eine intelligente Frau war, die mit ihren eigenen Theaterstücken auf dem Broadway riesige Erfolge feierte. Er ließ sie ihr Stück »Diamond Lil« für den Film überarbeiten, sie spielte die Hauptrolle und brach alle Kassenrekorde: Der Streifen spielte in drei Monaten zwei Millionen Dollar ein und rettete Paramount vor dem Bankrott.

In Filmkreisen kursiert ein harter Satz: Es genügt nicht, Erfolg zu haben – die anderen müssen scheitern. Zukor hielt davon nichts. Wenn es nötig war, gab er sogar Kredite an seine Konkurrenten. Nur Louis B. Mayer von MGM wünschte er zum Teufel, weil sich Mayer von Hearst kaufen ließ, weil er die Garbo hatte, gegen die Marlene nicht ankam, und aus hundert anderen Gründen. Für Zukor war er der Inbegriff eines ungehobelten und ungebildeten Juden. Zu Mayer kam einmal ein deutscher Emigrant, der Drehbücher auf Fehler durchsehen sollte, und monierte eine romantische Szene, in der zwei Verliebte in Paris auf den mondbeschienenen Ozean blicken sollten. »Aber Paris liegt überhaupt nicht am Meer«, kritisierte der Deutsche und Mayer brüllte ihn an: »Die Szene ist prima, und ich werde sie mir von ein paar Klugscheißern, die schon mal da waren, nicht versauen lassen!«

In diesem Jahr 1936 war bei MGM die Komödie »Kain and Mabel« herausgekommen, für die Hearst seiner Geliebten Marion Davies die Hauptrolle neben Clark Gable gekauft hatte. Alle außer Hearst wussten, dass sie völlig unbegabt war. Außerdem hatte sie einen Sprachfehler, der bei Tonfilmen stört: Sie stotterte. Nach der Premiere sagte Mae West den Reportern etwas über Marions tiefes Dekolleté, das so klang wie: »Naja, sie muss eben ihre Begabung dort zeigen, wo sie sie hat.« Hearst schäumte vor Wut und rief zum Boykott von Maes Filmen auf, aber Zukor dachte nicht daran, sich von ihr zu distanzieren, im Gegenteil: Er bestand darauf, dass Mae bei dem Dinner neben ihm saß. Laura kannte fast alle ihre Filme und fragte sie, ob es sie nicht ärgert, wenn Cary Grant immer sein Gesicht in die Kamera hält und sie nur den Rücken?

»Ach Kindchen«, lachte Mae, »glauben Sie, dass es amerikanische Männer gibt, die auf sein Gesicht achten, wenn sie meinen Hintern sehen können?«

»Ein paar Männer«, reagierte Laura blitzschnell, »gibt es bestimmt, die lieber *seinen* Hintern sehen würden.«

Das war, als wäre eine Bombe explodiert. Alle am Tisch zogen die Köpfe ein, hielten sich an ihren Weingläsern fest oder drückten sich die Serviette vors Gesicht. Instinktiv sah ich zu meiner Mutter, weil ich dachte, sie könnte sich jetzt nur in eine Ohnmacht retten. Aber sie wirkte völlig gefasst und sagte mit fester Stimme in die Runde: »Sie ist aus Europa«, als wäre damit jeder Verstoß gegen Sitte und Anstand erklärt. Und als hätten alle nur auf solch einen erlösenden Satz gewartet, begannen sie zu glucksen, zu kichern, zu röhren und zu wiehern. Ich kannte Aldoph Zukor als ruhigen, feinen Mann, aber jetzt liefen ihm vor Lachen die Tränen übers Gesicht. Meine Freundin Mae wäre fast vom Stuhl gefallen, Ben Schulberg hatte sich verschluckt, Zukors Frau Lottie hielt sich am Arm des Bürgermeisters fest und fiepte in den höchsten Tönen, sogar Laura lachte etwas verlegen.

Der Witz war, dass sie es überhaupt nicht witzig gemeint hatte und tatsächlich nicht wusste, welches Tabu sie gerade gebrochen hatte. Es gab keine Homosexuellen in Amerika und schon gar keine homosexuellen Filmstars. Punkt. Das war die offizielle Linie der protestantischen Frauenvereine und der katholischen Anstandsliga, das war die Drohung von Hearst, Hedda Hopper und Will Hays, den obersten

Sittenwächtern, die einen sehr breiten Fuß im Filmgeschäft hatten, mit dem sie jeden Verdächtigen sofort rauskickten. Über Maes Privatleben wussten sie glücklicherweise nichts. Nach außen pflegte sie ihr Image als männertolle Sexbombe, aber in Wirklichkeit lebte sie allein mit ihrer Mutter. Und mit mir. Man kann sich heute überhaupt nicht mehr vorstellen, in welchem Klima der Heuchelei und der Angst wir damals gelebt haben.
Zukor zog Laura ins Gespräch, Ben Schulberg verabredete sich mit ihr, Mae West gab ihr die Telefonnummer ihres Sekretärs – Sie wissen, wie das läuft: Man muss nur die richtigen Leute kennen, und Laura lernte sie an diesem Abend kennen. Hier begann ihre Karriere: Als Mrs. Valfierno arbeitete sie selbstverständlich nicht mehr im Museum, sondern vertrieb sich ihre Zeit meist mit Kinobesuchen und war deshalb für die Leute von Paramount eine willkommene Gesprächspartnerin. Sie hat noch den europäischen Blick, sagten sie. Diesem Blick war nicht entgangen, wie lieblos die Zimmer in vielen Filmen ausgestattet waren; besonders die Gemälde wirkten häufig wie zufällig an die Wand gehängt und passten weder zur Wohnung noch zu ihrem Besitzer. Laura meinte, ein Charakter könne bereits durch die Auswahl der Bilder in seiner Wohnung erkannt werden. Kein moderner Geschäftsmann würde sich einen Rokoko-Stich kaufen, keine gefühlvolle Frau könnte eine englische Jagdszene ertragen. Andererseits: Da die Hüter der Moral allzu deutliche Szenen verbieten, dann könnte man doch, wenn der Wüstling sein junges Opfer umarmt, auf einen alten Stich über dem Sofa überblenden, der ein junges erlegtes Reh zeigt. Damit wäre doch alles gesagt, was man nicht zeigen durfte. Bilder seien eben keine toten Requisiten wie Stehlampen und Teetassen, sondern stumme Akteure, auf deren Gesten man achten muss. Sie zeigen etwas, und was sie zeigen, bedeutet auch etwas.
Der Produzent hörte zu. Laura drückte ihre Zigarette aus. »Ich hoffe, Sie haben mich nicht falsch verstanden. Ich kri-

tisiere nicht Ihre Filme, ich würde mir nur wünschen, dass sie mehr Stil haben.«

»Stil kann man nicht verfilmen.«

»Aber man kann ihn zeigen. Columbia hat ihn nicht und Jack Warner auch nicht. Mr. Zukor hat Stil, also sollte die Paramount ihn auch haben.«

Paramount hatte für alles Experten – für Mode, Autos, Baustile und Geräusche, aber für Kunst nicht. Kein Studio hatte einen Experten für Kunst. Der Produzent – ich nenne seinen Namen nicht, er lebt noch und ist immer noch verheiratet – lud Laura in die Studios auf Long Island ein, damit sie bei Dreharbeiten dabei sein könnte.

»Ich kann Ihnen nicht versprechen, dass ich selbst Zeit habe, Sie herumzuführen, aber melden Sie sich unbedingt im Vorzimmer, wenn Sie da sind.«

Laura hob leicht eine Augenbraue und produzierte eine winzige Falte über der Nase.

»Vielleicht«, sagte sie und steckte ihr Zigarettenetui in die Handtasche, »und vielen Dank.«

Er begleitete sie zu ihrem Wagen. Sie war eine schöne Frau. Wollte sie ihn belehren, wie man Filme macht? Diese Französinnen sind wirklich unglaublich arrogant. Vielleicht sollte er sie zum Essen einladen. In seinem Kopf summte es. Er hätte sie wenigstens nach ihrer Telefonnummer fragen müssen. Jetzt war es zu spät. Er hielt ihr die Wagentür auf.

»Ich hoffe, wir sehen uns.«

»Das hoffe ich auch.«

Sie ließ nichts von sich hören. Nach zehn Tagen schickte er ihr einen von Adolph Zukor unterschriebenen Vertrag. Für tausend Dollar im Monat war sie nun dafür verantwortlich, dass in den Paramount-Filmen die Bilder zu den Wohnungen und den Charakteren passten. Und er legte ein Drehbuch bei, das sie sich bitte ansehen möchte, weil es in Paris spiele. Eine simple Geschichte: Die Gattin eines englischen Diplomaten hat in Paris eine Affäre mit einem englischen Gentleman, dem sie überraschend in London wieder begegnet. Die Atmosphäre stimmte, die Dekoration hatte Stil, die Dialoge waren ausgefeilt, es gab nichts zu ändern. Laura machte nur einen Vorschlag, wie man den Reiz der Anonymität ins Bild setzen könnte. Er fragt sie vor ihrem Hotelzimmer nach ihrem Namen, sie antwortet: »Warum sollen wir uns einen so schönen Abend mit dummen Namen verderben?« Dann hätte sie nach Lauras Idee die Tür öffnen sollen, und über das Bett hinweg wäre die Kamera – typisch Pariser Hotel – auf das Porträt der Mona Lisa gefahren, als Symbol für die geheimnisvolle Unbekannte. Aber dieser Vorschlag wurde damals wegen des Betts nicht realisiert.

In New York war der Reporter Charles Decker zufällig auf Valfiernos Namen gestoßen, hatte bei ihm zu Hause angerufen, aber nur Laura erreicht. Sie ließ sich erklären, worum es ging, und da sie neugierig war, traf sie sich mit Decker. Er sagte ihr alles, was er wusste. Viel hatte er nicht in der Hand, ein paar lose Fäden, und hauptsächlich ging es ihm um Hemingways gestohlenen Koffer. Laura versicherte Decker wahrheitsgemäß, dass ihr Mann niemals engeren Kontakt zu Hemingway, den er abfällig nur »den Angler« nannte, gehabt und auch nie einen Koffer mit Manuskripten erwähnt hatte. Sie kenne zwar die Pariser Gerüchte um die gestohlene Mona Lisa, aber von einer Romanidee Hemingways, sie mit der Titanic untergehen zu lassen, hatte sie noch nie gehört. Ein hübscher Filmstoff, meinte sie und Decker nickte: »Hemingway ist gerade in Hollywood.«
»Warum fahren Sie nicht hin und fragen ihn?«
»Ach wissen Sie, mit uns redet er nicht, ich bin nur ein kleiner Fisch.«
Das Gespräch endete ohne greifbares Ergebnis. Ihrem Mann erzählte Laura nichts davon. Irgendwann, ahnte sie, würde sie erfahren, warum dieses Bild in seinem Schlafzimmer hing. Nach ihrer Meinung war es hässlich und altmodisch,

und es war ein Segen, dass keiner ihrer Gäste es zu Gesicht bekam. Auch Laura betrat dieses Zimmer nur, wenn es sich nicht vermeiden ließ. Meistens ließ es sich vermeiden.

Nach dem ernüchternden Besuch bei der falschen Großfürstin fuhr Valfierno mit Samantha in die Galerie. Er hatte kein gutes Gefühl, wenn er Elmyr dort allein ließ. Der Ungar war ein hübscher junger Mann Anfang dreißig, der leider ständig in irgendwelche Schwierigkeiten verwickelt war. Aber er hatte auch eine faszinierende Begabung: Er konnte in zwanzig Sekunden einen perfekten Matisse zeichnen. Aus Paris hatte er sehr schnell verschwinden müssen. Sein damaliger Freund, der Sohn des Kunstsammlers Charles Chambertin, hatte ihn gedrängt, die Kollektion seines verstorbenen Vaters für den Verkauf durch einige Blätter von Picasso, Matisse und Degas aufzuwerten. Leider waren die Zeichnungen von Matisse mit ihren durchgehenden Linien zu perfekt geraten: Matisse unterbrach die Linien, weil er sein Modell ansehen musste, während Elmyr aus dem Gedächtnis zeichnete. Cocteau hatte bis zur Auktion gewartet und dann einen Riesenwirbel verursacht. Vermutlich steckte eine Eifersuchtsgeschichte dahinter, jedenfalls behauptete Elmyr, er sei von zwei Seiten erpresst worden und hier in New York untergetaucht. Weil er dringend Geld brauchte, hatte Valfierno Sam gebeten, ihn einzustellen, aber er war sich nie ganz sicher, ob das Schlitzohr nicht auch eigene Bilder verkaufte, wenn er in der Galerie allein war. Sie hatten verabredet, dass ausschließlich Valfierno entschied, welchen Kunden diese Werke angeboten werden durften, denn Elmyr war zwar als Fälscher ein Genie, aber er besaß keinerlei Menschenkenntnis. Selbstverständlich war Sam in diese Dinge nicht eingeweiht.
Für sechs Uhr hatte sich Charles T. Crocker angemeldet, der mit seiner Frau Helen, einer Freundin meiner Mutter, in den

Uplands eine italienische Vierzig-Zimmer-Villa bewohnte – nicht im italienischen Stil wohlgemerkt, sondern eine echte, in der Nähe von Florenz gekaufte und 1912 hier wieder aufgebaute Villa.

Charles und Helen waren ein reizendes Paar, das jedes Jahr beim Dixon-Dinner viel Geld für das Metropolitan Museum spendete und genauso bei Lottie Zukors Ladies Aid Ball für die Oper. Die Villa soll damals anderthalb Millionen gekostet haben, ohne die Frachtkosten. Zur Silberhochzeit suchte Charles ein besonderes Geschenk für Helen, nicht das Übliche von Tiffany. Er hatte schon Duveen einen Besuch abgestattet, der ihm einen Raffael angeboten hatte, mit einer neuen Expertise von Berenson. Bereits in der vergangenen Woche hatte Crocker bei Samantha gesessen und von dem Raffael gesprochen, um den Preis für einen Tiepolo zu drücken, den Valfierno ihm gezeigt hatte – eine »Anbetung der Könige« aus dem geschmuggelten Besitz eines geflüchteten deutschen Kunstprofessors. Der Preis sollte bei achtzigtausend Dollar liegen. Crocker war ein mit allen Wassern gewaschener Sammler. Er hätte nur nicht Berensons Expertise erwähnen dürfen.

»Wenn Berenson einen Raffel gutschreibt, Mr. Crocker, können Sie sicher sein, dass er von Giovanni Bastianini stammt. Auch seine Ghibertis. Die Giorgiones – hatte Mr. Duveen keinen Giorgione im Angebot? –, die Giorgiones stammen aus der Werkstatt seines Freundes Luigi Grassi, übrigens ein vorzüglicher Restaurator. Und bei jeder verkauften Zuschreibung verdient Berenson dreißig Prozent. Solche Geschäfte könnte sich Mrs. Shriver gar nicht leisten, nicht wahr? Im Übrigen ist Mr. Duveen natürlich ein ehrenwerter Mann.«

Die beiden Männer lächelten sich an. Es war ein Kampf zwischen zwei eisenharten Geschäftsleuten.

»Zweifeln Sie an Mellons Raffael, Mr. Valfierno?«

»Nein, diese Madonna ist echt. Sie brauchte auch keine Expertise. Aber wir wissen alle, woher Duveen sie bekommen hat.«

»Aus der Sowjetunion.«
»Ja, direkt aus der Eremitage. Und der Verkauf war nicht legal.«
Das Gespräch war in eine gefährliche Richtung geraten. Valfierno musste jetzt Crocker wieder entgegenkommen.
»Mrs. Shriver möchte Ihnen den Tiepolo überlassen, weil er genau in Ihre wundervolle Sammlung passt. Aber er ist nur kurz bei uns, vielleicht eine Woche, bis der Besitzer wieder ausreisen muss. Sie verstehen, er hat kein Visum.«
Das stimmte zwar nicht, aber Mr. Crocker nahm es als Andeutung, dass man aufgrund der Notsituation noch über den Preis verhandeln könnte. Offenbar wollte er heute die Gelegenheit nutzen.
Pünktlich um sechs Uhr sah Valfierno den Wagen vorfahren und verschwand mit Elmyr im hintersten Zimmer. Sam begrüßte ihren Gast und bot ihm ein Glas Champagner an, da er müde wirkte. Er hatte an der Börse auf den baldigen Sieg Francos im Bürgerkrieg spekuliert. Wenn die Verteidiger von Valencia die Reisfelder anzündeten, gäbe es keine Ernte und der Preis stiege. Crocker hatte auf Termin die koreanischen Vorräte gekauft. Er rechnete mit hundert Prozent Gewinn. Die Spanier würden niemals auf ihre Paella verzichten. Der Reis käme dann eben aus Asien, bezahlt in Dollars, investiert in italienische Kunst.
»Sehen Sie sich diesen Renoir an, den ich gestern bekommen habe«, säuselte Sam, »da werden wir beide noch einmal jung.«
Aber Crocker war in Gedanken noch bei seinen Börsengeschäften, zündete sich eine Coronita an, ohne einen Blick auf den Renoir zu werfen und machte ein sorgenvolles Gesicht.
»In Europa sieht es nicht gut aus, meine Liebe, ich sage Ihnen, es wird Krieg geben.«
»Aber daran wollen wir doch gar nicht denken«, wehrte Sam erschrocken ab und rief nach Valfierno: »Würden Sie bitte Mr. Crocker einen Cognac reichen, den französischen.«

»Was sagen Sie, Valfierno, als Europäer zu der Krise? Die Börse ist beunruhigt.«
»Dann müssen wir uns auf steigende Preise einstellen.«
»Und auf fallende Werte. Ich mache mir wirklich Sorgen um Sie, liebe Samantha, denn wer wird dann noch Kunst kaufen wollen?«
Kein Außenstehender hätte verstanden, dass es sich hier um ein Verkaufsgespräch für ein Gemälde handelte. Crocker war ein raffinierter Taktiker. Er erinnerte an den Börsencrash. Alles würde fallen. Wie war das vor sechs, sieben Jahren? Wer da bares Geld hatte, konnte alles für den halben Preis kaufen, was sagte er, für ein Drittel, sogar für ein Viertel. Auch Gemälde, besonders Gemälde.
»Antiquitäten, Möbel, Teppiche und Bilder – alles war für zehn Prozent vom früheren Preis zu haben.«
Crocker seufzte theatralisch, blies aus seiner Coronita elegische Ringe in die Luft und saß wie ein Geschlagener mit hängenden Schultern im Besuchersessel. Während Sam nervös eine Locke über ihrem Ohr drehte, servierte ihm Valfierno unbeeindruckt einen Cognac:
»Und dann, verehrter Mr. Crocker, sind die Sachwerte wieder gestiegen und das Geld ist gefallen. Sie wissen ja selbst, dass der Dollar heute nur noch die Hälfte wert ist. Das Geld ist nicht wieder gestiegen, aber die Bilder, die Antiquitäten, die Teppiche – alles kostet heute doppelt, was sage ich, dreimal so viel wie damals.«
»Dann sollten Sie gar nichts verkaufen, Samantha«, lachte Crocker.
»Wenn ich das könnte«, lächelte sie irritiert zurück. »Ich verkaufe ja sowieso nur höchst ungern. Aber die Steuern ... Und diese armen Emigranten, für manche bin ich doch die letzte Rettung.«
»Ach ja«, sagte Crocker und stand auf. »Sie hatten doch diesen Tiepolo, keine große Sache, nur ein Geschenk für Helen, sagen wir fünfzigtausend, könnten Sie ihn morgen vorbeibringen? Der Rahmen war nicht ganz stilecht, Louis XV.

oder? Lassen Sie ihn ruhig dran. Aber den zahle ich natürlich nicht.«

Der Rahmen allein hätte tausend Dollar gekostet, der Tiepolo war im Preis um ein Viertel gesunken und damit reell bewertet.

Valfierno kam gerade noch rechtzeitig nach Hause, um sich für das denkwürdige Dixon-Dinner des Jahres 1938 in einen Frack zu werfen.

Die Lage war im Herbst 1938 wirklich nicht rosig. Mexiko hatte unsere Ölquellen beschlagnahmt oder, wie sie es nannten, »nationalisiert«. Wenn wir nicht auf unserer Seite die Felder von Los Angeles gehabt hätten, wäre uns das Benzin ausgegangen. Ob es wirklich ein Versehen war, als die Japaner drei Tanker von uns versenkten – ich weiß es nicht. Im Nachhinein erschien es mir wie ein dunkles Vorzeichen.

Die Deutschen hatten Österreich geschluckt, worüber außer den Juden alle Österreicher begeistert waren, aber die meisten Juden waren ja schon weg. Was uns wirklich Sorgen machte, war dieser jahrelange Bürgerkrieg in Spanien. Auf Francos Seite standen Hitlers Truppen, und die deutschen Flieger, die schon Guernica zerstört hatten, bombardierten Madrid und Barcelona. Wir waren natürlich gegen Franco und für die spanische Demokratie, aber Roosevelt meinte, wir dürften uns nicht in europäische Angelegenheiten einmischen, dies bedeute Krieg. Das war auch meine Überzeugung, trotzdem verlor er Stimmen bei den Kongresswahlen. Was wir aus Spanien hörten, war schrecklich: Die Ernten fielen aus, weil die Bauern an die Front mussten und ihre Familien im Elend zurückließen. Die Frauen machten sich mit den Kinder auf den Weg in die Städte, aber man gab ihnen nichts zu essen und sie verhungerten auf der Straße. In der Staubschüssel Oklahoma war gerade dasselbe mit den Farmerfamilien passiert, und was der Bürgerkrieg aus unserem blühenden Land gemacht hatte, das wussten wir auch, weil jeder *Vom Winde verweht* gelesen hatte – eine verwahrloste Einöde mit verlassenen Farmen und umherirrenden, vor Hunger schreienden Kindern. Wenn der Völkerbund sich einig war, dass kein Land Waffen nach Spanien liefern darf, dann wollten wir wenigstens Geld für Medikamente und Lebensmittel sammeln. Das Dixon-Dinner war dafür die beste Gelegenheit. Niemals hätte ich gedacht, dass es in diesem Jahr zum letzten Mal stattfinden würde.

Meine Mutter hatte einen Redner eingeladen, der sich sehr stark für Spanien engagierte, einen Deutschen, der als politischer Gefangener im Zuchthaus gesessen hatte, weil er Demokrat war. In der Haft soll er Theaterstücke geschrieben haben und berühmt geworden sein, zumindest in Europa, aber dann war er vor Hitler geflohen und sammelte nun überall Geld für die hungernden spanischen Kinder. Als ich Mr. Toller sah, war ich enttäuscht: Ein kleiner Mann von höchstens einssiebzig, schlank, aber in einem billigen Londoner Anzug. Nur die dunklen Augen wirkten in seinem blassen Gesicht irgendwie verschlingend. Ich wusste nicht, dass er in Behandlung war, niemand wusste es. Das Virus der Selbstzerstörung hatte seine Psyche befallen und fraß sich durch sein Hirn. Toller schien sehr schüchtern zu sein. Er sagte nur artig: »Danke für die Einladung« und setzte sich an unseren Tisch.

Wir hatten ein sensationelles Opening: Zum ersten Mal trat im Biltmore Benny Goodman mit Lionel Hampton und Teddy Wilson auf. Wir waren darauf gefasst, dass nicht alle Gäste den farbigen Musikern applaudieren würden, aber als Hampton »Don't Be That Way« intonierte, war das Eis gebrochen. Da unser Ehrengast ohne weibliche Begleitung war, hatten wir ihn neben Mae platziert, die in ihrem schwarzen Paillettenkleid hinreißend aussah, obwohl ich fand, dass sechs Brillantarmbänder, drei an jedem Handgelenk, für diesen Anlass ein wenig übertrieben waren. Tol-

ler und Mae gingen beide auf die Fünfzig zu, aber als sie auf ihren zehn Zentimeter hohen Stöckeln in Richtung unseres Tisches swingte und Toller sich zur Begrüßung erhob, trafen zwei Welten aufeinander – die alterslose Inkarnation der Verführung und der erschöpfte Emigrant: Hollywood begrüßte das alte, untergehende Europa. Sie hatten sich wenig zu sagen. Mr. Toller war ein ernster Charakter. Sie sprachen über das Alleinsein.
»Ich hatte so viele Männer, dass ich eigentlich immer allein war.«
»Hat Sie denn kein Mann glücklich gemacht?«
»Oh doch, viele!«
Mae nahm nichts ernst, außer ihrem Gehaltsscheck, und das mit den Männern stimmte natürlich auch nicht.
Sie erzählte von ihren absolut identisch ausgestatteten Apartments in New York und Hollywood, ihrer stets zweifach angefertigten Garderobe und wie praktisch es sei, sich nicht immer neu orientieren zu müssen.
»Und Sie haben wirklich alles doppelt?«
»Das sehen Sie doch«, lachte sie und reckte ihm ihren stattlichen Busen entgegen.
Toller verstummte für den Rest des Essens. Es war ein Fehler in der Platzierung. So etwas kann passieren.
Und dann kam jene halbe Stunde, die wir niemals vergessen werden. Mutter stellte unseren Ehrengast vor, sagte, wie stolz sie sei, ihn bei uns begrüßen zu dürfen, bevor ihn seine Mission morgen ins Weiße Haus führen würde – »Grüßen Sie Eleanor von uns« –, alle applaudierten freundlich, und Toller ging langsam zum Podium, ein müder alter Mann.
»Ihr Mütter«, begann er, »Ihr Brüder und Schwestern! Ich bin in Spanien gewesen, in der stolzen Republik Spanien, und ich habe das Geburtshaus des großen Malers Francisco Goya gesehen, wie es zerbombt ist von den Faschisten, die jene Kultur auslöschen wollen, die wir, Sie und ich, lieben und in unseren Herzen tragen. Ich habe Barcelona gesehen, das einst so stolze Barcelona, wie es jetzt in Trümmern liegt,

zerstört von deutschen Brandbomben, und ich habe Guernica gesehen, die Stadt, die es nicht mehr gibt, seit die deutschen Flieger kamen auf Bitten des Generals Franco, dieses Verräters am spanischen Volk und der Demokratie – «
Tollers weiche, aber kraftvolle Stimme schwang durch den Saal, über unsere Köpfe hinweg, wie ein etwas zu warmer Wind, der ein Unwetter ankündigt.
» – und ich bin durch die Straßen gegangen, über die Berge von Schutt, vorbei an ausgebrannten Automobilen und aufgeblähten Kadavern von Pferden, und ich habe Ihnen etwas mitgebracht, etwas, das Sie nicht kennen, etwas, das es in Ihrem New York nicht gibt: die Stille.
Ich bin durch die Straßen gegangen und sah einen Hausrest einstürzen, der tagelang noch im Wind gestanden hatte, und ich hörte es nicht. Ich sah Menschen schweigend in den Trümmern graben, ob noch etwas zu retten sei aus dem Ruß, der sie schwärzte und der sie husten ließ, unhörbar husteten sie. Es war ihnen peinlich, am Leben zu sein und husten zu müssen.«
Wir sahen uns irritiert an. Niemand hätte sich zu räuspern gewagt. Das war nicht die Art Vortrag, die wir gewohnt waren, und Tollers Stimme war auch nicht mehr weich, sondern stählern.
»Es waren Mütter wie Sie, die mit bloßen Händen wegräumten, was immer noch da lag, verwesendes Fleisch, manchmal sogar noch auf Stühlen, an Tischen oder hockend gegen die Wand gelehnt, aufgeplatzte Fleischleiber, gesotten von deutschen Brandbomben. Bräunlicher Dreck, auf dem noch die blauen Flämmchen tanzten, verkrümmte Marionetten des Todes in den Pfützen ihres eigenen, kalt erstarrten Fetts.«
Mae hielt sich die Serviette vor den Mund und Lottie hatte Tränen in den Augen.
»Und ich sah einen Priester auf den Stufen seiner ausgebrannten Kirche sitzen, er bewegte die Lippen und sprach mit den Fliegen. Saß in seiner Soutane auf der Treppe, neben sich eine Bibel, die er immer wieder hochhob, weil

die Leichenmaden fingerdick aus der Kirche krochen, denn es war Messe gewesen, als die Bomben fielen, und er sprach jetzt zu den fetten Fliegen, die sich schamlos auf ihm niederließen, und er hatte Angst, sie mit der Bibel zu erschlagen. Also liefen diese feisten, schillernden Nazifliegen über seine schöne, weiße, unschuldige Soutane und schissen sie voll mit den Resten der gläubigen Leichen.«

Mrs. Vanderbilt fiel in Ohnmacht, aber niemand kümmerte sich. Zukor war so verkrampft, dass die Zigarre in seiner Hand brach. Ich sah seine weißen Fingerknöchel wie bei einem Skelett.

»Auf dem Weg vor mir ging eine Frau mit einem Pappkarton, und weil es so still war, hörte sie meine Schritte. Sie fühlte sich verfolgt, begann zu laufen und zu stolpern, der Pappkarton fiel ihr herunter und sie stolperte weiter, der Karton sprang vor meinen Füßen auf – verkohltes Holzspielzeug, ein Kissen und obendrauf eine in den Flammen geröstete Babyleiche, ein ausgedörrtes Mumienkind, Ihr Mütter, ich hob es auf, es war leicht wie eine Puppe, und es zerbröselte in meinen Händen – «

Tollers Stimme hatte sich in einen Orkan verwandelt, der über uns hinwegfegte, durch uns hindurch und der uns fortriss, fort von allen Regeln und Konventionen, es wurde hemmungslos geweint im Saal, auch Schulberg weinte und hielt sich die Hände vors Gesicht, das Schluchzen war nicht zu überhören, und diese stählerne Stimme schnitt uns erbarmungslos durchs Herz » – wisst Ihr Mütter, Ihr Brüder und Schwestern, wie still es ist, wenn Knochen zu Staub zerfallen? Diese Stille habe ich mitgebracht aus den Straßen von Guernica, auf denen kein Kind mehr spielt, und aus den Straßen von Barcelona, auf denen kein Kind mehr lacht. Viele sind tot, aber viele leben noch – ahnt Ihr Mütter, was mit den Waisen geschieht? Die Mädchen werden nach Marokko verkauft – «

Wie es weiterging, weiß ich nicht, weil ich aus dem Saal gerannt war und ein Dutzend Frauen mit mir. Der Abend war

ein Fiasko. Ein halbes Jahr später erfuhr ich, dass Toller inzwischen unglaubliche zehn Millionen Dollar gesammelt hatte. Er kaufte dafür Medikamente und andere Hilfsgüter und verschiffte sie nach Spanien. Einen Monat zu spät. Barcelona war erobert, und im Hafen fiel die gesamte Ladung den Faschisten in die Hände. Als er diese Nachricht erhielt, erhängte sich Toller in seinem Hotelzimmer.
Aber da war ich schon bei Laura in Hollywood.

Elftes Kapitel

Glauben Sie nichts, was Ihnen über Hollywood erzählt wird; glauben Sie vor allem kein Wort von dem, was Filmleute über Hollywood erzählen: Die Studios wären von New York dorthin umgezogen wegen des weichen kalifornischen Sonnenlichts – von wegen! Die Patente für die Kameras, das Zelluloidfilmband und die Abspielgeräte gehörten der Thomas A. Edison Company, und wer einen Film machen wollte, musste sich eine Lizenz dafür kaufen. Als das Kino vom Kinderspaß zur Industrie wuchs, suchten sich die Bosse einen Ort, der möglichst weit weg von New York war, in einem Bundesstaat, der von diesen Patenten noch nichts gehört hatte und der eine nahe Fluchtmöglichkeit bot, nämlich die Grenze zu Mexiko, falls Edisons Schlägertrupps auftauchten, um die Ausrüstung zu zerstören. So kamen sie, Adolph Zukor 1913 als Erster, nach Los Angeles, mehr als viertausend Kilometer entfernt von New York, kauften billiges Land und bauten dort Studios für Außenaufnahmen. Der Westen der Ölarbeiterstadt Los Angeles war eine triste Gegend, und Harry Chandler, der Herausgeber der *Los Angeles Times*, hatte so große Schwierigkeiten, sein Immobilienprojekt »Hollywoodland« an den Mann zu bringen, dass er 1923 diese fünfzehn Meter hohen Buchstaben als Werbung aufstellen ließ, strahlend weiß und nachts von tausenden Glühbirnen beleuchtet. Die letzte Silbe »land« fiel irgendwann den Hügel hinunter, aber »Hollywood« blieb stehen, und weil Los Angeles keinen Eiffelturm hatte und kein Empire State Building, wurden die Werbetafeln zum Wahrzeichen dieser Stadt ohne Gedächtnis. Nach Zukor kam Jack Warner nach Hollywood, und erst nach ihm ging Louis B. Mayer 1924 mit M. G. M. nach Culver City, südlich von Beverly Hills. Die Nähe zu Mexiko erwies sich bald als Segen wegen der Abtreibungskliniken und der Schönheitsfabriken – manche Stars, die offiziell Urlaub machten, nutzten beides gleichzeitig. Im Übrigen stimmt natürlich alles, was man Ihnen über Hollywood erzählt, auch die Geschichten, die Sie von Filmleuten aus der Klatschpresse kennen und besonders die am unwahrscheinlichsten klingenden Geschichten – sie sind alle wahr. Alles ist wahr, was in Hollywood erfunden wurde.

In der Nacht nach dem Fiasko erklärte Laura ihrem Mann, sie werde künftig für Paramount in Hollywood arbeiten. Sie sei dann nicht nur für die Bilder, sondern auch für die übrige Ausstattung verantwortlich. Nur nicht für die Kostüme. Die Firma würde ihr ein eigenes Büro einrichten. »Und auf der Tür steht mit goldenen Buchstaben *Laura Coplain Produktionsdesign* – wie findest du das, ein neues Wort, Produktionsdesign, extra für mich?«
Ich hatte so etwas befürchtet, seit ich sie Jesse Lasky vorgestellt hatte, der das Studio in Hollywood leitete. Er war ein Künstler und leicht zu beeindrucken. Ein Blick in Lauras blaue Augen genügte, um zu wissen, dass er sie dringend im Studio brauchte – nicht wegen ein paar Gemälden, sondern weil sie die Räume für Maurice Chevalier gestalten sollte. Lasky sah die Welt nicht mit den Augen der Aufsichtsräte in der Wall Street, sondern er betrachtete das Studio als sein Atelier, in dem er die schönsten Bilder entwerfen konnte. Zukor entschied in New York über die Verträge, las die Bücher, prüfte die Budgets, aber den Stil prägte Lasky. Und die-

ser spezielle Paramount-Stil bedeutete Eleganz, Schönheit, Sinnlichkeit. Mit Laura hatte er für die Verwirklichung dieser Philosophie die ideale Angestellte gefunden. Seine Vorstellung von Perfektion deckte sich mit ihrem Verständnis von Luxus: Je weniger, desto teurer. Sie entrümpelte die Kulissen, und plötzlich konnte sich sogar ein Bulle wie Spencer Tracy elegant bewegen. Silbergrau würde er ihr Büro täfeln lassen, mit weißen Wildledermöbeln auf einem Teppich aus Angorawolle in einem zarten Dämmergrau.

Valfierno fand es albern, dass eine Frau, die vier Pelzmäntel und hundert Paar Schuhe besitzt, jeden Tag in ein Büro gehen wollte.

»Aber Liebling, findest du das nicht ein bisschen unbequem?«

»Was heißt unbequem? Ich finde es spannend. Denk nur, wen wir dort alles kennenlernen werden. Machst du mir bitte das Kleid auf?«

»Wir? Ich habe nicht die Absicht, dorthin zu gehen.«

Sie roch verführerisch nach Foret Vierge.

»Aber jeder geht jetzt nach Hollywood. New York ist irgendwie aus der Mode.«

»Von hier aus gesehen liegt Hollywood immer noch am Ende der Welt. Es hat nicht einmal einen Flugplatz.«

»Ich weiß Liebling, aber ich gehe auf jeden Fall. Andernfalls sterbe ich hier vor Langeweile. Fandest du diesen Deutschen nicht auch furchtbar? Gute Nacht Liebling, ich bin schrecklich müde.«

»Und was soll ich dann hier, wenn du dort bist?«

»Ehrlich gesagt, ist mir das jetzt ziemlich egal.«

»Ich brauche Bedenkzeit.«

»Mach dir noch einen Drink.«

Sie verschwand in ihrem Schlafzimmer.

Valfierno nahm sich fast ein Jahr Bedenkzeit. Es war das Jahr, in dem »Vom Winde verweht« gedreht wurde und meine Mutter plötzlich an einer Embolie starb. Das bedeutete eine große Umstellung für mich; ich brauchte nicht mehr so viel Personal. Endlich war ich ganz unabhängig, aber allein, und ich fühlte, wie sehr mir Lauras unkomplizierte Fröhlichkeit fehlte. Wir telegrafierten uns nur selten, und ihr Mann hörte auch nicht viel von ihr. Natürlich wussten wir von Adolph Zukor, wie tüchtig und erfolgreich sie in ihrer Arbeit war. Lasky hatte ihr Kommen als künstlerische Leiterin groß herumposaunt, und bevor sie die erste Produktion betreute, giftete Hedda Hopper schon: »Macht Paramount jetzt in Kunst?« In Hollywood war »Kunst« ein Schimpfwort und meinte alles, was an der Kasse kein Geld bringt: Lubitsch, Marlene, Politik und Drehbücher, die den Intellekt von Zwölfjährigen überstiegen. Wenn ein Film zwei Millionen gekostet hat, dann musste er mehr als drei Millionen einbringen, sonst war er kein Geschäft. Und dazu mussten vierzig Millionen Menschen den Film sehen, ihn gut finden und noch zwanzig Millionen hineinschicken: Sechzig Millionen Menschen, reiche und arme, gebildete und Analphabeten, Professoren und Farmer, Cowboys aus Arizona und New Yorker Sammler frühchristlicher Kunst, Arbeiter und Lehrer, Rechtsanwälte, Nachtclubsängerinnen und Politiker – sechzig Millionen Menschen aus allen Schichten, Religionen und Gegenden mussten in diesen einen Film gehen, damit er ein Geschäft wurde. Weil alle in den Studios das wussten, machten sie keine »Kunst«. Alle außer Paramount.

Die wirtschaftliche Macht Amerikas lag in den Händen von einem Dutzend reicher Familien wie den Morgans und den Rockefellers. Sie kontrollierten die Industrie und die Börse, ihnen gehörten der Stahl und die Kohle, das Öl und die Banken. Die Träume gehörten ihnen nicht. Wovon wir träumten, bestimmten jene jüdischen Einwanderer, die Hollywood erfunden hatten. Es waren nur fünf, aber weil der Durchschnittsamerikaner arm war und sie reich träumten, besaßen sie eine größere Macht als alle Morgans und Rockefellers zusammen.

Der Älteste, Carl Laemmle, stammte aus einem kleinen Dorf im Süden Deutschlands. Als er dreizehn Jahre alt war, starb seine geliebte Mutter, und er bat seinen Vater, ihn nach Amerika ziehen zu lassen, wo er sein Glück machen wollte. Laemmle wurde der Gründer von Universal Pictures.

William Fox war als Wilhelm Fried mit seinen Eltern aus Ungarn eingewandert. Da der Vater die Familie nicht ernähren konnte, musste der Junge für den Lebensunterhalt sorgen. Er verkaufte Ofenrohre, Limonade und Farbe, bis er die Fox Film Corporation gründete.

Auch Adolph Zukor kam in Ungarn zur Welt. Da seine Eltern früh starben, wuchs er bei einem ungeliebten Onkel auf, der ihn nach Amerika auswandern ließ. Zukor war bereits ein erfolgreicher Kaufmann, bevor er Paramount Pictures aufbaute.

Benjamin Warner kam aus Polen, arbeitete in Baltimore als Schuhmacher, verkaufte in Kanada Wundertinkturen und erwarb zusammen mit seinen vier Söhnen einen alten Filmprojektor. Das war der Beginn von Warner Brothers.

Louis B. Mayer behauptete immer, er hätte vergessen, wo und wann er in Russland geboren war. Symbolisch feierte er seinen Geburtstag am vierten Juli (dem amerikanischen Unabhängigkeitstag. Anm. d. Hrsgs.). In Boston verdiente er seinen Lebensunterhalt mit einem Schrotthandel. Später leitete er das größte und erfolgreichste Studio: Metro-Goldwyn-Mayer.

Diese Männer waren jung, ehrgeizig und ohne Vorurteile gegen das Land, das sie aufnahm. Die Alte Welt ließen sie hinter sich, löschten wie Mayer ihre Vergangenheit und passten sich dem American Way of Life an. Als Kaufleute kannten sie die Gesetze des Marktes, und als Einwanderer wussten sie genau, wovon die anderen Einwanderer und Arbeiter träumten – das war ihr Publikum der frühen Jahre, das sich königlich amüsierte, wenn Charlie Chaplin, gebeutelt wie es selbst, am Ende erhobenen Hauptes aus dem Bild tippelte.

In ihren Filmen entwarfen sie ein Amerika, wie sie es sich wünschten – stark, anständig, voller Energie und neuer Ideen. Es war ihr idealisiertes Traumland, und indem sie seine Mythen und Werte, seine Archetypen und Traditionen auf die Leinwand brachten, wurden sie zur Wirklichkeit. Diese jüdischen Einwanderer haben in Hollywood einen großen Teil dessen geschaffen, was die Amerikaner heute für ihre Realität halten.

Das Publikum fand in ihren Filmen Trost und Ablenkung und darüber hinaus die Erfüllung verborgener Wünsche und ein anderes, magisches Leben, denn während die Welt außerhalb des Kinos in Zufälligkeiten zerfiel, besaß alles, was man auf der Leinwand sah, eine innere Notwendigkeit. Nirgendwo erlebte man die Liebe so überzeugend wie im Kino, und nach einem Clark-Gable-Film bebte die halbe Stadt. Wer einmal in die rätselhafte Greta Garbo oder in die junge Bette Davis verliebt war, machte zuerst sich unglücklich und dann die Frau, die er heiratete.

Diese Handvoll Einwanderer besaßen keine Kohlegruben, Ölfelder oder Eisenbahnen – sie besaßen die Macht über die Phantasie des Publikums, und das war mehr wert als jedes Aktienpaket. Sie besaßen die Macht, dass Bugsy Siegel seine Anzüge so schneidern ließ, bis er aussah wie ein Gangster aus der Warner-Truppe. Oder dass sich biedere Hausfrauen Fliegenbeine an die Lider klebten wie Katharine Hepburn. Oder dass sich Fabrikarbeiterinnen die Haare so lang wachsen ließen wie Veronica Lake, bis es wegen der Unfälle verboten wurde. Sie kreierten Lebensstile und produzierten die Stars, die sich diese Lebensstile auch leisten konnten. Das Publikum sah die Stars auf sechs Meter hohen Leinwänden und erwartete von ihnen ein überdimensionales Leben. Die großen Kinos sahen aus wie barocke Kirchen, in denen der junge Frank Sinatra im Vorprogramm mit den Gläubigen die Anbetung der Leinwandgötter einübte. »Zu viel ist nicht genug«, lautete das Motto Hollywoods, »zu viel von etwas Gutem kann wundervoll sein«, pflegte Mae zu sagen.

☐

Hollywood lag wirklich am Ende der Welt. Man musste in New York den »20th Century Limited« nehmen und dann in Chicago in den »Atchison, Topeka & Santa Fe's Super Chief« umsteigen, der von einem anderen Bahnhof abfuhr. Ein Schwein auf dem Weg zum Schlachthof konnte die Staaten ohne umzusteigen durchqueren, ein Mensch nicht. Diese Zugreise dauerte vier Tage, vorbei an Indianern, Kakteen, Lehmhütten und Orten, die Peabody, Joliette, Independence oder Emporia hießen, bis man plötzlich Orangenhaine sah, grünes Gras und Autos, die teurer waren als die Holzhäuser, dann war man in Los Angeles – ein Dutzend Straßen auf der Suche nach einer Stadt. Los Angeles war eine Flechte, die sich zwischen dem Pazifik im Westen und den Bergen im Norden unaufhaltsam ausbreitete, eine billige Flachbausiedlung, aus Angst vor den Erdbeben, für die Arbeiter der deutlich sichtbaren Erdölindustrie, und Hollywood war nur ein kleiner westlicher Vorort, geografisch gesehen.

Der eigentliche Anlass, New York zu verlassen und zu Laura zu fahren, war eine Dummheit Elmyrs, über die Valfierno nur Andeutungen machte: Er habe einem Kunden ein Bild verkauft, das er nicht hätte verkaufen dürfen, außerdem sei sein Visum längst abgelaufen; jetzt drohte eine Strafverfolgung, in die Valfierno nicht verwickelt werden wollte und für Elmyr wahrscheinlich die Ausweisung – jedenfalls glich unsere Abreise aus New York eher einer Flucht. Valfierno musste für Elmyr dessen Sachen aus seinem Logis holen, darunter zwei große Koffer voller Bilder, Renoir, Degas usw., während Elmyr sich offenbar neue Papiere besorgte, denn in Hollywood nannte er sich plötzlich Louis Raynal. Neue Pässe und Visa bekam man in New York jetzt leicht; für die vielen Emigranten aus Europa gab es einen florierenden Fälschermarkt. Und Elmyr konnte sich die beste Qualität leisten; er hatte in den zwei Jahren in Samanthas Galerie unter der Hand siebzig eigene Bilder verkauft und über hunderttausend Dollar verdient.

Laura bestand darauf, dass ich bei ihr wohnen sollte; Valfierno wollte unbedingt Elmyr in seiner Nähe, das heißt, unter Kontrolle haben – also bezogen wir alle zusammen ein Haus am Viewside Drive am Rand von Beverly Hills. Ursprünglich war es für die Stummfilmdiva Nora Desmond gebaut worden, die von MGM noch eine Millionengage bekommen hatte, als Warner längst Tonfilme drehte, aber zuletzt hatte sie das Anwesen doch der Finance and Loan Company überlassen müssen und war mit ihrem schrecklichen Dialekt nach England zurückgekehrt. Die Company hatte das Vierundzwanzig-Zimmer-Haus samt Wagenpark auf eine Million geschätzt; wir bekamen es für dreihunderttausend Dollar. Es war die typische Ausgeburt jenes Größenwahns, der im Hollywood der verrückten zwanziger Jahre normal gewesen war – die Art-Deco-Ausgabe eines maurischen Palastes mit Säulen im Kolonialstil und hawaianischen Palmen in der Auffahrt. Der mannshohe Kamin in der Halle hätte als Garage ausgereicht, und in die Halle mit ihren bunten Glasfenstern passte ein Rathaus. Rechts und links führten zwei marmorne Freitreppen in den ersten Stock mit den Empfangsräumen, den Esszimmern, der leeren Bibliothek und einem halbrunden Kinosaal, der mit schwarzer Atlastapete ausgekleidet war. Über dem Garagentrakt hatte sich die Desmond einen Gymnastikraum eingerichtet, den Elmyr als Atelier nutzen wollte.

Laura schien nicht einmal Zeit zu haben, sich über unsere Ankunft zu freuen. Jeden Morgen fuhr sie um acht Uhr ins Studio, um sich für den Rest des Tages mit Preston Sturges in den Haaren zu liegen. Er durfte zum ersten Mal ein eigenes Drehbuch verfilmen (»The Great McGinty«, 1940) und wehrte sich mit allen Tricks gegen jeden fremden Vorschlag.

Nachts machte Laura Listen, was im Haus alles geändert werden musste, und während wir im Beverley Hills Hotel wohnten, brachte eine Truppe von Innenarchitekten das Monstrum innerhalb von zwei Monaten in einen bewohnbaren Zustand. Es war jetzt, mit weißen Möbeln und Vorhängen, wirklich chic und erinnerte mich ein wenig an unser ehemaliges Sommerhaus in den Hamptons, auch wenn es nicht ganz so groß war. Ich stellte einen japanischen Gärtner ein, der in seinen weißen Handschuhen die Zitronenbäume so adrett pflegte, dass ich immer versucht war nachzusehen, ob neben den Früchten ein Preisschild hing. Er fütterte auch die Zierkarpfen im Springbrunnenteich vor dem Haupteingang mit Orangen. Wenn man sich erst einmal daran gewöhnt hatte, dass in Hollywood alles so aussah wie seine eigene Imitation, dann war es gar nicht so schlecht.
Lauras Film war, was die Ausstattung betraf, eine anspruchsvolle Arbeit: In einer miesen Hafenkneipe hindert der Barkeeper einen Gast daran, Selbstmord zu begehen, indem er ihm seine eigene Lebensgeschichte erzählt. Als kleiner Betrüger hatte er sich bis zum Posten des Gouverneurs hochgeschwindelt. Dann setzten ihn seine Parteifreunde vor die Tür, weil er die Korruption bekämpfen wollte – eine hübsche Komödie mit einem Spritzer Sozialkritik. Die Bar hatte Laura nach einem Vorbild aus Havanna eingerichtet. Damit war der Regisseur einverstanden, Aber warum sein Held im Laufe seiner Karriere verschiedene Zeitungen als Ausdruck seiner wechselnden politischen Meinungen lesen sollte, verstand er nicht. Er hielt es auch für übertrieben, den sozialen Aufstieg McGinty's durch eine Anzahl besserer Bilder an den Wänden zu zeigen. Für das Zimmer des Gouverneurs lieh sich Laura von Elmyr ein paar Renoirs aus. Am Ende war Sturges zwar bereit, das Kriegsbeil zu begraben, aber am liebsten in ihrem Kopf.
Solange das Haus renoviert wurde, trafen wir uns nach Lauras Dienstschluss im Restaurant Brown Derby am Wilshire Boulevard. Hier ging man hin, um gesehen zu werden und

seine Erfolge zu feiern, auch wenn es gar nichts zu feiern gab. Vor allem dann.

»Das Besondere ist«, meinte Laura, »dass die Gäste am einen Ende ganz deutlich jedes Wort hören können, das am anderen Ende gesprochen wird. Das liegt an dieser Kuppel über dem Restaurant. Wahrscheinlich liegt ganz Hollywood auch unter so einer Kuppel.«

Wir waren meistens zu früh. Laura kam herein und kannte jeden. Wir beobachteten sie von unserem Tisch aus. Mit ihren roten Haaren, die sie in einer eleganten Rolle hochgesteckt hatte, war sie unübersehbar. Orson Welles nannte sie feminin wie die Hölle; er flog auf Rothaarige. Sie begrüßte Howard Hawks: »Hemingway will die Titanic schreiben. Spencer Tracy und die Dietrich – das wär's doch.«

Howard Hawks machte für RKO billige Komödien mit dem abtrünnigen Cary Grant. Auf so eine knallige Idee hatte er seit Monaten gewartet. Tracy und die Dietrich, wenn Hem das Buch schreibt, das hörte sich gut an. Zwei tolle Charaktere: Spencer als irischer Priester, der gerne mal einen über den Durst trinkt. Und Marlene ist natürlich die Sängerin der Bordkapelle, nebenbei eine Falschspielerin. Spencer will sie auf die richtige Bahn bringen. Sie hat gerade bei einem deutschen Adligen kräftig abgesahnt. Er würde Cary Grant für diese Rolle mitnehmen. Die Titanic sinkt schon, da gibt Marlene ihren Gewinn an den Deutschen zurück, um ihm seinen Platz im Rettungsboot für ein hilfloses Kind abzukaufen. Marlene entwickelt Muttergefühle und singt im Duett mit Spence »Näher, mein Gott, zu dir«, aber alle drei werden gerettet. Tolle Szene, denkt sich der Regisseur.

»Ich habe gerade Hawks die Hemingway-Sache mit der Titanic erzählt«, ruft Laura dem Sohn von Ben Schulberg ins Ohr, »er ist begeistert: Die Dietrich und Spencer Tracy – mehr geht nicht.«

Der Sohn Budd lässt sich vom Kellner ein Telefon bringen und ruft seinen Vater an, der vier Tische weiter mit Louella Parsons sitzt.

»Hast du gehört – Hawks macht die Titanic mit der Dietrich und Spence. Aber der Kommunist Hemingway soll das Buch schreiben, den müssen wir da rauskriegen.«
»Klar. Gute Idee. Willst du das machen?«
»Nein, ich arbeite immer noch an meinem Roman. Aber frag Fitzgerald.«
»Geht nicht. Seit Scott nicht mehr trinkt, ist es aus mit ihm.«
»Dann frag Ben Hecht.«
»Hecht ist ideal. Wir nehmen Hecht.«
Während Hawks sich bereits seine Dankesrede für den Oscar überlegt und im Hintergrund Marlene mit Remarque streitet, notiert sich Louella Parsons für ihre morgige Kolumne, dass Paramount den größten Film aller Zeiten dreht, größer als »Vom Winde verweht«.
Der ahnungslos Lasky betritt das Lokal, trudelt von Tisch zu Tisch, spricht überall ein paar Worte und kommt dann zu uns.
»Schön Sie zu sehen, Laura. Da kommt ja eine Menge Arbeit auf Sie zu. Riesensache. Haben Sie gehört – wir machen die Titanic. Nächste Woche müssen wir uns alle mal zusammensetzen.«
Er bestellt Champagner, und wir trinken vergnügt auf seinen Erfolg.
Hollywood war immer vergnügt. Von den Wänden des Brown Derby lächelten die schönsten Stars, auf den Straßen fuhren die teuersten Autos, und die Laternen brannten hier heller als irgendwo sonst. Im Telefonbuch konnte man sechsundzwanzig verschiedene Glaubensgemeinschaften finden, aber die am meisten verbreitete Religion war der Optimismus. »Was für ein herrlicher Tag«, krähte jeden Morgen der einarmige Wächter am Tor zum Paramount-Studio; da musste die Arbeit doch Spaß machen. Seit der großen Depression zeigten alle Leute, dass sie noch jede Menge Humor besaßen. Was sollten wir noch ernstnehmen? Hitler war in Prag einmarschiert, er war in Polen einmarschiert,

und Chaplin dreht einen spaßigen Film über ihn. Es wurde über alles Witze gemacht, besonders von den Juden. Billy Wilder ging von Tisch zu Tisch und verriet, er arbeite an einem Drehbuch über Charles Lindbergh, bis ihn jemand fragte, wieso gerade er und warum über einen bekannten Antisemiten, und er endlich antworten konnte: »Naja, in meiner Version stürzt er ab!«
Allgemeines Gelächter. Man glänzte vor Ironie und polierter Kälte. Das Judenproblem war ein Problem der Juden. Die Tränen waren abgeschafft, zum Trauern ging man nach Hause, und wer zusammenbrach, tat dies rücksichtsvoll und geräuschlos. Wenn man ein unangehmes Telegramm aufgeben musste, tröstete die anonyme Frauenstimme der Western-Union-Filiale: »Seien Sie nicht traurig, my dear, die Sonne scheint, gehen Sie unter Leute.« Im Radio predigte Roosevelt Optimismus, und die Selbstmörder lächelten so schadenfroh, als wäre Totsein eine Erleichterung. Nur Remarque stöhnte: »Hitler in Paris – welch eine Vorstellung! Das Ende der Kultur!«

◻

Mitte Juni brach etwas über Hollywood herein, das die Zeitungen die schlimmste Hitzewelle seit vierzig Jahren nannten. Eine kühne Behauptung an einem Ort, der noch keine vierzig Jahre alt war. Der immer schon verlogene, von zu viel Sonne überanstrengte Himmel verschwand in einem milchig trüben Schleier, aus dem trockene Hitze herunterfiel. Der Asphalt der Straßen wurde weich und spielte mit den Autofahrern Fata Morgana: Sie sahen in der Ferne Nässe, Pfützen, kleine Seen, die sich während der Fahrt in heiße, zitternde Luft auflösten. Trauben und Feigen reiften, aber die Blumen verdorrten, bis auf das zähe Gewimmel der roten Geranien auf den Hügeln und die wilden Sonnenblumen, die aus dem verdorrten Braun der Berghänge hervorleuchteten. Unsere Karpfen schnappten hektisch nach Luft, und in den hölzernen Büros der Studios zogen sich die Angestellten die Hemden aus und die Sekretärinnen ihre Blusen. Sie stellten Eisblöcke vor die Ventilatoren und arbeiteten weiter. Wir lagen die halbe Nacht an unserem beleuchteten Pool und tranken Grapefruitsaft mit Gin. Die Grillen schrillten. Es war die Stunde der Sentimentalitäten, in der sich Valfierno nach Paris träumte.

In der Erinnerung schien es ihm, als hätte es in Paris immer geregnet. Er sah vor sich die nassglänzenden Kopfsteinpflaster der Seitenstraßen und die Parade der Regenschirme auf den Boulevards. Welch eine Überschwemmung, als Natalie ihr kleines altes Hinterhaus bezog! Jetzt lebte sie aus Furcht vor der Volksfront in Berensons Villa bei Florenz und sympathisierte mit Mussolini, aber das wusste Valfierno nicht. Während seine Ginflasche sich langsam leerte, hätte er seinen gesamten Wagenpark, einschließlich Nora Desmonds Rolls Royce von 1928 mit den leopardenfellbezogenen Sitzen, dafür gegeben, wieder auf der Terrasse des Café du Dôme zu sitzen, an einem der fleckigen Bistrotische, vor sich eine Karaffe Vin ordinaire, eine Schale grüner Mandeln, ein Blanquette de veau – was auch immer, nur um wieder das wütende Gebell der Taxihupen und das spritzige Geplätscher der französischen Sprache zu hören, wenn sich die Verliebten in der Mittagspause trafen und die Künstlermusen von Stuhl zu Stuhl schlängelten. Die Caféterrassen – das war das Leben, das Geheimnis von Paris. Warum gab es diese offene Gastfreundlichkeit der Straßen hier in Hollywood nicht? Hier traf man sich im Restaurant oder zu Hause auf Partys, aber vier Wände ergeben leicht einen Streit, eine Tragödie, die Straße macht daraus eine vorübergehende Störung. Auf der Terrasse des Deux Magots hätten sich Marlene und Remarque niemals so verbissen angegiftet wie im Brown Derby: »Trink nicht so viel, wenn ich schon mal mit einem Mann schlafen will, dann ist er impotent!« »Weil du daliegst wie ein toter Fisch!« Peinlich war das. Man konnte jedes Wort verstehen. Hatte er Remarque nicht geraten, man soll zu Frauen immer freundlich sein? Sag ihnen, sie seien himmlisch und wunderbar, argumentiere nicht mit ihnen, glühe sie an. Sie sind Mondgeschöpfe, sie wollen Licht. Ohne Licht sind sie dunkel, denn eigenes haben sie nicht. Sag ihnen, sie seien Träume. Wirf Worte über sie wie Netze. Mehr wollen sie alle gar nicht. Sei um Gotteswillen nicht seriös. Überschütte sie mit Komplimenten und tu, was du willst. Aber ein Deutscher wird das nie lernen. Lieber leiden sie und jammern.

Mit seinen kleinen Abenteuern stritt sich Valfierno nie. Sie waren der Typ, den man in Hollywood »Baby« nannte, um sich die Vornamen nicht merken zu müssen. Billigware, die in den Apartmenthäusern am Orange Drive lagerte, wie er es nannte, dumm und gewöhnlich wie ein Stück Brot. Manche hatten so wenig Geld, dass sie morgens die Milchflaschen vor den Villen stahlen und sich kindisch über Nagellack mit Himbeerdropsgeschmack freuten. Baby konnte wochenlang nur von gebratenen Äpfeln und Benzedrin leben, das war gut gegen den Hunger und gut für die Figur. Denn Baby wollte ein Filmstar werden und sparte auf eine neue Nase für dreihundert Dollar, damit die Produzenten endlich ihr Gesicht sehen könnten, wenn sie *Variety* oder *Photoplay* durchblätterten auf der Suche nach dem Star von morgen. Meine Freundin Mae hatte auf dem Hollywood Freeway eine Massenkarambolage verursacht, weil ein Riesenplakat sie in Dessous auf einem Bett zeigte. Das war Baby's Traum.

In den Nächten kühlte es kaum ab. Wir lagen immer noch am Pool, und der Mond sah aus, als hätten wir ihn zusammen mit dem Haus gekauft, und die Pingpongbälle im erleuchteten Rasen schimmerten wie herabgefallene Sterne. Die Flaschen waren endgültig leer. Laura wollte ins Bett.

»Bist du glücklich?«, fragte er.

»Oh yes, I'm happy«, antwortete sie, »aber glücklich bin ich nicht.«

Als endlich die Kisten aus New York angekommen waren und Valfierno das Bild der Mona Lisa auspackte, um es wie gewohnt in seinem Schlafzimmer aufzuhängen, kam es ihm sonderbar verändert vor: Das Mädchen schien plötzlich etwas derb und dicklich zu sein. Zu kleine Augen, zu große Nase, zu kleiner Mund. Hatte diese Mona Lisa nicht generationenlang als Idealbild der Schönheit gegolten? War sie nicht von berühmten Dichtern vergöttert worden? Hatten unbekannte Verehrer ihr nicht glühende Liebesbriefe geschrieben? Jetzt wirkte sie ziemlich unscheinbar neben all den Schönheiten, die Valfierno jeden Tag sah und überhaupt nicht mehr einzigartig. In Hollywood, wo schon die Cabrios fabrikmäßig mit Blondinen ausgestattet wurden, war Schönheit auf dem Markt billiger als Brombeeren. Gesichter waren austauschbar. Machte eines keine Kasse mehr, warteten vor den Studiotüren hundert andere.
Es gab eine Ausnahme: die göttliche, die rätselhafte Greta Garbo. Ihre Fotos hingen überall dort, wo sie nie hinging, im Brown Derby, im Turf Club der Santa-Anita-Rennbahn, im Trocadero und im Tailspin Club, sogar im Schlafzimmer von Budd Schulberg. Gegen sie sah Marlene aus wie eine erschöpfte Vorstadthure. Die Garbo umgab ein Geheimnis. Man wusste nichts von ihrem privaten Leben. Auf der Leinwand liebte und litt sie, und mit einem leisen, schmerzlichen Lächeln gab sie sich ihrem Publikum hin. Je weniger sie von ihr wussten, desto leidenschaftlicher verfielen sie ihr – und nicht nur die Männer. Sie gab keine Interviews, und die beliebten Homestorys waren von ihr nicht zu bekommen. Ihr seltsam offenes Gesicht hatte keine Vergangenheit und war deshalb die ideale Projektionsfläche für alle Geschichten, die sich Liebende seit ewigen Zeiten erfinden. Als sie sich 1941 von der Leinwand zurückzog, ging eine Ära zu Ende.
Valfierno zögerte, aber dann hängte er die Mona Lisa doch in seinem Schlafzimmer auf.

Hearst und sein MGM-Freund Louis B. Mayer wollten mit allen Mitteln verhindern, dass »Citizen Kane« in die Kinos kam. Sie boten Orson Welles die Erstattung der Herstellungskosten an, neun Millionen Dollar, dafür sollte er das Negativ und sämtliche Kopien vernichten. Welles lehnte ab. Die meisten Kinos gehörten den Filmgesellschaften, und Mayer erreichte, dass sie den Film boykottierten. In seinen Zeitungen ließ Hearst von Hedda Hopper verbreiten, Welles wäre ein homosexueller Kommunist. Noch nie hatte es um einen Film eine derartige Schlammschlacht gegeben. Hearst wollte Welles vernichten, aber es gelang ihm nicht. Am 1. Mai 1941 wurde »Citizen Kane« in einem unabhängigen New Yorker Kino, das Welles gemietet hatte, uraufgeführt und von der Kritik gefeiert. Zwei Wochen später lief der Film im größten Theater am Hollywood Boulevard.

Valfierno war auf dem Weg ins Brown Derby und geriet zufällig in den Premierentrubel vor dem Filmtheater. Zu Tausenden standen sie da und warteten. Die Polizei versuchte, auf dem breiten Bürgersteig eine schmale Gasse freizuhalten. Valfierno drängelte sich hindurch, obwohl ihn ein Polizist anschrie, er solle die andere Straßenseite nehmen. Aus der Menge hörte er höhnische Bemerkungen über seinen weißen Flanellanzug. Es wurde gepfiffen und gelacht. Das war nicht das übliche elegante Premierenpublikum; Valfierno sah karierte Hemden und blaue Arbeiterhosen, Frauen in billigen Baumwollkleidern mit Strohhüten und Einkaufstaschen. Gerade als er sich dem Ende der Gasse näherte, schloss sie sich vor ihm, weil die Menge von hinten nachschob. Er versuchte durchzukommen, jemand schlug ihm seinen Hut herunter, und als er sich bücken wollte, bekam er von hinten einen Tritt. Mit den Fäusten kämpfte er sich den Weg frei und musste sich außer Atem nach wenigen Metern auf die niedrige Brüstung des Parkplatzes setzen. Er klopfte seinen Anzug ab, rang nach Luft und schloss die Augen. Über ihn hinweg brodelte das gleichförmige Geräusch der Masse und beruhigte ihn.

Es waren keine fünf Minuten vergangen, als Valfierno die Augen wieder öffnete und sich eingekeilt fand zwischen der Menge in seinem Rücken und der Menge, die jetzt über die Straße und auf dem Bürgersteig in Richtung Kino strömte. Rasch stand er auf, aber es war zu spät. In einer Brandung aus Schultern und Rücken wurde er mitgespült und fortgeschwemmt, bis er das Absperrgitter an der Straße schmerzhaft in seinem Rücken spürte. Jeder Versuch, sich gewaltsam aus dieser Menge zu befreien, wäre aussichtslos gewesen. Selten hatte er solche Angst und Ohnmacht empfunden. Aber die Leute waren an ihm nicht interessiert. Sie wollten nur dabei sein, wenn Citizen Hearst unterging. Sie waren sein Publikum, die Leser seiner Zeitungen, von ihm ein Leben lang mit Lügen gefüttert. Sie hatten von Unfällen und Verbrechen gelebt, von Lustmorden und Scheidungsprozessen, Explosionen und Intrigen, und diese tägliche Kost hatte jegliches Mitleid in ihnen abgetötet. Jetzt warteten sie auf seine Hinrichtung.
Hearst und seine Geliebte Marion Davies hatten »Citizen Kane« in einem privaten Vorführraum gesehen. Während der Film lief, sprachen sie kein Wort miteinander und verließen stumm Mayers' kleinen Kinosaal. Eben noch war er ein mächtiger Mann gewesen, der Hitlers Aufstieg finanziert und Roosevelts Entmündigung gefordert hatte (*In the News*, 14.4.1940). Jetzt war er erledigt, demaskiert von einem Fünfundzwanzigjährigen. Welles zeigte nicht die politischen Verbrechen, sondern Hearsts verkrüppelten Charakter, den trostlosen Protz seines Palastes, die öden Abende in den erdrückenden Sälen und die Nutzlosigkeit seiner hohlen Existenz. Und Welles zeigte das Ende, zehn Jahre, bevor es sich ereignete: die Todesstunde des einst Mächtigen, einsam, ungeliebt, unbetrauert, fast schon vergessen, weil die Zeit über ihn hinweggegangen war. Das war es, worauf die Menge vor dem Kino wartete.
Valfierno stand einem jungen Mädchen gegenüber, das vor sich hin schluchzte. Sein Kleid war vorne aufgerissen und

der winzige Büstenhalter hing nur noch an einem Träger. Er versuchte, dem Mädchen Platz zu schaffen, indem er sich nach hinten stemmte, aber das Gitter verhinderte es. Das Mädchen zuckte manchmal zusammen, und er bekam Angst, dass es vielleicht einen epileptischen Anfall bekommen könnte. Dann drehte es den Kopf und jammerte: »Hör auf, hör auf!« Ein alter Mann mit Hornbrille hielt sie von hinten fest, eine Hand hatte er der jungen Frau unters Kleid geschoben und biss sie in den Nacken. Mit einem Ruck befreite Valfierno seinen rechten Arm und schlug dem Mann mit der Faust auf den Kopf. Dem Mädchen gelang es, sich unter seinen ausgestreckten Arm zu winden. Eine plötzliche Bewegung ging durch die Menge, wahrscheinlich war ein Absperrgitter niedergedrückt worden. Das Mädchen wurde nach vorne gerissen, ein anderer Mann erwischte es, Valfierno hörte Hilferufe, Gelächter und wurde zur Seite gedrückt, durch Schweißgeruch geschoben, bis er sich an einem Laternenpfahl festhalten konnte. Zwei Meter von ihm entfernt brüllte ein aufgeregter Reporter in sein Mikrofon: »Was für ein Gedränge, meine Hörer, was für ein Andrang! Mindestens fünftausend Menschen warten hier voller Spannung auf die Hauptdarsteller dieses skandalösen Films. Die Polizei kann sie kaum zurückhalten. Hören Sie, wie die Menge schreit und tobt.« Er hielt das Mikrofon nach vorn und die Leute taten ihm den Gefallen und schrieen. »Haben Sie es gehört? Die Menge ist wie toll. Ob die Polizei sie zurückhalten kann? Das ist die Frage. Es ist fraglich, meine Hörer ...«

◻

Der Krieg in Europa war ein Segen für Hollywood. Er trieb die internationale High Society, die sonst in Paris, London oder an der Riviera Dauerurlaub machte, ins sonnige Kalifornien. Das gesellschaftliche Leben blühte plötzlich auf, und weil sich die Reichen neu einrichten mussten, machte Valfierno glänzende Geschäfte mit Elmyrs Bildern, der oft tagelang nicht aus dem Atelier kam, weil die Nachfrage nach Renoir oder Matisse so groß war.

Die Partys hatten plötzlich ein anderes Niveau. Bisher waren die Samstagabende so ähnlich abgelaufen wie bei Errol Flynn in seinem hübschen Haus oben am Mulholland Drive, wo man auf der einen Seite die Beleuchtung von L.A., auf der anderen die Lichter des San-Fernando-Tals sehen konnte. Im Haus hatte er überall Glaswände, die nur von einer Seite durchsichtig waren. Auch im Badezimmer: Man konnte nicht hinaus, aber hineinsehen. Männer finden so etwas offenbar witzig. Seine Partys endeten meistens mit dem Windhund-Rennen: Die männlichen Gäste verfolgten ein nacktes Mädchen durch den Park und der Sieger bekam das Mädchen. Die Zuschauer mussten Wetten abgeben, damit für das Häschen wenigstens eine Pelzstola dabei herauskam.

Auf allen Partys wurde unheimlich viel getrunken, dann lag man erschöpft vom Nichtstun im Liegestuhl, starrte in den langweiligen kalifornischen Himmel, und weil man nicht wusste, worüber man reden sollte, schlug Joan das Favoritenspiel vor: Jeder sollte auf ein Stück Papier schreiben, mit wem der Anwesenden er am liebsten schlafen würde. Die Abstimmung war geheim und nach Geschlechtern getrennt. Das Ergebnis: Die meisten Damen bevorzugten Gary Cooper. Und die Herren bevorzugten – ebenfalls Gary Cooper. Er bekam leider nichts davon mit, weil er betrunken in seinem Liegestuhl eingeschlafen war.

Vielleicht waren wir wirklich nicht glücklich, aber zumindest lebten wir so, als wären wir es. Wenn man im goldenen Nebel Hollywoods lebt, fühlt man sich dazu verpflichtet. Ich hatte auch nie den Eindruck, dass die europäische High Society, mit der man bislang ungewohnte Gespräche über Modigliani oder Picasso führen konnte, sich auf unseren Partys mehr gelangweilt hätte als wir. Wenn jemand bestreitet, dass man damals durchaus ein entspanntes und heiteres Leben führen konnte, weil man ja noch nichts davon wusste, was später durch die Zeitungen und Wochenschauen bekannt wurde, dann wird er die eigentümliche Atmosphäre jener Jahre nie verstehen können.

Für ein gewisses Niveau sorgten natürlich auch die anderen Gäste, die aus Europa herüberkamen – Schauspieler und Autoren, die Hollywood im Grunde gerettet haben. Denn der Tonfilm hatte die amerikanischen Studios vom Export abgeschnitten; niemand außerhalb der Staaten wollte die Filme im Originalton haben. Doch jetzt war es möglich, die gleichen Stoffe in mehreren Versionen für den französischen, spanischen und deutschen Markt zu drehen. Und jetzt bekam Hollywood auch die Autoren, die es dringend für die Tonfilme brauchte, neue Autoren, die Ideen für Filme entwickelten und Dialoge schreiben konnten. Die Studios hatten zuletzt fast nur noch von Theaterstücken und Romanvorlagen gelebt. Die europäischen Emigranten sorgten dafür, dass Hollywood auf dem Kontinent wieder Geld machte, und wir sammelten auch privat Geld, damit sie hier leben konnten. Salka, die für Greta Garbo die Bücher schrieb, hatte einmal einen Deutschen eingeladen, der von Folterungen und seiner Flucht aus einem Lager berichtete. Remarque hörte versteinert zu. Es war eine schreckliche Geschichte. Salka hatte für den Gast extra Kartoffelsalat mit Würstchen angerichtet, und wir wollten gerade zum Buffet, als Hedda Hopper, die ohne Einladung mit Anita Loos gekommen war, den Beweis für die Folter einforderte: Er sollte uns seine Narben zeigen, sonst würde sie die Geschichte für eine typisch jüdische Gräuelpropaganda halten. Fast hätte es einen Eklat gegeben, weil Remarque sich anbot, die Hopper auf die Straße zu werfen, aber die sanfte Salka wies ihr den Weg hinauf ins Badezimmer, und die Hopper ließ sich dort tatsächlich die Narben des Flüchtlings zeigen. Als er wieder herunterkam, hatte er Tränen in den Augen. Anita meinte entschuldigend zu Remarque: »Ich schäme mich für diese Kuh so sehr, dass ich in einem Mauseloch verschwinden möchte«, und Remarque entgegnete charmant: »Wenn Sie erlauben, werde ich Sie begleiten.« Es war übrigens die einzige Gelegenheit, bei der ich ihn Bier trinken sah, aber zum Kartoffelsalat gab es nichts anderes.

◻

Hedda Hopper war die Eiterbeule auf der allzu glatten Haut Hollywoods. Ihre giftigen Klatschkolumnen konnten einen Star den guten Ruf und damit die Karriere kosten. Sie versorgte den FBI-Chef Edgar Hoover mit Informationen über angeblich homosexuelle Schauspieler und denunzierte während der McCarthy-Ära zahlreiche als »links« geltende Akteure und Autoren. Mit ihren Hüten in hysterischem Rosa und Haaren, für die ihr Friseur die Todesstrafe verdient hätte, war sie ein unübersehbares, aber leider auch unvermeidliches Ärgernis. Sie hasste die Stars, weil sie selbst keiner geworden war. Und daran gab sie den Kommunisten und den Schwulen die Schuld. Heute lacht man darüber, aber damals hatten wir Angst vor diesem allgegenwärtigen Monster.

◻

Zum fünfzigsten Geburtstag von Valfierno hatte sich Laura etwas ganz Besonderes ausgedacht – eigentlich war es der sechzigste, aber auf den Einladungen stand es anders, und der Jubilar sah immer noch stattlich genug aus, um als Fünfziger durchzugehen. Sie hatte ihm als Geschenk den neuen Lincoln Continental bestellt, ein elfenbeinfarbenes Cabrio mit roten Sitzen und Weißwandreifen, und das Besondere sollte ein Glücksschwein am Steuer sein – kein Amulett, sondern ein lebendiges Ferkel. Laura hatte allerdings nicht mit der Schwierigkeit gerechnet, ausgerechnet in der zweitgrößten jüdischen Stadt ein Schwein aufzutreiben. Ein Löwe oder ein junger Bär wären kein Pro-

blem gewesen, aber ein Schwein? Der Koch vom Brown Derby schüttelte ratlos den Kopf, doch Laura drückte ihm ein paar Scheine in die Hand und meinte, er solle sich gefälligst auf die Suche machen. Und es müsste ein weißes Ferkel sein ohne störende Flecken, denn nur weiße Ferkel bringen Glück. Er fand schließlich eine Farm vor Pasadena, und die Inszenierung klappte dann auch genau so, wie Laura es sich vorgestellt hatte. Leider war der 6. Dezember ein kalter und nebliger Tag, so dass man nicht im Garten feiern konnte, wo schon ein Grill aufgebaut war, denn das Schwein sollte ja später gegessen werden.
Laura hatte die Halle als Ballsaal mit hunderten Luftballons und Papierschlangen dekorieren lassen. Das Feuer in dem riesigen Kamin wirkte wohltuend bei dieser feuchten Kälte, und die sechs Musiker spielten routiniert gegen das Begrüßungsgeplapper der eintreffenden Gäste an. Etwa hundert engste Freunde hatten zugesagt – Laura liebte große Feste, weil sie intimer waren. Auf kleineren Partys konnte sie nicht für sich sein, sondern wurde sofort mit Beschlag belegt und in Gespräche verwickelt, die nur die tägliche Arbeit im Studio betrafen.
In der Mitte zwischen den Marmortreppen stand der Gabentisch, mit vier Metern Länge gerade so klein bemessen, dass die Menge der Geschenke umso opulenter wirkte. Zwei Butler nahmen die Pakete und die Garderobe in Empfang, damit die Gäste dem auf der ersten Stufe der rechten Treppe wartenden Hausherrn ihre Glückwünsche aussprechen konnten. Valfierno stand allein auf dieser Stufe und blickte mit demselben Vergnügen auf die ankommenden Paare, das einst Boni bei der Einweihung seines Pariser Palastes empfunden hatte – damals war Valfierno noch ein namenloser Gast gewesen, heute galt er als der wichtigste Kunstagent von Los Angeles, der sogar den Ölmilliardär Norton Simon zu seinen Kunden zählte. Elmyr hatte ein überlebensgroßes Porträt von Valfierno im kubistischen Stil Picassos gemalt, das seit heute Mittag in der Halle gegenüber dem Kamin

hing. Valfiernos Blick ruhte auf diesem Bild mit tiefer Genugtuung. So sah er sich selbst. Er fühlte sich verstanden.
Remarque erschien zu Lauras Bedauern nicht allein, sondern mit Lupe Velez und ließ als Geschenk einen kasachischen Teppich hereintragen. Laura war insgeheim in Remarque verliebt, weil er so anständig war. Leichtsinnigen Männern ging sie aus dem Weg. Als Betrügerin, die ein erlogenes Leben führte, fühlte sie sich sicherer auf einer Ebene, auf der die kleinste Abweichung von den normalen Sitten als Verstoß gegen die gesellschaftlichen Regeln galt. Mit einem kühlen Lächeln begrüßte sie Ben Schulberg und seine Gattin Adele, deren Sohn Budd mit seinem Roman gerade gegen diese Regeln verstoßen hatte. Das Lächeln verschwand, als ihr telefonisch gemeldet wurde, dass sich Chaplin leider verspäten würde. Nach einer Stunde war auch der letzte Gast begrüßt, und die Chauffeure hatten die Auffahrt wieder geräumt. Nun kam der große Augenblick. Alle Anwesenden mussten sich unter der Säulenloggia versammeln, um mitzuerleben, wie das Lincoln Cabrio langsam den von riesigen Gartenfackeln erleuchteten Weg zur Villa nahm, und hinter dem Lenkrad saß ein sauber gebadetes Ferkel mit einer blauen Seidenschleife um den Hals, während der Mechaniker von Ford sich unter die Windschutzscheibe duckte und die Pedale bediente. Selten hat ein Schwein mehr Applaus bekommen. Es wurde aus dem Wagen gehoben, quiekte wie ein Baby, und Valfierno durfte ihm einen Kuss geben, was nach italienischer Überlieferung Glück bringen soll. Wieder klatschten alle, sangen »Happy Birthday«, und er war gerührt. Das schöne neue Auto drohte etwas in den Hintergrund zu geraten, deshalb rief Laura energisch: »So, und jetzt ab auf den Grill.«
Fassungsloses Schweigen, dann ein Sturm der Empörung. Ein Spanferkel zu essen, wenn es knusprig gebraten vor einem auf dem Teller liegt, ist eine Sache für sich. Aber wenn das Ferkel, bevor es gebraten werden soll, wie ein Baby auf dem Arm herumgetragen wird, wenn seine kleinen lustigen

Augen einen ansehen und es die Schnauze zu einem drolligen Quieken verzieht, dann sieht die Sache ganz anders aus. Mae West drängte sich mit ihrer ganzen Körperfülle nach vorn. Sie liebte alle Tiere, ausgenommen jene, aus denen man Pelzmäntel machen konnte.
»Das ist doch wohl nicht euer Ernst«, entrüstete sie sich und nahm Valfierno, der gerade noch einen innigen Blick mit dem Ferkel gewechselt hatte, das Tier aus dem Arm und gab es dem Mechaniker, der etwas ratlos in dem teuren Lincoln saß: »Fahren Sie das Schwein wieder nach Hause!«
Der arme Mann wusste nicht, woran er war.
»Stimmt etwas nicht?«
»Es ist alles in Ordnung«, befand Mae, »alles in bester Ordnung. Das Schwein hat seine Schuldigkeit getan, das Schwein kann gehen. Es hat schließlich auch Eltern.«
Der Mechaniker vermutete, dass er heimlich mit einer versteckten Kamera gefilmt wurde und wollte nicht allzu blöde dastehen; vielleicht wäre sein Auftritt der Beginn einer großen Karriere.
»Seine Eltern sind tot«, improvisierte er geistesgegenwärtig, »ich habe ihre Anzeigen auf der Speisekarte vom Mussos Grill gesehen. Es ist ein Waisenschwein.«
Adele Schulberg, die noch nie zuvor ein lebendes Ferkel gesehen, geschweige einen Bissen von einem gebratenen Schwein gegessen hatte, wandte sich an ihren Mann: »Wir müssen diesem armen Tier helfen. Sag doch was.« Ben wusste natürlich, dass Schweine normalerweise gebraten wurden, doch dies war offensichtlich ein Notfall. Er holte ein Geldbündel aus der Hosentasche.
»Dann kümmern Sie sich um das Tier.«
»Ich könnte es in den Zoo bringen.«
»Dort fressen es die Löwen.«
Es herrschte ein wildes Durcheinander der Meinungen, wie man das Ferkel vor dem sicheren Tod bewahren könnte. Einige wollten es über die Grenze schaffen, was mit höhnischem Gelächter quittiert wurde – ausgerechnet nach Me-

xiko! Andere schlugen vor, es im Garten zu halten, doch das Tier vertrage die nächtliche Kälte nicht. »Es ist ja noch ein Baby.«

Schließlich erklärte der Mechaniker, der inzwischen begriffen hatte, dass er bei normal verrückten Filmleuten gelandet war, sein Vetter besäße eine kleine Farm, aber es seien arme Leute, die es sich eigentlich nicht leisten könnten, ein Schwein auf Lebenszeit durchzufüttern. Die Gäste verstanden und waren erlöst. Endlich konnten sie das Problem mit einer Handvoll Dollar loswerden. Jedenfalls fuhr der Mechaniker mit einer Summe davon, die ausreichte, um eine ganze Herde zu versorgen. Laura atmete auf; von nun an würde der Abend hoffentlich in geordneten Bahnen verlaufen. Vielleicht würde Mae endlich ihre neuen Delman-Pumps bemerken, die gerade noch rechtzeitig aus London gekommen waren.

Die Stimmung war heiter und aufgekratzt wie sonst erst nach einigen Drinks. Nur Barbara Hutton saß steif und schüchtern, aber durchaus reizvoll auf ihrer Stuhlkante und wartete darauf, von Cray Grant beflirtet zu werden. Die mütterliche Adele versuchte, mit ihr ins Gespräch zu kommen, brachte aber nur die Frage heraus:

»Wie ist es denn eigentlich, wenn man so ... so furchtbar reich ist?« Barbara erwiderte freundlich: »O danke, es ist ganz wundervoll.«

Unter Valfiernos Porträt unterhielten sich Remarque und Orson Welles über die Arbeit.

»Wir müssten eigentlich etwas viel Besseres zustande bringen als diese angestellten Bürohengste.«

»Schwierige Sache.« Der hünenhafte Welles zog an seiner Montecristo. »Was die Studios wollen, ist ein originelles, aber nicht extravagantes, ethisch hochstehendes, aber leicht schlüpfriges, realistisches und überraschendes, möglichst sentimentales und gleichzeitig brutales Meisterwerk, natürlich exzellent geschrieben, aber um Gottes Willen keine Kunst.«

Man merkte, dass Welles diesen Satz schon häufiger in Interviews erprobt hatte.
»Wir könnten es so schreiben, dass sie gar nicht merken, dass es ein Meisterwerk ist.«
»Lassen Sie uns später darüber reden, Mr. Remarque. Das Essen wartet.«
Nach dem zweistündigen Dinner mit den unvermeidlichen Toasts auf den Gastgeber – »Es ist keine Schande, fünfzig zu werden; viel schlimmer ist, es nicht zu werden« – durfte getanzt werden. In den Pausen unterhielten sich die Frauen über die neuesten Diäten.
»Nach wem leben Sie?«, fragte eine platinblonde Sylvia ihr Gegenüber. Sylvia war das Double, das Hedy Lamarr immer zu ihren Scheidungsverhandlungen schickte.
Die angesprochene Frances Farmer verstand die Frage nicht.
»Ich meine – auf der Suche nach Gesundheit, nach dem richtigen Leben?«
Frances hatte wieder einmal zu viel getrunken.
»Also ich bin Rohköstlerin. Gaylord Hauser ist mein Vorbild. Sie haben sicher seine Artikel gelesen.«
»Ach so, Sie sind Vegetarierin.«
Sylvia lachte schrill über so viel Ahnungslosigkeit.
»Keineswegs! Vegetarier essen gekochtes Gemüse. Wir nur rohes. Der Tod kommt vom Essen toter Dinge.«
»Also ich«, meinte Frances mit schwerer Zunge, »ich mache überall Schnaps dran.«
»Ohne Salz«, insistierte Sylvia. »Salz tötet alles ab.«
Die fette Beth Meredith griff in das Gespräch ein. Seit sie Ben Hur geschrieben hatte, war sie bei MGM ein Star und entsprechend gut gelaunt.
»Haben Sie schon vom Geheimnis der Azteken gehört? – Gehirnatmung! Sie sollten es mal mit Gehirnatmung versuchen!«
Bei Bess wusste man nie, ob sie etwas ernst meinte. Sie hielt Billy Wilder am Arm fest:
»Ist es nicht furchtbar mit den Produzenten?«

»Ja, sie ruinieren unsere Bücher!«
»Sie vernichten unsere Ideen!«
»Sie prostituieren unsere Kunst!«
»Sie treten unsere Würde in den Staub!«
»Und was bekommen wir dafür?«
Beide grinsten sich an: »Ein Vermögen!«
Es war ein auf vielen Partys eingespielter Dialog.
»Siehst du Dorothy dort hinten«, fragte Bess, »mein Gott, als sie vorhin mit Ben die Treppe hinaufging, war sie noch nicht so schön.«
»Jede Frau sieht nach einem Orgasmus schöner aus,« entgegnete Billy, »egal ob sie einen hatte oder nicht.«
Die Männer erzählten sich die üblichen Frauengeschichten und damit nichts Neues. Es kam ihnen auf die Geschichten an, nicht auf die Frauen, aber was einer nicht versteht, ergibt auch keine Geschichte.
Valfierno diskutierte mit Jack Warner, ob die USA in den Krieg eingreifen sollten. Er war dagegen, Laura und Warner dafür.
»Und wo sollen wir anfangen«, protestierte Valfierno, »vielleicht mit Bomben auf Paris? Oder auf Rom, Florenz, Genua?«
»Willst du lieber Deutsch sprechen, wenn du nach Paris zurückkehrst?«
»Ich kehre nicht zurück.«
»Aber ich. Ich will Paris nicht als deutsche Stadt in Erinnerung behalten, mit deutschen Soldaten an jeder Straßenecke.«
»Ich bin genauso gegen Hitler wie du. Aber wir müssen abwarten. Der Einmarsch in die Sowjetunion war sein entscheidender Fehler. Stalin wird ihn so vernichtend schlagen, dass er alle Truppen aus Frankreich und Italien abziehen muss, um überhaupt noch aus der Sache rauszukommen.«
Jack versuchte, das streitende Paar zu besänftigen.
»Wir haben Roosevelt unsere Unterstützung angeboten. Wir drehen Anti-Nazi-Filme. Er liefert Panzer an Stalin, wir

liefern die Munition. Kinder, streitet euch nicht. Sagt mir lieber, wie Flash Gordon aus dem brennenden U-Boot rauskommt. Ich habe heute noch keine Zeitung gesehen.«
Jack hatte Valfierno eine Kohlezeichnung von Vallotton in großem Format mitgebracht.
»Sie ist großartig, Jack. Ich danke Ihnen sehr. Darf ich fragen, wo Sie dieses seltene Stück gekauft haben?«
»Bei Perls, ich kaufe nur bei Perls.«
Valfierno hatte sofort den Strich Elmyrs erkannt. Er machte also wieder Geschäfte auf eigene Rechnung. Von der Party war er früh mit einem jungen Schauspieler verschwunden.
»Wissen Sie«, sagte Jack, »früher habe ich Geschäfte gemacht mit Galeristen, die ich auf Partys kennenlernte und später vor Gericht wiedersah. Aber Perls ist absolut seriös.«
Billy Wilder trudelte vorbei. Jack fragte, wo seine Begleiterin geblieben sei.
»Sie sagte, sie leide an Kopfschmerzen; ich sagte, ein Vakuum schmerzt nicht. Jetzt sucht sie nach dem Wort im Lexikon. Übrigens Jack, was ist die wichtigste Frage vor dem Sex?«
»Na?«
»Wann kommt dein Mann nach Hause?!«
Laura lachte aus ganzem Herzen. Sie liebte diesen Kugelblitz mit der großen Hornbrille, der die witzigsten Dialoge in ganz Hollywood schrieb. Sie wusste nicht, dass er aus Berlin stammte. Billy wusste es auch nicht mehr. Seine besten Sätze kamen leider nie durch die Zensur, aber für Hollywood genügte der Rest. Jeder wusste, dass er ein großes Talent auf sehr kurzen Beinen war. Er legte Ben Schulberg seinen Arm um die Hüfte und fragte scheinheilig: »Wo ist Budd – was trieb ihn weg?«
Budd hatte einen Roman mit dem Titel »Was treibt Sammy an?« veröffentlicht (*What Makes Sammy Run*, dt. *Lauf, Sammy!* 1993. Anm. d. Hrsgs.) – einen Schlüsselroman über Hollywood, für den niemand einen Schlüssel brauchte, weil Budd alle Personen mit ihren richtigen Namen genannt hatte. Es

war ein Riesenskandal. »Ich werde diesen Verräter ausweisen lassen!«, tobte Louis B. Mayer, der Hollywood für seinen eigenen Staat hielt.

»Du weißt, wie schwirig es ist, aus dem Schtetl herauszukommen«, sagte Ben traurig zu Billy, »aber mein Sohn versucht, aus Beverly Hills herauszukommen und das ist viel schwerer. Komm, lass uns gehen.«

Es war spät geworden, weit nach Mitternacht. Ein Butler hatte noch einmal einen Stoß Kiefernscheite in das Kaminfeuer geworfen, aber langsam leerte sich das Haus. Die Party war vorüber. Am Sonntag konnte man ausschlafen und sich mittags im Radio die Übertragung aus New York anhören, Arthur Rubinstein würde Tschaikowskys 1. Klavierkonzert spielen.

»Kommen Sie Remarque, noch auf ein letztes Glas.«

Valfierno hatte zu viel getrunken, um jetzt mit seiner streitlustigen Frau allein sein zu wollen. Lupe Velez war längst nach Hause gefahren. Laura ließ das Personal die Tische abräumen. Sie wollte nicht am Morgen dem Chaos ins Auge blicken. Die Leute vom Brown Derby, die sie für diesen Abend gemietet hatte, beluden routiniert die Autos.

Plötzlich stand ein Mann mit einem Paket unter dem Arm in der offenen Tür. Er wollte zu Mister Valfierno. Laura hielt ihn für einen seiner Freunde, der sich vielleicht wegen einer Autopanne verspätet hatte. Sie ärgerte sich, dass Chaplin nicht gekommen war: er hätte die Freiheitsrede aus seinem Film vortragen sollen, damit sich diese Amerikaner endlich am Krieg gegen Hitler beteiligen.

Stumm wies sie dem Unbekannten die Richtung: Valfierno und Remarque gingen gerade die Treppe hinauf, um in der Bibliothek noch etwas zu trinken. Sie kannte das. Es konnte Stunden dauern. Am nächsten Tag würde Remarque dann maßlos teure Blumen schicken.

Der Mann bleibt am Fuß der Treppe stehen.

»Mister Valfierno? Bitte entschuldigen Sie den unpassenden Zeitpunkt – «

Valfierno dreht sich um. Der Fremde nimmt seinen Hut ab. Auf seiner Stirn ist eine schlecht verheilte Narbe zu sehen.

» – mein Name ist Victor Serge. Ich habe lange gebraucht, um Sie zu finden.«

»Jetzt haben Sie es.«

»Ein Mister Decker hat mir in Havanna Ihren Namen genannt, aber – «

»Decker? Charles Decker?«

Laura erschrickt, als sie diesen vergessen geglaubten Namen hört. Mit einem Schlag ist sie wieder hellwach.

»Ich muss Ihnen etwas zeigen. Er sagte mir, Sie seien der richtige Mann.«

»Kommen Sie rauf, Mister.«

Laura nimmt ihm den Mantel ab und legt ihn achtlos auf einen Tisch. Gemeinsam gehen sie hinauf in die Bibliothek. Der Gast legt sein in hellbraunes Packpapier geschnürtes Paket auf einen Tisch.

»Wie, sagten Sie, ist Ihr Name?«

»Victor Serge. Sie kennen mich nicht. Ich habe in Paris gelebt, aber das ist eine lange Geschichte, und ich habe leider wenig Zeit. Verzeihen Sie meine Unhöflichkeit zu dieser späten Stunde.«

Sie setzen sich in die modernen, niedrigen Clubsessel; Valfierno verteilt Gläser und gießt Bourbon ein; der Gast steht nervös wieder auf und beginnt, das Paket auszupacken.

»Ich muss heute Nacht wieder zurück über die Grenze. Kein Visum, Sie verstehen. Die Amerikaner sind sehr geizig mit ihren Flüchtlingsvisa. Ich habe dem Polizisten etwas Geld gegeben, aber er hat nur heute Nacht Dienst.«

»Sie sind auf der Flucht?«

»Wir mussten vor den Nazis aus Paris fliehen und sind über Marseille nach Havanna gekommen. Haiti, Martinique, Havanna, Mexiko. Für Mexiko haben wir die Visa.«

»Wir?«

»Wir sind vierzig Genossen.«

»Sie sind Kommunist?«
»Wenn Sie so wollen – ja. Aber wir lehnen den Stalinismus ab.«
Remarque beugt sich nach vorn.
»Kann es sein, Monsieur Serge, dass ich Ihren Namen in Paris auf einem Buchtitel gelesen habe?«
»Ja, ich bin Schriftsteller. Sind Sie der berühmte – «
Remarque nickt und winkt gleichzeitig ab.
»Sie wollten uns etwas zeigen?« Laura ist ebenso nervös wie Serge.
»Verzeihen Sie Madame, deswegen bin ich hier. Ich muss dieses Bild verkaufen und Decker sagte mir, Sie, Mr. Valfierno, seien der richtige Mann. Sie kennen es. Jeder kennt es.«
Er befreit aus dem Packpapier das Porträt der Mona Lisa.
»Es ist echt.«
Sekundenlanges Schweigen. Dann beginnt Valfierno zu lachen. Es klingt wie das scharfe Knistern von brennendem Holz, steigt zu einem höhnischen Wiehern an und endet in einem unhöflichen Prusten.
»Wo haben Sie das her?«, fragt Remarque besorgt.
»Ein englischer Lord, der Name tut nichts zur Sache, hat es unserer Organisation in London vererbt, und ein Mittelsmann brachte es zu mir nach Paris. Ich habe den Auftrag, es zu verkaufen. Nicht offiziell natürlich.«
»Und Sie glauben allen Ernstes, das wäre die echte Mona Lisa?«
»Es ist die echte, so stand es in dem Testament. Das Bild im Louvre ist eine Kopie.«
Valfierno steht auf, besieht sich das Gemälde näher und erkennt sofort das Werk seines Freundes Chaudron. Offenbar ist es das Exemplar, das er John Pierpont Morgan verkauft hatte und das in London geblieben war. Er gießt sich und Remarque einen weiteren Bourbon ein, zündet sich eine Zigarre an und gibt Laura für ihre Zigarette Feuer. Dann setzt er sich wieder.

»Ich bin heute reich beschenkt worden, Mr. Serge, es ist nämlich mein Geburtstag – setzen Sie sich doch –, aber diese Überraschung schlägt wirklich alles. Sie müssen vor dem Postenwechsel um acht Uhr an der Grenze sein, nehme ich an. Dann haben wir noch etwas Zeit. So ein runder Geburtstag ist eine Zäsur im Leben, ob man will oder nicht. Es ist Zeit für die Wahrheit. Laura, würdest du bitte das Bild aus dem Schlafzimmer holen – du weißt schon ...«
Laura geht und kommt mit der Holztafel zurück. Sie stellt das Original an die Wand gelehnt auf den Tisch neben Chaudrons Kopie.
»Da staunen Sie, Mr. Serge. Sie sind nicht der Einzige, der die echte Mona Lisa zu besitzen glaubt. Aber die anderen sind tot. Ich wusste nicht, dass Ihr Exemplar noch existiert. Ursprünglich waren es vier.«
Valfierno holt aus dem Schreibtisch eine Lupe und gibt sie Serge.
»Gehen Sie nahe dran, links an die gestickte Borte am Kleid. Sie verschwimmt etwas unter den Locken. Aber wenn Sie genau hinsehen – was sehen Sie da?«
»Buchstaben. Da sind zwei Worte: Yves Fecit.«
»Ja, Yves hat es gemalt, mein verschollener Freund Yves Chaudron aus Marseille. Sie kennen ihn nicht.«
Serge weiß nicht, dass er ihm begegnet war, in jener Nacht, als der Polizistenmörder Liabeuf hingerichtet wurde.
»Und sehen Sie auf das andere Bild.«
»Da steht nichts.«
»Nein, da steht nichts. Leonardo hat nicht signiert. Es ist besser, Sie nehmen auch einen Drink, Mr. Serge. Und Sie Remarque – Laura? Ich sagte ja, es ist Zeit für die Wahrheit.«
Und nun beginnt Valfierno zu erzählen, wie es sich zugetragen hat, vom ersten Tag an; er erzählt die Geschichte seines Coups. Wie er das Original aus dem Louvre stahl, damit Morgan, Astor und Guggenheim glaubten, er hätte ihnen das echte Bild verkauft, genau wie Natalie Barney, die es als Geschenk für ihre Mutter den Laroches mitgab, die

auch mit der Titanic untergegangen waren. »Ehrlich gesagt: Mir war es lieber so. Keine Zeugen – keine Beweise. Nur Ihr Bild existiert noch, Mr. Serge, sonst würden Sie meine Geschichte für einen Bluff halten. Aber sie ist wahr.«
Regungslos steht Laura die ganze Zeit an den Tisch gelehnt und fühlt in weiter Ferne ihr Leben vorübergleiten. Als Valfierno kühl und zynisch den Tod ihrer Eltern erwähnt, steigt in ihr eine Welle der Wut auf: Deswegen sind ihre Eltern gestorben – für ein wertloses Bild. Weil eine gelangweilte Natalie Barney ihrer Mutter ein langweiliges Geschenk machen wollte. Und ihr Mann ist dafür verantwortlich. Sie sieht ihn an, wie er eitel dasitzt in seinem weißen Smoking, höhensonnengebräunt, und plötzlich hasst sie ihn. Sie muss sich zwingen, die Geschichte bis zum Ende zu hören, bis zu jenem Tag –
» – an dem ich in Havanna auf das Glück meines Lebens traf, weißt du noch Liebling?«
Er sieht sie an, und er weiß, dass er sie nicht mehr liebt.
Laura erträgt seine selbstgefällige Stimme nicht mehr. Sie steht ruckartig auf.
»Ich muss unten nach dem Personal sehen«, ihr Blick streift über die beiden Mona Lisas: »Das Bild nehme ich wieder mit«, und in einer plötzlichen Eingebung nimmt sie die Kopie und trägt sie in ihr Zimmer. Es ist jetzt für sie die einzige Erinnerung an ihre Eltern. Niemand achtet darauf.
»Es tut mir leid, Mr. Serge, dass Sie all die Mühe auf sich genommen haben für eine falsche Mona Lisa. Aber Sie konnten es nicht wissen. Wofür brauchten Sie das Geld?«
Victor Serge sieht auf die Uhr. Er ist müde und verzweifelt, und er muss sich beeilen.
»Für den Untergrundkampf gegen Hitler.«
Während er hastig das Bild wieder einpackt, ohne zu bemerken, dass es sich um das Original handelt, tritt Valfierno ans Fenster, zieht wortlos den Vorhang zu, und Remarque schreibt einen Scheck aus über fünfzigtausend Dollar.
»Für Sie und Ihre Freunde.«

Serge murmelt Dankesworte, nimmt sein Paket unter den Arm, »Verzeihen Sie die Eile«, Valfierno gibt ihm den Hut in die Hand: »Meine Frau wird Sie unten verabschieden« – und viel Glück!«

Serge geht müde die lange Treppe hinunter, Laura eilt aus ihrem Zimmer hinter ihm her, er greift in der leeren Halle nach seinem Mantel. Vor dem Kamin hat ihn Laura eingeholt, und er gibt ihr das Paket mit dem scheinbar wertlosen Bild: »Das brauche ich jetzt nicht mehr. Bitte entschuldigen Sie nochmals die Störung.« Laura hört das Geräusch des abfahrenden Wagens, blickt auf das überlebensgroße Bild des jugendlichen Valfierno und wirft das Paket in einem plötzlichen Akt von Verachtung und Rache in das noch brennende Kaminfeuer, wo es mit einem leisten Knistern in Flammen aufgeht.

Oben in der Bibliothek sieht Remarque auf die Uhr. Es ist kurz nach sechs Uhr morgens. Die ersten japanischen Piloten sind mit dem Ziel Pearl Harbor gerade gestartet.

»Bleiben Sie noch«, sagt Valfierno, »auf ein letztes Glas.«

Danksagung

Ich möchte mich bei den vielen Menschen bedanken, die meine Forschungsarbeiten für dieses Buch möglich gemacht haben. Sie haben mir großzügig Fragen beantwortet, Informationen und Quellenmaterial zur Verfügung gestellt oder auch auf ihre besondere Weise bei den Recherchen geholfen: Max Grauman von der Manuscript Division, Library of Congress, Washinton, D.C.; Margaret Sherry von der Sylvia Beach Collection der Princeton University; Ruth A. Bellary von der Cheryl Crawford Collection, University of Houston Libraries, Texas; Vernon L. Vega von der Feuchtwanger Memorial Library, University of Southern California, Los Angeles und, nicht hoch genug zu schätzen, die Hilfe von Gräfin Christina-Alexandrina de Castellane und Isidora Barney-Orsati, die mir ihre privaten Archive öffneten.

Alle unveröffentlichten Zitate von Natalie Barney stammen aus ihrer nicht publizierten Autobiografie *Memoirs of a European American* im Fonds Litteraire Jacques Doucet und aus Briefen, die sich in der Stein Collection, Beinecke Rare Book and Manuscript Library, Yale University, befinden.

Der Nachlass von Laura und Edouard Valfierno wird heute von Melville Johnson verwaltet, Spezialized Libraries and Archival Collections, University of Southern California, Los Angeles.

Der überwiegende Teil meiner Arbeit fand in diesen Archiven statt, wo ich Briefe, Fotografien und vergilbte handschriftliche Manuskripte sichtete, die mich inspirierten und in die Vergangenheit führten. Nicht zuletzt las ich zahlreiche zeitgenössische Bücher und stehe in tiefer Schuld bei Budd Schulberg (*Lauf, Sammy*), Nathanael West (*Der Tag der Heuschrecke*), Vicky Baum (*Leben ohne Geheimnis*) Salka Viertel (*Das unbelehrbare Herz*) und natürlich bei dem unvergleichlichen F. Scott Fitzgerald.

Russell H. Gutman, mein Anwalt, bot mir in den unvermeidlichen schwierigen Phasen nicht nur seine Hilfe an, sondern nahm auch Teil bei der Klärung strittiger Fragen und räumte mit großem Engagement Steine aus dem Weg.

Isa Lavalle ist die geduldigste Literaturagentin, die man sich wünschen kann. Sie war mir in den verschiedenen, oft sehr lange Zeit unterbrochenen Entstehungsphasen des Buches eine stets heitere und treue Freundin. Die Unterstützung, die sie mir gewährte, weiß ich ebenso zu schätzen wie ihre professionelle Beratung.

Dies ist nach einigen sehr speziellen kunsthistorischen Publikationen in Universitätsverlagen mein erstes Buch in einem, wie man so sagt, Publikumsverlag, dessen Mitarbeiter mir ein ermutigendes Interesse entgegenbrachten. Meine Lektorin Bridget Kramer begleitete es mit nachsichtigem Scharfsinn und mit jenem ungläubigen Staunen, das auch mich immer noch überfällt, wenn ich einen Blick in diese Geschichte werfe.

Ihnen allen und Andrea Weisz, Eva Schweitzer, Neil Gabler, Jerome Charyn, Peter Viertel, Curt Riess, Victor Serge, Carl Regenhardt, Paul Lindenbergh, Louis Aragon, Fernande Gontier, Vicenzo Orlando, Jean Chalon, Joris Huysmans, Fernande Olivier und den vielen Ungenannten, aber nicht Vergessenen, sage ich Dank für ihre unschätzbare Hilfe.

Zuletzt: Ich bedaure es natürlich, dass die Geschichte kein Happy End hat, aber eine Geschichte, die gut ausgeht, ist nicht bis zum Ende erzählt.

Nachwort des Herausgebers

Man sieht die Mona Lisa nie zum ersten Mal. Bevor man den Louvre betritt, hat man längst ihre Bekanntschaft gemacht, denn sie lächelt millionenfach auf Tassen und Tellern, in Werbeannoncen, auf T-Shirts und Postern. Es ist unmöglich, ihr nicht zu begegnen. Sie ist die bekannteste Frau der Welt und ihr Bild der Inbegriff von Kunst. Tausende Wissenschaftler, Dichter und Enthusiasten haben sie beschrieben, besungen, sich ihr in Gedichten, Romanen und Filmen genähert. Keine irdische Frau hatte jemals so viele Verehrer und keinen hat sie erhört.

Was aber sieht man, wenn man heute ihr Bild im Louvre aufsucht? Vor allem die anderen Besucher, die mit hochgereckten Fotohandys einen Mythos fixieren wollen, den sie durch ihre Anwesenheit am Leben erhalten. In der Saison erlebt der Louvre einen täglichen Ansturm von mehr als sechzigtausend Touristen, die ausschließlich die Mona Lisa sehen wollen – sechs Millionen sind es pro Jahr. Das in seinem Betongehäuse etwas verloren wirkende Bild hängt hinter zwei Scheiben kugelsicherem Dreischichtenglas, die fünfundzwanzig Zentimeter auseinanderliegen, um einen Wärmepuffer zu bilden. Die aufwändige Präsentation erklärt die Bedeutung des Objekts. Doch wenn diese Besucher das Bild bei einem Trödler sähen, ohne Prunkrahmen und etwas angestaubt, dann würden die Gebildeten unter ihnen es für ein schlecht restauriertes, durch die Firnis zu stark nachgedunkeltes und zeitlich unbestimmbares Porträt einer Bauernschönheit halten, für das sie keine dreihundert Euro ausgäben. Man sieht, was man sehen will, und selbst wenn man nichts erkennt, hat man es doch fotografiert. Sogar das billigste Souvenir gibt ein deutlicheres Abbild der Mona Lisa als der entfernte Blick durch das Panzerglas, der sich in seiner Authentizität bestätigt fühlt, weil er sich auf jeder Reproduktion wiederzufinden glaubt. Der Satz »Ich habe das Bild der Mona Lisa gesehen« ist ein Irrtum in jeder Hinsicht. Aber das Auseinanderklaffen von Wirklichkeit und Wahrheit ist das zentrale Thema, seit Giorgio Vasari 1550 in seiner Vita Leonardos behauptet hat, es gäbe ein Bild der Mona Lisa Gioconda. Es ist auch das Grundthema dieses Buches.

Deborah Dixon war Kunsthistorikerin. Durch eine glückliche Fügung konnte sie jenen Nachlass auswerten, der uns heute die Geschichte des Bildes in einem neuen Licht zeigt. Bevor sie die Zusammenfassung ihrer jahrelangen Forschungsarbeit dem Publikum präsentieren konnte, starb sie hochbetagt zusammen mit ihrer Lebensgefährtin in Frankreich bei einem Autounfall. Danach kam ihre Agentin durch das *Lexikon der Fälschungen* auf meine Fährte; sie hielt mich in freundlicher Überschätzung für einen Experten und bat mich um ein Gutachten, da der ursprünglich vorgesehene französische Verlag die Veröffentlichung abgelehnt hatte mit der Begründung, das Buch sei einem französischen Publikum nicht zumutbar, und der nun von der Agentin anvisierte amerikanische Verlag verlangte Beweise für die Existenz des Fälschers Yves Chaudron. Tatsächlich verschwindet er recht spurlos aus Dixons Manuskript; sie wusste aus den Nachlassnotizen seines Freundes Valfierno immerhin, dass er ca. 1914 nach Boston ausgewandert war und dort unter dem Namen Angelo Loupa lebte. Glücklicherweise konnte ich belegen, dass er in Albany die Wände und Decken der Sakristei von St. John's mit einer Darstellung des Paradieses ausgemalt hatte. Es hieß, wenn jemand traurig sei, sollte er sich diese Bilder ansehen, doch St. John's brannte 1920 vollständig ab, und man sagte, der Teufel hätte die Kirche angezündet, weil Chaudrons Fresken zu viele Sünder zum Guten bekehrt hätten. Tatsächlich gab diese Anekdote den Ausschlag für die Annahme des Manuskripts.

Deborah Dixons Buch bringt nicht nur Klarheit in eine der mysteriösesten Diebstahl- und Fälschergeschichten, sondern es ist auch eine Schule des Sehens. Von Valfiernos anfänglicher Verunsicherung beim Anblick der Pasticci in Chaudrons Atelier bis zu seiner Konfrontation mit dem kubistischen Porträt, in dem er an seinem sechzigsten Geburtstag sein zerrissenes Leben wiedererkennt, ist dem Text eine Theorie der Wahrnehmung unterlegt, die auf wiederholten Spiegelungen aufbaut: Die Realität wird so gebrochen, dass sie ihre Eindeutigkeit verliert, aber nichts von ihrer Wirklichkeit einbüßt. Als Leser bewegen wir uns in diesem Text wie auf einer Party, bei der uns die Namen aller Gäste vertraut sind, aber ihre Erscheinung nicht mit unserem Bild von ihnen übereinstimmt. Einigen Bemerkungen Deborah Dixons ist noch ablesbar, dass sie sich manchmal wie in einem Albtraum fühlte, als ihre Recherchen jedes Detail der zunächst unglaubhaft wirkenden Notizen Valfiernos bestätigten. Vermutlich hätte sie sogar Verständnis gehabt für die ablehnende Begründung, dass ihr Buch dem französischen Publikum nicht zumutbar sei: Sie wusste, dass es einen Nationalmythos zerstören kann.

Ob ihre Entscheidung als Schriftstellerin, sich mit Ausnahme weniger Exkurse formal an den Drehbuchentwürfen von Remarque/Welles zu orientieren, angesichts des brisanten Themas eine zu große Konzession an den Publikumsgeschmack darstellt, mag jeder Leser für sich selbst entscheiden. Als Kunsthistorikerin jedenfalls war Deborah Dixon unbestechlich. Die von ihr ausgebreiteten Fakten sind sorgfältig überprüft und historisch korrekt dargestellt. Als treue Berichterstatterin übernahm sie auch Chaudrons Einschätzung, dass es sich bei dem von Beatis genannten Bild einer

»gewissen Florentinerin« um einen Akt handelte – eine naheliegende Vermutung, da man davon ausgeht, dass jenes Bild in den Appartements des Bains hing, einer Zimmerflucht aus Bad, Sauna und Ruheräumen, die mitsamt ihrer Ausstattung an antiken Vorbildern ausgerichtet war. Chaudron glaubte, dass es sich um jene »Leda mit dem Schwan« handelte, die 1871 zusammen mit anderen Kunstwerken aus dem Louvre zugunsten der Kriegsversehrten an die Marquise de la Rozière verkauft worden war. Um 1910 erwarb es Ludivico Spiridon, aus dessen Sammlung es schließlich in die Uffizien kam. Giuliano de Medici habe diesen mythologisch verbrämten Akt in Auftrag gegeben, um ein unverfängliches Bild seiner Geliebten in seinen Räumen aufhängen zu können, aber leider verstarb er vor der Ablieferung.
Um jene »gewisse Florentinerin, nach der Natur im Auftrag des verstorbenen Giuliano de Medici gemalt«, mit der im Auftrag ihres Gatten Francisco del Giocondo porträtierten Mona Lisa Vasaris in Übereinstimmung zu bringen, haben die Kunsthistoriker große und zuweilen groteske Anstrengungen unternommen. »Wahrscheinlich«, so mutmaßt Frank Zöllner, »sah er (Beatis) tatsächlich die Mona Lisa, doch es wäre zu jenem Zeitpunkt mehr als peinlich gewesen, zuzugeben, dass der inzwischen berühmte Leonardo da Vinci, Maler des französischen Königs und davor am päpstlichen Hof in Rom tätig, noch immer ein Bild in seiner Werkstatt beherbergte, das er 14 Jahre zuvor für einen unbekannten Florentiner Kaufmann begonnen hatte. Man verfiel daher möglicherweise auf die nächstliegende Aussage und deklarierte das Porträt als Auftrag des ein Jahr zuvor verstorbenen Giuliano de Medici.« Mit solchen Argumentationskrücken kommt man nicht weit.
Jene drei Bilder, die Beatis 1517 bei Leonardo gesehen hatte, werden acht Jahre später im Nachlassinventar des Lieblingsschülers Salai erwähnt – das Damenporträt benannt als »la Ioconda«. Also wurden sie erst nach Salais Tod an den französischen König verkauft. Von Besuchern erfuhr Vasari,

dass sich eine »Ioconda« in Fontainebleau befand, und da er die Familie des Stoffhändlers Francesco de Giocondo kannte, nahm er irrtümlich an, es müsse sich um ein Porträt der Ehefrau Lisa handeln, obwohl die Bezeichnung »la Ioconda« nur besagt, dass es sich um das Bild einer freundlich Lächelnden handelt. Mit dem Titel »La Iocunda« wird es 1625 in dem Verzeichnis von Peiresc gelistet. Erst mit der Verbreitung von Vasaris Künstlerviten wird dessen Irrtum auch von anderen Autoren übernommen, so dass Lanzi in seiner Geschichte der italienischen Malerei 1789 bereits von »tanto celebre ritratto di M. Lisa« sprechen konnte. Obwohl vorsichtige Forscher immer wieder Zweifel an der Identität geäußert haben, kehrte erst Roberto Zapperi 2010 zur »Ioconda« zurück und benannte das Porträt als ein Idealbild – gemalt im Auftrag Giulianos für seinen Sohn, der seine nach der Geburt verstorbene Mutter vermisste und beständig nach ihr fragte. Das wäre eine gute Lösung, wenn nicht auch Zapperi das Bild für echt hielte.

Die Welt ist voller Mona Lisas, und wir werden nie wissen, wie sie aussah. Das Publikum verlangt nach Eindeutigkeit, aber Deborah Dixons Schule des Sehens lehrt uns, dass es sie nur auf Kosten der Wahrheit gibt.

Werner Fuld
21. August 2011

Der Mona Lisa Schwindel

ist im Dezember 2011 als dreihundertvierundzwanzigster Band der Anderen Bibliothek im Eichborn Verlag, Frankfurt am Main, erschienen.
Herausgabe und Lektorat lagen in den Händen von Christian Döring.

Deborah Dixon

wurde 1909 in New York in vermögende Verhältnisse geboren, studierte Kunstgeschichte und arbeitete anschließend im Metropolitan Museum of Art. Sie starb im Alter von 85 Jahren und konnte die Veröffentlichung ihres Buches nicht mehr erleben.

Dieses Buch

wurde von Greiner & Reichel in Köln aus der Legacy gesetzt. Das Memminger MedienCentrum druckte auf 100g/m² holz- und säurefreies, mattgeglättetes Bücherpapier. Dieses wurde von der Papierfabrik Schleipen ressourcenschonend hergestellt.
Den Einband besorgte die Buchbinderei Lachenmaier in Reutlingen.
Typografie und Ausstattung gestalteten Susanne Reeh und Cosima Schneider.

1. – 5. Tausend Dezember 2011
Dieses Buch trägt die Nummer

✱ 2409

ISBN 978-3-8218-6245-3
© Eichborn AG, Frankfurt am Main, 2011